NORA ROBERTS
Grün wie die Hoffnung

Liste lieferbarer Titel

Mitten in der Nacht. Roman (36007) · Das Leuchten des Himmels (36465) · Ein Haus zum Träumen (37533) · Im Schatten der Wälder (37771) · Die letzte Zeugin (geb. Ausgabe; 0469)

Die Irland-Trilogie: Töchter des Feuers (35405) · Töchter des Windes (35013) · Töchter der See (35053)

Die Templeton-Trilogie: So hoch wie der Himmel (37595) · So hell wie der Mond (37596) · So fern wie ein Traum (37597)

Die Sturm-Trilogie: Insel des Sturms (37829) · Nächte des Sturms (37838) · Kinder des Sturms (37841)

Die Insel-Trilogie: Im Licht der Sterne (37729) · Im Licht der Sonne (37730) · Im Licht des Mondes (37731)

Die Zeit-Trilogie: Zeit der Träume (37933) · Zeit der Hoffnung (37934) · Zeit des Glücks (37935)

Die Ring-Trilogie: Grün wie die Hoffnung (38355) · Blau wie das Glück (38356) · Rot wie die Liebe (38357)

Die Nacht-Trilogie: Abendstern (36939) · Nachtflamme (36940) · Morgenlied (36941)

Die Blüten-Trilogie: Rosenzauber (38046) · Lilienträume (38144) · Fliedernächte (38145)

Nora Roberts

Grün wie die Hoffnung

Roman

Deutsch von Margarethe van Pée

blanvalet

Die Originalausgabe erschien 2006
unter dem Titel »Morrigan's Cross« bei Berkley Books, The Berkley Publishing Group, a division of Penguin Putnam Inc., New York

MIX
Papier aus verantwortungsvollen Quellen
FSC® C014496

Verlagsgruppe Random House FSC® N001967
Das FSC®-zertifizierte Papier *Holmen Book Cream*
für dieses Buch liefert Holmen Paper, Hallstavik, Schweden

1. Auflage
Taschenbuchausgabe Juni 2014 bei Blanvalet Verlag,
einem Unternehmen der
Verlagsgruppe Random House GmbH, München

Published by arrangement with Eleanor Wilder.
Dieses Werk wurde vermittelt durch die Literarische Agentur
Thomas Schlück GmbH, 30827 Garbsen.
Umschlaggestaltung: © www.buerosued.de
LH · Herstellung: sam
Satz: Buch-Werkstatt GmbH, Bad Aibling
Druck und Einband: GGP Media GmbH, Pößneck
Printed in Germany
ISBN: 978-3-442-38355-9

www.blanvalet.de

Für meine Brüder
Jim, Buz, Don und Bill

Nur die Tapfersten verdienen das Licht.
Dryden

Zu Ende denn! Der klare Tag ist hin,
Im Dunkel bleiben wir.
William Shakespeare

Prolog

Es war der Regen, der ihn an die Geschichte denken ließ. Er prasselte an die Fensterscheiben, rauschte auf die Dächer herunter und blies seinen bitteren Atem unter der Tür hindurch.

Die Feuchtigkeit machte seinen Knochen zu schaffen, obwohl er am Feuer saß. Das Alter plagte ihn in den langen, nassen Herbstnächten – und in dem dunklen Winter, der bevorstand, würde er es noch mehr spüren.

Die Kinder hatten sich um ihn herum versammelt, sie hockten auf dem Fußboden, hatten sich zu zweit und zu dritt in die Sessel gequetscht. Erwartungsvoll blickten sie ihn an, denn er hatte ihnen eine Geschichte versprochen, um die Langeweile an diesem stürmischen Tag zu vertreiben.

Eigentlich hatte er nicht vorgehabt, ihnen gerade diese Geschichte zu erzählen, zumindest noch nicht, denn manche waren noch so klein, und die Geschichte war eigentlich nichts für zarte Gemüter. Aber der Regen flüsterte ihm zischend die Worte zu, die er sprechen sollte, sodass selbst ein Geschichtenerzähler, oder vielleicht gerade ein Geschichtenerzähler, auf ihn hören musste.

»Ich kenne eine Geschichte«, begann er, und einige der Kinder rutschten aufgeregt hin und her. »Sie handelt von Mut und Feigheit, von Blut und Tod, und vom Leben. Von Liebe und Verlust.«

»Kommen auch Monster vor?«, fragte ein kleines Mädchen, die blauen Augen in ängstlicher Vorfreude weit aufgerissen.

»Monster kommen immer vor«, erwiderte der alte Mann.

»So wie es immer Männer gibt, die sich ihnen anschließen, und Männer, die sie bekämpfen.«

»Und Frauen!«, rief eines der älteren Mädchen. Er lächelte.

»Und Frauen. Tapfere und aufrechte, böse und todbringende Frauen. Ich habe beide gekannt. Diese Geschichte, die ich euch heute erzähle, spielt vor langer, langer Zeit. Sie hat viele Anfänge, aber nur ein Ende.«

Der Wind heulte ums Haus, und der alte Mann ergriff seine Teetasse, um sich die Kehle zu befeuchten. Das Feuer knisterte, und im Schein der flackernden Flammen wirkte sein Gesicht wie von güldenem Blut belebt.

»Dies ist ein Anfang. In den letzten Tagen des Hochsommers stand der Zauberer auf einem Felsen hoch über der tosenden See, während Blitze blau über einen schwarzen Himmel zuckten.«

I

Eire, in der Gegend von Chiarrai
1128

Auch in seinem Inneren herrschte Sturm, so dunkel und heftig wie auf dem Meer, peitschte sein Blut und tobte innen wie außen, während er auf dem regennassen Felsen stand.

Der Name seines Sturms war Trauer.

Trauer, die aus seinen Augen funkelte wie die Blitze, die über den Himmel zuckten. Trauer, die die Luft erbeben ließ mit dem dumpfen Grollen und Krachen des Donners.

Hoch reckte er seinen Stab und schrie die Zauberworte. Die roten Blitze seiner Wut und das Tosen des Sturms ließen jeden, der noch draußen war, schleunigst in sein Haus eilen, Türen und Fenster hinter sich verriegeln und die Kinder um sich versammeln, um zu den Göttern zu beten.

Und selbst die Feen in ihre Hügelfestungen zitterten.

Der Felsen bebte, das Meer wurde schwarz wie der Schlund der Hölle, und immer noch tobte der Sturm, und immer noch trauerte er. Der Regen, der aus dem Himmel fiel wie aus einer offenen Wunde, wurde rot wie Blut und kochend heiß, und die Luft roch verbrannt.

Danach hieß sie auf ewig die Nacht der Trauer, und wer sich daran zu erinnern wagte, sprach von dem Zauberer, der hoch aufgerichtet auf der Klippe stand, während der blutige Regen seinen Umhang tränkte und über sein schmales

Gesicht rann wie die Tränen des Todes, als er Himmel und Hölle verfluchte.

Er hieß Hoyt, seine Familie waren die *Mac Cionaoith*, die angeblich von Morrigan abstammte, der Feenkönigin und Göttin. Er besaß große Macht, aber er war noch sehr jung und übte sie mit einer Leidenschaft aus, die keinen Raum für Vorsicht, für Pflicht, für Licht ließ. Sie war sein Schwert und seine Lanze.

Er rief in diesem furchtbaren Sturm den Tod an.

Und im Heulen des Windes wandte er dem aufgewühlten Meer den Rücken zu, und dort stand, was er gerufen hatte. Sie – denn sie war einmal eine Frau gewesen – lächelte. Sie war unglaublich schön und kalt wie der Winter. Ihre Augen waren lichtblau, ihre Lippen rosig wie Rosenblüten, ihre Haut milchweiß. Ihre Stimme klang wie Musik; die Stimme einer Sirene, die schon unzählige Männer ins Verderben gestürzt hatte.

»Du hast es eilig, mich zu sehen. Wartest du so ungeduldig auf meinen Kuss, Mac Cionaoith?«

»Hast du meinen Bruder getötet?«

»Der Tod ist …« Ohne auf den Regen zu achten, schob sie ihre Kapuze zurück. »Komplex. Du bist zu jung, um seine Größe zu verstehen. Ich gab ihm ein kostbares, mächtiges Geschenk.«

»Du hast ihn verdammt.«

»Oh.« Sie machte eine geringschätzige Geste. »Ein kleiner Preis für die Ewigkeit. Ihm gehört jetzt die Welt, und er nimmt sich, was immer er begehrt. Er weiß mehr, als du dir jemals träumen lässt. Er gehört jetzt mir, mehr als er jemals dein war.«

»Dämon, sein Blut klebt an deinen Händen, und bei der Göttin, ich werde dich vernichten.«

Sie lachte fröhlich, wie ein Kind, dem man einen besonderen Leckerbissen verspricht. »An meinen Händen, in meiner Kehle. So wie mein Blut in seinem. Er ist jetzt wie ich, ein Kind der Nacht und der Schatten. Willst du etwa auch deinen eigenen Bruder vernichten? Deinen Zwillingsbruder?«

Der schwarze Bodennebel glitt wie Seide auseinander, als sie hindurchschritt. »Ich rieche deine Macht und deine Trauer und auch dein Staunen. Hier, an dieser Stelle, biete ich dir ein Geschenk an. Ich werde dich wieder zu seinem Zwillingsbruder machen, Hoyt Mac Cionaoith. Ich schenke dir den Tod, der ewiges Leben ist.«

Er senkte seinen Stab und blickte sie durch den Regenschleier hindurch an. »Sag mir deinen Namen.«

Sie schwebte jetzt über dem Nebel, und ihr roter Umhang bauschte sich. Über dem eng geschnürten Mieder ihres Kleides wölbten sich die weißen Halbkugeln ihrer Brüste. Er verspürte schreckliche Erregung, obwohl er den scharfen Gestank ihrer Macht roch.

»Ich habe so viele«, entgegnete sie und berührte seinen Arm – wie war sie ihm so nahe gekommen? – mit der Fingerspitze. »Willst du meinen Namen sagen, wenn wir uns vereinen? Willst du ihn auf den Lippen schmecken, so wie ich dich schmecke?«

Seine Kehle war trocken und brannte. Er ertrank in ihren blauen, zärtlichen Augen. »Ja, ich will wissen, was mein Bruder weiß.«

Wieder lachte sie, aber dieses Mal war es ein kehliger Laut. Hungrig wie bei einem wilden Tier. Und die sanften, blauen Augen röteten sich.

»Eifersüchtig?«

Sie streifte seine Lippen mit ihren, und sie waren kalt, bitterkalt. Und doch so verführerisch. Das Herz schlug ihm bis zum Hals. »Ich will sehen, was mein Bruder sieht.«

Er legte seine Hand auf eine weiße Brust, aber darunter regte sich nichts. »Sag mir deinen Namen.«

Lächelnd entblößte sie ihre weißen Eckzähne. »Es ist Lilith, die dich nimmt. Es ist Lilith, die dich macht. Dein Blut wird sich mit meinem mischen, und wir werden diese Welt und alle anderen Welten beherrschen.«

Sie warf den Kopf zurück, und in diesem Augenblick stieß Hoyt ihr mit aller Kraft seinen Stab mitten ins Herz.

Ihr Schrei zerriss die Nacht und mischte sich in das Heulen des Sturms. Er war nicht menschlich und auch nicht der eines wilden Tieres. Sie war der Dämon, der ihm seinen Bruder genommen hatte, der seine böse Natur hinter kalter Schönheit verbarg und aus einem Herzen blutete, das nicht schlug.

Zuckend stieg sie empor in die Blitze, die den Himmel zerrissen. Vor Entsetzen versagte ihm die Stimme, und die Worte, die er eigentlich sprechen musste, wurden in dem Blut ertränkt, das sich wie klebriger Nebel auf ihn legte.

»Wie kannst du es wagen!«, zischte sie wütend mit schmerzverzerrter Stimme. »Du willst deine armselige Zauberkraft auf mich anwenden? Ich wandere seit *tausend* Jahren durch die Welt.« Sie fuhr sich über die Wunde und streckte ihre blutige Hand aus.

Und als die Tropfen auf Hoyts Arm fielen, zerschnitten sie die Haut wie Messer.

»Lilith! Du bist ausgestoßen! Lilith, du bist bezwungen! Bei meinem Blut.« Er zog einen Dolch aus seinem Umhang und stach in seine Handfläche. »Beim Blut der Götter, das durch meine Adern fließt, kraft meiner Geburt, verstoße ich dich …«

Dicht am Boden kam etwas auf ihn zugeflogen und stürzte sich mit wilder, wütender Kraft auf ihn. Sie rangen miteinander und stürzten über die Klippe auf die zerklüfteten

Felsen darunter. Durch Wellen von Schmerz und Angst hindurch sah er das Gesicht des Geschöpfs, das einmal sein Bruder gewesen war.

Hoyt roch Tod und Blut, und an den roten Augen erkannte er, dass sein Bruder ein wildes Tier geworden war. Und doch flackerte noch ein winziges Licht der Hoffnung in seinem Herzen.

»Cian. Hilf mir, ihr Einhalt zu gebieten. Noch haben wir eine Chance.«

»Fühlst du, wie stark ich bin?« Cian legte seine Hände um Hoyts Hals und drückte zu. »Und das ist nur der Anfang. Ich habe die Ewigkeit vor mir.« Er beugte sich vor und leckte, beinahe spielerisch, Blut von Hoyts Gesicht. »Sie will dich für sich, aber ich habe Hunger. Schrecklichen Hunger. Und schließlich ist dein Blut auch meins.«

Er entblößte seine Reißzähne, aber als er sie in den Hals seines Bruders schlagen wollte, stieß Hoyt mit dem Dolch zu.

Aufheulend wich Cian zurück. Schmerz und Schreck durchfuhren sein Gesicht, als er die Hand auf die Wunde presste. Langsam fiel er vornüber. Einen Augenblick lang glaubte Hoyt, seinen Bruder, seinen wahren Bruder zu sehen, und dann umgaben ihn nur noch das Heulen des Sturms und der prasselnde Regen.

Mühsam zog er sich zur Klippe hinauf, suchte Halt mit Händen, die schlüpfrig waren von Blut, Schweiß und Regen. Mit schmerzverzerrtem Gesicht zog er sich Zentimeter für Zentimeter hinauf, und die Stelle am Hals, die die Fangzähne geritzt hatten, schmerzte wie Feuer. Mit pfeifendem Atem hievte er sich über die Kante.

Wenn sie auf ihn wartete, war er tot. Seine Kraft war erschöpft, und er hatte nur noch den Dolch, rot vom Blut seines Bruders.

Als er sich auf dem Plateau auf den Rücken warf und der bittere Regen auf sein Gesicht prasselte, war er jedoch allein.

Vielleicht hatte es ausgereicht, vielleicht hatte er den Dämon in die Hölle zurückgeschickt. Ganz bestimmt aber hatte er sein eigenes Fleisch und Blut der ewigen Verdammnis preisgegeben.

Stöhnend erhob er sich auf alle viere und übergab sich heftig. Die Magie schmeckte wie Asche in seinem Mund.

Dann kroch er zu seinem Stab und stützte sich darauf, um aufzustehen. Keuchend vor Anstrengung taumelte er den Pfad entlang, fort von den Klippen. Den Weg hätte er mit geschlossenen Augen gefunden. Die Wucht des Sturms hatte nachgelassen, und es regnete nur noch.

Er konnte sein Zuhause riechen – Pferd und Heu, die Kräuter, die er zum Schutz verwendete, den Rauch des Herdfeuers. Aber er empfand weder Freude noch Triumph.

Er humpelte auf sein Cottage zu, und in sein Keuchen mischten sich Schmerzenslaute. Er wusste, dass er verloren wäre, wenn die Kreatur, die ihm seinen Bruder genommen hatte, jetzt zu ihm käme. Jeder Schatten, jeder Umriss, den die sturmgepeitschten Bäume warfen, konnten sein Tod sein. Nein, schlimmer als der Tod. Die Angst davor leckte mit eisigen Zungen über seine Haut, und mit letzter Kraft murmelte er Beschwörungen, die mehr wie Gebete klangen.

Sein Pferd schnaubte und bewegte sich im Stall, als es Witterung von ihm bekam, aber Hoyt ging mit zitternden Knien an ihm vorbei zu dem kleinen Cottage und schleppte sich hinein.

Drinnen war es warm, und die Zaubersprüche, die er zurückgelassen hatte, bevor er zu den Klippen gegangen war, erfüllten noch den Raum. Er verriegelte die Tür, wobei er das Holz mit seinem und Cians Blut beschmierte. Ob dies sie wohl abhalten würde, fragte er sich. Wenn die Überlieferung, die er gelesen hatte, stimmte, konnte sie nicht unaufgefordert eintreten. Er konnte nur darauf vertrauen und hoffen, dass der Schutzzauber, mit dem er sein Haus umgeben hatte, seine Wirkung tat.

Er ließ seinen nassen Umhang achtlos zu Boden gleiten, wobei er kaum der Versuchung widerstehen konnte, sich daneben sinken zu lassen. Er würde sich einen Heil- und Stärkungstrank mischen und die Nacht über am Feuer sitzen bleiben. Er würde es schüren und auf das Morgengrauen warten.

Was er tun konnte, hatte er für seine Eltern, seine Schwestern und ihre Familien getan. Jetzt musste er einfach glauben, dass es genug war.

Cian war tot, und was in seiner Gestalt zurückgekommen war, hatte er vernichtet. Er konnte ihnen jetzt nichts mehr antun. Aber die Kreatur, die ihm dies angetan hatte, war dazu in der Lage.

Er würde etwas Stärkeres finden, um sie zu beschützen. Und er würde den Dämon erneut jagen. Er wollte sein Leben dessen Vernichtung widmen.

Seine Hände mit den langen Fingern und den breiten Handflächen zitterten, als er seine Flaschen und Tiegel auswählte. Seine sturmblauen Augen waren glasig vor Schmerz – nicht nur sein Körper schmerzte, sondern auch sein Herz. Schuldgefühle lasteten auf ihm wie ein bleierner Umhang.

Er hatte seinen Bruder nicht gerettet. Stattdessen hatte er ihn verdammt und vernichtet, ihn ausgestoßen und weggejagt. Wie hatte er diesen schrecklichen Sieg nur erringen können? Cian war körperlich immer der Stärkere von ihnen gewesen, und durch den Dämon war er zusätzlich noch gestärkt geworden.

Dann hatte also seine Magie ausgelöscht, was er einmal geliebt hatte. Seine impulsive, fröhliche Hälfte, während er selbst oft langweilig und zu ruhig war. Er war immer schon mehr an seinen Studien und seinen Fähigkeiten interessiert gewesen als am gesellschaftlichen Leben.

Cian hingegen hatte das Spiel und die Kneipen, die Mädchen und Wettkampf geliebt.

»Seine Liebe zum Leben«, murmelte Hoyt, während er arbeitete, »seine Liebe zum Leben hat ihn umgebracht. Ich habe nur das getötet, was ihn in dem Monster gefangen gehalten hat.«

Er musste es einfach glauben.

Als er seinen Umhang auszog, schmerzte sein gesamter Oberkörper. Seine Haut war mit Prellungen und blauen Flecken übersät, so wie sein Herz mit Trauer und Schuldgefühl. Er trug Salbe auf und begann dann heftig fluchend seine Rippen zu bandagieren. Zwei waren gebrochen, das spürte er ganz deutlich.

Der Ritt nach Hause am kommenden Morgen würde alles andere als ein Zuckerschlecken werden.

Er schluckte den Trank und humpelte zum Feuer, auf das er Torf gab, sodass die Flammen rot aufleuchteten. Er kochte Tee und wickelte sich in eine Decke. So saß er am Herd, trank von Zeit zu Zeit einen Schluck und grübelte.

Er war von Geburt an mit einer Gabe gesegnet und hatte schon als Kind danach gestrebt, sich ihrer würdig zu erweisen. Oft hatte er sich von allen zurückgezogen und für sich allein studiert und geübt.

Cians Macht war nicht so ausgeprägt, aber Hoyt erinnerte sich auch daran, dass er nie so eifrig gelernt und geübt hatte. Letztendlich hatte Cian mit der Magie nur gespielt und sich und andere damit erheitert.

Und manchmal hatte er Hoyt sogar überredet, mit ihm gemeinsam irgendetwas Albernes anzustellen. Einmal hatten sie den Jungen, der ihre kleine Schwester in den Schlamm geschubst hatte, in einen langohrigen, iahenden Esel verwandelt.

Wie Cian gelacht hatte. Anschließend hatte Hoyt drei Tage lang panisch daran gearbeitet, den Zauber zurückzunehmen, während sich Cian keinen Deut darum geschert hatte.

Er war doch der geborene Esel. Wir haben ihm nur seine wahre Gestalt gegeben.

Mit zwölf Jahren war Cian wesentlich mehr an Schwertern als an Zaubersprüchen interessiert. Und das war für ihn auch das Beste, dachte Hoyt, als er seinen bitteren Tee trank. Die Zauberei hatte er verantwortungslos betrieben, mit dem Schwert hingegen war er ein wahrer Zauberer gewesen. Letztendlich jedoch hatte ihn weder das Schwert noch die Magie gerettet.

Er lehnte sich zurück. Trotz des warmen Feuers war er völlig durchgefroren. Der Sturm hatte nachgelassen, rüttelte aber immer noch an dem Dach seines Cottages und heulte durch den Wald, in dem es stand.

Aber sonst hörte er nichts Bedrohliches. Ungestört konnte er seinen Gedanken und Erinnerungen nachhängen.

Er hätte an jenem Abend mit Cian ins Dorf gehen sollen. Aber er hatte gearbeitet, und ihm war nicht der Sinn nach Ale, nach den Gerüchen und Geräuschen in einer Taverne oder nach Menschen gewesen.

Er hatte keine Frau gewollt, Cian jedoch immer.

Aber wenn er mitgegangen wäre, wenn er einen einzigen verdammten Abend lang seine Arbeit hätte ruhen lassen, dann wäre Cian noch am Leben. Sie beide gemeinsam hätte der Dämon nicht überwältigen können. Dank seiner Gabe hätte er bestimmt gespürt, was sie für ein Geschöpf war, trotz ihrer Schönheit und ihres Auftretens.

Wenn sein Bruder bei ihm gewesen wäre, wäre Cian niemals mit ihr gegangen. Und ihre Mutter bräuchte jetzt nicht zu trauern. Das Grab wäre nie gegraben worden, und – bei den Göttern – die Kreatur, die sie begraben hatten, wäre nie wieder aufgetaucht.

Hätte er die Zeit zurückdrehen können, würde er all seine Fähigkeiten aufgeben, ihnen abschwören, um noch einmal den Moment zu erleben, in dem er seine Arbeit hätte liegen lassen, um seinen Bruder zu begleiten.

»Was nützen mir alle meine Fähigkeiten denn schon? Wozu sind sie gut? Warum verfügt man über magische Kräfte, wenn man noch nicht einmal das Wichtigste im Leben retten kann? Verflucht seien sie.« Er warf seinen Becher durch den kleinen Raum. »Verflucht sollen sie sein, die Götter und Feen. Er war unser Licht, und ihr habt ihn in die Dunkelheit gestoßen.«

Sein ganzes Leben lang hatte Hoyt getan, was von ihm erwartet wurde. Er hatte sich Hunderte kleiner Freuden versagt, um sich ganz seiner Kunst zu widmen. Und jetzt hatten die, die ihm diese Gabe, diese Macht verliehen hatten, sich abgewendet, als ihm sein Bruder genommen wurde?

Und nicht etwa in der Schlacht, noch nicht einmal durch Magie, sondern durch etwas unvorstellbar Böses. War das der Lohn für alles, was er getan hatte?

Er schwenkte die Hand vor dem Feuer, und die Flammen züngelten empor. Er warf die Arme hoch, und der Sturm nahm an Gewalt zu, sodass der Wind heulte und kreischte wie eine gefolterte Frau. Das Haus erbebte unter seiner Macht, und die Häute vor den Fenstern waren straff gespannt. Ein kalter Windstoß drang in den Raum, warf Flaschen um und blätterte die Seiten seiner Bücher um. Und er hörte das kehlige Kichern der schwarzen Magie darin.

Nicht einmal in seinem Leben war er von seiner Bestimmung abgewichen. Nicht ein einziges Mal hatte er seine Gabe für Schlechtes missbraucht oder sich mit den schwarzen Künsten befasst.

Vielleicht, so dachte er, würde er darin jetzt die Antwort finden. Seinen Bruder wiederfinden. Musste man Böses nicht mit Bösem bekämpfen?

Entschlossen sprang er auf und achtete nicht auf die Schmerzen in seinem Brustkorb. Streckte beide Hände über der Truhe aus, die er mit Magie verschlossen hatte. Als der Deckel aufsprang, holte er das Buch hervor, das er seit Jahren dort sicher verwahrte.

Es enthielt Zaubersprüche, dunkle, gefährliche Formeln. Zauber, die Menschenblut und Menschenschmerz erforderten. Zaubersprüche für Rache und Gier, die sich an eine dunkle Macht wandten.

Das Buch lag heiß und schwer in seinen Händen, und er spürte die Verführung, die von ihm ausging, spürte, wie es mit lockenden Fingern nach seiner Seele griff. Du kannst alles haben. Sind wir nicht besser als die anderen? Lebende Götter, die alles nehmen können, wonach sie begehren?

Wir haben das Recht dazu. Wir sind keinen Regeln und Gesetzen unterworfen.

Sein Atem ging stoßweise, denn er wusste, was passieren konnte, wenn er es akzeptierte, wenn er in beide Hände nahm, was niemals zu berühren er geschworen hatte. Namenloser Reichtum, unaussprechliche Macht, ewiges Leben. Rache.

Er musste nur die Worte sagen, das Weiße zurückweisen und das Schwarze annehmen. Der Schweiß lief ihm über den Rücken, während um ihn herum die jahrtausendealten Stimmen wisperten:

Nimm. Nimm. Nimm.

Die Umgebung verschwamm vor seinen Augen, und er sah seinen Bruder vor sich, wie er ihn im Staub am Wegesrand gefunden hatte. Blut rann aus den Wunden an seinem Hals und beschmierte seine Lippen. Bleich, dachte Hoyt. So bleich war sein Gesicht gegen das nasse, rote Blut.

Cians Augen, lebhaft und blau, öffneten sich. Solcher Schmerz stand in ihnen, solches Entsetzen. Flehend blickte er Hoyt an.

»Rette mich. Nur du kannst mich retten. Es ist nicht Tod, wozu ich verdammt bin. Dies ist schlimmer als die Hölle, als jede Qual. Hol mich zurück. Frag nicht, was es dich kostet. Möchtest du denn, dass ich in Ewigkeit brenne? Um unseres Blutes willen, Hoyt, hilf mir.«

Hoyt erschauerte. Es lag nicht an dem kalten Wind, der durch die Fensterhäute drang, und auch nicht an der Feuchtigkeit in der Luft. Er stand an einem eisigen Abgrund.

»Ich würde mein Leben für deins geben. Das schwöre ich bei allem, was ich bin, was wir waren. Ich würde dein Schicksal auf mich nehmen, Cian, wenn ich vor der Wahl stünde. Aber ich kann es nicht. Nicht einmal für dich.«

Die Erscheinung auf dem Bett ging in Flammen auf, und die Schreie, die ertönten, waren nicht menschlicher Natur. Hoyt heulte auf vor Qual und warf das Buch zurück in die Truhe. Mit letzter Kraft sprach er den Zauberspruch, der das Schloss versiegelte, bevor er zu Boden sank.

Dort rollte er sich zusammen wie ein Kind, das keinen Trost fand.

Vielleicht schlief er. Vielleicht träumte er. Aber als er erwachte, war der Sturm vorüber. Licht drang in den Raum, klar und hell, und blendete ihn. Blinzelnd richtete er sich auf, zuckte jedoch zusammen, als seine gebrochenen Rippen protestierten.

In der Wärme, die von dem Licht ausging, schimmerte es rosig und golden. Es roch nach fruchtbarer, feuchter Erde, und er stellte fest, dass das Torffeuer immer noch glühte.

Er konnte die Umrisse einer weiblichen Gestalt erkennen, deren Schönheit er mehr erahnte, als dass er sie sah.

Dies war kein Dämon, der sein Blut wollte.

Er biss die Zähne zusammen und kniete sich hin. Immer noch schwangen Wut und Trauer in seiner Stimme mit, als er mit gesenktem Kopf murmelte: »Herrin.«

»Kind.«

Das Licht teilte sich vor ihr. Ihre feuerroten Haare flossen in seidigen Wellen über ihre Schultern. Ihre Augen waren grün wie das Moos im Wald und blickten ihn sanft und voller Mitleid an. Sie trug ein weißes, mit Gold eingefasstes Gewand, wie es ihr vom Rang her zustand. Obwohl sie die Göttin des Kampfes war, trug sie keine Rüstung und kein Schwert. Sie hieß Morrigan.

»Du hast gut gekämpft.«

»Ich habe verloren. Ich habe meinen Bruder verloren.«

»Hast du das?« Sie trat ein Schritt vor und reichte ihm die Hand, damit er sich erheben konnte. »Du bist deinem Eid treu geblieben, obwohl die Versuchung groß war.«

»Ich hätte ihn vielleicht auf andere Art retten können.«

»Nein.« Sie berührte Hoyts Gesicht, und er spürte die Hitze, die von ihr ausging. »Ich sage es dir, du hättest ihn verloren und dich selbst auch. Du würdest dein Leben für seins geben, aber du konntest deine Seele oder die Seelen der anderen nicht geben. Du hast eine große Gabe, Hoyt.«

»Wozu ist sie denn gut, wenn ich nicht einmal mein eigenes Blut schützen kann? Verlangen die Götter solche Opfer, verdammen sie einen Unschuldigen zu solcher Qual?«

»Nicht die Götter haben ihn verdammt. Und es war nicht an dir, ihn zu retten. Aber es sind Opfer erforderlich, und es müssen Schlachten gekämpft werden. Blut muss vergossen werden, unschuldig oder nicht. Du bist für eine große Aufgabe auserwählt worden.«

»Kannst du jetzt etwas von mir verlangen, Herrin?«

»Ja. Es wird Großes von dir verlangt und auch von anderen. Eine Schlacht muss gekämpft werden, die größte, die es je gegeben hat. Das Gute gegen das Böse. Du musst die Kräfte um dich herum versammeln.«

»Das kann ich nicht. Ich bin nicht bereit. Ich bin … Gott, ich bin müde.«

Er sank auf die Ecke des Lagers nieder und ließ den Kopf in die Hände sinken. »Ich muss zu meiner Mutter gehen. Ich muss ihr sagen, dass ich ihren Sohn nicht habe retten können, dass ich versagt habe.«

»Du hast nicht versagt. Du hast dem Bösen widerstanden, und jetzt musst du mit der Gabe, die dir gegeben ist, das vernichten, was die Welt zerstört. Lass ab von diesem Selbstmitleid!«

Bei dem scharfen Tonfall hob er den Kopf. »Selbst die Götter müssen trauern, Herrin. Ich habe heute Abend meinen Bruder getötet.«

»Dein Bruder ist vor einer Woche von dem Ungeheuer getötet worden. Was heute von der Klippe fiel, war nicht dein Cian, und du weißt es auch. Aber er … macht weiter.«

Mühsam stand er auf. »Er lebt.«

»Es ist kein Leben. Es atmet nicht, es hat keine Seele und kein Herz. Es hat einen Namen, der in dieser Welt noch nicht ausgesprochen wurde. Vampir. Es nährt sich von Blut«, sagte sie und trat auf ihn zu. »Es jagt die Menschen, nimmt ihnen das Leben, oder schlimmer noch, viel schlimmer, es verwandelt die, die es jagt und tötet, in seine eigene Gestalt. Es verbreitet sich wie die Pestilenz, Hoyt. Es hat kein Gesicht und muss sich vor der Sonne verbergen. Das musst du bekämpfen, das und andere Dämonen, die sich versammeln. Dieser Armee musst du beim Fest von Samhain im Kampf begegnen. Und du musst siegen, sonst wird die Welt, wie du sie kennst, die Welt, die du noch kennenlernen wirst, untergehen.«

»Und wie finde ich sie? Wie soll ich sie bekämpfen? Cian war von uns beiden immer der Krieger.«

»Du musst diesen Ort verlassen und dich zu einem anderen begeben und dann wieder zu einem anderen. Einige werden dich aufsuchen, und einige wirst du aufsuchen müssen. Die Hexe, der Krieger, der Gelehrte, der eine in vielen Gestalten und der eine, der verloren ist.«

»Nur noch fünf weitere an meiner Seite? Sechs gegen eine Armee von Dämonen? Herrin …«

»Ein Kreis von sechs, so stark und wahrhaft wie die Waffe eines Gottes. Wenn dieser Kreis entstanden ist, entstehen vielleicht auch andere. Aber diese sechs werden meine Armee sein. Ihr werdet lehren und ihr werdet lernen, und ihr werdet größer sein als eure Zahl. Ein Monat, damit ihr euch findet, einer, um zu lernen, und einer, um zu wissen. Die Schlacht findet an Samhain statt. Und du, mein Kind, bist der Erste.«

»Ich soll meine Familie verlassen, wo doch das, das mir meinen Bruder genommen hat, sie bedrohen könnte?«

»Was dir den Bruder genommen hat, führt die andere Armee an.«

»Ich habe sie – es – verwundet. Es hatte Schmerzen.« Die Erinnerung daran brodelte in ihm.

»Ja, das ist wahr. Das hast du getan. Und es ist lediglich ein weiterer Schritt auf diese Zeit und auf diesen Kampf hin. Sie trägt jetzt dein Zeichen und wird zu dir zurückkommen.«

»Und wenn ich sie jetzt jage und jetzt vernichte?«

»Das kannst du nicht. Du kannst sie nicht erreichen, und, mein Kind, du bist noch nicht bereit, ihr entgegenzutreten. Zwischen diesen Zeiten und Welten wird ihr Durst immer größer werden, den schließlich nur noch die Vernichtung der gesamten Menschheit befriedigen kann. Du wirst deine Rache bekommen, Hoyt, wenn du sie besiegst. Du wirst weit reisen und du wirst leiden. Und auch ich werde unter deinem Schmerz leiden, denn du bist mein. Glaubst du denn, dein Schicksal, dein Glück bedeuten mir nichts? Du bist mein Kind genauso wie das Kind deiner Mutter.«

»Und was wird aus meiner Mutter, Herrin? Aus meinem Vater, meinen Schwestern und ihren Familien? Wenn ich sie nicht beschütze, sterben sie vielleicht zuerst in diesem Kampf, von dem du sprichst.«

»Sie werden diesen Kampf überleben.« Sie breitete die Hände aus. »Deine Liebe zu deinem Blut ist Teil deiner Macht, und ich werde nicht von dir verlangen, dass du sie aufgibst. Du kannst nicht klar denken, ehe du nicht sicher bist, dass ihnen nichts passiert.«

Sie warf den Kopf zurück und reckte die Arme mit den Handflächen nach oben. Der Boden unter Hoyts Füßen bebte leicht, und als er aufblickte, sah er Sternschnuppen am nächtlichen Himmel. Als Lichtpunkte schossen sie auf ihre Handflächen zu und zerbarsten dort wie Flammenbälle.

Wie ein Feuerwesen stand sie da, und sein Herz schlug heftig, als sie sagte: »Geschmiedet von den Göttern, vom Licht und von der Nacht. Symbol und Schild, einfach und wahr. Diese Gaben sollen dir Vertrauen und Treue geben. Ihr Zauber wirkt, wenn Blut vergossen wurde, deins und meins.«

Schmerz durchzuckte seine Handflächen, und er sah ihr Blut und seins in das lodernde Feuer fließen.

»Und er soll leben für alle Zeit. Gesegnet seien die, die Morrigans Kreuz tragen.«

Das Feuer erlosch, und die Göttin hielt Kreuze aus glänzendem Silber in den Händen.

»Sie werden deine Familie beschützen, aber sie müssen die Kreuze immer tragen, Tag und Nacht, von der Geburt bis zum Tod. Jetzt weißt du, dass ihnen nichts geschehen kann, wenn du sie verlässt.«

»Wenn ich es tue, verschonst du dann meinen Bruder?«

»Du willst mit den Göttern feilschen?«

»Ja.«

Sie lächelte, amüsiert wie eine Mutter. »Du bist auserwählt worden, Hoyt, weil du der Richtige bist. Du wirst von hier fortgehen und dich mit den anderen zusammenschließen. Du wirst dich vorbereiten und lernen. Der Kampf wird mit Schwert und Lanze gefochten werden, mit Zähnen und Klauen, mit Witz und Hinterlist. Wenn du siegreich bist, werden die Welten wieder versöhnt sein, und du wirst alles haben, was du möchtest.«

»Wie soll ich gegen einen Vampir kämpfen? Ich habe schon einmal versagt.«

»Lerne und übe«, sagte sie. »Und lerne von ihrer Art. Von einem ihrer Geschöpfe. Einem, der zu dir gehört hat, bevor sie ihn genommen hat. Zuerst musst du deinen Bruder finden.«

»Wo?«

»Nicht nur wo, sondern wann. Blick ins Feuer, und du wirst es sehen.«

Sie befanden sich wieder in seinem Cottage, wie er feststellte, und standen vor dem Herd.

Die Flammen loderten auf und nahmen die Gestalt von Türmen an, von einer großen Stadt.

Stimmen und Geräusche ertönten, wie er sie noch nie gehört hatte. Tausende von Menschen eilten Straßen entlang, die aus einer Art Stein bestanden. Und Maschinen fuhren an ihnen vorbei.

»Was ist das für ein Ort?«, flüsterte er. »Was für eine Welt ist das?«

»Es heißt New York, und es existiert etwa tausend Jahre später. Immer noch gibt es das Böse auf der Welt, Hoyt, aber es gibt auch die Unschuld und das Gute. Dein Bruder ist jetzt schon lange durch die Zeiten gewandert. Jahrhunderte sind vergangen. Daran solltest du denken.«

»Ist er jetzt ein Gott?«

»Er ist ein Vampir. Er muss dich lehren, und er muss an deiner Seite kämpfen. Ohne ihn gibt es keinen Sieg.«

So groß, dachte er. Gebäude aus Silber und Stein, höher als jede Kathedrale. »Findet der Kampf an diesem Ort statt, in diesem New York?«

»Man wird dir sagen, wo und wie es sein wird. Und du wirst es wissen. Und jetzt musst du gehen und dich vorbereiten. Geh zu deiner Familie und gib ihnen ihren Schutz. Dann musst du sie rasch wieder verlassen und zum Tanzplatz der Götter gehen. Du wirst all deine Fähigkeiten und meine Macht brauchen, um hindurchzukommen. Finde deinen Bruder, Hoyt. Es ist Zeit, dass ihr euch zusammentut.«

Er erwachte am Feuer, die Decke um sich geschlungen. Und erkannte, dass es kein Traum gewesen war. Das Blut in seinen Handflächen trocknete bereits, und in seinem Schoß lagen die Silberkreuze.

Noch graute der Morgen nicht, als er bereits Bücher und Heilmittel, Haferkuchen und Honig einpackte. Er sattelte sein Pferd und zog noch einmal einen Schutzkreis um sein Cottage.

Er würde zurückkommen, gelobte er sich.

Er würde seinen Bruder finden, und dieses Mal würde er ihn retten.

Als die Sonne aufging, begann er den langen Ritt nach An Clar, zum Heim seiner Familie.

2

Er ritt nordwärts auf Wegen, die schlammig waren vom Sturm. Die Schrecken und Wunder der Nacht gingen ihm durch den Kopf, während er vornübergebeugt auf seinem Pferd saß, um seine schmerzenden Rippen zu entlasten.

Sollte er lange genug leben, schwor er sich, würde er der heilenden Magie mehr Aufmerksamkeit schenken.

Er ritt an Feldern und Weiden vorbei, auf denen Männer arbeiteten und Vieh graste. Vorbei an Seen, die das Blau des Sommerhimmels widerspiegelten. Er ritt durch Wälder, in denen Wasserfälle über bemooste Steine donnerten, in deren Schatten das Reich des Feenvolks sich befand.

Man kannte ihn hier und zog die Mütze, wenn Hoyt, der Zauberer, vorbeikam. Aber er hielt nicht an, um sich in einer der Hütten oder Cottages bewirten zu lassen. Und er suchte auch keine Gastfreundschaft in den Herrenhäusern oder bei den Mönchen in deren Klöstern.

Auf dieser Reise war er allein, und vor allen Befehlen der Götter würde er zuerst seine Familie aufsuchen. Er würde ihnen ihren Schutz zurücklassen und erst anschließend seinen Auftrag erfüllen.

Mit jeder Stunde fiel es ihm schwerer, gerade auf dem Pferd zu sitzen, wenn er durch Dörfer oder an Gehöften vorbeikam. Seine Würde bescherte ihm beträchtliches Unbehagen, und schließlich musste er am Ufer eines Flusses rasten.

Früher, dachte er, hatte er den Ritt von seinem Cottage nach Hause zu seiner Familie genossen. Allein oder in Gesellschaft seines Bruders war er durch die Felder und Hügel oder auch am Meer entlang geritten und hatte dieselbe Sonne im Gesicht gespürt. Und genau hier, an dieser Stelle, hatte er immer Rast gemacht.

Jetzt jedoch schmerzte die Sonne seinen Augen, und der Geruch nach Erde und Gras erreichte seine Sinne nicht.

Fieberschweiß bedeckte seine Haut, und er biss die Zähne zusammen, um gegen die unerbittlichen Schmerzen anzukämpfen. Obwohl er eigentlich keinen Appetit hatte, aß er einen seiner Haferkuchen und nahm ein wenig von der Medizin, die er eingepackt hatte. Aber seine Rippen schmerzten trotzdem wie ein fauler Zahn.

Wozu mochte er im Kampf wohl nütze sein, fragte er sich. Wenn er jetzt das Schwert heben müsste, um sein Leben zu verteidigen, wäre er ein toter Mann.

Vampir, dachte er. Das Wort passte. Es war erotisch, exotisch und irgendwie grässlich. Wenn er Zeit und Energie hätte, würde er aufschreiben, was er alles darüber wusste. Er war zwar keineswegs davon überzeugt, dass er die Welt vor Dämonen retten würde, aber es war immer besser, Wissen zu sammeln.

Einen Moment lang schloss er die Augen, weil sein Kopf so schmerzte. Eine Hexe, hatte die Göttin ihm gesagt. Er hatte ungern mit Hexen zu tun. Sie rührten ständig in irgendwelchen seltsamen Zutaten herum und klapperten mit ihren Amuletten.

Dann ein Gelehrter. Er zumindest könnte nützlich sein.

Ob der Krieger Cian war? Das hoffte er. Cian, der mit Schwert und Schild wieder an seiner Seite kämpfte. Beinahe glaubte er, die Aufgabe erfüllen zu können, wenn sein Bruder nur bei ihm war.

Der eine mit den vielen Gestalten. Seltsam. Eine Fee vielleicht, aber wie zuverlässig solche Geschöpfe waren, das wussten wohl nur die Götter. Und daraus sollte die vorderste Front im Kampf der Welten bestehen?

Er musterte seine Hand, die er am Morgen verbunden hatte. »Es wäre besser gewesen, ich hätte alles nur geträumt. Ich bin es so leid, was ich sein muss, und außerdem bin ich kein Krieger.«

Reite zurück. Ein zischendes Flüstern. Hoyt sprang auf und griff nach seinem Dolch.

Im Wald bewegte sich nichts, nur ein Rabe auf einem Felsen am Wasser flatterte mit seinen schwarzen Flügeln.

Geh zurück zu deinen Büchern und Kräutern, Hoyt, der Zauberer. Glaubst du, du könntest die Königin der Dämonen besiegen? Geh zurück, geh zurück und leb dein jämmerliches Leben. Dann wird sie dich verschonen. Reitest du jedoch weiter, isst sie dein Fleisch und trinkt dein Blut.

»Hat sie etwa Angst, es mir selbst zu sagen? Das sollte sie auch, denn ich werde sie in diesem und, wenn es sein muss, im nächsten Leben jagen. Ich werde meinen Bruder rächen. Und in dem Kampf, der kommen wird, werde ich ihr das Herz herausreißen und es verbrennen.«

Du wirst schreiend sterben, und sie wird dich in alle Ewigkeit zu ihrem Sklaven machen.

»Du bist lästig.« Der Rabe flog auf, und Hoyt warf den Dolch nach ihm. Er verfehlte sein Ziel, aber der Feuerblitz, den er aus der freien Hand abschoss, traf genau. Der Rabe kreischte, und nur noch Asche fiel zu Boden.

Angewidert betrachtete Hoyt den Dolch. Ganz knapp verfehlt; wenn er nicht verletzt gewesen wäre, hätte er wahrscheinlich getroffen. Zumindest das hatte Cian ihm beigebracht.

Aber jetzt musste er die verdammte Kreatur erst einmal

holen. Vorher nahm er noch eine Hand voll Salz aus der Satteltasche und streute es über die Asche des Vogels. Dann ergriff er seinen Dolch und bestieg mit zusammengebissenen Zähnen sein Pferd.

»Sklave für alle Ewigkeit«, murmelte er. »Das wollen wir doch erst mal sehen, was?«

Er ritt weiter, vorbei an grünen Feldern und an wolkenverhangenen Hügeln. Da seine Rippen einen Galopp nicht ausgehalten hätten, hielt er sein Pferd im Schritt. Dabei döste er ein und träumte, er wäre wieder auf der Klippe und kämpfe mit Cian. Dieses Mal jedoch war er derjenige, der hinunter auf die Felsen stürzte.

Erschreckt fuhr er hoch. Nicht nur der Traum, auch der Schmerz hatte ihn geweckt. Solche Schmerzen konnten doch nur Tod bedeuten.

Sein Pferd graste am Wegesrand, und ein Stück davon entfernt baute ein Mann mit einer spitzen Kappe eine Mauer aus grauen Steinen. Sein Spitzbart war gelb wie der Ginster, der auf dem niedrigen Hügel wuchs, und seine Handgelenke dick wie drei Arme.

»Guten Tag, Sir, da Ihr jetzt aufgewacht seid.« Der Mann tippte sich grüßend an die Kappe und bückte sich nach einem weiteren Stein. »Ihr seid heute schon weit gereist.«

»Ja, in der Tat.« Allerdings war er sich nicht ganz sicher, wo er sich befand. Er hatte Fieber und spürte, wie es ihm den Kopf benebelte. »Ich will nach An Clar, auf das Land der Mac Cionaoith. Wo bin ich hier?«

»Dort, wo Ihr seid«, erwiderte der Mann fröhlich. »Vor Anbruch der Nacht wird Eure Reise nicht vorbei sein.«

»Nein.« Hoyt blickte den Weg entlang, der sich schier endlos erstreckte. »Nein, nicht vor Anbruch der Nacht.«

»Hinter dem Feld ist eine Hütte mit einem Feuer im Herd, aber Ihr habt keine Zeit, um Euch hier aufzuhalten.

Nicht, wenn Ihr noch so weit reiten müsst. Und während wir sprechen, verfliegt die Zeit. Ihr seid erschöpft«, sagte der Mann mitfühlend. »Aber Ihr werdet noch erschöpfter sein, ehe Ihr angekommen seid.«

»Wer seid Ihr?«

»Nur ein Wegweiser. Wenn Ihr zur zweiten Gabelung kommt, haltet Euch in westlicher Richtung. Wenn Ihr den Fluss hört, folgt ihm. An einer Eberesche befindet sich ein heiliger Brunnen, der Brunnen von Bridget, die manche jetzt als Heilige bezeichnen. Dort könnt Ihr Eure müden Knochen für die Nacht ausruhen. Zieht einen Kreis um Euch, Hoyt, der Zauberer, denn sie kommen, um Euch zu jagen. Sie warten nur darauf, dass die Sonne untergeht. Ihr müsst am Brunnen in Eurem Kreis sein, bevor es so weit ist.«

»Wenn sie mich verfolgen und jagen, führe ich sie doch direkt zu meiner Familie.«

»Sie sind ihnen nicht fremd. Ihr tragt Morrigans Kreuz und lasst es bei den Euren. Das und Euren Glauben.« Die Augen des Mannes waren blass und grau, und einen Moment lang schien es, als spiegelten sich Welten darin. »Wenn Ihr scheitert, ist bei Samhain mehr verloren als Euer Blut. Brecht jetzt auf. Die Sonne steht bereits im Westen.«

Was hatte er schon für eine Wahl? In seinem Fieberwahn kam ihm alles nur noch vor wie ein Traum. Der Tod seines Bruder und seine Vernichtung. Die Kreatur auf der Klippe, die sich Lilith genannt hatte. Hatte ihn tatsächlich die Göttin besucht, oder war er immer noch in einem Traum gefangen?

Vielleicht war er ja schon tot und befand sich gerade auf dem Weg in das Leben danach.

Aber an der Gabelung schlug er den Weg nach Westen ein, und als er den Fluss hörte, lenkte er sein Pferd darauf zu. Eisige Schauer durchrannen ihn, vom Fieber und von dem Wissen, dass die Sonne bereits sank.

Erschöpft glitt er vom Pferd und lehnte sich außer Atem an den Hals des Tieres.

Die Wunde an seiner Hand brach wieder auf und färbte den Verband rot. Die untergehende Sonne bildete bereits einen roten Feuerball.

Der heilige Brunnen war ein niedriges Viereck aus Stein an einer Eberesche. Menschen, die hierher gekommen waren, um zu beten oder zu rasten, hatten Bänder und Amulette an den Zweigen befestigt. Hoyt band sein Pferd an, dann kniete er sich hin, ergriff die kleine Schöpfkelle, die neben dem Brunnen lag, und trank von dem kühlen Wasser. Er vergoss ein paar Tropfen auf den Boden für die Götter und murmelte seinen Dank. Dann legte er einen Kupferpfennig auf den Stein, wobei er ihn mit dem Blut aus seiner Wunde beschmierte.

Seine Beine gaben nach, aber da die Dämmerung bereits einsetzte, zwang er sich zur Konzentration und begann seinen Kreis zu ziehen. Es war ein einfacher, ganz zu Beginn bereits erlernter Zauber, aber da seine Macht jetzt nur noch schubweise verfügbar war, stellte es eine elende Aufgabe dar. Der Schweiß rann ihm in Strömen über das Gesicht, und der Kampf um die richtigen Worte und Gedanken erschien wie ein Kampf mit schlüpfrigen Aalen in der Hand.

Er hörte jemanden durch den Wald schleichen, sich jedoch noch im Schatten haltend. Aber es wurde jetzt rasch dunkler, und nur noch die letzten Sonnenstrahlen drangen durch das Laub der Bäume.

Sie waren hinter ihm her, warteten nur noch darauf, bis das letzte Licht erloschen war. Er würde hier sterben, allein, und seine Familie blieb ungeschützt zurück. Und alles nur aus einer Laune der Götter heraus.

»Ich will verdammt sein, wenn ich das zulasse!« Entschlossen richtete er sich auf. Eine Chance hatte er noch. Eine einzige. Er riss sich den Verband von der Hand und versiegelte den Kreis mit seinem eigenen Blut.

»Innerhalb dieses Kreises bleibe das Licht. Es brenne die ganze Nacht hindurch nach *meinem* Willen. Dieser Zauber ist rein, und nur Reines kann hier eindringen. Feuer, lodere auf und brenne mit hellem Schein.«

In der Mitte seines Kreises züngelten Flammen auf, noch schwach zunächst, aber stärker schließlich, als die Sonne untergegangen war. Und was sich im Schatten versteckt hatte, sprang auf ihn zu. Es kam als Wolf, mit schwarzem Fell und blutroten Augen. Als es zum Sprung ansetzte, packte Hoyt seinen Dolch fester, aber das Tier prallte gegen den Schutzkreis und wurde zurückgeschleudert.

Heulend und knurrend zog es die Lefzen hoch. Die Reißzähne schimmerten weiß, als es auf und ab lief, als suchte es eine Schwachstelle in dem Schutzschild.

Ein weiteres Tier gesellte sich zu ihm, schlich aus den Bäumen heran, dann noch eines und noch eines, bis Hoyt sechs zählte. Sie umgaben ihn wie eine Armee.

Jedes Mal, wenn sie zum Sprung ansetzten, bäumte sich sein Pferd auf und wieherte. Er trat darauf zu, ohne die Wölfe aus den Augen zu lassen, und legte ihm die Hände auf. Behutsam beruhigte er seine treue Stute und versetzte sie in Trance. Dann zog er sein Schwert und stieß es in die Erde neben das Feuer.

Er entnahm der Satteltasche seine letzten Vorräte und gab Kräuter in das Wasser aus dem Brunnen – obwohl es mit seinen Heilkünsten wirklich nicht weit her war. Dann hockte er sich neben das Feuer, das Schwert auf einer Seite, den Dolch auf der anderen und den Stab quer über den Beinen.

Fröstelnd zog er seinen Umhang enger um sich, beträufelte einen Haferkuchen mit Honig und würgte ihn hinunter. Die Wölfe saßen um den Kreis herum und heulten den Mond an.

»Ihr habt wohl Hunger, was?«, murmelte er mit klappernden Zähnen. »Hier gibt es nichts für euch. Oh, ich würde alles geben für ein Bett und eine anständige Tasse Tee.« Nach einer Weile fielen ihm die Augen zu. Als sein Kinn auf die Brust sank, kam er sich so einsam vor wie noch nie in seinem Leben.

Er träumte, dass Morrigan ihn aufsuchte, denn sie war wunderschön, und ihr Haar leuchtete wie das Feuer. Es fiel ihr gerade bis auf die Schultern. Sie trug ein seltsames, schwarzes Gewand, das ihre Arme in unzüchtiger Weise unbedeckt ließ. Man konnte sogar die Rundung ihrer Brüste sehen. Um den Hals trug sie ein Pentagramm mit einem Mondstein in der Mitte.

»Das hilft nicht«, sagte sie mit einer Stimme, die fremd und ungeduldig klang. Sie kniete sich neben ihn und legte ihm die Hand auf die Stirn. Ihre Berührung war kühl und beruhigend wie der Regen im Frühjahr. Sie roch nach Wald, erdig und geheimnisvoll.

Einen wahnsinnigen Moment lang sehnte er sich danach, einfach seinen Kopf auf ihre Brust sinken zu lassen und umhüllt von diesem Duft einzuschlafen.

»Du hast Fieber. Lass mal sehen, was du hier hast, damit es dir wieder besser geht.«

Einen Moment lang verschwamm sie ihm vor den Augen, aber dann wurde ihr Bild wieder klar. Ihre Augen waren so grün wie die der Göttin, aber ihre Berührung war menschlich. »Wer bist du? Wie bist du in den Kreis gekommen?«

»Holunderblüte, Schafgarbe. Keinen Cayennepfeffer? Na, dann muss ich mich eben behelfen.«

Er beobachtete sie, wie sie sich nach Art der Frauen zu

schaffen machte, Wasser vom Brunnen holte und es über dem Feuer erhitzte. »Wölfe«, murmelte sie und erschauerte. Er spürte ihre Angst. »Manchmal träume ich von den schwarzen Wölfen oder Raben. Manchmal ist es die Frau. Sie ist die Schlimmste. Aber heute habe ich zum ersten Mal von dir geträumt.« Sie schwieg und betrachtete ihn aus ihren tiefgrünen Augen. »Und doch kenne ich dein Gesicht.«

»Das ist mein Traum.«

Sie lachte leise und streute Kräuter in das heiße Wasser. »Ganz wie du willst. Dann lass uns mal sehen, ob du das Ende noch erlebst.«

Sie fuhr mit der Hand über den Becher. »Kräuter und Wasser, heilende Macht, heut Nacht von Hekates Tochter gebracht. Kühle das Fieber, nimm ihm den Schmerz, und schenke ihm ein starkes Herz. Zauber sei in diesem Trank, und er ist jetzt nicht mehr krank. So sei es.«

»Die Götter mögen mich beschützen.« Mühsam stützte er sich auf einen Ellbogen. »Du bist eine Hexe.«

Lächelnd trat sie zu ihm hin und reichte ihm den Becher. Dann setzte sie sich neben ihn und legte ihm stützend den Arm um die Schultern. »Natürlich. Du doch auch.«

»Nein, das bin ich nicht.« Zu Empörung reichte seine Energie gerade noch. »Ich bin ein Zauberer. Nimm dieses Gift da weg. Es riecht ja sogar schon übel.«

»Das mag sein, aber es wird deine Beschwerden heilen.« Sie setzte ihm den Becher an die Lippen, und als er den Kopf wegdrehen wollte, hielt sie ihn einfach fest und zwang ihm das Gebräu hinein. »Männer benehmen sich wie die Säuglinge, wenn sie krank sind. Und sieh dir deine Hand an! Voller Blut und Schmutz. Warte, ich bringe es schnell in Ordnung.«

»Geh weg«, sagte er mit schwacher Stimme, obwohl er ihren Geruch verführerisch und tröstlich zugleich fand. »Lass mich in Frieden sterben.«

»Du wirst nicht sterben.«

Sie warf den Wölfen einen misstrauischen Blick zu. »Wie stark ist dein Kreis?«

»Stark genug.«

»Hoffentlich hast du Recht.«

Die Erschöpfung und der Baldrian, den sie in den Tee gegeben hatte, ließen seinen Kopf erneut nach vorne sinken. Sie rutschte zur Seite, sodass er auf ihrem Schoß lag. Sanft strich sie ihm über die Haare. »Du bist nicht mehr allein«, sagte sie leise. »Und ich vermutlich auch nicht.«

»Die Sonne … Wie lange bis zum Morgengrauen?«

»Ich wünschte, ich wüsste es. Du solltest jetzt schlafen.«

»Wer bist du?«

Aber falls sie ihm antwortete, so hörte er sie schon nicht mehr.

Als er erwachte, war sie verschwunden, genauso wie sein Fieber. Die ersten Sonnenstrahlen drangen durch das Laub der Bäume.

Von den Wölfen war nur noch einer da, und er lag blutüberströmt außerhalb des Kreises. Hoyt sah, dass seine Kehle und sein Bauch aufgerissen waren. Gerade wollte er näher treten, da strahlte die Sonne hell durch die Blätter auf den Kadaver.

Er ging in Flammen auf, und nur ein schwarzes Häufchen Asche blieb übrig.

»Zur Hölle mit dir und deinesgleichen.«

Hoyt wandte sich ab. Er fütterte sein Pferd und braute sich noch einen Tee. Erst als er beinahe fertig war, stellte er plötzlich fest, dass seine Handfläche verheilt war. Nur noch eine winzige Narbe konnte man sehen. Prüfend krümmte er die Finger und hielt die Hand gegen das Licht.

Neugierig hob er seinen Umhang an. An der Seite hatte er immer noch Blutergüsse, aber sie verblassten schon. Und als er auf seine Rippen drückte, verspürte er keine Schmerzen mehr.

Wenn das heute Nacht gar kein Fiebertraum, sondern eine Vision gewesen war, dann sollte er wohl dankbar sein.

Aber eine derart lebhafte Vision hatte er noch nie gehabt. Und sie hatte so viel von sich zurückgelassen. Er hätte schwören können, dass er sie immer noch riechen und ihre melodische Stimme hören konnte. Sie hatte gesagt, sie habe sein Gesicht gekannt. Seltsam, dass er tief im Innern das Gefühl hatte, ihres ebenfalls zu kennen.

Er wusch sich, aber seinen wiedergewonnenen Appetit konnte er nur mit Beeren und einem trockenen Brotkanten stillen.

Er schloss den Kreis, gab Salz auf die geschwärzte Erde davor, dann schwang er sich in den Sattel und galoppierte davon.

Mit etwas Glück konnte er gegen Mittag zu Hause sein.

Der Rest des Ritts verlief ereignislos, es gab keine Zeichen, keine Vorboten, keine schönen Hexen. Er kannte seinen Weg jetzt, hätte ihn auch in hundert Jahren noch gekannt. Er ließ sein Pferd über eine niedrige Steinmauer springen und galoppierte über das letzte Feld auf sein Zuhause zu.

Schon von weitem sah er das Kochfeuer. Er stellte sich vor, wie seine Mutter im Gesellschaftszimmer saß, Spitze klöppelte oder an einem ihrer Wandbehänge stickte. Und wie sie auf Nachricht von ihren Söhnen wartete. Er wünschte, er könnte ihr bessere Neuigkeiten bringen.

Sein Vater war wahrscheinlich mit dem Verwalter unterwegs, und seine verheirateten Schwestern hielten sich in ihren eigenen Cottages auf. Die kleine Nola war sicher in einem der Ställe und spielte mit den Welpen aus dem neuen Wurf.

Das Haus – ein Steingebäude mit echten Glasfenstern – lag mitten im Wald, weil seine Großmutter, die ihre Macht an ihn und in geringerem Maß an Cian weitergegeben hatte, es so gewollt hatte. Es stand nahe an einem Fluss, und der Garten war der ganze Stolz seiner Mutter.

Ihre Rosen blühten in voller Pracht.

Einer der Diener eilte herbei, um sein Pferd zu nehmen. Hoyt schüttelte nur den Kopf, als er die Frage in den Augen des Mannes sah. Er ging zur Tür, wo immer noch die schwarze Trauerfahne hing.

Drinnen nahm ihm ein anderer Diener den Umhang ab. Hier in der Eingangshalle hingen die Wandbehänge seiner Mutter und deren Mutter.

Einer der Wolfshunde seines Vater kam angelaufen, um ihn zu begrüßen.

Es roch nach Bienenwachs und frisch geschnittenen Rosen. Im Kamin glühte das Torffeuer. Rasch ging er die Treppe zum Zimmer seiner Mutter hinauf.

Sie wartete bereits auf ihn. Sie saß in ihrem Sessel, die Hände im Schoß so fest verschränkt, dass die Knöchel weiß hervortraten. Ihrem Gesicht war die Trauer anzusehen, und es wurde noch bedrückter, als sie las, was in seinen Augen stand.

»Mutter …«

»Du lebst. Du bist gesund.« Sie erhob sich und streckte ihm die Arme entgegen. »Ich habe meinen jüngsten Sohn verloren, aber mein Erstgeborener ist wieder nach Hause zurückgekehrt. Du wirst nach der Reise hungrig und durstig sein.«

»Ich habe Euch viel zu erzählen.«

»Sprich nur.«

»Wenn es Euch recht ist, Madam, möchte ich mit Euch allen sprechen. Ich kann nicht lange bleiben. Es tut mir leid.«

Er küsste sie auf die Stirn. »Es tut mir leid, aber ich muss Euch wieder verlassen.«

Er aß und trank, und die ganze Familie – außer Cian – saß um den Tisch. Aber es war kein Mahl wie die, an die er sich erinnerte, voller Lachen und Gesprächen. Hoyt musterte die Gesichter, als er ihnen berichtete, was geschehen war.

»Wenn es einen Kampf gibt, will ich mit dir kommen und mit dir kämpfen.«

Hoyt blickte seinen Schwager Fearghus an. Er hatte breite Schultern und hielt die Fäuste geballt.

»Wohin ich gehe, kannst du mir nicht folgen. Dieser Kampf geht dich nichts an. Du musst mit Eoin hier bleiben, um mit meinem Vater zusammen die Familie und das Land zu beschützen. Ich würde schwereren Herzens gehen, wenn ich nicht wüsste, dass du und Eoin mich vertreten. Ihr müsst das hier tragen.«

Er holte die Kreuze heraus. »Jeder von euch, und auch alle Kinder, die noch geboren werden. Tag und Nacht, Nacht und Tag. Das«, sagte er und hob eins hoch, »ist Morrigans Kreuz, geschmiedet von den Göttern in magischem Feuer. Der Vampir kann niemanden anrühren, der das Kreuz trägt. Ihr müsst es weitergeben an die, die nach euch kommen, und ihr müsst die Geschichte überliefern. Jeder von euch wird einen Eid schwören, dass er dieses Kreuz bis zu seinem Tod tragen wird.«

Er stand auf, hängte jedem ein Kreuz um den Hals und wartete ab, bis der Schwur ausgesprochen war, bevor er zum Nächsten trat.

Dann kniete er sich vor seinen Vater. Die Hände seines Vaters waren alt, fuhr es Hoyt durch den Kopf. Er war mehr Bauer als Krieger, und schlagartig wurde ihm bewusst, dass sein Vater als Erster sterben würde, noch vor dem Julfest.

Und er wusste auch, dass er nie wieder in die Augen des Mannes blicken würde, der ihn gezeugt hatte.

Sein Herz blutete.

»Ich nehme meinen Abschied von Euch, Sir, und erbitte Euren Segen.«

»Räche deinen Bruder und komm zu uns zurück.«

»Das werde ich.« Hoyt erhob sich. »Ich muss noch packen, was ich mitnehmen muss.«

Er ging in sein Zimmer, das sich im höchsten Turm befand, und begann Kräuter und Salben einzupacken, ohne recht zu wissen, was er eigentlich brauchte.

»Wo ist dein Kreuz?«

Nola stand auf der Schwelle. Ihre dunklen Haare reichten ihr bis zur Taille. Sie war erst acht, hatte aber den größten Platz in seinem Herzen.

»Sie hat mir keins gemacht«, erwiderte er. »Ich habe einen anderen Schutz, und du brauchst dir keine Sorgen zu machen. Ich weiß, worauf ich mich einlasse.«

»Ich werde nicht weinen, wenn du gehst.«

»Warum solltest du auch? Ich bin schon häufiger gegangen und immer wiedergekommen, oder?«

»Du kommst zurück. In den Turm. Sie wird mit dir kommen.«

Vorsichtig stellte er die Flaschen in seine Reisetruhe, dann drehte er sich zu seiner Schwester um. »Wer wird mit mir kommen?«

»Die Frau mit den roten Haaren. Nicht die Göttin, sondern eine sterbliche Frau, die das Zeichen der Hexe trägt. Ich kann Cian nicht sehen, und ich kann auch nicht sehen, ob du gewinnst, aber ich kann dich sehen, hier, mit der Hexe. Und du hast Angst.«

»Sollte ein Mann nicht immer mit Angst in eine Schlacht ziehen? Angst erhält einen am Leben.«

»Ich verstehe nichts von Schlachten. Ich wünschte, ich wäre ein Mann und ein Krieger.« Ihr junger, weicher Mund wurde hart. »Mich hättest du nicht davon abhalten können, dich zu begleiten, wie Fearghus.«

»Das hätte ich auch nicht gewagt.« Er schloss die Truhe und trat auf sie zu. »Ich habe Angst. Sag es nicht den anderen.«

»Nein, ich sage ihnen nichts.«

Ja, der größte Platz in meinem Herzen, dachte er. Er hob ihr Kreuz an und schrieb mit seiner Magie ihren Namen darauf. »So ist es nur deins«, erklärte er.

»Meins und das Kreuz derjenigen, die nach mir meinen Namen tragen werden.« Tränen schimmerten in ihren Augen. »Du wirst mich wiedersehen.«

»Ja, natürlich.«

»Wenn es so weit ist, wird der Kreis vollständig sein. Ich weiß aber nicht, wie oder warum.«

»Was siehst du sonst noch, Nola?«

Sie schüttelte nur den Kopf. »Es ist dunkel. Ich kann nichts sehen. Bis du zurückkehrst, werde ich jeden Abend für dich eine Kerze anzünden.«

»Ihr Licht wird mich nach Hause führen.« Er beugte sich zu ihr herunter und nahm sie in die Arme. »Du wirst mir von allen am meisten fehlen.« Er küsste sie sanft. »Pass auf dich auf.«

»Ich werde Töchter haben«, rief sie ihm nach.

Lächelnd blieb er stehen und drehte sich um. So klein noch, dachte er, und schon so kühn. »Ach ja?«

»Es ist mein Schicksal«, erwiderte sie mit einer Resignation in der Stimme, die seine Mundwinkel zum Zucken brachte. »Aber sie werden nicht schwach sein. Sie werden *nicht* herumsitzen und den lieben langen Tag spinnen und backen.«

Er grinste breit. Das würde er als glückliche Erinnerung

mitnehmen. »Ach nein? Was werden deine Töchter denn sonst tun, junge Mutter?«

»Sie werden Kriegerinnen sein. Und der Vampir, der sich selber für eine Königin hält, wird vor ihnen zittern.«

Sie faltete die Hände, in einer Geste, die der ihrer Mutter sehr ähnlich sah, jedoch nichts von ihrer Demut hatte. »Geh mit den Göttern, Bruder.«

»Bleibe im Licht, Schwester.«

Sie blickten ihm nach – drei Schwestern, die Männer, die sie liebten, die Kinder, die sie hatten. Seine Eltern, selbst die Diener und Stallburschen. Hoyt warf einen letzten, langen Blick auf das Haus, das sein Großvater und dessen Vater aus Stein in diesem Tal, an diesem Fluss, auf diesem Land, das er von ganzem Herzen liebte, gebaut hatten.

Dann hob er zum Abschied die Hand und ritt auf den Tanz der Götter zu.

Er befand sich auf einer mit Gras bewachsenen Anhöhe, die gelb von Butterblumen war. Wolken waren aufgezogen, und nur vereinzelt drangen Sonnenstrahlen durch das dichte Grau. Die Welt war so still, dass er das Gefühl hatte, durch ein Gemälde zu reiten. Der graue Himmel, das grüne Gras, die gelben Blumen und der uralte Steinkreis, den es seit Menschengedenken gab.

Seine Macht lag wie ein Summen in der Luft. Hoyt ging mit dem Pferd darum herum und las die Ogham-Inschrift im Königsstein.

»Welten warten«, übersetzte er. »Die Zeit fließt. Die Götter beobachten.«

Als er abstieg, schimmerte es golden jenseits der Wiese. Dort am Waldrand stand eine Hirschkuh. Das Grün ihrer Augen funkelte wie ihr mit Edelsteinen besetztes Halsband. Majestätisch schritt sie auf ihn zu und verwandelte sich vor seinen Augen in die Göttin.

»Du kommst rechtzeitig, Hoyt.«

»Es war schmerzlich, meiner Familie Lebewohl zu sagen, deshalb habe ich es lieber schnell hinter mich gebracht.«

Er verneigte sich. »Herrin.«

»Kind. Du warst krank.«

»Ein Fieber, aber jetzt ist es vorbei. Hast du mir die Hexe geschickt?«

»Ich brauche dir niemanden zu schicken, der von selber zu dir kommen möchte. Du wirst sie und auch die anderen erneut finden.«

»Meinen Bruder.«

»Er ist der Erste. Es wird bald dunkel. Hier ist der Schlüssel zum Portal.« In ihrer Hand lag ein kleiner Kristallstab. »Trag ihn immer bei dir und pass auf, dass er heil bleibt.«

Als er wieder auf sein Pferd steigen wollte, schüttelte sie den Kopf und ergriff die Zügel. »Nein, du musst zu Fuß gehen. Dein Pferd wird sicher den Weg nach Hause finden.«

Resigniert schulterte er seine Tasche. Dann gürtete er sein Schwert und seinen Stab.

»Wie werde ich ihn finden?«

»Geh durch das Portal in die kommende Welt. In den Tanz hinein. Heb den Schlüssel, sag die Worte. Dein Schicksal liegt dahinter. Von diesem Punkt an hältst du die Menschheit in Händen. Geh durch das Portal«, wiederholte sie. »In den Tanz hinein. Heb den Schlüssel, sag die Worte. Geh durch das Portal …«

Ihre Stimme folgte ihm, als er durch die hohen Steine hindurchging. Er verschloss die Angst in seinem Herzen. Wenn dies seine Bestimmung war, sollte es so sein. Das Leben währte lang, das wusste er. Es erfolgte lediglich in kurzen Schüben.

Er hob den Kristall. Ein einzelner Lichtstrahl drang aus den Wolken und fiel auf die Spitze. Macht fuhr durch seinen Arm wie ein Pfeil.

»Welten warten. Die Zeit fließt. Die Götter beobachten.«

»Wiederhole sie«, sagte Morrigan und sprach die Worte mit ihm gemeinsam. »Welten warten. Die Zeit fließt. Die Götter beobachten.«

Um ihn herum bebte die Luft, Wind kam auf, Licht und Geräusche umgaben ihn. Der Kristall in seiner erhobenen Hand glänzte wie die Sonne und sang wie eine Sirene.

Seine Stimme steigerte sich zu einem Brüllen, er schrie die Worte heraus.

Und dann flog er. Durch Licht und Wind und Klang. Über Sterne und Monde und Planeten hinaus. So schnell, bis ihn das Licht blendete, die Geräusche ihn taub machten und der Wind an seiner Haut zerrte.

Dann verblasste das Licht, der Wind erstarb, und die Welt wurde wieder still.

Keuchend stützte er sich auf seinen Stab und wartete darauf, dass seine Augen sich an das Halbdunkel gewöhnten. Er roch etwas – Leder vielleicht und Rosen.

Er befand sich in einer Art Raum, stellte er fest, aber er war ganz anders als alles, was er jemals gesehen hatte. Lange, niedrige Sessel in leuchtenden Farben standen darin, und ein Tuch bedeckte den Fußboden. An manchen Wänden hingen Bilder und an anderen standen Bücher, Dutzende von in Leder gebundenen Büchern.

Fasziniert trat er einen Schritt vor, als eine Bewegung links von ihm ihn erstarren ließ.

Sein Bruder saß an einer Art Tisch, darauf eine Lampe, die den Raum seltsam glühend beleuchtete. Seine Haare waren kürzer als sonst, und er musterte ihn amüsiert.

In der Hand hielt er eine Art Metallgerät, und sein Instinkt sagte Hoyt, dass dies eine Waffe war.

Cian zielte auf das Herz seines Bruder. Entspannt lehnte er sich in seinem Stuhl zurück und legte die Füße auf den Tisch. Breit grinsend erklärte er: »Da sieh mal einer an, was die Katze da angeschleppt hat.«

Verwirrt blickte Hoyt sich nach einer Katze um. »Erkennst du mich?« Er trat einen Schritt vor. »Ich bin es, Hoyt. Dein Bruder. Ich bin gekommen, um …«

»Um mich zu töten? Zu spät. Ich bin schon lange tot. Bleib einfach da stehen. Ich kann dich ganz gut erkennen. Du siehst … na ja, ziemlich lächerlich aus. Aber ich bin trotzdem beeindruckt. Wie lange hast du gebraucht, um durch die Zeit reisen zu können?«

»Ich …« Seitdem er das Portal durchschritten hatte, war er ein wenig durcheinander, dachte Hoyt. Aber vielleicht lag es ja auch nur daran, dass er seinem toten Bruder gegenüberstand, der äußerst lebendig wirkte. »Cian.«

»Ich benutze diesen Namen nicht mehr. Zurzeit heiße ich Keene. Eine Silbe. Nimm den Umhang ab, Hoyt, und lass uns mal schauen, was du darunter hast.«

»Du bist ein Vampir.«

»Ja, in der Tat, gewiss. Den Umhang, Hoyt.«

Hoyt öffnete die Schließe und ließ den Umhang zu Boden fallen.

»Schwert und Dolch. Schwere Bewaffnung für einen Zauberer.«

»Es wird ein Kampf stattfinden.«

»Glaubst du?« Wieder blickte ihn sein Bruder mit kühler Erheiterung an. »Ich kann dir versprechen, dass du verlieren wirst. Was ich hier in der Hand halte, nennt man Pistole. Es ist eine äußerst wirkungsvolle Waffe. Sie feuert ein Projektil schneller ab, als du blinzeln kannst. Du bist schon tot, noch ehe du überhaupt dein Schwert ziehen kannst.«

»Ich bin nicht hier, um gegen dich zu kämpfen.«

»Ach nein? Als wir uns das letzte Mal gesehen haben – lass mich mal nachdenken. Ach ja, da hast du mich von einer Klippe gestoßen.«

»Du hast mich zuerst von dieser verdammten Klippe gestoßen«, erwiderte Hoyt hitzig. »Ich habe mir dabei die Rippen gebrochen. Ich habe gedacht, du wärst tot. Oh, ihr gnädigen Götter, Cian, ich dachte, du wärst tot.«

»Das bin ich nicht, wie du sehen kannst. Geh wieder dorthin zurück, woher du gekommen bist, Hoyt. Ich hatte tausend Jahre Zeit, um meinen Zorn auf dich zu überwinden.«

»Für mich bist du erst vor einer Woche gestorben.« Hoyt raffte seinen Umhang hoch. »Dir habe ich diese Blutergüsse zu verdanken.«

Cians Blick glitt über den Oberkörper seines Bruders. »Sie heilen bald.«

»Ich bringe dir einen Auftrag von Morrigan.«

»Ach, von Morrigan?« Cian lachte. »Hier gibt es keine Götter. Keinen Gott. Keine Feenköniginnen. Deine Magie hat in dieser Zeit keinen Platz, und du auch nicht.«

»Aber du.«

»Wenn man überleben will, muss man sich anpassen. Hier ist Geld der Gott, und Macht ist sein Partner. Ich habe beides. Deinesgleichen habe ich lange hinter mir gelassen.«

»Diese Welt wird zu Ende gehen, alles wird bei Samhain zu Ende gehen, wenn du mir nicht hilfst, sie aufzuhalten.«

»Wen aufzuhalten?«

»Die, die dich erschaffen hat. Die, die sich Lilith nennt.«

3

Lilith. Hunderte von Leben später durchzuckte eine Erinnerung Cian. Er konnte sie immer noch sehen, sie riechen, das plötzliche Entsetzen spüren, als sie ihm das Leben genommen hatte.

Er schmeckte immer noch ihr Blut und das, was er damit empfangen hatte. Die dunkle, dunkle Gabe.

Seine Welt hatte sich verändert. Und ihm war das Privileg – oder der Fluch – zuteil worden, die Wandlungen von Welten über endlose Zeiten hinweg beobachten zu können.

Hatte er nicht gewusst, dass etwas kommen würde? Warum sonst hatte er mitten in der Nacht wartend hier gesessen?

Warum hatte das Schicksal gerade seinen Bruder – oder den Bruder des Mannes, der er einmal gewesen war – durch die Zeit geschickt, um ihren Namen auszusprechen?

»Nun, jetzt hast du meine Aufmerksamkeit.«

»Du musst mit mir zurückkommen und dich auf den Kampf vorbereiten.«

»Zurück? Ins zwölfte Jahrhundert?«

Cian lachte laut auf.

»Das lockt mich überhaupt nicht. Mir gefallen die Annehmlichkeiten dieser Zeit. Das Wasser ist heiß hier, Hoyt, und die Frauen ebenfalls. Ich interessiere mich nicht für eure Politik und eure Kriege, und ganz sicher nicht für eure Götter.«

»Der Kampf wird mit dir oder ohne dich stattfinden, Cian.«

»Ohne mich ist völlig in Ordnung.«

»Du hast doch noch nie einen Kampf gescheut, hast dich nie vor einer Auseinandersetzung verkrochen.«

»*Verkrochen* ist meiner Meinung nach nicht das richtige Wort«, erwiderte Cian leichthin. »Und die Zeiten ändern sich, glaub mir.«

»Wenn Lilith uns besiegt, wird alles, was du weißt, in dieser Zeit verloren sein, auf ewig. Die Menschheit wird es nicht mehr geben.«

Cian legte den Kopf schräg. »Ich bin kein Mensch.«

»Ist das deine Antwort?« Hoyt trat vor. »Du sitzt da und tust nichts, während sie zerstört? Du stehst daneben, während sie anderen antut, was sie dir angetan hat? Während sie deine Mutter, deine Schwestern tötet? Wirst du auch sitzen bleiben, während sie Nola in das verwandelt, was du bist?«

»Sie sind tot. Lange tot. Sie sind Staub.« Er hatte ihre Gräber gesehen. Er war zurückgekehrt, hatte an ihren und den Grabsteinen derjenigen gestanden, die nach ihnen gekommen waren.

»Hast du alles vergessen, was man dir beigebracht hat? Die Zeiten ändern sich, sagst du. Aber es ist mehr als nur Veränderung. Könnte ich hier sein, wenn die Zeit eine Konstante wäre? Ihr Schicksal steht genauso wenig fest wie deines. Gerade stirbt unser Vater, und doch habe ich ihn verlassen. Ich werde ihn nie mehr lebend sehen.«

Langsam erhob sich Cian.

»Du hast ja keine Vorstellung, was sie ist, wozu sie fähig ist. Sie war alt, Jahrhunderte alt, als sie mich nahm. Glaubst du wirklich, du kannst ihr mit Schwertern und Blitzen Einhalt gebieten? Dann bist du ein größerer Narr, als ich in Erinnerung habe.«

»Ich glaube, ich kann ihr mit deiner Hilfe Einhalt gebieten. Hilf mir. Wenn nicht für die Menschheit, dann für dich selbst. Oder würdest du lieber an ihrer Seite kämpfen? Wenn von meinem Bruder nichts mehr in dir ist, dann lass es uns hier und jetzt beenden.«

Hoyt zog sein Schwert.

Einen langen Augenblick lang musterte Cian das Schwert, blickte auf die Pistole in seiner Hand. Dann steckte er seine Waffe in die Tasche. »Leg dein Schwert weg. Um Himmels willen, Hoyt, du könntest mich im Kampf Mann gegen Mann nicht einmal besiegen, wenn ich lebendig wäre.«

Hoyt warf ihm einen herausfordernden Blick zu. »Als wir das letzte Mal gekämpft haben, hast du dich nicht besonders gut geschlagen.«

»Das ist wohl wahr. Ich habe Wochen gebraucht, um mich zu erholen. Ich bin fast verhungert, weil ich mich tagsüber in irgendwelchen Höhlen verstecken musste. Damals habe ich nach ihr gesucht, nachts, während ich auf der Jagd war, um zu überleben. Sie hat mich im Stich gelassen, ich habe also allen Grund, böse auf sie zu sein. Leg das verdammte Schwert weg.«

Als Hoyt zögerte, sprang Cian im Bruchteil einer Sekunde über den Kopf seines Bruders hinweg, sodass er ihm im Rücken stand und ihn mit einer Drehung des Handgelenks mühelos entwaffnete.

Hoyt drehte sich langsam um. Die Schwertspitze drückte sich ihm an den Hals. »Gut gemacht«, stieß er hervor.

»Wir sind schneller, und wir sind stärker. Wir haben kein Gewissen, das uns behindert. Wir müssen töten, um uns zu ernähren. Um zu überleben.«

»Und warum bin ich dann nicht tot?«

Cian zuckte mit den Schultern. »Es hat wohl etwas mit Neugier zu tun, aber auch mit den alten Zeiten.« Er warf das Schwert quer durch das Zimmer. »Na, komm, lass uns etwas trinken.«

Er trat zu einem Schrank und öffnete ihn. Aus den Augenwinkeln heraus sah er, wie das Schwert wieder in Hoyts Hand zurückflog. »Gut gemacht«, sagte er milde und nahm eine Flasche Wein heraus. »Du kannst mich mit Stahl zwar nicht töten, aber mit ein wenig Glück könntest du mir Körperteile abhacken, die ich lieber behalten würde. Gliedmaßen wachsen uns nicht nach.«

»Ich lege meine Waffen weg und du ebenfalls.«

»Ja, in Ordnung.« Cian nahm die Pistole aus seiner Tasche und legte sie auf den Tisch. »Allerdings hat ein Vampir immer eine Waffe dabei.« Er entblößte kurz seine Eckzähne. »Daran kann ich nichts ändern.« Er schenkte zwei Gläser ein, während Hoyt Schwert und Dolch ablegte. »Setz dich, dann kannst du mir erzählen, warum ich mich an der Rettung der Welt beteiligen soll. Ich bin ein viel beschäftigter Mann. Ich besitze Unternehmen.«

Hoyt nahm das Glas entgegen, das sein Bruder ihm reichte, und schnüffelte misstrauisch daran. »Was ist das?«

»Ein sehr schöner italienischer Rotwein. Ich habe nicht das Verlangen, dich zu vergiften.« Um es zu beweisen, trank er selbst einen Schluck. »Ich könnte deinen Hals wie einen Zweig brechen.« Cian setzte sich und streckte die Beine aus. »In der heutigen Welt würde man das, was wir gerade tun, als Sitzung bezeichnen, und du willst mir gerade etwas verkaufen. Also … klär mich auf.«

»Wir müssen unsere Kräfte sammeln und eine kleine Armee bilden. Wir brauchen einen Gelehrten und eine Hexe, einen Gestaltwandler und einen Krieger. Das musst du sein.«

»Nein. Ich bin kein Krieger, ich bin Geschäftsmann.« Cian lächelte Hoyt träge an. »Dann haben dir die Götter also wie immer erbärmlich wenig an die Hand gegeben. Das ist doch eine unmögliche Aufgabe! Mit den paar Leuten und wer sonst noch dumm genug ist, sich dir anzuschließen, sollst du eine ganze Armee vernichten, die von einem mächtigen Vampir angeführt wird? Vermutlich besteht ihr

Heer auch aus ihresgleichen und anderen Dämonen. Und wenn du sie nicht besiegst, wird die Welt zerstört.«

»Welten«, korrigierte Hoyt ihn. »Es gibt mehr als eine.«

»Na ja, damit hast du immerhin Recht.« Cian trank einen Schluck Wein und überlegte. Für ihn in seiner jetzigen Gestalt existierten so gar keine Herausforderungen mehr, und das war doch zumindest eine interessante Angelegenheit.

»Und welche Rolle soll ich nach Meinung der Götter dabei spielen?«

»Du musst mit mir kommen und mich all dein Wissen über Vampire lehren und wie man sie vernichtet. Was sind ihre Schwächen? Wo liegen ihre Stärken? Welche Waffen und welcher Zauber wirken gegen sie? Bis Samhain müssen wir das alles beherrschen und den ersten Kreis gebildet haben.«

»So lange?«, fragte Cian sarkastisch. »Und was würde für mich dabei herausspringen? Ich bin ein reicher Mann und muss meine Interessen schützen.«

»Würde sie dir erlauben, deinen Reichtum zu behalten, wenn sie an der Macht wäre?«

Cian schürzte die Lippen. Das war ein guter Gedanke. »Möglicherweise nicht. Aber es ist ebenso gut möglich, dass ich meine eigene Existenz und meinen Reichtum aufs Spiel setze, wenn ich euch helfe. Wenn man noch jung ist, so wie du …«

»Ich bin der Ältere.«

»In den letzten neunhundert Jahren nicht mehr. Jedenfalls glaubt man in der Jugend, dass man ewig lebt, und geht deshalb alle möglichen dummen Risiken ein. Aber wenn man so lange gelebt hat wie ich, wird man vorsichtiger. Überleben heißt das Gebot, Hoyt, das haben Menschen und Vampire gemeinsam.«

»Du überlebst, indem du alleine im Dunkeln in diesem kleinen Haus sitzt?«

»Das ist kein Haus«, erwiderte Cian geistesabwesend. »Das ist ein Büro. Ein Ort, an dem man Geschäfte macht. Zufällig besitze ich viele Häuser. Das gehört im Übrigen auch zum Überleben. Wie die Meisten meiner Art bleibe ich selten lange an einem Ort. Wir sind von Natur und aus Notwendigkeit Nomaden.«

Er beugte sich vor und stützte die Ellbogen auf die Knie. Es gab so wenige, mit denen er über sein wahres Wesen sprechen konnte. Auch das war seine Wahl, das war das Leben, das er sich geschaffen hatte. »Hoyt, ich habe Kriege gesehen, zahllose Kriege, wie du sie dir niemals vorstellen könntest. Niemand gewinnt sie. Wenn du diese Aufgabe erfüllst, stirbst du. Oder du wirst ebenfalls ein Vampir. Es wäre doch eine Feder an Liliths Kappe, einen Zauberer von deiner Macht zu überwinden.«

»Glaubst du etwa, ich hätte eine Wahl?«

»Oh ja.« Cian lehnte sich wieder zurück. »Die hast du. Ich habe viele Entscheidungen in meinem Leben getroffen.« Er schloss die Augen und drehte sein Weinglas zwischen den Fingern. »Irgendetwas kommt. In der Welt unter dieser wird getuschelt, an den dunklen Orten. Wenn es stimmt, was sie behaupten, wird es größer, als ich angenommen habe. Ich hätte besser aufpassen sollen, aber ich verkehre grundsätzlich nicht mit Vampiren.«

Verblüfft runzelte Hoyt die Stirn. Cian war immer gesellig gewesen. »Warum nicht?«

»Weil sie Lügner und Mörder sind und sich selbst viel zu wichtig nehmen. Und die Menschen, die mit ihnen Umgang pflegen, sind entweder verrückt oder dem Untergang geweiht. Ich bezahle meine Steuern und benehme mich so unauffällig wie möglich. Und alle zehn Jahre oder so ändere ich meinen Namen und verschwinde vom Radarschirm.«

»Ich verstehe nicht die Hälfte von dem, was du da erzählst.«

»Nein, vermutlich nicht«, erwiderte Cian. »Sie wird uns allen das Leben schwer machen. Das ist bei Blutbädern immer der Fall, und die Dämonen, die sich einbilden, sie müssten die Welt zerstören, sind lächerlich kurzsichtig. Schließlich müssen wir doch darin leben, oder?«

Schweigend saß er da. Wenn er sich konzentrierte, konnte er Hoyts Herz schlagen hören, er hörte den Strom in der Klimaanlage und in der Lampe auf seinem Schreibtisch summen. Er konnte diese Hintergrundsgeräusche aber auch abblocken. Das hatte er im Laufe der Zeit gelernt.

Eine Wahl, dachte er. Gut, warum nicht?

»Letztlich geht es nur um Blut«, sagte Cian mit geschlossenen Augen. »Am Anfang und am Ende geht es immer nur um Blut. Wir brauchen es beide, um zu leben, deine Art und meine. Wir opfern es für die Götter, die du verehrst, für Länder, für Frauen. Und wir vergießen es aus den gleichen Gründen. Meine Art macht sich allerdings keine Gedanken darüber.«

Er öffnete die Augen und zeigte Hoyt, dass sie rot glühen konnten. »Wir nehmen es uns einfach. Wir hungern danach, haben Verlangen danach. Ohne Blut hören wir auf zu sein. Es ist unsere Natur, zu jagen, zu töten, Blut zu trinken. Manchen von uns macht es Freude, anderen Schmerzen zuzufügen, die Angst des Opfers zu beobachten und es zu quälen. Das ist unterschiedlich, wie bei den Menschen. Wir sind nicht alle gleich, Hoyt.«

»Du mordest.«

»Wenn du den Hirsch im Wald jagst und ihm sein Leben nimmst, ist das kein Mord? Du bist doch nicht besser als wir, oft eher geringer.«

»Ich sah deinen Tod.«

»Mein Sturz von den Klippen war nicht …«

»Nein. Ich sah, wie sie dich tötete. Zuerst hielt ich es für einen Traum. Ich sah, wie du aus der Taverne kamst und mit ihr auf ihren Pferdewagen stiegst. Ich sah, wie ihr euch gepaart habt, als ihr aus dem Dorf herausfuhrt. Und ich sah, wie ihre Augen sich veränderten und wie ihre Eckzähne im Dunkeln schimmerten, bevor sie sie in deine Kehle schlug. Ich sah dein Gesicht. Den Schmerz, das Entsetzen und …«

»Die Erregung«, vollendete Cian den Satz. »Ekstase. Es ist ein äußerst intensiver Moment.«

»Du versuchtest dich zu wehren, aber sie war wie ein Tier über dir, und ich dachte, du wärest tot. Aber das warst du nicht. Nicht ganz.«

»Nein, um dich zu ernähren, musst du einfach nur Blut trinken, das Opfer aussaugen. Aber wenn du einen Menschen in einen Vampir verwandeln willst, muss er auch vom Blut seines Schöpfers trinken.«

»Sie schnitt sich selber in die Brust und drückte deinen Mund darauf, und obwohl du versuchtest, dich zu wehren, begannst du zu saugen wie ein Säugling.«

»Das ist ein starker Drang, genau wie der Drang zu überleben. Für mich hieß es: Trink oder stirb.«

»Als sie fertig war, warf sie dich auf die Straße und ließ dich dort liegen. Dort habe ich dich gefunden.« Hoyt trank einen Schluck Wein. »Ich fand dich, bedeckt mit Blut und Staub. Und das nennst du überleben? Dem Hirsch wird mehr Achtung erwiesen.«

»Willst du mir einen Vortrag halten?« Cian erhob sich, um erneut eine Weinflasche zu holen. »Oder möchtest du lernen?«

»Ich muss es erfahren.«

»Manche jagen in Gruppen, manche allein. Am verletzlichsten sind wir, wenn wir erwachen – jeden Abend, nachdem wir den Tag im Grab verschlafen haben. Wir sind Geschöpfe der Nacht. Die Sonne bedeutet den Tod.«

»Ihr verbrennt darin?«

»Manches weißt du also schon.«

»Ich habe es gesehen. Sie jagten mich, als ich nach Hause ritt. Als Wölfe.«

»Nur mächtige Vampire ab einem gewissem Alter, die unter dem Schutz eines anderen mächtigen Herrschers stehen, können die Gestalt verändern. Die Meisten müssen sich mit der Gestalt begnügen, in der sie gestorben sind. Körperlich allerdings altern wir nicht, das ist ein netter Vorzug.«

»Du siehst so aus wie früher«, erwiderte Hoyt. »Und doch auch wieder nicht. Und das liegt nicht nur an deinem Gewand und den Haaren. Du bewegst dich anders.«

»Ich bin nicht der, der ich war, und daran solltest du stets denken. Unsere Sinne sind viel schärfer, und je länger wir leben, desto empfindlicher werden sie. Feuer, wie die Sonne, vernichtet uns. Heiliges Wasser, wenn es gesegnet ist, verbrennt uns, ebenso wie das Kreuz, wenn tiefer Glaube dahinter steht. Dieses Symbol stößt uns ab.«

Kreuze, dachte Hoyt. Morrigan hatte ihm Kreuze gegeben. Ihm fiel ein Stein von der Seele.

»Metall ist ziemlich nutzlos«, fuhr Cian fort, »es sei denn, du kannst uns den Kopf abschlagen. Das würde funktionieren. Aber ansonsten …«

Er erhob sich erneut, trat an den Tisch und ergriff Hoyts Dolch. Er hob ihn hoch, packte das Heft fest und stieß ihn sich in die Brust.

Blut sickerte durch Cians weißes Hemd. Hoyt sprang erschreckt auf.

»Ich hatte ganz vergessen, wie weh das tut.« Cian zuckte zusammen, als er das Messer herauszog. »Das habe ich nun von meiner Demonstration. Wenn du das mit Holz machst, zerfallen wir zu Staub. Aber du musst genau ins Herz treffen. Unser Ende soll qualvoll sein, wie man mir versichert hat.«

Er nahm ein Taschentuch und wischte die Klinge sauber. Dann knöpfte er sein Hemd auf. Die Wunde schloss sich bereits.

»Wir sind schon einmal gestorben und lassen uns so leicht kein zweites Mal aus dem Verkehr ziehen. Und jeden, der es versucht, bekämpfen wir gnadenlos. Lilith ist der älteste Vampir, den ich kenne. Sie kämpft wohl erbitterter als alle anderen.«

Er schwieg und blickte grüblerisch auf seinen Wein. »Deine Mutter. Wie ging es ihr, als du sie verlassen hast?«

»Du hast ihr das Herz gebrochen. Du warst ihr Liebling.« Hoyt zuckte resigniert mit den Schultern. »Das wissen wir beide. Sie bat mich, einen Ausweg zu suchen. In ihrem ersten Schmerz konnte sie an nichts anderes denken.«

»Ich glaube, selbst deine Zauberkünste versagen angesichts der Toten. Oder Untoten.«

»Ich ging in jener Nacht an dein Grab und wollte die Götter bitten, ihrem Herzen Frieden zu schenken, und da sah ich dich, völlig schmutzig.«

»Sich aus einem Grab zu wühlen ist keine saubere Angelegenheit.«

»Du warst dabei, ein Kaninchen zu verschlingen.«

»Vermutlich das Beste, was ich finden konnte. Ich kann mich daran allerdings nicht erinnern. In den ersten Stunden des Erwachens bist du völlig verwirrt, und du hast nur Hunger.«

»Du bist vor mir weggelaufen. Ich sah, was aus dir geworden war – ich hatte früher schon Gerüchte darüber gehört –, und du liefst weg. In der Nacht, als ich dich schließlich wiedersah, war ich auch auf Drängen unserer Mutter zu den Klippen gegangen. Sie hatte mich darum gebeten, dass ich den Zauber zu brechen versuchte.«

»Es ist kein Zauber.«

»Ich dachte, hoffte, wenn ich die Kreatur, die dich gemacht hatte, vernichten würde … Und wenn mir das nicht gelänge, wollte ich töten, was aus dir geworden war.«

»Und keins von beidem ist dir gelungen«, erinnerte Cian ihn. »Das zeigt dir, mit wem du es zu tun hast. Ich war noch unerfahren und wusste kaum, was ich war oder wozu ich fähig war. Glaub mir, sie ist wesentlich gerissener.«

»Wirst du an meiner Seite sein?«

»Du hast wenig Aussichten, den Kampf zu gewinnen.«

»Du unterschätzt mich. Ich habe sogar große Aussichten. Ob ein Jahr oder ein Jahrtausend Vergangenheit: Du bist mein Bruder. Mein Zwilling. Mein Blut. Du hast doch selbst gesagt, dass es letztlich um Blut geht.«

Cian fuhr mit dem Finger am Rand seines Weinglases entlang. »Ich gehe mit dir.«

Er hob die Hand, bevor Hoyt etwas sagen konnte. »Weil ich neugierig bin und mich langweile. Ich bin seit mehr als zehn Jahren an diesem Ort, also ist es ohnehin Zeit, weiterzuziehen. Ich verspreche dir nichts. Verlass dich nicht auf mich, Hoyt, ich kümmere mich in erster Linie um mein eigenes Wohlergehen.«

»Du darfst keine Menschen jagen.«

»Jetzt schon Befehle?« Cian verzog amüsiert die Mundwinkel. »Typisch. Wie ich bereits sagte, mein eigenes Wohlergehen kommt an erster Stelle. Zufällig habe ich seit achthundert Jahren kein Menschenblut mehr zu mir genommen. Nun ja, siebenhundertfünfzig Jahre – ich hatte einen kleinen Rückfall.«

»Warum?«

»Um mir zu beweisen, dass ich widerstehen kann. Und

weil es ein weiterer Weg ist, um in der Welt der Menschen mit ihren Gesetzen – auf angenehme Art – zu überleben. Wenn sie Beute sind, dann sieht man sie nur als Mahlzeiten, und es fällt einem schwer, Geschäfte mit ihnen zu machen. Außerdem hinterlässt der Tod meistens Spuren. Der Morgen dämmert.«

Verwirrt blickte Hoyt sich in dem fensterlosen Raum um. »Woher weißt du das?«

»Ich fühle es. Und ich bin die Fragerei leid. Du wirst im Moment bei mir bleiben müssen. Durch die Stadt kann ich dich leider nicht alleine laufen lassen. Wir sind zwar keine eineiigen Zwillinge, aber du siehst mir trotzdem viel zu ähnlich. Und diese Kleider müssen weg.«

»Soll ich etwa – wie heißt das da?«

»Das ist eine Hose«, erwiderte Cian trocken und ging durch das Zimmer auf einen privaten Aufzug zu. »Ich habe eine Wohnung hier, das macht es einfacher.«

»Pack ein, was du brauchst, und dann brechen wir auf.«

»Ich reise nicht bei Tag, und Befehle nehme ich auch nicht entgegen. Ich gebe sie höchstens selbst. Außerdem muss ich einiges erledigen, bevor ich wegfahren kann. Du musst hier hineintreten.«

»Was ist das?« Hoyt stieß mit seinem Stab gegen die Wände des Aufzugs.

»Eine Art Transportmittel. Es bringt uns zu meiner Wohnung.«

»Wie?«

Cian fuhr sich mit der Hand durch die Haare. »Hör mal, ich habe Bücher da oben und andere Lehrmittel. Du kannst dich die nächsten Stunden damit beschäftigen, dich über die Kultur, die Mode und die Technologie des einundzwanzigsten Jahrhunderts schlau zu machen.«

»Was ist Technologie?«

Cian zog seinen Bruder in die Kabine und drückte den Knopf für das nächste Stockwerk. »Es ist eine Art Gott.«

Diese Welt war voller Wunder. Hoyt wünschte, er hätte Zeit genug, um alles aufnehmen zu können. Das Zimmer wurde nicht von Fackeln erhellt, sondern von etwas, was Cian als elektrisches Licht bezeichnete. Das Essen wurde in einem Kasten aufbewahrt, der so groß war wie ein Mann. Angeblich blieb es darin kalt und frisch, und dann brauchte man noch einen weiteren Kasten, in dem es warm gemacht und gekocht wurde. Wasser lief aus der Wand in eine Schüssel hinein, woraus es wieder abfloss.

Das Haus, in dem Cian wohnte, war hoch oben in der Stadt gebaut, und was für eine Stadt! Der Blick, den Morrigan ihm gewährt hatte, war nichts im Vergleich zu dem, was er durch die Glaswand in Cians Wohnung sehen konnte.

Hoyt dachte, dass wohl selbst die Götter von der Größe dieses New York erstaunt sein müssten. Er hätte gerne noch einmal hingeschaut, aber Cian hatte ihn schwören lassen, dass er die Glaswände bedeckt hielt und sich nicht aus dem Haus wagte.

Wohnung, korrigierte Hoyt sich. Cian hatte es eine Wohnung genannt.

Er hatte Bücher, so viele Bücher, und einen Zauberkasten, den Cian Fernseher genannt hatte. Er enthielt zahlreiche Bilder von Menschen und Orten, Dingen und Tieren. Er hatte höchstens eine Stunde damit herumgespielt, war aber das ständige Geplapper schon leid.

Also setzte er sich lieber hin und las und las, bis seine Augen brannten und sein Kopf zu voll war, um noch irgendetwas aufnehmen zu können.

Er schlief ein auf der Lagerstatt, die Cian als Sofa bezeichnet hatte, umgeben von Büchern.

Er träumte von der Hexe und sah sie in einem Lichtkreis. Sie trug nichts als den Anhänger, und ihre Haut schimmerte milchweiß im Kerzenlicht.

Ihre Schönheit überwältigte ihn.

Sie hielt eine Kristallkugel in beiden Händen. Er hörte ihre Stimme flüstern, verstand aber die Worte nicht. Und doch wusste er, dass es ein Zauberspruch war, weil er die Macht sogar im Traum spürte. Und er wusste, dass sie ihn suchte.

Einen Augenblick lang schienen ihre Blicke im Dunst einander zu begegnen, und Lust und Macht schossen gleichermaßen durch ihn hindurch. Sie öffnete die Lippen, als wollte sie etwas zu ihm sagen.

»Was zum Teufel soll das denn hier?«

Als Hoyt mit einem Ruck hochfuhr, blickte er in das Gesicht eines Riesen. Die Kreatur war groß wie ein Baum und ebenso dick. Er hatte ein Gesicht, über das selbst eine Mutter weinen würde, pechschwarz, mit Narben auf den Wangen und von verfilzten Haarsträhnen umgeben.

Er hatte ein schwarzes und ein graues Auge, die er jetzt beide zusammenkniff. Beim Sprechen entblößte er starke, weiße Zähne.

»Du bist nicht Cian.«

Bevor Hoyt etwas erwidern konnte, wurde er am Kragen hochgehoben und ordentlich durchgeschüttelt.

»Setz ihn wieder ab, King, sonst verwandelt er dich am Ende noch in einen kleinen, weißen Mann.«

Cian schlenderte aus seinem Schlafzimmer in die Küche.

»Woher hat er dein Gesicht?«

»Er hat doch sein eigenes«, erwiderte Cian. »Wenn du genau hinschaust, sehen wir uns gar nicht so ähnlich. Er war früher mein Bruder.«

»Ach ja? Teufel.« King ließ Hoyt einfach aufs Sofa zurückfallen. »Wie ist er denn hergekommen?«

»Zauberei.« Cian holte eine durchsichtige Gefrierpackung mit Blut aus dem abschließbaren Kühlfach. »Götter und Schlachten, Ende der Welt, bla, bla, bla.«

King grinste auf Hoyt herunter. »Verdammt. Und ich habe immer geglaubt, die Hälfte von dem Mist, den du mir erzählt hast, sei, na ja, eben Mist. Er ist immer ein bisschen wortkarg, wenn er seine Abendmahlzeit noch nicht gehabt hat«, erklärte er Hoyt. »Hast du einen Namen, Bruder?«

»Ich bin Hoyt von den Mac Cionaoith. Und du fasst mich nicht noch einmal an.«

»Na, das ist doch ein Wort.«

»Ist er wie du?«, wollten Hoyt und King unisono wissen.

Müde goss Cian das Blut in ein hohes, dickwandiges Glas und stellte es in die Mikrowelle. »Nein, zu beiden von euch. King managt meinen Club unten im Haus. Er ist ein Freund.«

Hoyt kräuselte verächtlich die Lippen. »Dein menschlicher Diener.«

»Ich bin kein Diener.«

»Du hast gelesen.« Cian holte das Glas aus der Mikrowelle und trank. »Hochgestellte Vampire haben manchmal menschliche Diener. Ich ziehe Angestellte vor. Hoyt ist hierher gekommen, um mich in die Armee zu holen, mit der er das große Böse bekämpfen will.«

»Die Steuerbehörde?«

Cian, der jetzt offensichtlich bessere Laune hatte, grinste, und Hoyt bemerkte, dass zwischen den beiden Männern ein Einverständnis herrschte wie früher nur zwischen ihm und seinem Bruder.

»Ja, wenn es nur das wäre. Nein, ich habe dir doch gesagt, dass ich Gerüchte gehört habe, und anscheinend treffen sie zu. Die Götter behaupten, Lilith von den Vampiren habe vor, die Menschheit zu vernichten und die Herrschaft über die Welten zu übernehmen. Mord und Totschlag.«

»Machst du darüber etwas Witze?«, warf Hoyt mit kaum unterdrückter Wut ein.

»Himmel, Hoyt, wir reden hier über Vampir-Armeen und Zeitreisen. Ja, klar mache ich darüber Witze. Wenn ich mit dir gehe, komme ich wahrscheinlich dabei um.«

»Wohin willst du gehen?«

Cian blickte King an und zuckte mit den Schultern. »Zurück in meine Vergangenheit, um für unseren großen General hier als eine Art Berater zu fungieren.«

»Ich weiß nicht, ob wir zurück, vorwärts oder zur Seite gehen.« Hoyt stapelte die Bücher auf den Tisch. »Auf jeden Fall gehen wir zurück nach Irland. Man wird uns sagen, wohin wir als Nächstes reisen müssen.«

»Hast du ein Bier da?«, fragte King.

Cian öffnete den Kühlschrank, holte eine Flasche *Harp* heraus und warf sie King zu.

»Wann brechen wir auf?« King öffnete die Flasche und nahm einen langen Zug.

»Du nicht. Ich habe dir doch immer gesagt, wenn ich gehen muss, gebe ich dir die Vollmacht für den Club. Anscheinend ist die Zeit jetzt gekommen.«

King wandte sich einfach an Hoyt. »Du stellst eine Armee zusammen, General?«

»Ich heiße Hoyt. Ja.«

»Dann hast du jetzt deinen ersten Rekruten.«

»Hör auf.« Cian trat um die Theke herum, die die Küche abtrennte. »Das ist nichts für dich. Du hast von alldem keine Ahnung.«

»Ich weiß über dich Bescheid«, erwiderte King, »und ich weiß einen guten Kampf zu schätzen. Außerdem hast du gesagt, es geht um eine große Schlacht, das Gute gegen das

Böse, und ich möchte von vornherein sicherstellen, dass ich auf der richtigen Seite bin.«

»Wenn er King ist, warum sollte er dann von dir Befehle entgegennehmen?«, warf Hoyt ein. Darüber musste der schwarze Riese so lachen, dass er aufs Sofa sank.

»Genau.«

»Deine unangebrachte Treue zu mir wird dich umbringen.«

»Meine Entscheidung, Bruder.« King prostete Cian mit der Flasche zu. Wieder war etwas Starkes zwischen den beiden zu spüren. »Und ich halte meine Treue nicht für unangebracht.«

»Hoyt, geh mal nach nebenan.« Cian wies mit dem Daumen auf sein Schlafzimmer. »Geh in mein Schlafzimmer. Ich möchte mit diesem Idioten unter vier Augen reden.«

Er bedeutet ihm etwas, dachte Hoyt, als er der Aufforderung nachkam. Dieser Mann bedeutete Cian etwas, und das war eindeutig ein menschlicher Zug. Normalerweise hegten Vampire keine wahren Gefühle Menschen gegenüber.

Stirnrunzelnd blickte er sich im Schlafzimmer um. Wo war der Sarg? In den Büchern hatte gestanden, der Vampir schliefe tagsüber im Sarg in seinem Grab. Aber hier sah er nur ein riesiges Bett, weich und mit feinstem Tuch bespannt.

Er hörte die erhobenen Stimmen hinter der Tür, achtete aber nicht darauf, sondern schaute sich im Privatbereich seines Bruders um. Kleider genug für zehn Männer, stellte er fest, als er den Schrank entdeckte. Na ja, Cian war immer schon eitel gewesen.

Aber kein Spiegel. In den Büchern stand, Vampire hätten kein Spiegelbild.

Er trat ins Badezimmer, und hier fiel ihm der Unterkiefer herunter. Der riesige Waschraum, den Cian ihm gezeigt hatte, bevor er sich hingelegt hatte, war nichts gegen dieses Bad. Die Wanne war so riesig, dass sechs Personen darin Platz gefunden hätten, und daneben stand eine große Kiste aus blassgrünem Glas.

Die Wände und der Fußboden waren aus Marmor.

Fasziniert trat er in die Kiste und begann, mit den Silberknöpfen zu spielen, die aus dem Marmor herausragten. Erschreckt jaulte er auf, als ein kalter Wasserstrahl aus einem der vielen Rohre mit flachem Kopf herauskam.

»Wir ziehen uns aus, bevor wir uns duschen.« Cian kam herein und drehte mit einer Handbewegung das Wasser ab. Dann schnüffelte er. »Und wenn ich darüber nachdenke, könntest du ein bisschen Wasser und Seife durchaus vertragen, bekleidet oder nicht. Du stinkst. Wasch dich«, befahl er. »Und zieh die Sachen an, die ich dir aufs Bett gelegt habe. Ich gehe zur Arbeit.«

Er ging hinaus und überließ es Hoyt, sich zurechtzufinden. Erst nach einiger Zeit merkte er, dass man die Temperatur des Wassers einstellen konnte. Er verbrühte sich fast, fror unter dem eiskalten Wasserstrahl, schließlich aber hatte er die angenehme Mitte gefunden.

Sein Bruder hatte ihm offensichtlich die Wahrheit gesagt, als er von seinem Reichtum geredet hatte, denn das hier war ein unvorstellbarer Luxus. Die Seife allerdings duftete ein wenig weibisch, aber andere gab es nicht.

Genüsslich stand Hoyt unter seiner ersten Dusche und fragte sich, ob er dies mittels Zauberei wohl auch in seiner Zeit einführen könnte, wenn er erst einmal wieder zu Hause wäre.

Die Tücher, die an der Dusche hingen, waren genauso weich wie das Bett, und er kam sich reichlich dekadent vor, als er sich damit abtrocknete.

Umziehen wollte er sich eigentlich nicht, aber seine Kleidung war völlig durchnässt. Er überlegte kurz, ob er seinen zweiten Umhang aus seiner Reisetruhe holen sollte, dachte dann jedoch, dass es vielleicht besser wäre, Cians Kleider anzuziehen.

Er brauchte doppelt so lange zum Anziehen wie sonst. An den seltsamen Verschlüssen verzweifelte er fast. Zum Glück konnte er in die Schuhe einfach so hineinschlüpfen. Sie waren recht bequem, wie er zugeben musste.

Aber er hätte gerne einen Spiegel gehabt, um sich betrachten zu können. Als er aus dem Schlafzimmer trat, blieb er abrupt stehen. Der schwarze König war noch da. Er saß auf dem Sofa und trank Bier aus der Glasflasche.

»So ist es besser«, erklärte er, als er Hoyt sah. »Wahrscheinlich fällst du gar nicht auf, solange du den Mund hältst.«

»Was ist das hier für ein Verschluss?«

»Ein Reißverschluss. Ah, mein Freund, den solltest du besser schließen.« Er stand auf. »Cian ist hinunter in den Club gegangen. Es ist schon dunkel. Er hat mich gefeuert.«

»Hast du dich verbrannt? Ich habe Salbe.«

»Nein. Quatsch. Er hat meine Anstellung beendet. Aber er wird sich schon wieder einkriegen. Wenn er geht, gehe ich auch, ob es ihm nun passt oder nicht.«

»Er glaubt, dass wir alle sterben werden.«

»Damit hat er Recht – früher oder später erwischt es jeden von uns. Hast du jemals erlebt, wie ein Vampir einem Mann so etwas antun kann?«

»Ich habe es bei meinem Bruder gesehen.«

King blickte ihn grimmig an. »Ja, ja, das stimmt. Na ja, das ist seine Sache. Ich habe jedenfalls keine Lust, hier zu sitzen und darauf zu warten, dass mir dasselbe passiert. Er hat recht, es hat Gerüchte gegeben. Es wird einen Kampf geben, und ich nehme daran teil.«

Ein Riese von einem Mann, dachte Hoyt, ein furchterregendes Gesicht und große Kraft. »Bist du ein Krieger?«

»Darauf kannst du deinen Arsch verwetten! Ich mache die Vampire fertig, das kann ich dir versprechen. Aber heute Abend nicht mehr. Sollen wir nicht runtergehen und mal schauen, was so los ist? Das wird ihn ärgern.«

»In seinen …« Wie hatte Cian es noch einmal genannt? »In seinen Club?«

»Genau. Er nennt ihn Eternity. Davon versteht er ja wohl was.«

4

Sie würde ihn finden. Wenn ein Mann sie in seine Träume ziehen konnte und ihr nicht mehr aus dem Kopf ging, dann würde sie ihn aufspüren und herausfinden, warum das so war.

Seit Tagen schon hatte sie das Gefühl, am Rand eines äußerst unsicheren Abgrunds zu stehen. Einerseits war dort etwas Helles und Schönes, andererseits aber auch kalte, angsterregende Leere. Die Klippe selber jedoch war ihr bekannt.

Und was auch immer sich in ihr zusammenbraute, er war Teil davon, das wusste sie. Und er war real; er war aus Fleisch und Blut und so wirklich wie sie selbst. Sie hatte schließlich sein Blut an den Händen gehabt, oder etwa nicht? Sie hatte seine Wunden versorgt und darüber gewacht, dass er sein Fieber ausschlief. Sein Gesicht war ihr so vertraut gewesen, dachte sie. Wie etwas, an das sie sich erinnerte oder in ihren Träumen gesehen hatte.

Trotz seiner Schmerzen hatte er gut ausgesehen, dachte

sie und zeichnete sein Gesicht. Ein schmales, kantiges, aristokratisches Gesicht. Lange, schmale Nase, sinnliche Lippen, ausgeprägte Wangenknochen.

Er wurde auf dem Papier lebendig, während sie ihn zeichnete, in breiten Strichen zunächst, die sie dann ausarbeitete. Tiefliegende Augen, leuchtend blau und intensiv mit beinahe dramatisch geschwungenen Augenbrauen darüber. Schwarze Haare.

Ja, dachte sie, sie sah ihn vor sich, sie konnte ihn aus dem Gedächtnis zeichnen, aber ehe sie ihn nicht gefunden hätte, würde sie nicht wissen, ob sie von der Klippe springen oder lieber zurückweichen sollte.

Glenna Ward war eine Frau, die gerne wusste, wo es langging.

Sie kannte also sein Gesicht, wusste, wie sich sein Körper anfühlte, kannte sogar den Klang seiner Stimme. Sie wusste ohne jeden Zweifel, dass er die Macht besaß. Und sie glaubte, dass er Antworten hatte.

Was kam, musste etwas Größeres sein, weil jedes Vorzeichen sie warnte, und er war stets damit verbunden. Auch sie spielte eine Rolle dabei, das hatte sie fast von ihrem ersten Atemzug an gewusst. Sie hatte das Gefühl, kurz vor der Rolle ihres Lebens zu stehen. Und der verletzte Typ mit den Zauberwolken würde ihr Partner sein.

Er hatte gälisch gesprochen. Sie beherrschte die Sprache ein wenig, weil sie sie ab und zu in Zaubersprüchen verwendete, und sie las sie auch in Grundzügen.

Im Traum jedoch hatte sie nicht nur jedes seiner Worte verstanden, sondern die Sprache auch selber gesprochen, als wäre es ihre Muttersprache.

Also spielte sich das Ganze irgendwo in der Vergangenheit ab – in der guten, alten Vergangenheit, dachte sie. Und wahrscheinlich in Irland.

Sie hatte mit der Kristallkugel gearbeitet und dabei den blutigen Verband benutzt, den sie von diesem seltsamen Besuch mitgebracht hatte. Sein Blut und ihre Gabe würden sie zu ihm führen.

Sie hatte erwartet, dass es mühsam wäre, zumal sie sich ja auch selbst – oder zumindest ihre Essenz – in seine Zeit und an seinen Ort transportieren musste. Zumindest wollte sie es versuchen. Und so saß sie in ihrem Kreis, die Kerzen waren angezündet, und die Kräuter schwammen auf dem Wasser in der Schale. Wieder einmal suchte sie ihn, wobei sie sich auf die Zeichnung seines Gesichts und auf den Verband, den sie mitgebracht hatte, konzentrierte.

»Ich suche den Mann mit diesem Gesicht, suche seine Zeit, seinen Ort. Ich halte sein Blut in meiner Hand und bitte mit seiner Macht. Suche und finde und zeige es mir. So möge es sein.«

Im Geiste sah sie ihn, wie er sich mit gerunzelter Stirn in Bücher vertiefte. Sie vergrößerte den Fokus, sah den Raum. Eine Wohnung? Trübes Licht, das auf sein Gesicht und seine Hände fiel.

»Wo bist du?«, fragte sie leise. »Zeig es mir.«

Und sie sah das Gebäude, die Straße.

Verblüfft sah sie hin. Damit hatte sie ganz sicher nicht gerechnet. Er war in New York, etwa sechzig Blocks entfernt und in der Jetztzeit.

Offensichtlich, dachte Glenna, war Eile geboten. Wer war sie, dass sie das Schicksal in Frage stellen durfte?

Sie schloss den Kreis, räumte ihre Gerätschaften fort und legte die Zeichnung in ihre Schreibtischschublade. Dann trat sie an ihren Kleiderschrank. Was trug eine Frau am besten, wenn sie ihrem Schicksal begegnete? Etwas Auffallendes, etwas Zurückhaltendes oder Geschäftsmäßiges? Etwas Exotisches?

Schließlich entschied sie sich für ein kleines Schwarzes, in dem sie sich jeder Situation gewachsen fühlte.

Während sie mit der Subway nach Uptown fuhr, ließ sie ihre Gedanken treiben. In ihrem Herzen spürte sie schon seit Wochen eine freudige Vorahnung. Und das hier war der nächste Schritt.

Was auch immer auf sie zukäme, was auch immer geschehen würde, sie wollte offen dafür sein.

Und dann würde sie ihre Entscheidungen treffen.

Der Zug war voll besetzt, deshalb musste sie stehen und hielt sich an der Schlaufe über ihrem Kopf fest. Sie mochte den Rhythmus der Stadt, das Tempo, die Geräusche.

Sie war in New York aufgewachsen, allerdings nicht in der Stadt, sondern in einem kleinen Ort, der ihr schon immer zu eng und abgelegen vorgekommen war. Sie hatte immer mehr gewollt. Mehr Farbe, mehr Leben, mehr Menschen. Die letzten vier ihrer sechsundzwanzig Lebensjahre hatte sie in der Stadt verbracht.

Ihre Gabe jedoch hatte sie immer schon erforscht.

In ihrem Blut summte es, als ob ein Teil von ihr wüsste, dass sie sich auf die nächsten Stunden ihr ganzes Leben lang vorbereitet hatte.

An der nächsten Station strömten Menschen herein, und sie ließ sich von den Geräuschen einhüllen, während sie sich das Bild des Mannes, den sie suchte, erneut vergegenwärtigte.

Kein Märtyrergesicht, dachte sie, dazu strahlte er zu viel Kraft aus. Und es war auch zu viel Wut in ihm. Sie hatte diese Mischung zugegebenermaßen interessant gefunden.

Er hatte einen mächtigen Kreis um sich gelegt, aber das, was ihn gejagt hatte, war auch stark gewesen. Auch sie liefen durch ihre Träume, diese schwarzen Wölfe, die weder Tier noch Mensch waren, sondern das Schrecklichste von beidem.

Sie tastete nach dem Anhänger, den sie um den Hals trug. Nun, sie war ebenfalls stark. Sie wusste, wie sie sich selbst schützen musste.

»Sie wird sich aus dir nähren.«

Die Stimme zischte an ihrem Hals, und ein eiskalter Schauer rann ihr über den Rücken. Das, was gesprochen hatte, schien sie zu umfließen, und ihre Lippen gefroren in der Kälte seines Atems.

Die anderen Fahrgäste merkten nichts von der Kreatur, die wie eine Schlange um sie herumglitt. Sie standen oder saßen da, lasen und unterhielten sich.

Ihre Augen waren rot und ihre Eckzähne lang und spitz. Aus ihren Mundwinkeln tropfte Blut. Glenna schlug das Herz bis zum Hals. Sie hatte menschliche Gestalt und trug zu allem Überfluss auch noch einen Business-Anzug. Blauer Nadelstreifen, weißes Hemd und Paisley-Krawatte.

»Wir sind ewig.« Mit seiner blutigen Hand wischte es einer Frau, die ein Taschenbuch las, über die Wange. Ohne etwas zu merken, blätterte die Frau um und las weiter.

»Wir werden euch wie Vieh zusammentreiben, euch reiten wie Pferde, euch in die Falle jagen wie Ratten. Eure Macht ist armselig und wirkungslos, und wenn wir mit euch fertig sind, tanzen wir auf euren Knochen.«

»Wovor habt ihr denn dann Angst?«

Die Kreatur entblößte ihre Eckzähne und sprang auf sie zu.

Glenna unterdrückte einen Schrei und taumelte zurück. Im gleichen Moment war die Erscheinung verschwunden.

»Passen Sie doch auf, junge Frau«, murmelte ungehalten der Mann, gegen den sie geprallt war.

»Entschuldigung.« Ihre Hand war feucht von Schweiß, als sie sich wieder an der Schlaufe festhielt. Der Geruch von Blut hing immer noch in der Luft.

Zum ersten Mal in ihrem Leben fürchtete Glenna sich vor der Dunkelheit, den Straßen, den Menschen, die vorbeigingen. Als der Zug hielt, musste sie sich beherrschen, um nicht loszurennen und sich durch die Menge ihren Weg zur Treppe zu bahnen.

Sie schritt rasch aus, und auch oben auf der Straße, als ihre Absätze auf dem Gehsteig klapperten, keuchte sie noch vor Angst.

Vor dem Club namens Eternity stand eine lange Schlange. Paare und Einzelpersonen warteten darauf, eingelassen zu werden. Statt zu warten, trat Glenna direkt auf den Türsteher zu. Sie lächelte ihn strahlend an und setzte einen kleinen Zauber ein.

Er winkte sie durch, ohne auf seine Liste zu blicken oder sich ihren Ausweis anzuschauen.

Drinnen war Musik, blaues Licht, und Erregung hing in der Luft. Zum ersten Mal in ihrem Leben übertrug sich diese Atmosphäre nicht auf sie.

Zu viele Gesichter, dachte sie. Zu viele Herzschläge. Sie wollte nur den Einen, und auf einmal erschien es ihr unmöglich, ihn hier in der Menge zu finden. Während sie umherging, durchzuckte sie jede zufällige Berührung wie ein Stromstoß. Sie schämte sich für ihre Angst.

Sie konnte sich doch wehren, sie war doch nicht schwach. Aber sie fühlte sich so. Die Kreatur in der Subway war ein Albtraum gewesen, der ihr gezielt geschickt worden war.

Sie hatte ihre Angst gespürt und damit gespielt, bis ihr die Knie schlotterten und sie innerlich schrie.

Sie war viel zu verängstigt gewesen, um sich der einzigen Waffe zu bedienen, über die sie verfügte: Magie.

Langsam wich das Entsetzen der aufkommenden Wut.

Sie hatte sich immer gesagt, sie sei eine Suchende, eine Frau, die Risiken auf sich nahm, Wissen schätzte. Eine Frau, die Fähigkeiten und Verteidigungsmöglichkeiten besaß, die sich die meisten Menschen nicht einmal vorstellen konnten. Und bei dem ersten wirklichen Anzeichen von Gefahr zitterte sie vor Angst. Entschlossen straffte sie die Schultern, atmete tief durch und trat auf die riesige, kreisrunde Bar zu.

Kurz darauf sah sie ihn. Erleichterung überkam sie, gefolgt von Stolz auf sich selbst, weil sie ihre Aufgabe so schnell gemeistert hatte. Interessiert stellte sie fest, dass der Typ blendend aussah.

Seine Haare waren glänzend schwarz und kürzer als bei ihrer ersten Begegnung. Er trug Schwarz. Die Farbe stand ihm genauso gut wie der aufmerksame, leicht reizbare Ausdruck in seinen strahlend blauen Augen.

»Ich habe nach dir gesucht.«

Cian musterte sie. Er war daran gewöhnt, dass Frauen von sich aus auf ihn zukamen. Meistens genoss er es sogar, vor allem, wenn die Frau so außergewöhnlich schön war wie diese hier. In ihren smaragdgrünen Augen blitzte ein leicht amüsiertes Funkeln. Ihre Lippen waren voll und sinnlich geschwungen, ihre Stimme leise und heiser.

Sie hatte eine makellose Figur, und ihr kleines Schwarzes, das viel milchweiße Haut zeigte, saß wie angegossen. Er hätte sich vielleicht sogar eine Weile mit ihr amüsiert, wenn sie nicht diesen Anhänger getragen hätte.

Hexen konnten Ärger machen.

»Wenn ich Zeit habe, mich finden zu lassen, freut es mich, dass schöne Frauen nach mir suchen.« Er wollte sich gerade abwenden, als sie seinen Arm berührte.

»Du bist nicht er. Du siehst nur aus wie er.« Sie hielt ihn fest, und er spürte, wie ihre Macht sich auf ihn übertrug. »Aber das stimmt eigentlich auch nicht. Verdammt.« Sie ließ die Hand sinken und warf ihre Haare zurück. »Ich hätte wissen müssen, dass es nicht so einfach wird.«

Dieses Mal ergriff er ihren Arm. »Kommen Sie, setzen Sie sich erst mal.« In einer ruhigen, dunklen Ecke, dachte Cian. Und zwar so lange, bis er wusste, wer oder was sie war.

»Ich muss jemanden finden.«

»Sie brauchen etwas zu trinken«, erwiderte Cian freundlich und steuerte sie rasch durch die Menge.

»Hören Sie, ich kann mir selbst etwas zu trinken besorgen.« Glenna überlegte kurz, ob sie eine Szene machen sollte, aber wahrscheinlich würde er sie dann hinauswerfen lassen. Sie konnte natürlich auch Magie einsetzen, aber sie wusste aus Erfahrung, dass es nicht ratsam war, dies schon beim kleinsten Problem zu tun.

Sie blickte sich um. Der Club war voller Menschen, Musik dröhnte, und auf einer Bühne stand eine Sängerin. Es war alles sehr öffentlich und sehr belebt, dachte Glenna. Was konnte er ihr unter solchen Umständen schon tun?

»Ich suche nach jemandem.« Am besten war ein unverbindlicher, freundlicher Plauderton, sagte sie sich. »Und habe Sie für ihn gehalten. Das Licht hier drin ist nicht das beste, aber Sie sehen sich auch so ähnlich, dass Sie Brüder sein könnten. Ich muss ihn unbedingt finden. Es ist sehr wichtig.«

»Wie heißt er? Vielleicht kann ich Ihnen ja helfen?«

»Ich kenne seinen Namen nicht. Ja, ich weiß, wie sich das anhört, aber man hat mir gesagt, er sei hier. Ich glaube, er steckt in Schwierigkeiten. Wenn Sie bitte …« Sie wollte seine Hand wegschieben, aber er hielt sie unerbittlich fest.

Was konnte er ihr unter diesen Umständen wohl tun, fragte sie sich erneut. Nun, so gut wie alles. Wieder stieg die Panik in ihr auf, und die Angst schnürte ihr die Kehle zu. Sie schloss die Augen und griff nach ihrer Macht.

Sein Griff wurde noch fester. »Ach, du bist eine Echte«, murmelte er und blickte sie aus stählernen Augen an. »Wir gehen am besten nach oben.«

»Ich gehe nirgendwohin mit Ihnen.« Ihre Angst wuchs. »Das war nur ein kleiner Versuch. Glauben Sie mir, Sie wollen nicht, dass ich richtig loslege.«

»Glauben Sie mir.« Seine Stimme war wie Seide. »Sie wollen mich nicht verärgern.«

Er zog sie hinter sich her auf die offene Wendeltreppe zu. Verzweifelt stemmte sie sich dagegen, und statt ihren Atem mit Schreien zu vergeuden, begann sie mit einer Beschwörung.

Er warf sie sich einfach über die Schulter, als hätte sie das Gewicht einer Feder. Nur die Tatsache, dass er in dreißig Sekunden auf seinem Hintern landen würde, wenn sie mit ihrem Zauberspruch fertig wäre, befriedigte sie.

Das hielt sie jedoch nicht davon ab, sich zu wehren. Zappelnd schlug und trat sie um sich und holte tief Luft, um doch noch zu schreien.

In diesem Moment öffneten sich die Türen des privaten Aufzugs, an dem sie mittlerweile angelangt waren.

Und da stand er, in Fleisch und Blut. Und er sah dem Mann, über dessen Schulter geworfen sie lag, so ähnlich, dass sie ihn ebenfalls hasste.

»Lass mich sofort herunter, du Hurensohn, sonst verwandle ich dein Lokal in einen Mondkrater.«

Lärm, Gerüche und Lichter überfluteten Hoyt, als die Türen des Transportkastens aufgingen. Benommen nahm er wahr, dass sein Bruder vor ihm stand und eine strampelnde Frau hielt.

Seine Frau, stellte er fest. Die Hexe aus seinem Traum war halb nackt und gab unflätige Ausdrücke von sich, wie er sie selbst im schlimmsten Hurenhaus selten gehört hatte.

»Ist das der Dank dafür, dass ich dir geholfen habe?« Sie schob ihre Haare, die ihr wie ein Vorhang vor dem Gesicht hingen, beiseite und blitzte ihn aus ihren grünen Augen an. Dann richtete sie ihren Blick auf King und musterte auch ihn von Kopf bis Fuß.

»Na los«, tobte sie, »ich nehme es mit euch allen dreien auf.«

Da sie wie ein Sack Kartoffeln über Cians Schultern hing, konnte Hoyt sich nicht so recht vorstellen, wie sie ihre Drohung wahr machen wollte, aber bei Hexen konnte man nie wissen.

»Dann gibt es dich also wirklich«, sagte er leise. »Bist du mir gefolgt?«

»Bild dir bloß nichts ein, Arschloch.«

Cian verlagerte ihr Gewicht. »Gehört sie zu dir?«, fragte er Hoyt.

»Kann ich nicht gerade behaupten.«

»Sieh zu, wie du mit ihr klarkommst.« Cian stellte Glenna auf die Füße und hielt die Faust fest, mit der sie auf sein Gesicht zielte. »Tu, was du nicht lassen kannst«, sagte er zu ihr. »Leise. Und dann verschwinde. Und haltet euch mit der Magie zurück. Beide. King.«

Er drehte sich um und ging. King zuckte grinsend mit den Schultern und folgte ihm.

Glenna strich ihr Kleid glatt und warf die Haare zurück. »Was zum Teufel ist mit dir los?«

»Meine Rippen schmerzen immer noch ein wenig, aber im Großen und Ganzen bin ich wieder gesund. Danke für deine Hilfe.«

Sie starrte ihn an und stieß dann geräuschvoll die Luft aus. »Weißt du, was wir jetzt machen? Wir setzen uns, und du gibst mir einen Drink aus. Ich brauche jetzt was zu trinken.«

»Ich … ich habe keine Münze in dieser Hose.«

»Typisch. Na gut, dann bezahle ich.« Sie hakte sich bei

ihm ein, um sicherzugehen, dass sie ihn nicht wieder aus den Augen verlor, und schob sich mit ihm durch die Menge.

»Hat mein Bruder dir wehgetan?«

»Was?«

Er musste schreien. Wie sollte man sich bei diesem Lärm nur unterhalten? Hier waren viel zu viele Leute. Ob das so eine Art Fest war?

Er sah Frauen, die sich in einer Art von rituellem Tanz wanden. Sie hatten sogar noch weniger an als die Hexe. Andere saßen an Silbertischen und tranken aus durchsichtigen Bechern und Krügen.

Er hatte das Gefühl, dass die Musik von überall her zugleich kam.

»Ich habe gefragt, ob mein Bruder dir wehgetan hat.«

»Bruder? Na, das passt ja. Nein, er hat höchstens meinen Stolz verletzt.«

Sie ging die Treppe hinauf zu einer Ebene, auf der es nicht mehr ganz so laut war. Oben blickte sie nach rechts und links und trat dann auf eine Sitzgruppe zu. Auf dem Tisch davor flackerte eine Kerze, und die fünf Personen, die dort saßen, unterhielten sich angeregt.

Sie lächelte sie an, und Hoyt fühlte, wie ihre Macht summte. »Hi. Ihr müsst jetzt aber wirklich nach Hause gehen, nicht wahr?«

Immer noch ins Gespräch vertieft, standen sie auf und ließen ihre zum Teil noch gefüllten durchsichtigen Trinkgefäße auf dem Tisch zurück.

»Es tut mir leid, dass ich ihnen den Abend verderben musste, aber ich glaube, das hier hat Vorrang. Setz dich.« Sie ließ sich nieder und streckte ihre langen, bloßen Beine aus. »Gott, was für eine Nacht.« Sie betastete ihren Anhänger, während sie sein Gesicht musterte. »Du siehst besser aus. Bist du wieder gesund?«

»So einigermaßen. Woher kommst du?«

»Direkt auf den Punkt.« Sie warf der Kellnerin, die ihren Tisch abräumte, einen Blick zu. »Ich hätte gerne einen Martini, pur, zwei Oliven. Staubtrocken.« Fragend blickte sie Hoyt an. Als er schwieg, hob sie zwei Finger.

Sie schob sich die Haare hinter die Ohren, an denen silberne Spiralen mit keltischem Knotenmuster baumelten.

»Ich habe vor jener Nacht von dir geträumt. Zweimal, glaube ich«, begann sie. »Ich versuche immer, auf meine Träume zu achten, aber diese Träume konnte ich nicht festhalten. Ich glaube, im ersten warst du auf einem Friedhof und trauertest. Mir brach es das Herz, an dieses Gefühl erinnere ich mich noch. Seltsam, jetzt sehe ich es viel deutlicher vor mir. Als ich das nächste Mal von dir träumte, warst du auf einer Klippe hoch über dem Meer. Ich sah eine Frau bei dir, die keine Frau war. Selbst im Traum hatte ich Angst vor ihr. Und du auch.«

Erschauernd lehnte sie sich zurück. »Oh ja, jetzt erinnere ich mich auch daran. Ich weiß noch, dass ich schreckliche Angst hatte, und da war ein Sturm. Und du ... du hast gegen sie gekämpft. Ich sandte dir alles, was ich hatte, um dir zu helfen. Ich wusste, dass sie ... sie war falsch. Furchtbar falsch. Da waren Blitze und Schreie ...«

Sie sehnte sich nach etwas zu trinken. »Ich erwachte, und einen Moment lang erwachte auch die Angst mit mir. Und dann verblasste alles.«

Als er immer noch schwieg, holte sie tief Luft. »Okay, bleiben wir noch ein bisschen bei mir. Ich benutzte meinen Spiegel und meine Kristallkugel, aber ich konnte nicht klar sehen. Nur im Schlaf. Du hast mich zu diesem Ort im Wald in den Kreis gebracht. Warum?«

»Das war nicht mein Werk.«

»Meins auch nicht.« Sie trommelte mit Fingernägeln auf

die Tischplatte, die so rot angemalt waren wie ihr Mund. »Hast du auch einen Namen, gut aussehender Mann?«

»Ich bin Hoyt Mac Cionaoith.«

Sie lächelte ihn an. »Nicht von hier, was?«

»Nein.«

»Aus Irland, das höre ich. Und im Traum haben wir gälisch gesprochen, was ich normalerweise nicht tue. Aber es geht wohl um mehr als nur um das Wo, oder? Es geht auch um das Wann. Mach dir keine Sorgen, dass du mich erschrecken könntest. Heute Abend bin ich immun.«

Er überlegte. Sie war ihm gezeigt worden, und sie hatte sich mit ihm im Kreis befunden, also konnte sie ihm wahrscheinlich keinen Schaden zufügen. Er hatte ja den Auftrag, eine Hexe zu suchen, aber sie entsprach nun wirklich nicht seinen Erwartungen.

Und doch hatte sie seine Wunden versorgt und ihn geheilt, und sie war mit ihm im Kreis geblieben, während die Wölfe darum herumgeschlichen waren. Jetzt wollte sie Antworten und vielleicht auch Hilfe von ihm.

»Ich bin durch den Tanzplatz der Götter fast tausend Jahre durch die Zeit gekommen.«

»Okay.« Pfeifend stieß sie die Luft aus. »Vielleicht doch nicht ganz immun. Es wird einem schon eine Menge an Glauben abverlangt, aber angesichts der Ereignisse bin ich durchaus bereit dazu.« Sie ergriff das Glas, das die Kellnerin vor sie hingestellt hatte, und trank einen Schluck. »Machen Sie uns bitte die Rechnung?«, sagte sie dann zu der Kellnerin und reichte ihr ihre Kreditkarte.

»Es kommt etwas«, sagte Glenna, als sie wieder alleine waren. »Irgendetwas Schlimmes, etwas richtig Böses.«

»Das weißt du nicht.«

»Ich kann es nicht sehen, aber ich spüre es, und ich weiß, ich bin dabei mit dir verbunden. Darüber bin ich allerdings nicht begeistert.« Sie trank noch einen Schluck. »Nicht nach dem, was mir in der Subway passiert ist.«

»Ich verstehe dich nicht.«

»Etwas sehr Übles in einem Designer-Anzug«, erklärte sie. »Es sagte zu mir, sie würde sich von mir nähren. Sie – die Frau auf der Klippe, glaube ich. Ich bewege mich hier auf sehr schwankendem Boden. Haben wir es mit Vampiren zu tun?«

»Was ist die Subway?«

Glenna legte die Hand auf die Augen.

»In Ordnung, wir werden dich später auf den neuesten Stand bringen, was aktuelle Ereignisse, Methoden des Massentransportes und so weiter angeht, aber im Moment muss ich wissen, was auf mich zukommt und was von mir erwartet wird.«

»Ich kenne noch nicht einmal deinen Namen.«

»Entschuldigung. Glenna. Glenna Ward.« Sie streckte die Hand aus, und nach kurzem Zögern ergriff er sie. »Nett, dich kennenzulernen. Und jetzt, was zum Teufel geht hier vor sich?«

Er begann, und sie hörte ihm zu. Dann unterbrach sie ihn: »Entschuldigung. Soll das heißen, dass dein Bruder – der Mann, der mich über seine Schulter geworfen hat – ein Vampir ist?«

»Er ernährt sich nicht von Menschenblut.«

»Oh, gut. Toll. Wunderbar. Er ist vor knapp tausend Jahren gestorben, und du bist hergekommen und hast ihn einfach so gefunden.«

»Die Götter haben mir den Auftrag gegeben, eine Truppe zusammenzustellen, um die Armee zu bekämpfen und zu vernichten, die der Vampir Lilith gerade formiert.«

»O Gott, ich glaube, ich brauche noch was zu trinken.«

Er wollte ihr seinen Martini anbieten, aber sie machte

eine abwehrende Geste und winkte der Kellnerin. »Nein, lass nur. Du wirst es selber brauchen.«

Er probierte einen kleinen Schluck und blinzelte. »Was ist das für ein Gebräu?«

»Wodka Martini. Wodka müsstest du eigentlich mögen«, sagte sie. »Ich glaube, er wird aus Kartoffeln gebrannt.«

Sie bestellte sich einen weiteren Martini und ein paar Knabbereien gegen den Alkohol. Dann ließ sie Hoyt den Rest der Geschichte erzählen, ohne ihn zu unterbrechen.

»Und ich bin die Hexe.«

Sie war nicht nur schön, stellte er fest. Und es war nicht nur ihre Macht. Sie hatte etwas Suchendes und eine gewisse Stärke. Ihm fiel ein, was die Göttin gesagt hatte. Manche würde er suchen, und manche würden ihn suchen.

Sie hatte ihn gesucht.

»Das muss ich annehmen. Du, mein Bruder und ich werden die anderen finden, und dann können wir anfangen.«

»Was anfangen? Ein Ausbildungslager oder was? Sehe ich aus wie ein Krieger?«

»Nein.«

Sie stützte das Kinn auf die Faust. »Ich bin gerne eine Hexe, und ich respektiere die Gabe. Ich weiß, dass es einen Grund dafür gibt. Einen Zweck. Allerdings habe ich nicht erwartet, dass es so etwas ist.« Sie blickte ihn an. »Ich habe schreckliche Angst.«

»Ich habe meine Familie verlassen, um hierher zu kommen und das zu tun. Ich habe nur die Silberkreuze und das Wort der Göttin, dass sie geschützt sind. Du weißt gar nicht, was Angst ist.«

»Schon gut.« Sie legte ihre Hand auf seine, und er spürte, dass ihre Geste aufrichtig war. »Schon gut«, wiederholte sie. »Bei dir steht viel auf dem Spiel. Aber auch ich habe eine Familie, und ich muss sicherstellen, dass sie geschützt ist. Und ich muss auch dafür sorgen, dass ich am Leben bleibe, um meine Aufgabe überhaupt erfüllen zu können. Sie weiß, wo ich bin. Sie hat diese Kreatur geschickt, um mich zu erschrecken. Vermutlich ist sie wesentlich besser vorbereitet als wir.«

»Dann bereiten wir uns eben auch vor. Ich muss sehen, was du kannst.«

»Soll ich dir was vorspielen? Hör mal, Hoyt, bis jetzt besteht deine Armee aus drei Personen. Willst du mich beleidigen?«

»Mit King sind wir vier.«

»Wer ist King?«

»Der schwarze Riese. Und ich arbeite nicht gerne mit Hexen zusammen.«

»Ach ja?«, sagte sie gedehnt. »Deine Art ist genauso heiß verbrannt worden wie meine. Wir sind verwandte Seelen, Merlin. Und du brauchst mich.«

»Das mag sein, aber die Göttin hat nicht gesagt, dass es mir gefallen muss, oder? Ich muss deine Stärken und Schwächen kennen.«

»Ja, sicher«, erwiderte sie. »Und ich muss deine kennen. Dass du noch nicht einmal ein lahmendes Pferd heilen könntest, weiß ich ja schon.«

»Das stimmt nicht«, sagte er beleidigt. »Ich war zufällig verwundet und konnte nicht …«

»Du konntest noch nicht einmal zwei gebrochene Rippen und einen Schnitt in der Handfläche flicken. Und wenn es uns gelingen soll, diese Armee aufzubauen, bist du bestimmt nicht der für Verletzungen Zuständige.«

»Das kannst du gerne übernehmen«, giftete er. »Und die Armee werden wir mit Sicherheit aufbauen. Es ist mein Schicksal.«

»Na, hoffentlich ist es dann mein Schicksal, heil wieder

nach Hause zu kommen.« Sie unterschrieb die Rechnung und ergriff ihre Handtasche.

»Wohin gehst du?«

»Nach Hause. Ich habe viel zu tun.«

»Das darfst du nicht. Wir müssen jetzt zusammenbleiben. Sie kennt dich, Glenna Ward. Sie kennt uns alle. Es ist sicherer, wenn wir zusammenbleiben. Wir sind dann stärker.«

»Das mag sein, aber ich muss mir Sachen von zu Hause holen. Ich habe viel zu tun.«

»Es sind Geschöpfe der Nacht. Warte lieber bis morgen Früh.«

»Ach, willst du mir etwa schon Befehle geben?«, sagte sie schnippisch, aber das Bild des Vampirs, der sie in der Subway umkreist hatte, stand ihr doch deutlich vor Augen.

Er packte ihre Hand und drückte sie wieder auf ihren Sessel zurück. »Ist das Ganze für dich denn nur ein Spiel?«

»Nein. Ich habe Angst. Vor ein paar Tagen noch habe ich einfach nur mein Leben gelebt, und jetzt werde ich gejagt und soll in einer apokalyptischen Schlacht kämpfen. Ich will nach Hause. Ich brauche meine eigenen Sachen. Ich muss nachdenken.«

»Die Angst macht dich verletzlich und dumm. Deine Sachen kannst du morgen Früh ebenso gut holen wie jetzt.«

Er hatte natürlich Recht. Außerdem war sie sich gar nicht sicher, ob sie den Mut hatte, wieder hinaus in die Dunkelheit zu gehen. »Und wo soll ich bis morgen Früh bleiben?«

»Mein Bruder hat oben eine Wohnung.«

»Dein Bruder. Der Vampir.« Aufstöhnend sank sie im Sessel zurück. »Wie kuschelig.«

»Er wird dir nichts tun. Ich gebe dir mein Wort darauf.«

»Seins wäre mir lieber, wenn es dir nichts ausmacht. Und wenn er es versucht …« Sie legte die Hände mit den Handflächen nach oben auf den Tisch und konzentrierte sich darauf. Ein kleiner Feuerball entzündete sich. »In den Filmen und Büchern heißt es ja immer, dass Vampire Feuer nicht vertragen. Wenn er versucht, mir etwas zu tun, dann fackele ich ihn ab, und deine Armee besteht nur noch aus einer einzigen Person.«

Hoyt legte einfach seine Hand über ihre, und aus der Flamme wurde eine Eiskugel. »

Versuch nicht, dich mit mir zu messen, und drohe nicht meiner Familie!«

»Netter Trick.« Sie warf das Eisstück in ein leeres Glas. »Lassen wir es mal dabei bewenden. Ich habe das Recht, mich vor jedem zu schützen, der mir etwas anzutun versucht. Einverstanden?«

»Einverstanden. Cian wird dir nichts tun.« Er stand auf und reichte ihr die Hand. »Das gelobe ich dir, hier und jetzt. Ich werde dich beschützen, auch vor ihm, wenn es sein muss.«

»Gut.« Sie ergriff seine Hand und erhob sich. Sie spürte es und erkannte es auch daran, wie seine Pupillen sich weiteten: Da war noch mehr als Magie.

Als sie die Treppe hinuntergingen und sich zum Aufzug wandten, trat Cian ihnen in den Weg. »Warte mal! Wohin nimmst du sie mit?«

»Ich gehe mit ihm«, korrigierte Glenna ihn. »Er nimmt mich nicht mit.«

»Es ist zu gefährlich, wenn sie jetzt nach draußen geht. Sie kann erst bei Tagesanbruch gehen. Lilith hat ihr schon jemanden geschickt.«

»Hier kommt keiner hinein«, sagte Cian. »Sie kann heute Nacht das Gästezimmer haben. Du musst dann leider mit der Couch vorliebnehmen, wenn sie sie nicht mit dir teilen will.«

»Er kann die Couch haben.«

»Warum beleidigst du sie?«, erwiderte Hoyt gereizt. »Sie ist gesandt worden und auf eigene Gefahr hierher gekommen.«

»Ich kenne sie nicht«, sagte Cian lediglich. »Und von jetzt an erwarte ich, dass du mich fragst, ehe du jemanden in meine Wohnung einlädst.« Er gab den Code für den Aufzug ein. »Wenn ihr oben seid, bleibt ihr auch oben. Ich sperre den Aufzug hinter euch ab.«

»Und wenn ein Feuer ausbricht?«, fragte Glenna süß. Cian lächelte nur.

»Dann macht ihr am besten ein Fenster auf und fliegt.«

Als die Türen aufglitten, trat Glenna in den Aufzug. Sie legte Hoyt die Hand auf den Arm. Bevor sich die Türen wieder schlossen, lächelte sie Cian strahlend an. »Du solltest besser daran denken, mit wem du es zu tun hast«, erklärte sie. »Vielleicht tun wir genau das.«

Als sie hochfuhren, schniefte sie. »Ich glaube, ich kann deinen Bruder nicht leiden.«

»Ich bin im Moment selber nicht so glücklich über ihn.«

»Na ja. Kannst du fliegen?«

»Nein.« Er warf ihr einen Blick zu. »Du?«

»Bis jetzt noch nicht.«

5

Die Stimmen weckten sie. Sie waren so leise, dass sie zuerst befürchtete, wieder eine Vision zu haben. Sosehr sie auch ihre Kunst schätzte, Schlaf war ihr ebenfalls wichtig – vor allem nach einem Abend voller Martinis und seltsamen Enthüllungen. Glenna griff nach dem Kissen und zog es sich über den Kopf.

Ihre Meinung über Cian hatte sich ein wenig gebessert,

als sie das Gästezimmer gesehen hatte. Das prächtige Bett mit der hübschen Bettwäsche und genügend Kissen befriedigte sogar ihren Hang zum Luxus.

Es hatte auch nicht geschadet, dass das Zimmer groß war, mit Antiquitäten eingerichtet und in warmen Grüntönen gehalten war. Auch das Badezimmer war der Hammer gewesen, dachte sie jetzt, als sie sich noch einmal unter die Decke kuschelte. Eine riesige Jet-Wanne in strahlendem Weiß beherrschte einen Raum, der halb so groß war wie ihre gesamte Wohnung. Die Ablagen waren ebenfalls waldgrün. Das größte Vergnügen jedoch hatte ihr das Waschbecken in gehämmertem Kupfer bereitet.

Beinahe hätte sie der Versuchung nachgegeben, sich in der Wanne zu aalen und ein paar der Badesalze und -öle auszuprobieren, die in schweren Kristallgläsern neben dicken, glänzenden Kerzen auf der Ablage standen. Aber dann waren ihr die Filme eingefallen, in denen die badende Heldin von Vampiren überfallen wurde, und sie hatte von der Idee lieber Abstand genommen.

Auf jeden Fall stellte das Pied-à-terre des Vampirs – einen solchen Luxus konnte man ja wohl kaum als Wohnung bezeichnen – ihr kleines Loft im West Village völlig in den Schatten.

Sie bewunderte zwar seinen Geschmack, hatte die Schlafzimmertür nach dem Abschließen aber dennoch mit einem Schutzzauber versehen.

Jetzt rollte sie sich auf den Rücken, schob das Kissen beiseite und starrte an die Decke. Sie hatte im Gästezimmer eines Vampirs geschlafen. Ein Zauberer aus dem zwölften Jahrhundert hatte deswegen mit dem Sofa vorliebnehmen müssen. Ein prachtvoller, ernsthafter Typ, der eine Mission erfüllen wollte und von ihr erwartete, das sie mit ihm zusammen den Kampf gegen eine uralte, mächtige Vampirkönigin führte.

Sie hatte ihr ganzes Leben mit Magie verbracht und besaß Fähigkeiten, von denen die meisten Menschen noch nicht einmal etwas ahnten. Aber das hier überstieg selbst ihr Vorstellungsvermögen.

Sie mochte ihr Leben, so wie es war, wusste zugleich jedoch auch, dass sie es so nie wieder würde führen können. Vielleicht kam sie sogar noch nicht einmal mehr hierhin zurück?

Aber was für eine Wahl hatte sie schon? Schließlich konnte sie nicht einfach den Kopf in den Sand stecken und so tun, als wäre nichts geschehen. Es *kannte* sie und hatte ihr bereits einen Boten gesandt.

Wenn sie hier blieb, konnte es sie zu jeder Zeit und überall angreifen. Und dann wäre sie alleine.

Würde sie sich von jetzt an im Dunkeln fürchten? Sich jedes Mal nach Sonnenuntergang draußen ängstlich umschauen? Sich fragen, ob ein Vampir, den nur sie sehen konnte, in die Subway glitt, wenn sie das nächste Mal in die Stadt fuhr?

Nein, so konnte sie nicht leben. Ihre einzige Möglichkeit war, sich dem Problem zu stellen und mit der Angst umzugehen. Und ihre Macht und ihre Fähigkeiten mit denen Hoyts zu vereinen.

An Schlaf war jetzt nicht mehr zu denken, auch wenn es noch unmöglich früh war. Resigniert verdrehte sie die Augen und sprang aus dem Bett.

Im Wohnzimmer ließ Cian seine Nacht mit einem Brandy und einem Streit mit seinem Bruder ausklingen.

Als er im Morgengrauen nach Hause gekommen war, hatte er sich einsam und leer gefühlt. Bei Tageslicht nahm er keine Frau mit, auch nicht, wenn die Vorhänge zugezogen waren. Seiner Meinung nach machte Sex einen verletzlich, und diese Verletzlichkeit wollte er mit niemandem teilen, wenn die Sonne aufgegangen war.

Tagsüber hatte er nur selten Gesellschaft, und die Stunden zwischen Sonnenaufgang und Dämmerung waren oft lang und öde. Allerdings stellte er jetzt fest, dass er die Langeweile der anstrengenden Gegenwart seines Bruders vorzog.

»Du erwartest von ihr, dass sie hier bleibt, bis du dir den nächsten Schritt überlegt hast. Und ich sage dir, das ist nicht möglich.«

»Wie soll sie denn sonst in Sicherheit sein?«, widersprach Hoyt.

»Ich glaube nicht, dass ihre Sicherheit auf der aktuellen Liste meiner größten Sorgen steht.«

Wie sehr sich sein Bruder doch verändert hatte, dachte Hoyt angewidert. Früher hätte er einer Frau, einem unschuldigen Geschöpf, sofort geholfen. »Wir sind alle in Gefahr, jeder Einzelne von uns. Wir haben gar keine andere Wahl, als zusammenzubleiben.«

»Ich habe sehr wohl eine Wahl, und ich werde meine Wohnung nicht mit einer Hexe teilen. Und wenn du darauf bestehst, auch nicht mit dir«, fügte er hinzu. »Ich dulde es nicht, dass sich hier tagsüber jemand aufhält.«

»Ich war gestern doch auch den ganzen Tag hier.«

»Das war eine Ausnahme.« Cian erhob sich. »Und eine, die ich bereits bedaure. Du verlangst viel zu viel von jemandem, dem so gut wie alles gleichgültig ist.«

»Ich habe noch nicht einmal angefangen, etwas zu verlangen. Ich weiß, was getan werden muss. Du hast doch von Überleben gesprochen. Nun, auch dein Leben ist in Gefahr, genauso wie ihres oder meins.«

»Sogar noch mehr, weil dein Rotschopf es sich möglicherweise in den Kopf setzt, mich mit einem Holzpflock zu durchbohren, während ich schlafe.«

»Sie ist nicht mein …« Hoyt winkte frustriert ab. »Ich würde nie zulassen, dass sie dir etwas antut. Das schwöre ich dir. An diesem Ort, in dieser Zeit bist du meine einzige Familie. Mein einziger Blutsverwandter.«

Cians Gesicht wurde ausdruckslos. »Ich habe keine Familie. Und auch das Blut ist nur mein eigenes. Je eher du das begreifst, Hoyt, und akzeptierst, desto besser wird es für dich sein. Was ich tue, tue ich nur für mich, nicht für dich. Auch nicht für deine Sache, sondern nur für mich. Ich habe gesagt, ich kämpfe an deiner Seite, und das tue ich auch. Aber nur aus meinen Gründen.«

»Was sind denn deine Gründe? Nenn sie mir doch wenigstens.«

»Ich mag diese Welt.« Cian ließ sich auf der Armlehne eines Sessels nieder und trank einen Schluck Brandy. »Mir gefällt, was ich mir davon genommen habe, und ich möchte es behalten, und zwar nach meinen Regeln und nicht nach Liliths Launen. Dafür will ich kämpfen. Außerdem gibt es langweilige Phasen, wenn man viele Jahrhunderte lebt, und anscheinend befinde ich mich gerade in einer solchen Phase. Aber ich habe auch meine Grenzen. Und dass du deine Frau in meiner Wohnung unterbringst, geht zu weit.«

»Sie ist wohl kaum meine Frau.«

Cian verzog die Lippen zu einem trägen Lächeln. »Wenn du sie nicht dazu machst, bist du auf diesem Gebiet sogar noch langsamer, als ich mich erinnere.«

»Das ist kein Wettkampf, Cian. Es ist ein Kampf auf Leben und Tod.«

»Ich weiß mehr vom Tod, als du jemals erfahren wirst. Mehr als du von Blut und Schmerzen und Grausamkeit. Jahrhundertelang habe ich die Sterblichen immer und immer wieder beobachtet, habe gesehen, wie sie sich selber auslöschen. Wenn Lilith geduldiger wäre, bräuchte sie einfach nur abzuwarten. Nimm dir die Freuden, wo du sie finden kannst, Bruder, denn das Leben ist lang und oft öde.«

Er hob sein Glas und prostete Hoyt zu. »Noch ein Grund, warum ich kämpfen will. Damit ich etwas zu tun habe.«

»Warum schließt du dich dann nicht ihr an?«, erwiderte Hoyt böse. »Ihr, die dich zu dem gemacht hat, was du bist?«

»Sie hat aus mir einen Vampir gemacht. Was ich bin, habe ich selber aus mir gemacht. Und warum ich mit dir und nicht mit ihr kämpfen will? Dir kann ich vertrauen. Du hältst dein Wort, weil du so bist. Sie wird es nie halten. Es liegt einfach in ihrer Natur.«

»Und was ist mit deinem Wort?«

»Interessante Frage.«

»Ich wüsste gerne die Antwort darauf.« Glenna stand im Türrahmen. Sie trug den schwarzen Seidenmorgenmantel, den sie im Schrank zusammen mit anderen intimen weiblichen Wäschestücken gefunden hatte. »Ihr zwei könnt euch meinetwegen pausenlos streiten, das machen Männer und vor allem Geschwister ja gerne. Aber wenn es um mein Leben geht, möchte ich gerne wissen, womit ich zu rechnen habe.«

»Ich sehe, du fühlst dich schon wie zu Hause«, kommentierte Cian.

»Möchtest du ihn zurückhaben?«

Sie griff nach dem Gürtel und begann ihn aufzuknoten. Cian grinste. Hoyt errötete.

»Ermutige ihn nicht«, sagte er. »Wenn du uns bitte einen Moment entschuldigen würdest …«

»Nein, das werde ich nicht. Ich möchte die Antwort auf deine Frage hören. Und ich möchte wissen, ob dein Bruder nicht vielleicht ein bisschen Hunger hat. Er sieht mich an wie eine Zwischenmahlzeit.«

»Ich ernähre mich nicht von Menschen. Vor allem nicht von Hexen.«

»Weil du die Menschheit so sehr liebst.«

»Weil es nur Probleme macht. Wenn du Menschen beißt, musst du sie entweder töten, oder es gibt Gerede. Selbst wenn du dein Opfer verwandelst, läufst du Gefahr, entdeckt zu werden. Auch Vampire verbreiten Gerüchte.«

Glenna überlegte. »Klingt vernünftig. Na gut, vernünftige Aufrichtigkeit ist mir lieber als Lügen.«

»Ich habe dir doch gesagt, dass er dir nichts tun wird.«

»Ich wollte es aber gerne von ihm selbst hören.« Sie wandte sich wieder an Cian. »Ich könnte dir mein Wort geben, falls du dir Sorgen machst, dass ich dir etwas antun könnte – aber warum solltest du mir vertrauen?«

»Klingt vernünftig«, sagte Cian.

»Allerdings hat dein Bruder mir schon gesagt, er würde mich davon abhalten, wenn ich es versuchte. Möglicherweise fiele es ihm zwar schwerer, als er glaubt, aber … angesichts der Situation, in der wir uns befinden, wäre es dumm von mir, dich zu töten und ihn damit wütend zu machen. Ich habe Angst, aber ich bin nicht dumm.«

»Auch da muss ich mich auf dein Wort verlassen können.«

Beiläufig befingerte sie den Ärmel ihres Morgenmantels und schenkte ihm ein verführerisches Lächeln. »Wenn ich vorhätte, dich zu töten, hätte ich es schon mit einem Zauberspruch versucht. Und du würdest es wissen, denn du hättest es gespürt. Und wenn so wenig Vertrauen zwischen uns dreien herrscht, dann sind wir von Anfang an zum Scheitern verurteilt.«

»Ein Punkt für dich.«

»Und jetzt möchte ich duschen und frühstücken. Und dann gehe ich nach Hause.«

»Sie bleibt.« Hoyt trat zwischen sie. Als Glenna einen Schritt vorwärts machen wollte, hob er nur eine Hand und zwang sie mit der Kraft seines Willens, stehen zu bleiben.

»Nur ganz kurz.«

»Schweig. Keiner von uns verlässt diesen Ort alleine. Keiner von uns. Unser Zusammenschluss beginnt jetzt. Unser Leben und die ganze Welt liegen in unseren Händen.«

»Wende nicht noch einmal deine Macht auf mich an.«

»Was ich tun muss, werde ich tun. Ich hoffe, wir haben uns verstanden. »Hoyt blickte von Glenna zu Cian. Dann wandte er sich wieder an Glenna. »Zieh dich an«, befahl er. »Und dann werden wir holen, was du brauchst. Beeil dich.«

Statt einer Antwort knallte sie die Tür hinter sich zu.

Cian lachte auf. »Na, du verstehst es ja, die Damenwelt zu bezaubern. Ich gehe ins Bett.«

Hoyt stand alleine im Wohnzimmer und fragte sich, wie die Götter bloß auf die Idee gekommen waren, dass er mit zwei solchen Geschöpfen an der Seite Welten wollte retten können.

Sie sagte nichts, aber ein Mann, der Schwestern hat, weiß, dass Frauen Schweigen oft als Waffe gebrauchen. Und ihr Schweigen erfüllte den Raum wie mit Pfeilen, während sie eine Art Karaffe mit Wasser aus dem silbernen Rohr in Cians Küche füllte.

Die Mode der Frauen mochte sich ja in neunhundert Jahren radikal verändert haben, aber ihr Innenleben war sicher noch dasselbe.

Allerdings war es ihm trotzdem ein Rätsel.

Sie trug das Kleid vom Abend zuvor, war jedoch noch nicht in ihre Schuhe geschlüpft. Er war sich nicht sicher, warum der Anblick ihrer bloßen Füße ihn erregte.

Sie hätte nicht mit seinem Bruder flirten sollen, dachte er

verärgert. Sie befanden sich im Krieg und hatten keine Zeit für Tändeleien. Und wenn sie vorhatte, mit entblößten Armen und Beinen herumzulaufen, dann …

Er rief sich selbst zur Ordnung. Was gingen ihn ihre Beine an? Er durfte nur die Aufgabe sehen, die sie in dem Ganzen hatte. Dass sie so hübsch war, spielte keine Rolle. Und es spielte auch keine Rolle, dass ihr Lächeln in seinem Herzen ein kleines Feuer entfachte.

Und wenn er sie anschaute, hätte er sie am liebsten berührt.

Er beschäftigte sich mit den Büchern, schwieg ebenfalls und hielt sich innerlich einen Vortrag über gute Manieren.

Plötzlich hing ein verführerisches Aroma in der Luft. Misstrauisch warf er ihr einen Blick zu und überlegte, ob sie vielleicht irgendeinen Frauenzauber anwandte. Aber sie hatte ihm den Rücken zugewandt und reckte sich auf ihre hübschen Zehenspitzen, um eine Tasse aus einem Schrank zu nehmen.

Der Duft kam aus der Karaffe, stellte er fest, die jetzt mit einer schwarzen, dampfenden Flüssigkeit gefüllt war.

Er verlor den Schweigekampf. Aber so ging es den Männern immer, jedenfalls nach Hoyts Erfahrung.

»Was braust du da?«

Sie goss die schwarze Flüssigkeit aus der Karaffe in die Tasse und drehte sich zu ihm um. Aus kühlen, grünen Augen musterte sie ihn, während sie einen Schluck trank.

Um seine Neugier zu befriedigen, ging er selbst um die Theke herum in die Küche, nahm sich eine Tasse aus dem Schrank und goss sich ebenfalls etwas von der Flüssigkeit ein. Er roch daran – er konnte kein Gift entdecken – und trank einen Schluck.

Es durchfuhr ihn wie ein Stromschlag. Ein mächtiger, starker Blitz.

»Es schmeckt sehr gut«, sagte er und trank noch einen Schluck.

Statt einer Antwort ging sie an ihm vorbei durch das Zimmer zum Gästezimmer.

Hoyt verdrehte die Augen. Würde er von der Frau und seinem Bruder jetzt ständig mit schlechter Laune und Schmollen gequält werden? »Wie soll ich denn tun, was getan werden muss«, fragte er die Götter, »Wenn wir uns jetzt schon untereinander bekämpfen?«

»Wenn du schon einmal dabei bist, kannst du deine Göttin gleich bitten, dir zu sagen, was sie davon hält, wenn du mich einfach beiseite schubst.« Glenna trat wieder ins Zimmer. Sie hatte jetzt ihre Schuhe an und trug den Beutel bei sich, den er schon am Abend zuvor bei ihr gesehen hatte.

»Das war nur eine Verteidigungsmaßnahme gegen deine streitsüchtige Natur.«

»Ich streite gerne. Und ich möchte nicht jedes Mal von dir geschubst werden, wenn dir nicht gefällt, was ich sage. Wenn du es noch einmal machst, schlage ich zurück. Ich benutze meine Zauberkraft für gewöhnlich nicht als Waffe, aber in deinem Fall würde ich die Regel brechen.«

Es ärgerte ihn, dass sie auch noch im Recht war. »Was ist das für ein Gebräu?«

Sie stieß die Luft aus. »Es ist Kaffee. Du hast bestimmt auch schon mal Kaffee getrunken. Ich glaube, es gab ihn schon bei den Ägyptern.«

»Nicht solchen wie diesen hier«, erwiderte er.

Sie lächelte, also war das Schlimmste wohl überstanden. »Sobald du dich entschuldigt hast, können wir gehen.«

Er hätte es besser wissen müssen. Das war das Kreuz mit Frauen. »Entschuldige, dass ich gezwungen war, meine Willenskraft einzusetzen, um dich daran zu hindern, den ganzen Vormittag mit Streiten zu verbringen.«

»Na, du bist ja ein cleveres Bürschchen. Dieses eine Mal lasse ich es dir noch durchgehen. Komm, lass uns gehen.« Sie trat zum Aufzug und drückte auf den Knopf.

»Ist es heutzutage Mode, dass die Frauen so angriffslustig und scharfzüngig sind, oder ist das nur bei dir so?«

Sie warf ihm einen Blick über die Schulter zu. »Ich bin auf jeden Fall im Moment die Einzige, über die du dir Gedanken machen kannst.« Sie trat in den Aufzug und hielt die Tür auf. »Kommst du?«

Sie hatte eine Strategie entwickelt. Als Erstes würde sie ein Taxi anhalten. Ganz gleich, worüber sie sich unterhielten oder wie seltsam Hoyt sich benahm, ein New Yorker Taxifahrer hatte alles schon gesehen und gehört.

Außerdem besaß sie einfach noch nicht genug Mut, um die Subway zu nehmen.

Wie sie erwartet hatte, blieb Hoyt stehen, kaum dass sie das Haus verlassen hatten. Staunend blickte er sich um, studierte den Verkehr, die Fußgänger, die Gebäude.

Niemand würde auf ihn achten, und wenn ihn einer bemerkte, würde er ihn für einen Touristen halten.

Als er den Mund öffnete, um zu sprechen, legte sie ihm den Finger auf die Lippen. »Du hast bestimmt eine Million Fragen. Sammle sie doch einfach, und ich werde sie dir nach und nach alle beantworten. Aber im Moment muss ich uns erst einmal ein Taxi rufen. Und wenn wir darin sitzen, versuch bitte, nicht zu außergewöhnlich zu klingen.«

Selbstverständlich wimmelten die Fragen durch seinen Kopf wie Ameisen, aber er erwiderte würdevoll: »Ich bin kein Narr. Ich weiß sehr wohl, dass ich hier fehl am Platze bin.«

Nein, er war kein Narr, dachte Glenna, als sie an den Straßenrand trat und den Arm ausstreckte. Und er war auch kein Feigling. Dass er sich die Augen aus dem Kopf starren würde, hatte sie erwartet, aber sie hatte eigentlich auch damit gerechnet, dass der Lärm und das Tempo der Großstadt ihm Angst einjagen würden. Davon war jedoch nichts zu spüren. Er wirkte lediglich neugierig, gemischt mit Faszination und Missbilligung.

»Mir gefällt nicht, wie die Luft hier riecht.«

Sie hielt ihn zurück, als er neben sie an den Straßenrand trat. »Du gewöhnst dich schon noch daran.« Als ein Taxi anhielt, flüsterte sie Hoyt zu: »Steig genauso ein wie ich, und dann lehn dich einfach zurück und genieß die Fahrt.«

Drinnen beugte sie sich über ihn, um seine Tür zuzuziehen, und gab dem Fahrer ihre Adresse. Hoyt riss die Augen auf, als der Mann sich wieder in den Verkehr einfädelte.

»Ich verstehe selbst nicht so viel davon«, sagte sie durch das Dröhnen der indischen Musik aus dem Radio. »Wir sitzen in einem Taxi, einer Art Auto. Es läuft mit einem Verbrennungsmotor, der von Benzin und Öl angetrieben wird.«

Sie tat ihr Bestes, um ihm Ampeln, Zebrastreifen, Wolkenkratzer, Kaufhäuser und was ihr sonst noch so in den Sinn kam, zu erklären. Es war, als sähe sie die Stadt selbst zum ersten Mal, und es begann ihr zu gefallen.

Er hörte aufmerksam zu, und sie sah ihm an, dass er alle Informationen, alles, was er sah, hörte und roch, wie in einer inneren Datenbank speicherte.

»Es sind so viele.« Er sagte es leise, und sein bekümmerter Tonfall ließ sie aufhorchen. »So viele Menschen«, fuhr er fort und starrte aus dem Seitenfenster. »Und sie wissen nicht, was kommt. Wie sollen wir sie nur alle retten?«

Es durchfuhr sie wie ein Messerstich. So viele Menschen, ja. Und das war nur ein Teil einer Stadt in einem Bundesland. »Wir können nicht alle retten. Das kann man nie.«

Sie griff nach seiner Hand und drückte sie. »Denk nicht an die vielen Menschen, sonst wirst du verrückt. Wir machen einen Schritt nach dem anderen.«

Sie bezahlte das Taxi, als sie angekommen waren – und dachte dabei an ihre Finanzen und wie sie dieses kleine Problem in den nächsten Monaten bewältigen sollte. Wieder griff sie nach Hoyts Hand, als sie auf dem Bürgersteig standen.

»Das ist mein Gebäude. Wenn wir drinnen jemandem begegnen, lächelst du einfach charmant. Die Leute werden denken, ich bringe einen Liebhaber mit nach Hause.«

Schockiert blickte er sie an. »Machst du so etwas?«

»Ab und zu.« Sie schloss auf und stand mit ihm in dem winzigen Vorraum, während sie auf den Aufzug warteten. Als sie hinauffuhren, drückte sie ihm erneut fest die Hand.

»Haben alle Häuser solche …«

»Aufzüge. Nein, aber viele.« Vor ihrer Wohnung öffnete sie das Eisengitter, und dann traten sie ein.

Die Wohnung war nicht groß, aber das Licht war exzellent. An den Wänden hingen ihre Gemälde und Fotografien, und den Fußboden bedeckten selbstgewebte Teppiche in kühnen Farben und Mustern.

Es war aufgeräumt, was ihrer Natur entsprach. Ihre Bettcouch hatte sich für den Tag in ein gemütliches Sofa verwandelt, und die Küchennische, die sie gerade erst geputzt hatte, blitzte vor Sauberkeit.

»Du lebst allein. Und niemand hilft dir.«

»Eine Hilfe kann ich mir nicht leisten, und ich lebe gerne allein. Personal und Dienstboten verschlingen nur Geld, und davon habe ich nicht genug.«

»Gibt es keine Männer in deiner Familie, und bekommst du keinen Unterhalt?«

»Seit meinem zehnten Lebensjahr nicht mehr«, erwiderte

sie trocken. »Ich arbeite. Frauen arbeiten genauso wie Männer. Im Idealfall sind wir nicht von einem Mann abhängig, der für uns finanziell oder in anderer Hinsicht sorgt.«

Sie stellte ihre Tasche ab. »Ich verdiene meinen Lebensunterhalt, indem ich Gemälde und Fotografien verkaufe. Hauptsächlich male ich Grußkarten oder Motive für Briefpapier und Notizblöcke.«

»Ah, du bist Künstlerin.«

»Genau«, sagte sie. Es erheiterte sie, dass zumindest ihre Berufswahl seine Zustimmung fand. »Mit den Grußkarten zahle ich die Miete, aber ab und zu verkaufe ich auch ein richtiges Bild. Ich bin selbstständig und lebe nach meinem eigenen Terminkalender, da hast du Glück gehabt. Ich bin niemandem Rechenschaft schuldig, deshalb kann ich mir die Zeit nehmen, um das zu tun, was getan werden muss.«

»Meine Mutter ist auf ihre Art auch eine Künstlerin. Ihre Wandbehänge sind wundervoll.« Er trat zum Gemälde einer Meerjungfrau, die sich aus einem aufgewühlten Meer erhob. Ihr Gesicht spiegelte Macht wider, eine Art von Wissen, das Frauen wohl angeboren war. »Ist das dein Werk?«

»Ja.«

»Es zeigt, was du kannst, und deine Magie überträgt sich durch Farbe und Form.«

Mehr als Zustimmung, dachte sie und ließ sich von seiner Bewunderung wärmen. »Danke. Normalerweise hättest du mir jetzt damit den Tag gerettet, aber heute ist irgendwie ein seltsamer Tag. Ich muss mich umziehen.«

Er nickte geistesabwesend und trat bereits zu einem anderen Gemälde.

Glenna blickte ihm nach und trat dann schulterzuckend an ihren Kleiderschrank. Sie suchte die Kleidung heraus und ging damit ins Badezimmer.

Als sie aus ihrem Kleid schlüpfte, dachte sie, dass Männer

ihr gewöhnlich mehr Aufmerksamkeit schenkten. Darauf achteten, wie sie aussah, wie sie sich bewegte. Es war demütigend, so missachtet zu werden, auch wenn er wichtigere Dinge im Kopf hatte.

Sie zog Jeans und ein weißes Tank Top an. Dann schminkte sie sich rasch und band die Haare zu einem kurzen Pferdeschwanz zusammen.

Als sie aus dem Badezimmer kam, stand Hoyt in der Küche und befingerte ihre Kräuter.

»Fass meine Sachen nicht an.« Sie schlug ihm auf die Finger.

»Ich wollte nur …« Er verstummte und blickte betont an ihr vorbei. »Trägst du so etwas in der Öffentlichkeit?«

»Ja.« Sie drehte sich einmal um die eigene Achse. »Hast du ein Problem damit?«

»Nein. Trägst du keine Schuhe?«

»In der Wohnung meistens nicht.« Seine Augen waren so blau, dachte sie. Und seine Wimpern so schwarz und so lang. »Wie fühlst du dich, wenn wir so nahe beieinander stehen und alleine sind?«

»Verwirrt.«

»Das ist das Netteste, was du bis jetzt zu mir gesagt hast. Nein, ich meine, fühlst du etwas hier drinnen?« Sie drückte die Faust auf ihren Bauch und blickte ihn dabei unverwandt an. »Eine Art von Angekommensein. Ich habe es noch nie zuvor gespürt.«

Er spürte es auch, ebenso wie eine Art Brennen in und unter seinem Herzen. »Du hast noch gar nichts gegessen«, stieß er hervor und trat vorsichtig einen Schritt zurück. »Du hast bestimmt Hunger.«

»Also nur ich«, murmelte sie. Sie drehte sich um und öffnete einen Schrank. »Ich weiß nicht, was ich brauchen werde, deshalb nehme ich einfach alles mit, was sich richtig anfühlt. Wir sollten wahrscheinlich so bald wie möglich aufbrechen.«

Er hatte die Hand gehoben, um ihre Haare zu berühren, etwas, was er schon seit ihrer ersten Begegnung hatte tun wollen. Jetzt ließ er sie sinken. »Aufbrechen?«

»Du willst doch nicht hier in New York herumsitzen und darauf warten, dass die Armee zu dir kommt? Das Portal ist in Irland, und wir müssen annehmen, dass auch der Kampf in Irland stattfindet. Und da wir das Portal brauchen, müssen wir nach Irland fahren.«

Er starrte sie an, während sie Flaschen und Phiolen in eine Tasche packte, die seiner eigenen nicht unähnlich war. »Ja, du hast Recht. Natürlich hast du Recht. Wir müssen von dort aus beginnen. Aber eine Reise verbraucht viel von der Zeit, die wir haben. Oh, Jesus, mir wird wahrscheinlich auf der Überfahrt entsetzlich übel.«

Sie wandte den Kopf zu ihm um. »Überfahrt? Wir haben keine Zeit für die *Queen Mary,* Süßer. Wir fliegen.«

»Du hast doch gesagt, du kannst nicht fliegen.«

»Wenn ich in einem Flugzeug sitze, kann ich es doch. Wir müssen uns nur noch überlegen, wie wir dir ein Ticket besorgen. Du hast weder einen Personalausweis noch einen Pass. Wir können es mit einem Zauberspruch am Schalter versuchen.« Sie winkte ab. »Ach, ich denke mir schon was aus.«

»Ein Flug- was?«

Wieder blickte sie ihn an, dann begann sie zu lachen. »Ich erkläre es dir später.«

»Es liegt nicht in meiner Absicht, dich zu erheitern.«

»Nein, sicher nicht. Aber es ist ein netter Nebeneffekt. Oh, zum Teufel, ich weiß nicht, was ich mitnehmen soll.« Sie rieb sich mit der Hand übers Gesicht. »Es ist schließlich meine erste Apokalypse.«

»Kräuter, Wurzeln und Blumen wachsen auch in Irland.«

»Ich habe aber gerne meine eigenen dabei.« Das war albern und kindisch. Aber trotzdem … »Ich nehme nur das Wichtigste mit, und dann packe ich Bücher und Kleider und so zusammen. Ich muss auch noch ein paar Anrufe machen, weil ich Termine absagen muss.«

Zögernd schloss sie ihre bereits voll bepackte Tasche und ließ sie auf der Küchentheke stehen. Dann trat sie zu einer großen Holztruhe in der hinteren Ecke des Zimmers und öffnete sie mit einem Zauberspruch.

Neugierig trat Hoyt hinter sie und blickte ihr über die Schulter. »Was bewahrst du hier auf?«

»Zauberbücher, Rezepte und einige meiner stärkeren Kristalle. Manche sind mir vererbt worden.«

»Ach, dann bist du eine geborene Hexe.«

»Ja. Die Einzige in meiner Generation, die die Kunst ausübt. Meine Mutter hat aufgehört, als sie geheiratet hat, weil es meinem Vater nicht gefiel. Meine Großeltern haben mich unterrichtet.«

»Wie konnte sie denn aufgeben, was in ihr steckt?«

»Die Frage habe ich ihr auch unzählige Male gestellt.« Sie hockte sich vor die Truhe und überlegte, was sie mitnehmen sollte. »Aus Liebe. Mein Vater wollte ein einfaches Leben, und sie wollte meinen Vater. Ich könnte das nicht. Ich glaube nicht, dass ich jemanden so sehr lieben könnte, dass ich mich selbst aufgebe. Ich muss so geliebt und akzeptiert werden, wie ich bin.«

»Starke Magie.«

»Ja.« Sie nahm einen Samtbeutel heraus. »Das ist mein Preis.« Darin befand sich die Kristallkugel, mit der er sie in der Vision gesehen hatte. »Sie ist seit über zweihundertfünfzig Jahren im Besitz meiner Familie. Das mag für einen Mann wie dich nicht besonders lang sein, aber für mich ist es eine lange Zeit.«

»Starke Magie«, wiederholte er, denn die Kugel in ihren Händen pulsierte wie der Herzschlag.

»Da hast du Recht.« Ihre Augen waren plötzlich ganz dunkel geworden. »Meinst du nicht, wir sollten sie jetzt mal anwenden, Hoyt? Sie weiß, wer ich bin, wo ich bin und was ich bin. Über dich und Cian weiß sie vermutlich auch Bescheid. Dann wollen wir doch jetzt einmal einen Schritt machen.« Sie hielt die Kristallkugel hoch. »Lass uns herausfinden, wo sie sich versteckt.«

»Hier und jetzt?«

»Ich kann mir keinen besseren Ort vorstellen.« Sie stand auf und wies mit dem Kinn auf den stark gemusterten Teppich in der Mitte des Zimmers. »Rollst du ihn bitte auf?«

»Was du vorhast, ist gefährlich. Wir sollten einen Moment nachdenken.«

»Das können wir ja tun, während du den Teppich aufrollst. Ich habe alles, was wir für einen Ortsbestimmungszauber und für unseren Schutz brauchen. Wir können sie hinsichtlich unserer Person blind machen, während wir schauen.«

Unter dem Teppich war ein Pentagramm auf den Fußboden aufgemalt. Zugegebenermaßen machte es ihm ein gutes Gefühl, aktiv zu werden. Allerdings wäre er dabei lieber allein gewesen.

»Wir wissen nicht, ob wir sie blind machen können. Sie hat sich auch von magischem Blut genährt, und sie ist sehr mächtig und schlau.«

»Wir auch. Du redest davon, dass der Kampf in drei Monaten beginnt. Wann willst du denn anfangen?«

Er blickte sie an und nickte. »Na gut. Hier und jetzt.«

Sie legte die Kristallkugel in die Mitte des Pentagramms und holte zwei Athamen aus ihrer Truhe, die sie ebenfalls in den Kreis legte. Dann trug sie Kerzen, eine Silberschale und Kristallstäbe zusammen.

»Ich brauche nicht solche Gerätschaften.«

»Schön für dich, Merlin, aber ich verwende sie lieber. Lass uns zusammenarbeiten.«

Er nahm ein Athame in die Hand, um die Schnitzerei am Griff zu studieren. Sie stellte Kerzen um den Kreis herum. »Macht es dir etwas aus, wenn ich nackt arbeite?«

»Ja«, erwiderte er, ohne aufzublicken.

»Gut, dann behalte ich meine Kleider an, schließlich bin ich kompromissbereit. Aber sie engen mich ein.«

Sie füllte die Silberschale mit Wasser aus einer Phiole und streute Kräuter darüber. »Im Allgemeinen rufe ich die Göttinnen an, wenn ich den Kreis ziehe, und das scheint mir jetzt auch angebracht zu sein. Ist das in Ordnung für dich?«

»Ja, sicher.«

»Na, du bist ja eine richtige Plaudertasche, was? Na gut. Bereit?« Auf sein Nicken hin stellte sie sich auf der anderen Seite des Kreises ihm gegenüber. »Göttinnen in Ost und West, in Nord und Süd«, begann sie, während sie langsam um den Kreis herumschritt. »Wir erbitten euren Segen. Wir rufen euch an als Zeuginnen und Hüterinnen dieses Kreises und aller, die darin sind.«

»Macht der Luft und des Wassers, des Feuers und der Erde«, fiel Hoyt ein. »Reist jetzt mit uns, wenn wir zwischen Welten gehen.«

»Nacht und Tag, Tag und Nacht, ist was den Ritus heilig macht. Wir schlagen diesen Kreis, eins mal drei. Und was sein soll, sei.«

Hexen, dachte er. Ständig mussten sie reimen. Aber die Luft regte sich, das Wasser in der Schale kräuselte sich, und die Kerzen flammten auf.

»Wir sollten Morrigan anrufen«, sagte Glenna. »Sie war der Bote.«

Er begann damit, hielt dann jedoch inne, weil er abwarten wollte, was die Hexe daraus machte. »Dies ist dein geheiligter Ort. Bitte um Führung und sprich deinen Zauber aus.«

»In Ordnung.« Sie legte das heilige Messer weg und hob die Hände mit den Handflächen nach oben. »An diesem Tag und zu dieser Stund' tue sich die heilige Macht der Göttin Morrigan kund. Mit deinem Mut und deinem Segen, Mutter, führe uns ins Licht.«

Sie bückte sich und ergriff die Kristallkugel. »In dieser Kugel wollen wir die Bestie suchen, die die gesamte Menschheit jagt, aber ihre Augen sollen uns gegenüber blind sein. Schärfe unseren Blick, unseren Verstand und unsere Herzen, damit sich die Wolken in der Kugel lichten. Beschütze uns und zeige uns, was wir sehen wollen. So sei es.«

Dunstschleier und Licht wirbelten in der Kugel. Einen Moment lang glaubte er Welten darin zu erkennen. Farben, Formen, Bewegung. Und sie pulsierte im Rhythmus ihrer Herzen.

Als sich Glenna hinkniete, kniete er sich ebenfalls hin. Und er sah, was sie sah.

Ein dunkler Ort, ein Gewirr von Gängen, alles in rotes Licht getaucht. Er glaubte das Meer rauschen zu hören, war sich jedoch nicht sicher, ob es nicht nur sein eigenes Blut war.

Blutige, zerrissene Körper waren aufgestapelt wie Brennholz. In Käfigen schrien und weinten Menschen oder saßen einfach nur da, mit toten, blicklosen Augen. Dunkle Dinge bewegten sich in den Gängen. Manche krochen an den Wänden hoch wie Käfer.

Man hörte schreckliches Lachen, entsetzliches Kreischen.

Er ging mit Glenna durch die Gänge, in denen es nach Tod und Blut roch. Unten, tief unten in der Erde, wo die Wände tropften von Nässe und Schlimmerem. Bis zu einer

Tür, die mit uralten Symbolen der schwarzen Magie beschrieben war.

Ihm wurde eiskalt, als sie hindurchglitten.

Sie schlief auf einem Bett wie für eine Königin gemacht, breit, mit vier Pfosten und mit schneeweißen Laken, die wie Seide schimmerten und mit Blutstropfen befleckt waren.

Ihre Brüste waren unbedeckt, und er sah, dass sie immer noch genauso schön war wie bei ihrer ersten Begegnung.

Neben ihr lag der Körper eines Jungen. Er war noch so klein, dachte Hoyt voller Mitleid. Er konnte nicht älter als zehn Jahre sein. Weizenblonde Haare fielen ihm in die totenbleiche Stirn.

Im flackernden Schein der Kerzen schimmerten ihre Körper.

Hoyt hob das Athame und hielt es über seinen Kopf.

In diesem Moment schlug sie die Augen auf, und ihr Blick bohrte sich in seinen. Sie schrie, aber er hörte keine Angst darin. Der Junge neben ihr erwachte ebenfalls, entblößte die Reißzähne und sprang an die Decke, um dort wie eine Eidechse entlangzulaufen.

»Näher«, gurrte sie, »komm näher, Zauberer, und bring deine Hexe mit. Wenn ich dich leer gesaugt habe, mache ich ein Haustier aus ihr. Glaubst du, du könntest mich *berühren?*«

Sie sprang aus dem Bett, und Hoyt wurde so schnell zurückgeschleudert, dass sein Atem zu Eis gefror.

Dann saß er im Kreis und blickte in Glennas Augen, die dunkel und groß waren. Aus ihrer Nase tropfte Blut.

Sie wischte es mit dem Handrücken ab und rang nach Luft.

»Der erste Teil hat funktioniert«, stieß sie hervor, »aber das mit der Blindheit offensichtlich nicht so gut.«

»Sie besitzt ebenfalls Macht, und sie ist sehr erfahren.«

»Hast du jemals so etwas gefühlt?«, fragte sie.

»Nein.«

»Ich auch nicht.« Sie erschauerte. »Wir werden einen größeren Kreis brauchen.«

6

Bevor sie packte, nahm Glenna sich die Zeit, ihre Wohnung zu reinigen, und Hoyt ließ sie gewähren. Sie wollte in ihrem Zuhause keine Spur von der Dunkelheit zurücklassen, an die sie gerührt hatten.

Zum Schluss packte sie ihre Geräte und Bücher wieder in die Truhe. Nach dem, was sie gesehen und gefühlt hatte, wollte sie kein Risiko eingehen. Sie würde sicherheitshalber alles in ihrer Reisetruhe mitnehmen, außerdem die meisten ihrer Kristalle, ihre Grundausrüstung und zwei Koffer.

Sie warf einen sehnsüchtigen Blick auf die Staffelei am Fenster und das gerade begonnene Bild. Falls sie zurückkehrte – nein, *wenn*, korrigierte sie sich, würde sie es zu Ende malen.

Schließlich stand sie neben Hoyt und betrachtete den Berg von Dingen, die sie mitnehmen wollte.

»Keine Kommentare?«, fragte sie. »Keine Einwände oder sarkastische Bemerkungen über mein Gepäck?«

»Wozu sollte das gut sein?«

»Ein weiser Standpunkt. Jetzt gibt es nur noch das kleine Problem, wie wir die Sachen hier heraus und in die Wohnung deines Bruders schaffen. Er reagiert bestimmt nicht so klug wie du. Aber jetzt kümmern wir uns erst einmal um das Naheliegende.«

Nachdenklich betastete sie ihren Anhänger.

»Schleppen wir es alles von Hand oder versuchen wir es mit einem Transportzauber? Ich habe so etwas noch nie gemacht.«

Er warf ihr einen milde verweisenden Blick zu. »Wir bräuchten drei von deinen Taxis und den Rest des Tages, bis wir alles zu meinem Bruder geschafft hätten.«

Er hatte also auch darüber nachgedacht. »Stell dir Cians Wohnung vor«, befahl er. »Das Zimmer, in dem du geschlafen hast.«

»Gut.«

»Konzentrier dich. Hol es dir ganz genau vor Augen, alle Details, Formen und Strukturen.«

Sie nickte und schloss die Augen. »Ja.«

Er wählte die Truhe als Erstes, da sie am meisten Macht enthielt. Ihre Magie würde ihm bei der Aufgabe helfen. Er ging dreimal darum herum, dann drehte er um und wiederholte den Vorgang in die andere Richtung. Dabei sprach er die Worte und öffnete sich selbst der Macht.

Glenna bemühte sich um Konzentration. Wenn er in der alten Sprache redete, klang seine Stimme tiefer und voller, irgendwie erotischer. Sie spürte die Hitze auf ihrer Haut. Dann gab es einen raschen Luftzug. Als sie die Augen öffnete, war die Truhe verschwunden.

»Ich bin beeindruckt.«

Aufrichtigerweise war sie sogar außerordentlich erstaunt. Wenn sie sich sorgfältig vorbereitete, konnte sie kleine, einfache Gegenstände ein kleines Stück weit bewegen. Aber er hatte eine zweihundert Pfund schwere Truhe sich einfach so in Luft auflösen lassen.

»Hast du eben gälisch gesprochen?«, fragte sie atemlos.

»Irisch«, erwiderte er so geistesabwesend, dass sie schwieg.

Erneut umkreiste er ihr Gepäck, wobei er sich dieses Mal auf die Koffer konzentrierte, die ihre fotografische und künstlerische Ausrüstung enthielten. Fast hätte sie protestiert, rief sich jedoch ins Gedächtnis, dass sie einfach Vertrauen haben musste. Sie schloss wieder die Augen und stellte sich das Gästezimmer vor. Sie wollte ihm so viel wie möglich von ihrer eigenen Gabe geben, um es ihm leichter zu machen.

Er brauchte fünfzehn Minuten, um das zu vollbringen, was bei ihr Stunden gedauert hätte, wenn sie es überhaupt zustande gebracht hätte.

»Nun, das war … das war außerordentlich.« Der Zauber haftete noch an ihm, ließ seine Augen undurchdringlich erscheinen und verband sie beide wie mit einem Band. Sie war mittlerweile so erregt, dass sie einen Schritt zurücktreten und die Verbindung zwischen ihnen mit all ihrer Willenskraft unterbrechen musste.

»Ich will dich ja nicht beleidigen, aber bist du sicher, dass die Sachen auch dort angekommen sind, wo wir sie hin haben wollten?«

Er starrte sie nur weiterhin aus seinen unergründlichen blauen Augen an, und es breitete sich eine solche Hitze in ihrem Bauch aus, dass sie sich unwillkürlich fragte, warum ihr keine Flammen aus den Fingerspitzen schossen.

Dieser Druck, das Bedürfnis, war fast nicht zu ertragen. Wieder wollte sie zurückweichen, aber er hob nur die Hand, und sie blieb abrupt stehen. Sie spürte, wie sie zu ihm hingezogen wurde, und statt zu fliehen, schloss sie die Augen und ließ es geschehen.

Er zog sie so heftig an sich, dass sie aufkeuchte, und sie stöhnte, als ihre Lippen sich trafen. Ihr Blut rauschte, als sie in einem leidenschaftlichen Kuss versanken.

Die Kerzen, die im Zimmer stehen geblieben waren, entflammten erneut.

Glenna packte Hoyt an den Schultern und stürzte sich in den Sturm von Gefühlen. Danach hatte sie sich gesehnt, seit sie ihn in ihren Träumen gesehen hatte.

Seine Hände waren überall, in ihren Haaren, ihrem Körper, ihrem Gesicht, und sie erbebte unter seinen Berührungen. Es war kein Traum mehr, nur noch Verlangen, Hitze und Haut. Er konnte nicht aufhören. Sie war wie ein Festmahl nach der Fastenzeit, und er hätte sie am liebsten mit Haut und Haaren verschlungen. Ihre Lippen waren voll und weich, und sie passten so wundervoll auf seine, als hätten die Götter sie absichtlich zu diesem Zweck geschaffen. Die Macht, die er ausgeübt hatte, hatte in ihm einen unsäglichen Hunger ausgelöst, der in seinem Bauch und seinen Lenden schmerzte und danach schrie, befriedigt zu werden.

Zwischen ihnen loderte ein Feuer. Er hatte es vom ersten Augenblick an gewusst, obwohl ihn Schmerzen und Fieber halb betäubt hatten. Und dieses Feuer fürchtete er beinahe so sehr wie den Kampf, der ihnen bevorstand.

Bis ins Mark erschüttert, löste er sich von ihr. In ihrem Gesicht stand deutlich geschrieben, woran sie gerührt hatten. Wenn er es zuließe, welchen Preis würden sie dann beide zahlen?

Es gab immer einen Preis.

»Entschuldigung. Ich … der Zauber hat mich noch gefangen gehalten.«

»Entschuldige dich nicht. Damit beleidigst du mich.«

Frauen, dachte er. »Und wenn ich dich so berühre, beleidige ich dich nicht?«

»Wenn ich es nicht gewollt hätte, hätte ich dich schon davon abgehalten. Oh, bild dir bloß nichts ein«, fuhr sie ihn an, als sie den Ausdruck auf seinem Gesicht sah. »Du magst ja in körperlicher und magischer Hinsicht stärker sein als ich, aber ich komme ganz gut alleine klar. Und wenn ich eine Entschuldigung hören möchte, dann sage ich das.«

»Ich finde hier an diesem Ort und auch mit dir einfach nicht mein Gleichgewicht.« Frustriert blickte er sie an. »Und das, was ich für dich empfinde, gefällt mir nicht.«

»Das ist dein Problem. Es war nur ein Kuss.«

Er packte sie am Arm, bevor sie sich abwenden konnte. »Ich glaube, das war selbst in dieser Welt nicht nur ein Kuss. Du hast doch gesehen, womit wir fertig werden müssen. Verlangen ist eine Schwäche, und das können wir uns jetzt nicht leisten, weil wir unsere ganze Kraft auf das richten müssen, was vor uns liegt. Ich möchte nicht dein Leben oder das Schicksal der Welt für ein paar Momente der Lust aufs Spiel setzen.«

»Ich kann dir versprechen, dass es nicht nur ein paar Momente wären. Aber es hat keinen Sinn, sich mit einem Mann zu streiten, der Begehren als Schwäche ansieht. Am besten vergessen wir es einfach.«

»Ich will dich nicht verletzen«, erwiderte er bedauernd, aber sie warf ihm nur einen warnenden Blick zu.

»Noch eine Entschuldigung, und du sitzt auf deinem Hintern.« Sie ergriff ihre Schlüssel und ihre Handtasche. »Mach bitte die Kerzen aus und lass uns gehen. Ich möchte mich vergewissern, dass meine Sachen heil angekommen sind, und außerdem müssen wir uns um die Flüge nach Irland kümmern. Wir müssen uns auch noch überlegen, wie wir dich aus dem Land schmuggeln.«

Sie griff nach ihrer Sonnenbrille, die auf dem Tisch lag, und setzte sie auf. Ein Teil ihres Ärgers verrauchte, als sie seinen verblüfften Gesichtsausdruck sah. »Sie dämpft das Sonnenlicht, und außerdem sieht es schick aus.«

Als sie das Eisengitter geöffnet hatte, drehte sie sich noch einmal um und warf einen letzten Blick auf ihre Wohnung.

»Ich muss einfach daran glauben, dass ich hierhin zurückkehren und alles wiedersehe werde.«

Sie trat in den Aufzug und drückte den Knopf zum Erdgeschoss. Als sich die Tür hinter ihr schloss, ließ sie vieles zurück, was sie liebte.

Als Cian aus seinem Zimmer kam, stand Glenna in der Küche und kochte. Bei ihrer Rückkehr hatte Hoyt sich sofort mit seinen Büchern in das Arbeitszimmer neben dem Wohnraum zurückgezogen. Hin und wieder spürte sie wellenförmige Erschütterungen von dort und nahm an, dass er irgendwelche Zaubersprüche übte.

Aber so ging er ihr wenigstens nicht auf die Nerven. Nur aus dem Kopf bekam sie ihn nicht.

Sie war vorsichtig mit Männern. Sicher, sie war gerne mit ihnen zusammen, hütete sich jedoch davor, sich ihnen rückhaltlos hinzugeben. Bei Hoyt allerdings hatte sie es getan, das konnte sie nicht leugnen. Es war unvorsichtig, impulsiv und anscheinend ein Fehler gewesen. Und obwohl sie erklärt hatte, es sei ja nur ein Kuss gewesen, war es ihr doch so intim wie ein Geschlechtsakt vorgekommen.

Er begehrte sie, ohne jeden Zweifel. Aber er begehrte sie nicht aus freien Stücken.

Ihrer Meinung nach war Verlangen keine Schwäche, sondern eine Ablenkung. Und Ablenkungen konnten sie sich nicht leisten, da hatte er Recht. Diese Charakterstärke und seinen gesunden Menschenverstand fand sie an ihm attraktiv, aber er machte sie damit zugleich auch nervös.

Also war sie in die Küche gegangen, um zu kochen. Es beruhigte sie, etwas tun zu können.

Als Cian verschlafen hereinschlich, schnitt sie gerade Gemüse.

»Mi casa ist anscheinend *su casa.«*

Unbeirrt fuhr sie fort. »Ich habe unter anderem verderbliche Lebensmittel von zu Hause mitgebracht. Allerdings weiß ich nicht, ob du überhaupt isst.«

Zweifelnd betrachtete er die rohen Karotten und die Kräuter. »Einer der Vorteile meines Schicksals ist, dass ich nicht wie ein braver Junge mein Gemüse aufessen muss.« Er schnupperte an dem Topf mit der würzigen Tomatensauce, der auf dem Herd stand. »Andererseits sieht das hier sehr lecker aus.« Er lehnte sich an die Küchentheke und beobachtete sie. »Wie du.«

»Vergeude bloß deinen fragwürdigen Charme nicht an mich. Ich bin nicht interessiert.«

»Daran könnte ich etwas ändern, nur um Hoyt zu ärgern. Es könnte unterhaltsam sein. Er versucht, dich nicht ständig anzuschauen, aber er versagt kläglich.«

Sie hielt kurz inne. »Letztendlich wird es ihm schon gelingen. Er ist ein sehr entschlossener Mann.«

»Wenn mich mein Gedächtnis nicht trügt, war er das schon immer. Nüchtern und ernsthaft und völlig gefangen in seiner Gabe.«

»Siehst du es so?« Sie legte das Messer weg und drehte sich zu ihm um. »Es ist keine Gefangenschaft, weder für ihn noch für mich. Es ist eine Pflicht, ja. Aber auch ein Privileg und eine Freude.«

»Wir werden sehen, wie viel Freude du empfindest, wenn Lilith dir über den Weg läuft.«

»Das ist sie schon. Wir haben bei mir zu Hause einen Ortsbestimmungszauber durchgeführt. Sie hat sich in eine Höhle mit zahlreichen Gängen verzogen. Vermutlich irgendwo in der Nähe des Meeres, ich glaube an den Klippen, wo Hoyt ihr gegenübergestanden hat. Sie hat uns einen ordentlichen Schubs verpasst. Nächstes Mal wird sie uns nicht so leicht wegschubsen können.«

»Ihr beide seid völlig verrückt.« Cian öffnete sein Kühlfach und holte einen Beutel Blut heraus. Sein Gesicht wurde hart bei dem leisen Schreckenslaut, den Glenna nicht unterdrücken konnte. »Du wirst dich daran gewöhnen müssen.«

»Du hast Recht. Ja, ich werde mich daran gewöhnen.« Sie sah ihm zu, wie er den Inhalt in ein dickes Glas füllte und dann in die Mikrowelle stellte. Dieses Mal musste sie kichern. »Entschuldigung, aber es sieht so blöd aus.«

Er musterte sie, entspannte sich aber dann, als er sah, dass sie es tatsächlich nicht böse gemeint hatte. »Möchtest du ein Glas Wein?«

»Ja, gerne. Danke. Wir müssen übrigens nach Irland.«

»Ja, ich weiß.«

»Nein, jetzt. So schnell wie möglich. Ich habe einen Pass, aber wir müssen uns noch überlegen, wie wir Hoyt aus diesem Land herausbringen. Und wir müssen einen Ort finden, an dem wir uns aufhalten und trainieren können.«

»Einer wie der andere«, murrte Cian und schenkte ihr ein Glas Wein ein. »Es ist für mich nicht so einfach, die Verantwortung für meine Geschäfte zu delegieren, zumal der Mann, dem ich meinen Club sonst immer anvertraue, sich in den Kopf gesetzt hat, sich Hoyts heiligem Heer anzuschließen.«

»Hör mal, ich habe heute fast den ganzen Tag damit zugebracht, meine Sachen zu packen und meine spärlichen finanziellen Mittel so hin und her zu schieben, dass ich bis Oktober die Miete für meine Wohnung zahlen kann. Ich habe Termine verschoben und ein paar ziemlich lukrative Aufträge abgesagt. Also meinst du nicht, du schaffst es schon irgendwie?«

Er holte sein Glas aus der Mikrowelle. »Und was machst du so? Was sind das für ziemlich lukrative Aufträge?«

»Mystische Grußkarten. Ich male. Und fotografiere auch ein wenig.«

»Bist du gut?«

»Nein, sauschlecht. Natürlich bin ich gut. Geld verdiene ich, wenn ich Hochzeiten fotografiere und so. Die künstlerischen Fotos mache ich mehr zu meinem eigenen Vergnügen und verkaufe sie nur gelegentlich. Auf jeden Fall kann ich mich ernähren.« Sie hob ihr Weinglas. »Und wie steht es mit dir?«

»Anders hätte ich wohl kaum ein Jahrtausend überleben können. Heute Abend fliegen wir also?«

»Heute Abend? Wir können unmöglich …«

»Ganz ruhig«, warf er ein und trank.

»Wir müssen uns um Flüge kümmern, Tickets kaufen …«

»Ich habe mein eigenes Flugzeug. Ich habe eine Lizenz als Pilot.«

»Oh.«

»Ich bin ein guter Pilot«, versicherte er ihr. »Du brauchst dir überhaupt keine Sorgen zu machen, ich habe jahrzehntelange Erfahrung.«

Vampire, die Blut aus billigen, dickwandigen Gläsern tranken und Flugzeuge besaßen. Nein, worüber sollte sie sich da Sorgen machen? »Hoyt hat keinen Ausweis, keinen Pass, keine Papiere. Ich kann mir einen Zauberspruch überlegen, damit wir durch den Zoll kommen, aber …«

»Nicht nötig.« Er trat an ein Wandpaneel, das ihr gar nicht aufgefallen war, und öffnete den Safe, der sich dahinter befand. Darin befand sich eine verschlossene Kassette. Er stellte sie auf den Tisch und drehte das Kombinationsschloss. »Er kann sich einen aussuchen«, sagte er und holte ein halbes Dutzend Pässe heraus.

»Wow.« Sie ergriff einen und betrachtete das Foto. »Praktisch, dass ihr euch so ähnlich seht. Allerdings sagt mir die Tatsache, dass es hier nirgendwo Spiegel gibt, dass ihr wohl ein Problem mit eurem Spiegelbild habt. Wie funktioniert das denn beim Fotografieren?«

»Bei einer Spiegelreflexkamera wirst du in dem Moment, in dem der Spiegel betätigt wird, überrumpelt. Wenn dann abgedrückt wird, schaltet er sich wieder aus – und da bin ich!«

»Interessant. Ich habe meine Kameras mitgebracht, und wenn wir Zeit haben, möchte ich gerne ein paar Fotos von dir machen.«

»Ich denke darüber nach.«

Sie warf den Pass auf den Tisch. »Ich hoffe, dein Flugzeug hat reichlich Laderaum, ich bin nämlich ganz schön bepackt.«

»Das schaffen wir schon. Ich muss noch ein paar Anrufe erledigen und meine eigenen Sachen packen.«

»Warte. Wir wissen doch noch gar nicht, wo wir wohnen sollen.«

»Das ist kein Problem«, sagte er und wandte sich zum Gehen. »Ich habe etwas Passendes für euch.«

Glenna stieß die Luft aus und warf einen Blick zu dem Topf auf dem Herd. »Na, zumindest bekommen wir erst mal etwas Gutes zu essen.«

Es war nicht einfach – trotz Cians Geld und seiner Verbindungen. Dieses Mal musste das Gepäck auf die übliche, mühsame Art transportiert werden. Alle drei Männer, mit denen das Schicksal sie zusammengebracht hatte, versuchten, sie zu überreden, einen Teil ihrer Sachen zurückzulassen, aber sie blieb unerbittlich. Alles musste mitgenommen werden.

Sie hatte keine Ahnung, was Cian in seinem Koffer oder

in den zwei großen Metallkisten, die er gepackt hatte, mit sich führte, wollte es lieber aber auch gar nicht wissen.

Was für ein Bild mochten sie wohl abgeben, die beiden großen, dunkelhaarigen Männer, der riesige Schwarze und der Rotschopf mit so viel Gepäck, dass man die *Titanic* damit noch einmal hätte versenken können?

Glenna genoss das Privileg, eine Frau zu sein und das Beladen des Frachtraums den Männern zu überlassen, während sie Cians schnittigen, elegant eingerichteten Privatjet inspizierte.

Er hatte weder Angst vor Farbe noch davor, sein Geld auszugeben, das musste sie ihm lassen. Die Sitze waren aus tiefblauem, weichem Leder und so großzügig bemessen, dass selbst ein Mann von Kings Ausmaßen es sich bequem machen konnte. Der Teppich war so dick, dass man darauf hätte schlafen können.

Im Flugzeug befanden sich ein kleiner Konferenzraum, zwei elegante Badezimmer und ein Raum, den sie zuerst für ein gemütliches Schlafzimmer gehalten hatte. Dann jedoch stellte sie fest, dass er weder Fenster noch Spiegel besaß und über ein eigenes kleines Bad verfügte. Ein Sicherheitsraum.

Sie ging in die Bordküche und stellte anerkennend fest, dass Cian offensichtlich schon veranlasst hatte, dass die Vorräte aufgefüllt wurden. Verhungern würden sie auf dem Flug nach Europa jedenfalls nicht.

Europa. Sie fuhr mit dem Finger über die Rückenlehne eines Sessels. Sie hatte immer schon vorgehabt, einmal einen Monat dort zu verbringen. Sie wollte malen, fotografieren, Städte besichtigen und einkaufen.

Und jetzt flog sie in einem Privatjet dorthin, aber nicht, um Urlaub zu machen.

»Nun, du wolltest ja immer ein abenteuerliches Leben führen«, rief sie sich selber ins Gedächtnis. »Das hast du jetzt davon.« Sie umfasste ihren Anhänger und betete, dass sie nicht nur die Kraft, sondern auch den Verstand haben möge, um es zu überleben.

Als die Männer hereinkamen, saß sie bereits auf ihrem Platz und trank Champagner.

»Ich hoffe, du hast nichts dagegen«, sagte sie zu Cian. »Es erschien mir so passend.«

»*Sláinte.*« Er ging direkt ins Cockpit.

»Soll ich dich herumführen?«, fragte Glenna Hoyt. »Ich nehme an, King ist schon einmal in dieser kleinen Schönheit geflogen und kennt sich bestens aus.«

»Ja, hier ist es tausend Mal besser als in Linienflugzeugen«, bestätigte King und nahm sich ein Bier. Er schlug Hoyt auf den Rücken.

»Der Boss weiß, wie man mit dem Vogel umgeht, mach dir keine Sorgen.«

Hoyt wirkte keineswegs überzeugt. Glenna stand auf und schenkte ihm ebenfalls ein Glas Champagner ein. »Hier, trink das und entspann dich. Wir werden die ganze Nacht hier drin sein.«

»In einem Vogel aus Metall und Stoff. Eine Flugmaschine.« Hoyt nickte, und weil er das Glas schon mal in der Hand hielt, trank er auch von dem perlenden Wein. »Es ist Wissenschaft und Mechanik.«

Er hatte zwei Stunden lang Bücher über die Geschichte und Technologie des Luftverkehrs gewälzt. »Aerodynamik.«

»Genau.« King stieß mit seiner Bierflasche mit Hoyt und Glenna an. »Prost! Auf den Tritt in den Hintern, den wir jemandem versetzen!«

»Du siehst so aus, als ob du dich darauf freust«, kommentierte Glenna.

»Da hast du verdammt Recht. Ginge das nicht jedem so? Wir werden die Welt retten! Der Boss war in den letzten

Wochen sowieso ruhelos, und das überträgt sich immer sofort auf mich. Wenn ihr mich fragt, so ist das für ihn jetzt genau das Richtige.«

»Und du hast keine Angst, dass du sterben könntest?«

»Jeder muss einmal sterben.« King blickte zum Cockpit. »Auf die eine oder andere Weise. Außerdem – Unkraut vergeht nicht.«

Cian kam herein. »Wir sind bereit zum Start, Kinder. Setzt euch, und schnallt euch an.«

»Ich komme mit dir, Captain.« King folgte Cian ins Cockpit. Glenna setzte sich und klopfte einladend auf den Platz neben sich. Sie würde Hoyt bei seinem ersten Flug schon beruhigen. »Du musst dich anschnallen. Komm, ich zeige dir, wie es geht.«

»Ich weiß, wie es geht. Ich habe alles darüber gelesen.« Einen Moment lang studierte er die Metallteile des Gurts, dann steckte er sie ineinander. »Für den Fall, dass es Turbulenzen und Luftlöcher gibt.«

»Du bist wohl nicht im Mindesten nervös.«

»Ich bin schließlich durch ein Zeitportal gekommen«, erinnerte er sie. Er begann, sämtliche Knöpfe auszuprobieren, und lächelte, als die Rückenlehne nach hinten sank und sich wieder aufstellte.

»Ich glaube, die Reise wird mir gefallen. Schade, dass wir nur über Wasser fliegen.«

»Oh, das habe ich beinahe vergessen.« Sie griff in ihre Tasche und holte eine Phiole heraus. »Trink das. Es hilft. Trink es«, wiederholte sie, als er das Fläschchen misstrauisch musterte. »Es sind nur Kräuter und zerstoßene Kristalle. Nichts Schädliches. Es hilft dir gegen die Übelkeit.«

Es war ihm deutlich anzusehen, dass er zögerte, aber er schluckte die Flüssigkeit gehorsam. »Du hast aber viel Nelken genommen.«

»Du kannst dich bei mir bedanken, wenn du die Kotztüte nicht benutzen musst.«

Der Motor begann zu dröhnen, und das Flugzeug vibrierte. »Geister der Nacht, verleiht uns Flügel auf diesem Flug. Haltet uns sicher in eurer Hand, bis wir wieder betreten Land.« Sie wandte sich an Hoyt. »Es kann nie schaden.«

Ihm war nicht richtig schlecht, aber sie sah ihm doch an, dass ihr Trank und sein Wille hart gegen die Übelkeit ankämpften. Sie kochte ihm einen Tee, brachte ihm eine Decke, und dann legte sie sich selber auf ihrem Sitz zurück.

»Versuch ein bisschen zu schlafen.«

Zu elend, um zu widersprechen, nickte er und schloss die Augen. Als sie sicher sein konnte, dass er es bequem hatte, ging sie zu den anderen ins Cockpit.

Musik lief, King hatte sich im Sitz des Copiloten zurückgelehnt und schnarchte. Glenna blickte durch die Cockpitscheibe, und ihr Herz setzte einen Schlag lang aus.

Draußen war nichts als pechschwarze Finsternis.

»Ich war noch nie in einem Cockpit. Tolle Aussicht.«

»Ich kann King nach hinten schicken, wenn du dich ein bisschen auf seinen Platz setzen möchtest.«

»Nein, ist schon in Ordnung. Dein Bruder versucht zu schlafen. Es geht ihm nicht so gut.«

»Er wurde schon immer grün im Gesicht, wenn wir nur den Shannon überquerten. Mittlerweile ist ihm wahrscheinlich hundeelend.«

»Nein, ich habe ihm beim Start etwas gegeben, und außerdem besitzt er einen eisernen Willen. Möchtest du etwas?«

Er warf ihr einen Blick zu. »Na, du bist aber hilfsbereit.«

»Ich bin viel zu aufgedreht, um schlafen zu können, und ich kann auch nicht still sitzen bleiben. Also, möchtest du Kaffee, Tee oder Milch?«

»Ein Kaffee wäre gut. Danke.«

Sie kochte Kaffee und brachte ihm einen Becher. Dann stellte sie sich hinter ihn und blickte hinaus in den Nachthimmel. »Wie war er eigentlich so als Junge?«

»Wie ich dir gesagt habe.«

»Hat er jemals an seiner Macht gezweifelt? Hat er sich jemals gewünscht, die Gabe nicht zu besitzen?«

Es war ein seltsames Gefühl, von einer Frau über einen anderen Mann ausgefragt zu werden. Wenn sie nicht über sich selber redeten, stellten sie ihm im Allgemeinen Fragen, um den Schleier des Geheimnisses zu lüften, der ihn ihrer Meinung nach umgab.

»Nicht dass ich wüsste. Und er hätte es mir bestimmt gesagt«, setzte Cian nach einem kurzen Moment hinzu. »Wir haben uns damals sehr nahe gestanden.«

»Hatte er damals jemanden – eine Frau, ein Mädchen?«

»Nein. Natürlich hat er hingeschaut, und er hatte auch schon mal die eine oder andere Freundin. Schließlich ist er Zauberer und nicht Priester. Aber er hat mir nie von einer erzählt, die ihm besonders am Herzen gelegen hätte. Und er hat nie ein Mädchen so angeschaut, wie er dich anschaut. Zu deinem Verderben, Glenna, würde ich sagen. Aber die Sterblichen sind Narren, wenn es um die Liebe geht.«

»Und ich würde sagen, wenn du nicht liebst, wenn du dem Tod ins Auge blickst, dann lohnt es sich nicht, gegen den Tod zu kämpfen. Lilith hatte übrigens ein Kind bei sich. Hat er dir das erzählt?«

»Nein. Du musst begreifen, dass sie kein Gefühl, keine Schwächen kennt. Ein Kind ist einfach nur leichte Beute und eine leckere Mahlzeit.«

Ihr drehte sich der Magen um. Gezwungen gleichmütig fuhr sie fort: »Ich würde sagen, der Junge war vielleicht acht oder zehn Jahre alt. Er lag in diesen Höhlen mit ihr im Bett. Sie hatte dieses Kind in einen Vampir verwandelt.«

»Ja, das schockiert dich und macht dich wütend. Gut so. Schock und Wut in der richtigen Hand können starke Waffen sein. Aber denk daran: Wenn du dieses Kind oder ein anderes wie diesen Jungen siehst, hab kein Mitleid mit ihm, denn es wird dich erbarmungslos töten, wenn du ihm nicht zuvorkommst.«

Sie betrachtete Cians Profil, das so sehr dem seines Bruders glich und doch völlig anders war.

Ihr lag die Frage auf der Zunge, ob er jemals ein Kind verwandelt oder sich von einem genährt hatte. Aber sie hatte Angst, dass sie ihm die Antwort nie verzeihen würde, und sie brauchte ihn.

»Könntest du das, ein Kind vernichten, ganz gleich, was aus ihm geworden ist?«

»Ohne jedes Erbarmen.« Er warf ihr einen Blick zu, und sie sah, dass er wusste, welche Frage ihr durch den Kopf gegangen war. »Und du nützt uns oder auch dir selber gar nichts, wenn du nicht ebenso handeln kannst.«

Wortlos ging sie zurück in den Passagierraum und streckte sich neben Hoyt aus. Bei der Unterhaltung mit Cian war ihr kalt geworden, deshalb zog sie sich ihre Decke bis ans Kinn und wandte sich in die Richtung von Hoyts Wärme.

Erschreckt fuhr sie hoch. Cian beugte sich über sie. Sie wollte schon aufschreien, als sie bemerkte, dass er lediglich Hoyt wach rüttelte.

Rasch fuhr sie sich mit den Händen durch die Haare und rieb sich den Schlaf aus den Augen. Die beiden redeten leise miteinander, offensichtlich auf Irisch.

»Sprecht bitte Englisch, ich verstehe euch sonst nicht so gut, vor allem nicht bei eurem Akzent.«

Zwei strahlend blaue Augenpaare wandten sich ihr zu,

und Cian richtete sich auf. »Ich habe Hoyt nur gesagt, dass es noch ungefähr eine Stunde dauert.«

»Wer fliegt das Flugzeug?«

»King hat das Steuer übernommen. Wir landen im Morgengrauen.«

»Gut. Toll.« Sie unterdrückte ein Gähnen. »Ich setze Kaffee auf und mache uns Frühstück … Morgengrauen?«

»Ja. Ich brauche eine dichte Wolkendecke. Regen wäre auch nicht schlecht. Kannst du dafür sorgen?«, wandte sich Cian an Hoyt. »Sonst muss King das Flugzeug landen, das kann er auch. Ich muss dann den restlichen Flug und den Tag hinten im Flugzeug verbringen.«

»Ich habe doch gesagt, dass ich es machen kann«, erwiderte sein Bruder.

»Wir können es machen«, korrigierte Glenna ihn.

»Könnt ihr euch dann bitte beeilen? Ich bin ein oder zwei Mal versengt worden, und es ist unangenehm.«

»Gerne«, murmelte sie, als Cian wieder gegangen war. »Ich brauche ein paar Dinge aus meinem Koffer.«

»Ich brauche gar nichts.« Hoyt erhob sich und stellte sich in den Gang. »Ich mache es dieses Mal auf meine Art. Schließlich ist er mein Bruder.«

»Gut, also auf deine Art. Wie kann ich dir helfen?«

»Ruf dir den Anblick vor Augen. Wolken und Regen. Regen und Wolken.«

Er ergriff seinen Stab. »Sieh es, spüre es, rieche es. Dicke Wolken, hinter denen die Sonne völlig verschwunden ist. Dämmriges Licht, kraftlos und unschädlich. Sieh es, spüre es, rieche es.«

Er hielt den Stab in beiden Händen, stellte sich breitbeinig hin, um das Gleichgewicht besser halten zu können, und hob den Stab in die Luft.

»Ich rufe den Regen, die schwarzen Wolken, die den Himmel bedecken. Ich rufe die Wolken, schwer von Regen, der aus dem Himmel strömt. Sammelt euch und deckt alles zu.«

Sie spürte, wie die Luft umherwirbelte. Das Flugzeug bebte und schwankte, aber Hoyt stand so ruhig da wie auf festem Boden. Die Spitze seines Stabes glühte blau.

Dann wandte er sich zu Glenna und nickte. »Das müsste reichen.«

»Gut. Dann koche ich jetzt Kaffee.«

Sie landeten im Dämmerlicht, und Regen strömte vom Himmel wie ein grauer Vorhang. Nach Glennas Meinung war es ein bisschen übertrieben, weil die Fahrt vom Flughafen in ihr Domizil dadurch sehr deprimierend werden würde.

Aber als sie aus dem Flugzeug stieg und irischen Boden betrat, war die Verbindung sofort da. Sie war selbst überrascht, wie schnell die Erinnerung an eine Farm in ihr aufstieg – grüne Hügel, Steinwälle und ein weißes Haus mit einer Wäscheleine davor, an der Wäsche im Wind flatterte. Im Garten wuchsen Dahlien mit tellergroßen Blütenköpfen und schneeweißen Callalilien.

So schnell, wie es erschienen war, war das Bild auch wieder verschwunden. War es wohl ihre Erinnerung an eine andere Zeit und ein anderes Leben, oder steckte es ihr einfach nur im Blut? Die Mutter ihrer Großmutter stammte aus Irland, von einer Farm in Kerry.

Sie hatte ihre Bettwäsche und ihre besten Gerichte – und ihre Magie – mit nach Amerika gebracht.

Sie wartete, bis Hoyt aus dem Flugzeug stieg. Dies würde immer seine Heimat sein, das sah sie an der Freude in seinem Gesicht. Ob belebter Flughafen oder ein stilles Feld – dies war sein Zuhause. Und sie begriff auch, dass er sterben würde, um es zu retten.

»Willkommen zu Hause.«

»Es sieht völlig anders aus.«

»An manchen Stellen hat es sich bestimmt nicht verändert.« Sie ergriff seine Hand und drückte sie. »Das mit dem Wetter hast du übrigens gut gemacht.«

»Na ja, das ist ja wenigstens vertraut.«

King trat zu ihnen, nass wie ein Seehund. Aus seinen dicken Dreadlocks tropfte das Wasser. »Cian sorgt dafür, dass das Gepäck gebracht wird. Nehmt jetzt nur mit, was ihr tragen könnt oder unbedingt braucht, der Rest kommt dann in zwei Stunden oder so.«

»Wohin fahren wir?«, wollte Glenna wissen.

»Er hat hier irgendwo ein Haus.« King zuckte mit den Schultern. »Dorthin fahren wir jetzt.«

Sie hatten einen Kombi, aber es war trotzdem eng. Und Glenna entdeckte, dass es ein richtiges Abenteuer war, durch den strömenden Regen auf nassen Straßen zu fahren, von denen manche nicht breiter als ein Weidenzweig waren.

Sie fuhren an blühenden Fuchsienhecken vorbei, und die smaragdgrünen Hügel leuchteten vor dem trübgrauen Himmel. In den Vorgärten blühten Blumen, und sie musste lächeln.

Irgendetwas hier hatte ihr früher einmal gehört. Und jetzt würde es ihr vielleicht wieder gehören.

»Ich kenne diesen Ort«, murmelte Hoyt. »Ich kenne dieses Land.«

»Siehst du!« Glenna tätschelte ihm die Hand. »Ich wusste doch, dass dir manches vertraut vorkommt.«

»Nein, diesen Ort und dieses Land.« Er packte Cian an der Schulter. »Cian.«

»Stör den Fahrer nicht«, befahl Cian und schüttelte die Hand seines Bruders ab, bevor er zwischen den Hecken auf einen schmalen Feldweg einbog, der in einen dichten Wald führte.

»Gott«, hauchte Hoyt. »O Gott.«

Zwischen den Bäumen stand ein Steinhaus. Es war still wie in einem Grab. Alt und groß, mit einem Turm und von Terrassen umgeben.

Im Dämmerlicht wirkte es verlassen und außerhalb der Zeit.

Und doch blühten im Garten vor der Tür Rosen, Lilien und prächtige Dahlien. Dunkelroter Fingerhut ragte zwischen den Bäumen empor. »Es ist still hier«, sagte Hoyt mit erstickter Stimme. »Es hat überlebt. Es steht noch.«

Jetzt erst verstand Glenna und drückte ihm erneut die Hand. »Es ist dein Zuhause.«

»Das Haus, das ich erst vor wenigen Tagen verlassen habe. Das ich vor fast tausend Jahren verlassen habe. Ich bin nach Hause zurückgekehrt.«

7

Es war nicht dasselbe. Die Einrichtung, die Farben, das Licht, selbst die Geräusche, die seine Schritte auf dem Fußboden machten, verwandelten das Vertraute in Fremdes. Ein paar Gegenstände erkannte er – Kerzenleuchter und eine Truhe. Aber sie standen an den falschen Stellen.

Im Kamin lagen Holzscheite, sie waren jedoch noch nicht angezündet. Und es lagen auch keine Hunde in der Halle, die zur Begrüßung mit dem Schwanz wedelten.

Hoyt bewegte sich durch die Zimmer wie ein Geist. Vielleicht war er das ja auch. Sein Leben hatte in diesem Haus begonnen, und hier hatte er gespielt und gearbeitet, gegessen und geschlafen.

Aber das lag Hunderte von Jahren in der Vergangenheit,

und deshalb war sein Leben hier vielleicht auch zu Ende gegangen, im wahrsten Sinne des Wortes.

Seine ursprüngliche Freude beim Anblick des Hauses wurde plötzlich überschattet von einer tiefen Traurigkeit um all das, was er verloren hatte.

Und dann sah er, in einem Glaskasten, einen der Wandbehänge seiner Mutter. Er berührte das Glas mit den Fingern, und plötzlich war sie, ihr Gesicht, ihre Stimme, ihr Duft, so wirklich wie die Luft um ihn herum.

»Es war der Letzte, den sie fertig gestellt hat, bevor …«

»Bevor ich starb«, beendete Cian den Satz für ihn. »Ich weiß. Ich habe ihn, zusammen mit ein paar anderen Sachen, bei einer Auktion entdeckt. Das Haus konnte ich dann vor etwa vierhundert Jahren erwerben, ebenso wie das meiste Land hier.«

»Aber du wohnst hier nicht mehr.«

»Es liegt für meine Arbeit und mein Vergnügen ein wenig abgelegen. Ich habe einen Verwalter, den ich jetzt gerade weggeschickt habe, und für gewöhnlich komme ich einmal im Jahr hierher.«

Hoyt ließ die Hand sinken und blickte sich um. »Es hat sich verändert.«

»Veränderungen sind unvermeidlich. Die Küche ist modernisiert worden. Es wurden Rohre und Stromleitungen verlegt. Aber es ist immer noch ziemlich zugig. Die Schlafzimmer oben sind eingerichtet, du kannst dir eins aussuchen. Ich jedenfalls gehe jetzt nach oben und lege mich ein wenig hin.« An der Treppe blickte er sich noch einmal um. »Oh, und du kannst den Regen stoppen, wenn es geht. King, hilfst du mir, die Sachen nach oben zu bringen?«

»Klar. Coole Unterkunft, wenn man es etwas gespenstisch mag.« King schulterte eine Truhe, wie ein anderer eine Aktentasche hochgehoben hätte, und lief die Treppe hinauf.

»Alles in Ordnung?«, fragte Glenna Hoyt.

»Ich weiß nicht.« Er trat ans Fenster und zog die schweren Vorhänge zurück, um in den regennassen Wald zu blicken. »Dieses Haus haben meine Vorfahren gebaut, und ich bin dankbar dafür, hier zu sein.«

»Aber sie sind nicht da. Die Familie, die du zurückgelassen hast. Für dich ist es schwerer als für uns.«

»Wir teilen alle das gleiche Los.«

»Ich habe bloß meine Wohnung verlassen. Du hast dein Leben verlassen.« Sie trat zu ihm und streifte mit den Lippen seine Wange. Sie hatte ihm eine warme Mahlzeit anbieten wollen, aber sie sah ihm an, dass er jetzt allein sein musste.

»Ich gehe nach oben, suche mir ein Zimmer aus, dusche und gehe zu Bett.«

Er nickte und starrte weiter aus dem Fenster. Der Regen passte zu seiner Stimmung, aber es war besser, den Zauber jetzt zurückzunehmen. Danach fiel nur noch feiner Nieselregen, und Dunstschwaden umzogen die Rosenbüsche.

Ob es wohl noch die seiner Mutter waren? Unwahrscheinlich, aber immerhin waren es Rosen. Darüber hätte sie sich gefreut. Vermutlich würde sie sich auch freuen, wenn sie ihre beiden Söhne wieder hätte.

Wie sollte er das jemals erfahren?

Er machte Feuer im Kamin, und das Knistern der Flammen erinnerte ihn mehr an das Zuhause. Er wollte noch nicht hinaufgehen. Später, dachte er, würde er mit seiner Kiste in den Turm gehen und ihn sich wieder zu Eigen machen. Im Moment jedoch wollte er erst einmal hinausgehen. Er schlüpfte in seinen Umhang und trat in den feinen Sommerregen hinaus.

Zuerst ging er zum Fluss, wo der Fingerhut und die wilden orangefarbenen Lilien, die Nola besonders gern gemocht hatte, üppig blühten. Es sollten Blumen im Haus sein. Das war immer so gewesen, dachte er, und er würde vor dem Abend noch welche pflücken.

Tief sog er die feuchte Luft und den Duft der nassen Blätter und Rosen ein. Sein Bruder pflegte das Anwesen, das musste man ihm lassen. Sogar die Stallungen standen noch am selben Fleck, auch wenn es nicht mehr dieselben Gebäude waren. Sie waren größer als früher, mit einem Anbau und einem großen Tor an einer Seite.

Es war verschlossen, also öffnete er es mit der Macht seiner Gedanken. Es glitt nach oben und gab den Blick frei auf eine Art Wagen. Er sah anders aus als die, die er in New York gesehen hatte, schwarz und niedriger. Auf der Haube prangte ein glänzender, silberner Panter. Vorsichtig fuhr Hoyt mit der Hand darüber.

Es verwirrte ihn, dass es so viele verschiedene Wagen in dieser Welt gab. Verschiedene Formen, Größen und Farben. Wenn doch einer funktionierte und bequem war, wozu brauchte man dann eine solche Vielfalt?

Auch eine lange Bank fand sich dort, und zahlreiche faszinierend aussehende Werkzeuge hingen an der Wand oder lagen in den Schubladen einer großen, roten Kommode. Er betrachtete sie eingehend und sah sich auch den Holzstapel an, der ordentlich an einer Wand aufgeschichtet lag.

Werkzeuge, dachte er, Holz, Maschinen, aber kein Leben. Keine Knechte, keine Pferde, keine Katzen, die auf Mäuse lauerten. Keine Welpen, mit denen Nola spielen konnte. Er schloss die Tür hinter sich und versperrte sie wieder. Dann ging er außen am Stall entlang.

In der Sattelkammer tröstete ihn der Geruch nach Leder und Öl ein wenig. Es war alles ordentlich und sauber, so wie der Stall für das Auto. Er fuhr mit der Hand über einen Sattel, hockte sich hin, um ihn genauer zu betrachten, und fand ihn nicht viel anders als die Sättel, die er verwendet hatte.

Er spielte mit dem Zaumzeug, und einen Moment lang vermisste er seine Stute wie eine Geliebte.

Als er durch die Tür in die Stallgasse trat, stellte er fest, dass jetzt weniger Boxen dort waren als früher, aber größere. Es roch nach Heu und Hafer und …

Rasch eilte er über den Steinboden.

In der letzten Box stand ein pechschwarzer Hengst. Hoyts Herz machte einen freudigen Satz, als er ihn sah. Es waren doch noch Pferde da – und dieser hier war prachtvoll.

Das Tier legte die Ohren an, als Hoyt die Tür zur Box öffnete. Aber er hielt beide Hände hoch und murmelte beruhigende Worte auf Irisch.

Das Pferd trat aus und schnaubte warnend.

»Das ist schon in Ordnung. Ich kann dir keinen Vorwurf machen, dass du bei einem Fremden vorsichtig bist. Aber ich will dich doch nur bewundern. Hier, riech mal an mir, und dann wollen wir mal sehen, was du so denkst. Hey, ich habe gesagt, riechen, nicht beißen.« Gerade noch rechtzeitig zog Hoyt schmunzelnd die Hand zurück, als das Pferd zuschnappen wollte.

Geduldig redete er leise weiter auf den Hengst ein, der schnaubend und stampfend vor ihm zurückwich. Schließlich beschloss Hoyt, es mit Bestechung zu versuchen. Er ergriff einen Apfel, und als er Interesse in den Augen des Pferdes aufglimmen sah, biss er herzhaft hinein. »Hmm, köstlich. Möchtest du auch einmal versuchen?«

Der Hengst kam einen Schritt auf ihn zu, nahm den Apfel aus der Handfläche, und während er ihn kaute, ließ er zu gnädig zu, dass Hoyt ihn streichelte.

»Ich habe ein Pferd zurückgelassen, eine feine Stute, die ich acht Jahre lang hatte. Sie hieß Aster, denn sie hatte eine sternenförmige Blesse, genau hier.« Er fuhr mit zwei Fingern über die Stirn des Hengstes. »Sie fehlt mir. Alles fehlt mir. Trotz aller Wunder der Welt ist es schwer, das, was man kennt, zurückzulassen.«

Er verließ den Stall und schloss die Tür hinter sich. Der Regen hatte aufgehört, und er hörte das Murmeln des Flusses. Ob es wohl noch Feen im Wald gab, fragte er sich. Aber sein Verstand war zu müde, um nach ihnen zu suchen. Und im Herzen war er zu müde, um den einsamen Gang zu den Gräbern seiner Familie anzutreten.

Er ging zurück ins Haus, ergriff seinen Koffer und ging die Wendeltreppe zum Turm hinauf.

Dort versperrte ihm eine schwere Tür voller Symbole und Zaubersprüche den Weg.

Hoyt fuhr mit den Fingerspitzen über die eingeritzten Worte und spürte die Wärme und das Summen, das von ihnen ausging. Wer immer das getan hatte, hatte eine gewisse Macht besessen.

Nun, er würde sich nicht aus seinem eigenen Arbeitsraum aussperren lassen. Verärgert machte er sich daran, den Schließzauber zu brechen. Das war *sein* Haus, und es war noch nie vorgekommen, dass seine eigene Tür verschlossen gewesen war.

»Öffnet euch, Schlösser«, befahl er. »Es ist mein Recht, hier einzutreten. Und es ist mein Wille, der diesen Zauber bricht.«

Ein Windstoß ließ die Tür auffliegen. Hoyt trat ein, und die Tür fiel hinter ihm wieder ins Schloss.

Das Zimmer war leer. Überall waren Staub und Spinnweben, und es war kalt. Es roch muffig, als wäre der Raum lange nicht mehr benutzt worden. Früher einmal hatte der Duft nach seinen Kräutern und Bienenwachs die Luft erfüllt, der Geruch seiner Macht.

Das zumindest würde er sich alles wieder holen. Er hatte einiges an Arbeit vor sich, und er wollte sie hier tun.

Zuerst säuberte er den Kamin und entzündete ein Feuer. Dann holte er sich von unten an Möbeln, was ihm gefiel. In diesem Zimmer gab es keine Elektrizität, und das freute ihn. Er würde sich sein eigenes Licht machen.

Er stellte Kerzen auf und berührte die Dochte, um sie zum Brennen zu bringen. Dann ordnete er seine Werkzeuge und Gerätschaften.

Zum ersten Mal seit Tagen kam er zur Ruhe. Er streckte sich auf dem Boden vor dem Feuer aus, rollte seinen Umhang als Kissen unter seinem Kopf zusammen und schlief.

Er träumte.

Er stand mit Morrigan auf einem hohen Hügel an einem steilen Abgrund. In der Ferne ragten dunkle Berge auf. Karge Grasbüschel wuchsen hier und da zwischen den Felsen, von denen einige flach dalagen wie Tischplatten für Riesen, andere steil emporragten. Nebelschwaden durchwaberten die Luft.

In dem Dunst hörte er ein Zischen, den keuchenden Atem von etwas, was älter war als die Zeit.

Der Ort war voller Wut, und eine wilde Gewalttätigkeit lag in der Luft.

Im Moment jedoch regte sich nichts, so weit sein Auge blicken konnte.

»Dies ist dein Schlachtfeld«, sagte sie zu ihm. »Deine letzte Prüfung. Es wird andere geben, bevor du hierher kommst. Aber hier wirst du sie bekämpfen und sie mit allen Welten im Gleichgewicht jenes Tages konfrontieren.«

»Was ist das für ein Ort?«

»Dies ist das Tal des Schweigens in den Bergen des Nebels in der Welt von Geall. Das Blut von Dämonen und von Menschen wird hier fließen. Was danach wächst, bestimmst du und die, die an deiner Seite kämpfen. Aber bis zum Kampf darfst du dieses Land nicht betreten.«

»Wie werde ich wieder hierher finden?«

»Es wird dir gezeigt werden.«

»Wir sind nur vier.«

»Es kommen noch mehr. Schlaf jetzt, denn wenn du erwachst, musst du handeln.«

Während er schlief, lichtete sich der Nebel. Auf demselben Hochplateau stand ein junges Mädchen. Sie war schlank, und braune Haare fielen ihr lose über den Rücken. Sie trug ein Trauergewand, und ihre Augen waren rot gerändert von Tränen. Jetzt jedoch waren sie trocken, während sie auf die trostlose Landschaft blickte. Die Göttin sprach zu ihr, aber ihre Worte waren nicht für ihn bestimmt.

Ihr Name war Moira, und ihr Land hieß Geall. Ihr Land, ihr Herz und ihre Pflicht. Es hatte Frieden geherrscht, seit die Götter das Land geschaffen hatten, und die von ihrem Blut hatten diesen Frieden bewahrt. Und jetzt wusste sie, dass der Frieden gebrochen würde, so wie ihr Herz gebrochen war.

Sie hatte an jenem Morgen ihre Mutter beerdigt.

»Sie haben sie abgeschlachtet wie ein Frühlingslamm.«

»Ich kenne deine Trauer, Kind.«

Moira blickte aus geschwollenen Augen durch den Regenschleier. »Trauern die Götter auch, Herrin?«

»Ich kenne deine Wut.«

»Sie hat in ihrem ganzen Leben niemandem etwas zuleide getan. Welch ein Tod für jemanden, der so gut und so freundlich war?« Moira ballte die Fäuste. »Du kennst weder meine Trauer noch meine Wut.«

»Andere werden einen schlimmeren Tod sterben. Willst du dabeistehen und nichts tun?«

»Was kann ich denn schon tun? Wie sollen wir uns gegen solche Kreaturen verteidigen? Wirst du mir mehr Macht geben?« Moira streckte die Hände aus, die ihr noch nie so klein und leer vorgekommen waren. »Mehr Weisheit und Geschick? Was ich habe, ist nicht genug.«

»Dir ist alles gegeben, was du brauchst. Nutze es. Es gibt schon andere, die auf dich warten. Du musst heute aufbrechen.«

»Ich soll weggehen?« Fassungslos blickte Moira die Göttin an. »Mein Volk hat seine Königin verloren. Wie kann ich es jetzt verlassen? Wie kannst du so etwas von mir verlangen? Die Prüfung muss hingenommen werden; die Götter selbst haben es so bestimmt. Auch wenn ich nicht die Nachfolge meiner Mutter antrete und Krone und Schwert übernehme, so muss ich doch hier bleiben, um der neuen Königin zu helfen.«

»Du hilfst, indem du gehst, und auch das haben die Götter so bestimmt. Das ist deine Aufgabe, Moira von Geall. Du musst aus dieser Welt reisen, damit du sie retten kannst.«

»Du willst also, dass ich an einem solchen Tag mein Zuhause und mein Volk verlasse? Die Blumen auf dem Grab meiner Mutter haben noch nicht einmal zu welken begonnen.«

»Würde deine Mutter denn wollen, dass du hier um sie weinst und zusiehst, wie dein Volk stirbt?«

»Nein.«

»Du musst gehen, du und der, dem du am meisten vertraust. Reise zum Tanzplatz der Götter. Dort werde ich dir einen Schlüssel geben, der dich dorthin bringt, wohin du gehen musst. Finde die anderen und bildet eure Armee. Und wenn ihr an Samhain hierher, in dieses Land, zurückkommt, werdet ihr kämpfen.«

Kämpfen, dachte Moira. Sie war noch nie zum Kämpfen

herausgefordert worden und hatte bisher nur Frieden gekannt. »Herrin, werde ich denn hier nicht gebraucht?«

»Doch, eines Tages. Ich sage dir, wohin du jetzt gehen musst und wo du jetzt gebraucht wirst. Wenn du bleibst, bist du verloren. Und dein Land ist ebenso verloren wie die Welten. Das war schon vor deiner Geburt deine Bestimmung, und deshalb bist du.

Geh sofort. Beeil dich. Sie warten nur auf den Sonnenuntergang.«

Hier war das Grab ihrer Mutter, dachte Moira verzweifelt. Ihr Leben war hier und alles, was sie kannte. »Ich bin in Trauer. Nur noch ein paar Tage mehr, Mutter, ich bitte dich.«

»Wenn du auch nur noch einen Tag länger bleibst, wird dies hier deinem Volk und deinem Land widerfahren.«

Morrigan machte eine weit ausholende Handbewegung, und der Nebel lichtete sich. Dahinter lag schwarze Nacht, erleuchtet nur vom kalten, silbernen Schein des Mondes. Schreie zerrissen die Luft. Rauch stieg auf, und lodernde Flammen färbten den Himmel rötlich.

Moira sah das Dorf wie aus ihrem eigenen Heim. Die Läden und Häuser brannten, und wer da schrie, waren ihre Nachbarn und Freunde. Männer und Frauen, in Stücke gerissen, Kinder, die von diesen schrecklichen Kreaturen, die ihre Mutter genommen hatten, gefressen wurden.

Sie sah, wie ihr Onkel kämpfte und das Schwert schwang, während ihm das Blut über Gesicht und Hände lief. Aber sie sprangen ihn von oben und von der Seite aus an, diese Kreaturen mit Reißzähnen und wilden, roten Augen. Mit markerschütterndem Heulen fielen sie über ihn her. Und über dem blutigen Schauspiel schwebte eine wunderschöne Frau. Sie trug ein rotes, juwelenbesticktes Seidenkleid mit eng geschnürtem Mieder. Ihre Haare glänzten wie gesponnenes Gold im Sonnenlicht und fielen ihr offen über die weißen Schultern.

In den Armen hielt sie einen Säugling in Windeln.

Und während um sie herum die Schlacht tobte, entblößte das wunderschöne Ding spitze Reißzähne und schlug sie in die Kehle des Säuglings.

»Nein!«

»Wenn du an deiner Trauer und deinem Zorn hier festhältst, wird dies kommen.« Die kalte Wut in Morrigans Stimme durchdrang Moiras Entsetzen. »Alles, was du kennst, wird zerstört, vernichtet, verschlungen.«

»Was sind das für Dämonen? Welcher Hölle sind sie entsprungen?«

»Du wirst es erfahren. Nimm das, was du hast, was du bist und suche deine Bestimmung. Die Schlacht wird kommen. Bewaffne dich.«

Sie erwachte neben dem Grab ihrer Mutter, zitternd von den Schrecken, die sie gesehen hatte. Ihr Herz war so schwer wie die Steine, mit denen der Grabhügel aufgeschichtet worden war.

»Ich konnte noch nicht einmal dich retten, wie soll ich dann die anderen retten können? Wie kann ich diesen Dämon daran hindern, hierher zu kommen?«

Sie sollte alles verlassen, was sie jemals gekannt und geliebt hatte. Für die Götter war es leicht, von Bestimmung zu sprechen, dachte sie, als sie sich taumelnd erhob. Sie blickte über die Gräber hinweg zu den grünen Hügeln und dem blauen Band des Flusses. Die Sonne stand hoch am Himmel und warf ihr funkelndes Licht über ihre Welt. Eine Lerche zwitscherte, und von ferne hörte sie das Muhen der Kühe.

Hunderte von Jahren waren die Götter ihrem Land hold

gewesen. Und jetzt mussten sie dafür mit Krieg, Tod und Blut bezahlen. Und das war ihre Pflicht.

»Du wirst mir fehlen, jeden Tag«, sagte sie laut. Dann blickte sie zum Grab ihres Vaters. »Aber jetzt seid ihr zusammen. Ich werde tun, was nötig ist, um Geall zu schützen, denn es ist alles, was mir von euch geblieben ist. Ich gehe zu Fremden in eine fremde Welt, und wenn ich mein Leben geben muss, gebe ich mein Leben. Es ist alles, was ich noch habe.«

Sie hob die Blumen auf, die sie mitgebracht hatte, und verteilte sie auf beiden Gräbern. »Helft mir«, flehte sie. Dann wandte sie sich zum Gehen.

Er wartete auf sie an der Steinmauer. Auch er trauerte, aber er hatte ihr die Zeit gelassen, die sie gebraucht hatte. Er war der, dem sie am meisten vertraute. Der Sohn des Bruders ihrer Mutter, des Onkels, den sie in der Vision hatte kämpfen sehen.

Er sprang auf, als sie näher kam, und breitete die Arme aus. Sie warf sich hinein und bettete ihren Kopf an seine Brust. »Larkin.«

»Wir jagen sie. Wir finden sie und töten sie, ganz gleich, was sie sind.«

»Ich weiß, was sie sind, und wir werden sie finden und töten. Aber nicht hier und nicht jetzt.« Sie löste sich von ihm. »Morrigan ist zu mir gekommen und hat mir gesagt, was wir tun müssen.«

»Morrigan?«

Trotz ihres Kummers musste sie lächeln. »Ich werde nie verstehen, wie jemand mit deinen Fähigkeiten die Götter anzweifeln kann.« Sie hob eine Hand an seine Wange. »Vertraust du mir?«

Er umfasste ihr Gesicht mit beiden Händen und küsste sie auf die Stirn. »Das weißt du doch.«

Als sie ihm berichtete, was Morrigan ihr gesagt hatte, änderte sich sein Gesichtsausdruck. Er fuhr sich mit der Hand durch seine goldblonde Mähne. So lange sie denken konnte, hatte sie ihn um seine Haare beneidet, da ihre nur von einem ganz gewöhnlichen Braun waren. Auch seine Augen waren goldbraun, gülden, wie sie fand, wohingegen ihre grau waren wie ein Regentag.

Es gab noch einiges mehr, worum sie ihn beneidete, zum Beispiel um seine Größe.

Als sie fertig war, holte sie tief Luft. »Kommst du mit mir?«

»Ich kann dich ja wohl kaum alleine gehen lassen.« Er ergriff ihre Hand. »Moira, woher weißt du denn so genau, dass diese Vision nicht einfach nur aus deinem Kummer heraus entstanden ist?«

»Ich weiß, dass, was ich gesehen habe, wirklich war. Wenn ich es mir jedoch nur eingebildet habe, dann haben wir lediglich die Zeit verloren, die wir brauchen, um zum Tanzplatz der Götter zu kommen. Larkin, ich muss es einfach versuchen.«

»Dann versuchen wir es.«

»Wir sagen es niemandem.«

»Moira ...«

»Hör mir zu.« Drängend packte sie ihn an den Handgelenken. »Dein Vater würde sein Möglichstes tun, um uns aufzuhalten. Oder er würde mitkommen wollen, wenn er uns glaubte. Das ist aber nicht mein Auftrag. Die Göttin hat gesagt, ich solle nur einen mitnehmen, den, dem ich am meisten vertraue. Das kannst nur du sein. Wir hinterlassen ihm eine Nachricht. Während wir fort sind, wird er Geall regieren und beschützen.«

»Du nimmst das Schwert ...«, begann Larkin.

»Nein. Das Schwert muss hier bleiben. Das war ein heiliger Eid, und ich will ihn nicht brechen. Das Schwert bleibt hier, bis ich zurückkehre. Ich nehme meinen Platz nicht ein, ehe ich es nicht anheben kann, und ich kann es erst anheben, wenn ich meinen Platz verdient habe. Es gibt ja noch andere Schwerter. Bewaffne dich, hat die Göttin gesagt, kümmere dich bitte darum. Wir treffen uns in einer Stunde wieder. Sag es niemandem.«

Sie drückte seine Hände. »Schwör es mir bei unserem gemeinsamen Blut, unserem gemeinsamen Verlust.«

Wie hätte er es ihr abschlagen können, wo sie noch Tränen auf den Wangen hatte? »Ich schwöre es. Ich sage es niemandem.« Tröstend rieb er ihr über die Arme. »Wir sind wahrscheinlich ohnehin zum Abendessen wieder zurück.«

Sie lief nach Hause, über das Feld und den Hügel hinauf zu dem Schloss, von dem aus ihre Familie das Land von Anbeginn an regierte. Die Menschen, an denen sie vorbeikam, neigten die Köpfe, um ihr Mitgefühl zu zeigen, und viele hatten Tränen in den Augen.

Sie durchquerte die Eingangshalle, in der nun kein Lachen und keine Musik ertönte. Rasch raffte sie die hinderlichen Röcke ihres Gewandes und lief die Treppe zu ihrem Gemach hinauf.

Still huschte sie an den Frauen vorbei, die nähten, ihre Kinder versorgten und leise miteinander sprachen, dass es wie das Gurren von Tauben klang.

In ihrem Zimmer tauschte sie das Kleid gegen ihre Reitkleidung und schnürte ihre Stiefel zu. Es schien ihr ein Fehler, ihre Trauerkleidung so rasch abzulegen, aber in Umhang und Hosen konnte sie sich besser bewegen. Sie flocht ihre Haare zu einem Zopf und begann zu packen.

Sie wollte nur wenig mitnehmen. Und sie würde sich die Sache wie einen Jagdausflug vorstellen, darin hatte sie zumindest ein wenig Erfahrung. Und so legte sie Köcher und

Bogen und ein kurzes Schwert heraus und setzte sich aufs Bett, um ihrem Onkel eine Nachricht zu schreiben.

Wie sagte sie einem Mann, der ihr seit so vielen Jahren den Vater ersetzte, dass sein Sohn mit ihr in eine Schlacht zog, die sie nicht verstanden, um gegen etwas zu kämpfen, was sie nicht begriffen, mit Kampfgefährten, die sie nicht kannten?

Der Wille der Götter, dachte sie, und presste beim Schreiben die Lippen fest aufeinander.

Ich muss es tun, schrieb sie in ihrer ordentlichen Handschrift. *Ich bete, dass du mir verzeihst und verstehst, dass ich nur zum Besten von Geall handle. Wenn ich bis Samhain nicht zurück bin, bitte ich dich, das Schwert zu heben und an meiner Stelle zu regieren. Ich schwöre beim Blut meiner Mutter, dass ich das, was ich liebe, bis zu meinem Tod verteidigen und beschützen werde.*

Jetzt lasse ich, was ich liebe, in deinen Händen zurück.

Sie faltete den Brief, erhitzte das Wachs und versiegelte ihn.

Dann gürtete sie das Schwert und schulterte Köcher und Bogen. Als sie aus ihren Gemächern trat, eilte eine der Frauen herbei.

»Mylady.«

»Ich möchte alleine ausreiten.« Ihre Stimme war so scharf, dass die Frau erschreckt aufkeuchte. Moira schnürte es die Kehle zu, aber sie ging unbeirrt weiter. Im Stall sattelte sie ihr Pferd selbst. Sie blickte in das weiche, junge, sommersprossige Gesicht des Stallburschen und sagte streng:

»Wenn die Sonne untergeht, musst du drinnen bleiben. Heute und jeden Abend, bis ich dir etwas anderes sage. Ist das klar?

»Jawohl, Mylady.«

Sie bestieg ihr Pferd, trieb es an und galoppierte davon.

Sie würde nicht zurückblicken, nahm sie sich vor. Jetzt würde sie nur nach vorne schauen.

Larkin wartete bereits auf sie. Er saß lässig im Sattel, während sein Pferd graste.

»Es tut mir leid, es hat ein wenig länger gedauert.«

»Bei Frauen dauert es immer länger.«

»Ich verlange so viel von dir. Und wenn wir nun nie mehr zurückkehren?«

Er schnalzte mit der Zunge und lenkte sein Pferd neben sie. »Da ich ohnehin nicht glaube, dass wir irgendwohin gehen, mache ich mir da überhaupt keine Sorgen.« Er lächelte ihr zu. »Ich lasse dir nur deinen Willen.«

»Es würde mich zutiefst erleichtern, wenn nicht mehr dahintersteckte.« Erneut gab sie ihrem Pferd die Sporen und galoppierte an. Sie wollte rasch vorwärtskommen.

Larkin ritt neben ihr her über die Hügel, wie sie es so oft getan hatten. Butterblumen bedeckten die Wiesen mit ihren gelben Blüten, und unzählige Schmetterlinge tanzten in der Luft. Über ihren Köpfen kreiste ein Falke, und ihr wurde ein wenig leichter zumute.

Ihre Mutter hatte dem Falken so gerne zugesehen. Sie hatte immer erklärt, es sei Moiras Vater, der auf sie von dort oben herunterblicke. Jetzt betete Moira, dass auch ihre Mutter so frei durch den Himmel fliegen möge.

Der Falke kreiste über dem Steinring und stieß seinen Schrei aus.

Moira schluckte nervös.

»So, bis hierher hätten wir es geschafft.« Larkin warf die Haare zurück. »Was schlägst du jetzt vor?«

»Ist dir auch kalt? Spürst du die Kälte?«

»Nein. Es ist warm. Die Sonne ist heute kräftig.«

»Irgendetwas beobachtet uns.« Ihr lief ein Schauer über den Rücken, als sie vom Pferd stieg. »Irgendetwas Kaltes.«

»Hier ist niemand außer uns.« Aber Larkin, der ebenfalls vom Pferd gesprungen war, legte doch die Hand an den Knauf seines Schwertes.

»Es kann uns sehen.« In ihrem Kopf waren Stimmen, Flüstern und Murmeln. Wie in Trance nahm sie ihre Tasche vom Sattel. »Nimm, was du brauchst, und komm mit.«

»Du benimmst dich sehr seltsam, Moira.« Seufzend ergriff Larkin ebenfalls seine Tasche und warf sie sich über die Schulter.

»Sie kann hier nicht hinein. Niemals. Ganz gleich, wie groß ihre Macht ist, sie kann diesen Kreis nicht betreten, diese Steine nicht berühren, weil sie sonst sofort verbrennen würde. Sie weiß es. Sie hasst.«

»Moira ... deine Augen.«

Sie wandte sich ihm zu. Ihre Augen waren fast schwarz und unergründlich tief. Und als sie ihre Hand öffnete, lag ein Kristallstab darin. »So wie ich bist du dazu bestimmt, dies zu tun. Du bist mein Blut.«

Sie zog ihr Kurzschwert, schnitt sich in die Handfläche und griff nach seiner Hand.

»Blödsinn.« Aber er ließ sich doch bereitwillig die Handfläche ritzen.

Sie steckte das Kurzschwert wieder in die Scheide und ergriff mit ihrer blutigen Hand seine. »Blut ist Leben, und Blut ist Tod«, sagte sie. »Und hier öffnet es uns den Weg.«

Sie hielten sich an den Händen und traten in den Kreis.

»Welten warten«, deklamierte sie die Worte, die ihr durch den Kopf schwirrten. »Die Zeit fließt. Die Götter schauen zu. Sprich die Worte mit mir.«

Ihre Hand pochte in seiner, als sie die Worte wiederholten.

Der Wind wurde stärker, peitschte die langen Grashalme und zerrte an ihren Umhängen. Intuitiv legte Larkin seinen freien Arm schützend um sie und benutzte seinen Körper wie einen Schild. Gleißend helles Licht blendete sie.

Die Welt drehte sich um sie.

Dann Dunkelheit. Feuchtes Gras, Dunst.

Sie standen still im Kreis auf der gleichen Anhöhe. Und doch war alles anders. Auch der Wald dahinter war nicht derselbe.

»Die Pferde sind weg.«

Sie schüttelte den Kopf. »Nein, wir.«

Larkin blickte auf. Wolken zogen über den Mond, und es war kalt. »Es ist Nacht. Es war doch gerade erst Mittag, und jetzt ist es Nacht. Wo zum Teufel sind wir hier?«

»Wo wir sein müssen. Mehr weiß ich auch nicht. Wir müssen die anderen finden.«

Er war verwirrt, und die Situation machte ihn nervös. So weit hatte er gar nicht gedacht. Aber jetzt hatte er nur noch eine Aufgabe: Er musste seine Kusine beschützen.

»Wir müssen uns einen Unterschlupf suchen und warten, bis die Sonne aufgeht.« Er wandte sich zum Gehen. Und während er aus dem Kreis heraustrat, verwandelte er sich.

Statt Haut ein Fell, golden wie seine Haare, statt der Haare eine Mähne. Und auf einmal stand ein Hengst dort, wo eben noch der Mann gestanden hatte.

»Nun, das geht wahrscheinlich schneller.« Moira ignorierte das merkwürdige Gefühl in ihrem Bauch und stieg auf. »Wir reiten den Weg, den wir nach Hause reiten würden. Ich glaube, das ist am sinnvollsten – wenn hier überhaupt etwas Sinn ergibt. Am besten kein Galopp, für den Fall, dass doch etwas anders ist, als wir es kennen.«

Er trabte los, während sie durch die Bäume und auf die Hügel spähte. Die Umgebung wirkte gleich, und doch gab es feine Unterschiede.

Eine große Eiche stand dort, wo zuvor keine gewesen

war; eine Quelle plätscherte in der falschen Richtung, und auch die Straße war nicht dieselbe.

Sie lenkte Larkin vom Weg dorthin, wo in ihrer Welt ihr Zuhause gewesen wäre.

Vorsichtig bewegten sie sich zwischen den Bäumen hindurch einen Trampelpfad entlang, wobei sie lediglich ihrem Instinkt folgten. Plötzlich blieb er stehen und hob den Kopf. Sein Körper spannte sich an, als ob er etwas witterte.

»Was ist los? Was …?«

Er galoppierte los, und Äste brachen und Steine spritzten, während sie durch den Wald preschten. Aber es kam wie ein Blitz, flog aus den Bäumen, als ob es Flügel hätte. Larkin bäumte sich auf und schlug mit beiden Hufen danach.

Schreiend flüchtete es zurück in die Dunkelheit.

Sie hätte ihn erneut zum Galopp angetrieben, aber er verwandelte sich bereits wieder in einen Mann. Rücken an Rücken standen sie da, mit gezogenen Schwertern.

»Der Kreis«, flüsterte sie. »Wenn wir in den Kreis zurückkämen …«

Er schüttelte den Kopf. »Sie haben uns den Weg abgeschnitten«, erwiderte er. »Wir sind umzingelt.«

Langsam schlichen sie sich aus den Schatten auf sie zu. Fünf, nein, sechs, wie Moira sah. Das Blut gefror ihr in den Adern. Ihre Reißzähne schimmerten im Mondlicht.

»Bleib dicht bei mir«, befahl Larkin ihr. »Lass nicht zu, dass sie dich von mir wegziehen.«

Eine der Bestien lachte, ein schrecklich menschlicher Laut. »Ihr habt einen langen Weg zurückgelegt, um zu sterben«, sagte die Kreatur.

Und sprang auf sie zu.

8

Zu ruhelos, um zu schlafen, wanderte Glenna durchs Haus. Es war groß genug, um eine ganze Armee zu beherbergen – und ganz gewiss groß genug, um vier Personen, die einander relativ fremd waren, genügend Privatsphäre zu sichern. Die Decken waren hoch, mit prachtvollen Stuckarbeiten, und es gab verschiedene Treppenhäuser, die zu weiteren Zimmern führten. Manche waren klein wie Klosterzellen, andere weiträumig und luftig.

Die kunstvoll verschnörkelten Kronleuchter aus Eisen wirkten gotisch, was wesentlich besser zu dem Haus passte als Kristalllüster oder etwas Modernes.

Glenna war so fasziniert, dass sie ihre Kamera holen ging. Müßig schlenderte sie durchs Haus und blieb stehen, wenn ihr etwas ins Auge fiel. Allein bei den Drachen, die in den schwarzen Marmor des Kamins im Hauptsalon geschnitzt waren, verweilte sie eine halbe Stunde lang.

Zauberer, Vampire, Krieger. Marmordrachen und uralte Häuser, die tief im Wald lagen. Jede Menge Stoff für ihre Kunst, dachte sie. Wenn sie wieder in New York war, konnte sie damit viel Geld verdienen.

Es schadete ja nichts, das Ganze positiv zu sehen.

Cian musste unglaublich viel Zeit und Geld aufgewendet haben, um das Haus zu modernisieren und neu einzurichten, dachte sie. Andererseits hatte er beides ja auch im Überfluss. Leuchtende Farben, kostbare Stoffe und glänzende Antiquitäten verliehen dem Haus eine Anmutung von Luxus und Stil.

Die reinste Verschwendung, dass ein so schönes Anwesen schon seit Jahren leer und einsam mitten im Wald stand. Aber es war schon ein Glück, dass er es wenigstens besaß. Durch seine Größe und Lage eignete es sich perfekt als Basis.

Als sie die Bibliothek betrat, nickte sie anerkennend. Regale an allen vier Wänden, die bis zur Kuppeldecke reichten, wo ebenfalls ein Drache – dieses Mal aus bemaltem Glas – Feuer und Licht spuckte.

Die Kerzenleuchter waren fast zwei Meter hoch, die Lampen hatten edelsteinbesetzte Schirme, und die Orientteppiche, die den Boden bedeckten, waren sicher mehrere hundert Jahre alte Originale.

Es war nicht nur eine geeignete, sondern auch eine äußerst komfortable Basis, dachte sie. Mit seinem großen Tisch, den tiefen Sesseln und dem riesigen Kamin war dies hier der ideale Konferenzraum.

Sie machte Feuer im Kamin und schaltete die Lampen ein, um die trübe Stimmung des grauen Tages zu vertreiben. Dann holte sie Kristalle, Bücher und Kerzen aus ihren eigenen Beständen und verteilte sie überall im Raum.

Sie hätte zwar auch gerne Blumen gehabt, aber es war zumindest schon einmal ein Anfang. Allerdings brauchten sie noch mehr. Das Leben funktionierte nicht nur mit Stil, Glück oder Magie.

»Was hast du vor, Rotschopf?«

King stand in der Tür. »Man könnte sagen, ich baue mir ein Nest.«

»Ganz schön luxuriöses Nest.«

»Das habe ich auch gerade gedacht. Und ich bin froh, dass du hier bist. Du bist genau der richtige Mann für mich.«

»Für dich und jede andere Frau. Was kann ich für dich tun?«

»Du warst doch schon einmal hier, oder?«

»Ja, zwei Mal.«

»Wo sind die Waffen?« Als er die Augenbrauen hochzog, breitete sie die Arme aus.

»Diese grässlichen Utensilien, die man zum Kämpfen in

Kriegen braucht – so habe ich zumindest gehört, denn das hier wird mein erster Krieg. Ich weiß, dass es mir entschieden besser ginge, wenn ich ein paar Handgranaten zur Verfügung hätte.«

»Ich glaube, die hat der Boss nicht vorrätig.«

»Was hat er denn?«

King überlegte. »Was hast du hier hineingetan?«

Glenna blickte sich um. »Nur ein paar Gegenstände, die ich zum Schutz aufstelle und die für Mut und Kreativität sorgen. Ich fand, der Raum hier eignet sich gut für Strategiesitzungen. Ein Kriegszimmer. Was ist?«, fragte sie, als er breit grinste.

»Vermutlich hast du es gerochen.« Er trat an eine Bücherwand und fuhr mit dem Finger über den geschnitzten Rand.

»Du willst mir doch nicht etwa erklären, dass das eine … Geheimtür ist«, beendete sie entzückt lachend den Satz, als das Regal zur Seite glitt und eine Öffnung freigab.

»Davon gibt es hier im Haus viele.« King schob das Regal ganz zur Seite, damit sie hineinblicken konnte. »Ich glaube zwar nicht, dass du hier überall herumspionieren sollst, aber du hast was von Waffen gesagt.« Er wies auf die Öffnung. »Hier hast du Waffen.«

Schwerter, Äxte, Keulen, Dolche, Sicheln, verschiedene Arten von Bogen, alle möglichen Gerätschaften hingen an der Wand. Sie glaubte sogar einen Dreizack zu sehen.

»Ein bisschen furchteinflößend ist es ja schon«, erklärte sie, trat aber trotzdem mutig vor, um einen Dolch in die Hand zu nehmen.

»Wenn ich dir einen Rat geben darf«, sagte King. »Wenn du eine solche Waffe verwendest, muss der Angreifer schon sehr nahe an dich herankommen, damit du sie wirkungsvoll einsetzen kannst.«

»Ja, das klingt einleuchtend.« Sie legte den Dolch wieder weg und nahm stattdessen ein Schwert aus der Halterung. »Wow, das ist ja richtig schwer.«

Sie hängte es wieder zurück und nahm ein Florett. »So ist es besser.«

»Weißt du, wie man damit umgeht?«

Sie schwang es prüfend und stellte überrascht fest, dass es sich gut anfühlte. »Okay. Nein. Keinen Schimmer. Jemand wird es mir beibringen müssen.«

»Glaubst du, dass du deinen Gegner damit in Stücke hauen kannst?« Cian trat ins Zimmer.

»Ich weiß nicht.« Sie senkte den Degen. »Das werde ich leider herausfinden müssen. Ich habe gesehen, was sie war, was sie getan hat und was sie bei sich hatte, und ich habe nicht vor, diese Kreatur nur mit Kräutermischungen und Zaubersprüchen zu bekämpfen. Und ganz bestimmt werde ich nicht wie erstarrt stehen bleiben und loskreischen, wenn sie versucht, mich zu beißen.«

»Damit kannst du sie zwar verwunden, aber töten und aufhalten kannst du sie nur, wenn du ihnen den Kopf abhackst.«

Glenna verzog das Gesicht. Sie musterte die schlanke Klinge, dann hängte sie den Degen resigniert wieder an seinen Platz und ergriff erneut das schwerere Schwert.

»Man muss ganz schön stark sein, wenn man damit um sich schlagen will.«

»Dann werde ich eben so stark, dass ich es schaffe.«

»Du brauchst nicht nur starke Muskeln.«

Sie erwiderte seinen Blick gleichmütig. »Ich werde schon stark genug sein. Ihr wisst wahrscheinlich, wie ihr damit umgehen müsst. Aber wenn ihr glaubt, ich halte mich im Hintergrund und rühre im Kessel, wenn gekämpft wird, dann irrt ihr euch. Ich bin nicht hierher gebracht worden, um mich von Männern beschützen zu lassen, und ich habe meine Gabe nicht erhalten, um als Feigling zu enden.«

»Ich«, sagte King mit breitem Grinsen, »mag ja Frauen mit Biss.«

Glenna hielt das Schwert in beiden Händen und schwang es durch die Luft. »Und wann ist meine erste Stunde?«, fragte sie.

Hoyt stieg die Treppe hinunter. Er versuchte, das Gewandelte und das Vergangene nicht zu betrauern. Er würde wieder in sein wahres Leben, zu seiner Familie und seinem Haus zurückkehren.

Er würde die Fackeln wieder an den Wänden sehen, die Rosen seiner Mutter im Garten riechen. Und er würde wieder über die Klippen zu seinem eigenen Cottage in Chiarrai wandern und wissen, dass die Welt frei von dem Ungeziefer wäre, das sie zerstören wollte.

Er brauchte einfach nur Ruhe. Ruhe und Einsamkeit an einem Ort, den er kannte und verstand. Er würde jetzt arbeiten und planen. Er war des Gefühls überdrüssig, von Ereignissen, die er nicht begriff, überrollt zu werden.

Es war dunkel geworden, und diese Lichter – dieses seltsame, harte Licht, das nicht von Feuer, sondern von Elektrizität herrührte – beleuchteten das Haus.

Es irritierte ihn, dass er niemanden antraf und auch keine Essensdüfte aus der Küche drangen. Sie mussten sich jetzt an die Arbeit machen, und die anderen mussten verstehen, dass die nächsten Schritte notwendig waren.

Er hielt inne, als er ein Geräusch hörte. Zischend stieß er die Luft aus und rannte auf die Tür zu, hinter der Eisen klirrend auf Eisen traf. In der Bibliothek sah er, wie sein Bruder das Schwert gegen Glenna schwang.

Er dachte nicht nach. Ohne zu zögern richtete er seine

Macht gegen Cian, dessen Schwert klappernd zu Boden fiel. Da Glenna jetzt nicht mehr aufgehalten wurde, verletzte sie Cian an der Schulter.

»Scheiße!« Cian griff nach seiner Schulter, und Glenna zog ihre Waffe erschreckt zurück.

»O Gott! Mein Gott! Ist es schlimm? Wie schlimm?« Sie ließ ihr Schwert fallen und trat zu ihm.

»Zurück!« Glenna taumelte unter Hoyts Macht und fiel unsanft auf ihr Hinterteil. »Du willst Blut?« Hoyt hob ihr Schwert auf. »Na los, hol dir meins.«

King ergriff ein weiteres Schwert von der Wand und richtete die Klinge auf Hoyt. »Geh zurück, Zauberjunge. Sofort!«

»Misch dich nicht ein!«, sagte Cian zu King. »Mach Platz.« Langsam ergriff er sein eigenes Schwert und blickte Hoyt herausfordernd an. »Du bringst mich in Versuchung.«

»Hört auf! Hört sofort damit auf! Was zum Teufel ist eigentlich mit euch los?« Glenna achtete nicht auf die Schwerter und trat zwischen die beiden Brüder. »Ich habe ihn mit dem Schwert verletzt, um Himmels willen. Lass mich mal sehen.«

»Er hat dich angegriffen.«

»Nein, er hat mir Unterricht gegeben.«

»Es ist nichts.« Cian schob Glenna beiseite, wobei er Hoyt unverwandt ansah. »Das Hemd ist hinüber, schon das zweite, das ich mir wegen dir ruiniert habe. Wenn ich ihr Blut wollte, würde ich es mir nicht mit dem Schwert holen. Aber bei deinem könnte ich mal eine Ausnahme machen.«

Glenna erhob scharf die Stimme, so, wie eine verärgerte Frau eben mit dummen Jungs redete. »Es war ein Irrtum, ein Unfall. Ich bin dir dankbar, dass du mir zu Hilfe kommen wolltest«, sagte sie zu Hoyt, »aber ich brauchte und brauche keinen Ritter auf einem weißen Pferd. Und du …«

Sie zeigte mit dem Finger auf Cian. »Du weißt ganz gut, wie es für ihn ausgesehen hat, also reg dich nicht so auf. Und du«, wandte sie sich an King, »du kannst dich einfach nur heraushalten.«

»Hey! Ich habe doch nur …«

»Noch größere Verwirrung gestiftet«, ergänzte sie den Satz. »Und jetzt geht und holt mir Verbandszeug.«

»Das brauche ich nicht.« Cian steckte sein Schwert wieder in die Wandhalterung. »Bei mir heilen Wunden schnell, vergiss das nicht.« Er streckte die Hand nach Kings Schwert aus, wobei er ihm einen liebevollen Blick zuwarf. »Im Gegensatz zu unserer verärgerten Hexe bin ich dir dankbar für die Geste.«

»Keine Ursache.« King reichte Cian sein Schwert und zuckte verlegen mit den Schultern.

Unbewaffnet drehte Cian sich zu seinem Bruder um. »Du konntest mich mit dem Schwert nicht schlagen, als ich noch ein Mensch war, und jetzt könntest du es erst recht nicht.«

Glenna legte Hoyt die Hand auf den Arm und spürte, wie seine Muskeln zitterten. »Leg es weg«, sagte sie leise. »Das muss aufhören.« Sie ließ ihre Hand zu seinem Handgelenk gleiten und ergriff das Schwert.

»Die Klinge muss gereinigt werden«, stellte Cian fest.

»Ich kümmere mich darum.« King trat auf Glenna zu. »Und wenn ich schon einmal dabei bin, kann ich uns auch was zum Abendessen machen. Ich habe richtig Appetit bekommen.«

Selbst als er hinausgegangen war, war immer noch so viel Testosteron im Raum, dass Glenna das Gefühl hatte, es mit einer von Cians Streitäxten zerhacken zu können.

»Können wir weitermachen?«, fragte sie rasch. »Ich dachte, wir könnten die Bibliothek zu unserem Kriegsraum machen. Es scheint mir angebracht, wenn man sich überlegt, wie viele Waffen es hier drin gibt und wie viele Bücher über Magie, Kriegskunst, Vampire und Dämonen. Ich habe ein paar Ideen …«

»Darauf könnte ich wetten …«, murmelte Cian.

»Die erste …« Sie trat an den Tisch und ergriff ihre Kristallkugel.

»Hast du beim ersten Mal nichts gelernt?«, warf Hoyt ein.

»Ich will nicht nach ihr suchen. Wir wissen ja, wo sie ist. Oder zumindest war.« Nein, sie wollte nur die Stimmung ändern. Wenn es Spannungen gab, sollte man sie wenigstens konstruktiv nutzen.

»Man hat uns gesagt, dass noch andere kommen, und ich glaube, wir sollten uns langsam auf die Suche nach ihnen machen.« Genau das hatte Hoyt auch vorgehabt, aber das konnte er jetzt wohl kaum sagen, ohne dass es lächerlich wirkte. »Leg die Kugel weg. Es ist noch zu früh, seidem wir sie das letzte Mal benutzt haben.«

»Ich habe sie gereinigt und neu aufgeladen.«

»Das spielt keine Rolle.« Er wandte sich zum Kamin. »Wir machen es auf meine Art.«

»Ein vertrauter Refrain.« Cian trat an eine Vitrine und holte einen schweren Cognacschwenker heraus. »Streitet euch ruhig, ihr beiden. Ich trinke in der Zwischenzeit einen Brandy. Woanders.«

»Bitte bleib.« Glenna lächelte ihn entschuldigend an. »Wenn wir jemanden finden, solltest du dabei sein. Vielleicht müssen wir ja entscheiden, was wir tun sollen. Ich sollte wahrscheinlich auch King holen, damit er dabei sein kann.«

Hoyt ignorierte sie. Allerdings stellte er fest, dass der kleine Stich, der durchaus Eifersucht sein konnte, nicht so leicht zu ignorieren war. Sein Bruder! Brachte ihr den

Schwertkampf bei, und sie machte solch ein Getue um den kleinen Kratzer! Er breitete die Hände aus und begann sich auf das Feuer zu konzentrieren.

»Ein netter Gedanke.« Cian wies mit dem Kinn auf Hoyt. »Aber er hat bereits angefangen.«

»Nun, für ... Ja, gut, in Ordnung. Aber wir sollten einen Kreis bilden.«

»Dafür brauche ich keinen Kreis. Hexen bilden ständig irgendwelche Kreise und sprechen in Reimen. Deshalb verstehen sie auch nichts von echter Zauberei.«

Glenna fiel der Unterkiefer herunter. Cian grinste sie an und zwinkerte ihr zu. »Er war schon immer ganz erfüllt von sich. Brandy?«

»Nein.« Glenna legte ihre Kugel auf den Tisch und verschränkte die Arme. »Danke.«

Das Feuer knisterte, und die Flammen züngelten gierig an den Holzscheiten empor.

Hoyt benutzte seine eigene Sprache, die Sprache seiner Geburt und seines Blutes, um das Feuer zu entfachen. Tief im Innern wusste er, dass er eine Vorstellung gab, indem er den Moment hinauszögerte.

Und dann begann sich ein Bild in den Flammen zu formen. Schatten und Bewegung, Formen und Silhouetten. Hoyt vergaß alles, und auf einmal zählten nur noch die Magie und ihr Zweck.

Glenna trat neben ihn, und in den Flammen wurden die Silhouetten zu einer Frau mit einem langen Zopf, Köcher und Bogen über der Schulter. Sie saß auf einem schlanken Pferd mit goldener Mähne, das in schnellem Tempo durch den Wald galoppierte. Furcht lag auf dem Gesicht der Frau, zugleich aber auch eine stählerne Entschlossenheit. Sie kauerte sich tief an den Hals des Pferdes und hielt sich mit einer Hand an der Mähne fest.

Der Mann, der kein Mann war, sprang aus dem Wald und wurde weggeschleudert. Aber mehr nahmen Form an, glitten aus der Dunkelheit und umringten die beiden.

Das Pferd bäumte sich auf, und in einem plötzlichen Lichtschimmer war es auf einmal ein großer, schlanker junger Mann. Er und die Frau standen Rücken an Rücken, mit gezogenen Schwertern. Und die Vampire kamen auf sie zu.

»Das ist der Weg, der zum Tanzplatz führt.« Cian griff nach einem Schwert und einer Doppelaxt. »Geh zu King«, befahl er Glenna und rannte zum Fenster. »Bleib hier. Lass niemanden herein. Nichts und niemanden.«

»Aber …«

Er riss das Fenster auf und schien … schien hinauszufliegen.

»Hoyt …«

Aber auch er griff sich bereits ein Schwert und einen Dolch. »Tu, was er sagt.«

Fast so schnell wie sein Bruder war er aus dem Fenster. Glenna zögerte keine Sekunde lang. Sie folgte ihm.

Er rannte zu den Ställen und schickte seine Macht voraus, um die Türen zu öffnen. Als der Hengst herausgaloppiert kam, hob Hoyt die Hände, um ihn aufzuhalten. Es hatte jetzt keine Zeit für Nettigkeiten.

»Geh zurück«, schrie er Glenna an.

»Ich reite mit dir. Verschwende nicht deine Zeit, dich mit mir zu streiten. Ich gehöre auch dazu.« Als er in die Mähne packte und sich auf den Rücken des Tieres schwang, warf sie trotzig den Kopf zurück. »Dann komme ich eben zu Fuß nach.«

Fluchend streckte er ihr die Hand entgegen, um sie hinaufzuziehen. Das Pferd stieg, als King die Stallungen erreichte. »Was zum Teufel ist hier los?«

»Probleme«, schrie Glenna. »Auf der Straße zum Tanzplatz.« Als das Pferd erneut stieg, schlang sie die Arme um Hoyts Taille. »Los!«

Auf der Lichtung kämpfte Moira noch immer, aber nicht mehr um ihr Leben. Es waren zu viele, und sie waren zu stark. Wahrscheinlich würde sie hier sterben. Sie kämpfte nur noch um Zeit, um jeden kostbaren Atemzug.

Sie hatte nicht genug Platz, um ihren Bogen zu ziehen, aber sie hatte ihr Kurzschwert. Sie verwundete auch viele; diese schrien auf und wichen zurück, erhoben sich aber immer wieder und kamen von Neuem auf sie zu.

Sie konnte sie nicht zählen, wusste auch nicht, gegen wie viele Larkin kämpfte. Aber sie wusste, wenn sie fiel, dann würden sie auch ihn bekommen. Also kämpfte sie weiter, um ihn zu stützen.

Zwei kamen auf sie zu, und keuchend schwang sie ihr Schwert gegen den einen. Blut spritzte, und zu ihrem Entsetzen beugte sich sein Gefährte über ihn, um zu trinken. Aber schon warf sich ein anderer auf sie, mit gierigen Reißzähnen und roten Augen.

Sie hörte, wie Larkin ihren Namen schrie, hörte das Entsetzen in seiner Stimme, während sie sich verzweifelt wehrte. Sie spürte die Zähne der Bestie an ihrem Hals, und es brannte unvorstellbar.

Und dann kam plötzlich etwas aus der Nacht, ein dunkler Krieger mit Schwert und Axt. Er riss die Kreatur von ihr, und benommen sah sie, wie er ihm den Kopf abschlug. Ein Blitz flammte auf, und sie zerfiel zu Staub.

»Du musst ihnen den Kopf abschlagen!«, schrie der Krieger Larkin zu. Dann wandte er sich ihr zu und sah sie mit seinen leuchtend blauen Augen an. »Benutz Pfeil und Bogen. Holz mitten durchs Herz.«

Sausend fuhr sein Schwert durch die Luft.

Moira zerrte einen Pfeil aus dem Köcher. Mit blutverschmierten Händen versuchte sie, ihn einzulegen. Da kommen Reiter, dachte sie vage, als sie das Donnern von Hufen hörte.

Wieder kam eine Kreatur auf sie zu, ein Mädchen, noch jünger als sie selber. Moira wich zur Seite, aber es war keine Zeit mehr, um zu schießen. Als das Mädchen auf sie zusprang, rammte sie ihm den Pfeil ins Herz. Es blieb nur Staub.

Ein Mann sprang vom Pferd und schwang ebenfalls sein Schwert gegen die Angreifer.

Sie würden nicht sterben, dachte Moira. Schweiß tropfte ihr in die Augen. Heute Nacht würden sie nicht sterben. Sie legte einen Pfeil ein, spannte den Bogen.

Die drei Männer bildeten ein Dreieck und drängten die Vampire zurück. Eine der Bestien glitt durch die Abwehr und schlich sich an das Pferd, auf dem eine Frau saß und den Kampf beobachtete. Moira stolperte vorwärts, fand jedoch keine Gelegenheit, um zu schießen. Sie stieß einen warnenden Ruf aus.

Der zweite Krieger wirbelte herum und hob angriffsbereit das Schwert. Aber die Frau hatte das Pferd bereits steigen lassen, und mit den Hufen streckte es den Angreifer nieder.

Als die Klinge durch seinen Hals fuhr, blieb nichts als Staub und Blut.

In der Stille, die eintrat, sank Moira auf die Knie. Keuchend rang sie nach Atem. Ihr war entsetzlich übel. Larkin hockte sich neben sie und fuhr ihr mit den Händen über den Körper, ihr Gesicht. »Du bist verletzt. Du blutest.«

»Nein, es ist nicht schlimm.« Ihr erster Kampf, dachte sie. Und sie lebte. »Und du?«

»Schrammen, Kratzer. Kannst du aufstehen? Ich trage dich.«

»Nein, nein, ich kann schon aufstehen. Du brauchst mich nicht zu tragen.« Immer noch kniend, blickte sie zu dem Mann auf, der aus der Dunkelheit gekommen war. »Du hast mein Leben gerettet. Danke. Ich glaube, wir sollten eigentlich euch finden, aber wir sind dankbar, dass stattdessen ihr uns gefunden habt. Ich bin Moira, und wir sind durch den Tanzplatz der Götter aus Geall gekommen.«

Er blickte sie einen Moment lang an. »Wir müssen schnell ins Haus. Hier draußen ist es zu gefährlich.«

»Larkin ist mein Name.« Ihr Gefährte streckte die Hand aus. »Du kämpfst wie ein Dämon.«

»Das ist wohl wahr.« Cian schüttelte ihm die Hand. »Komm, wir bringen sie ins Haus«, sagte er zu Hoyt. Dann blickte er zu Glenna. »Ihr beiden habt mein Pferd genommen. Das war eine gute Idee. Sie hier kann mit Glenna reiten.«

»Ich kann laufen«, erwiderte Moira. Im selben Moment befand sie sich jedoch schon auf dem Pferderücken.

»Wir müssen uns beeilen«, erklärte Cian. »Hoyt, du übernimmst die Spitze, und du, Larkin, bleibst neben den Frauen. Ich bin hinter euch.«

Als er an dem Hengst vorbeiging, legte Hoyt dem Tier kurz die Hand auf den Hals. »Du hast einen guten Sitz.«

»Ich reite, seit ich vier bin. Versuch nicht noch einmal, mich zurückzulassen.« Sie drehte sich um und sagte zu Moira, die hinter ihr saß: »Ich bin Glenna. Nett, dich kennenzulernen.«

»Ich fand es in meinem ganzen Leben noch nicht netter, jemanden kennenzulernen.« Als das Pferd lostrabte, riskierte Moira einen Blick zurück. Der Krieger war nirgendwo zu sehen. Er schien sich in der Dunkelheit aufgelöst zu haben.

»Wie heißt er? Der, der zu Fuß gekommen ist?«

»Cian. Hoyt geht uns voraus. Es sind Brüder, und wir haben alle einiges zu berichten, denke ich. Eines ist auf jeden Fall sicher: Wir haben gerade unseren ersten Kampf überlebt. Und wir haben einigen Vampiren das Licht ausgeblasen!«

Moira wartete den richtigen Augenblick ab. Unter normalen Umständen hätte sie sich als Gast betrachtet und sich auch entsprechend verhalten. Aber das war nun wirklich nicht der Fall. Sie und Larkin waren jetzt Krieger, wenn auch nur in einer sehr kleinen Armee.

Es war vielleicht albern, aber sie war erleichtert, nicht die einzige Frau zu sein.

Sie saß in einer wundersamen Küche. Ein riesiger Mann mit pechschwarzer Haut stand am Herd, war allerdings kaum ein Diener.

Er hieß King und war ebenfalls Krieger.

»Wenn du dich zuerst waschen möchtest«, sagte Glenna zu ihr, »dann zeige ich dir das Bad oben.«

»Nein, erst wenn alle hier sind.«

Glenna legte den Kopf schräg. »Gut. Ich weiß ja nicht, wie es euch geht, aber ich möchte etwas zu trinken.«

»Ich würde dafür töten«, erwiderte Larkin lächelnd. »Na ja, eigentlich habe ich das ja auch getan. Ich habe dir nicht wirklich geglaubt.« Er legte Moira die Hand auf die Schulter. »Es tut mir leid.«

»Ist schon gut. Wir leben, und es ist alles so, wie es sein soll. Nur das zählt.« Sie blickte auf, als die Tür aufging. Aber es war nur Hoyt, nicht der Mann namens Cian. Trotzdem erhob sie sich.

»Wir haben uns noch gar nicht richtig dafür bedankt, dass ihr uns zu Hilfe gekommen seid. Es waren so viele, und ohne euch wären wir verloren gewesen.«

»Wir haben auf euch gewartet.«

»Ich weiß. Morrigan hat mir den Weg zu euch gezeigt. Sind wir hier in Irland?«

»Ja.«

»Aber …«

Moira legte Larkin die Hand auf die Schulter. »Mein Vetter glaubt selbst jetzt noch, Irland sei nur ein Märchen. Wir kommen aus Geall, das von den Göttern aus einem Teil von Irland geschaffen wurde, um in Frieden von den Nachfahren des großen Finn regiert zu werden.«

»Du bist die Gelehrte.«

»Nun, ihre Bücher liebt sie über alles. Na, das ist ja gut«, sagte Larkin und trank einen Schluck Wein.

»Und du bist der mit vielen Gestalten«, fügte Hoyt hinzu.

»Ja, es sieht so aus.«

Als sich die Tür erneut öffnete, überkam Moira eine Woge der Erleichterung.

Cian warf ihr einen Blick zu. Dann wandte er sich an Glenna.

»Sie muss versorgt werden.«

»Sie wollte sich nicht von der Stelle rühren, bis alle hier sind. Moira, kommst du bitte mit mir nach oben?«

»Ich habe so viele Fragen.«

»Das geht uns allen so. Wir reden beim Abendessen.« Glenna ergriff Moiras Hand und zog sie hinter sich her.

Cian schenkte sich etwas zu trinken ein. Sein Hemd war blutdurchtränkt. »Bringst du deine Frau öfter an so seltsame Orte?«

Larkin trank noch einen Schluck Wein. »Sie ist nicht meine Frau, sondern meine Kusine, und es ist eher anders herum. Sie hat mich mitgebracht. Sie hatte einen Traum oder sonst etwas Mystisches – aber das ist nichts Ungewöhnliches für sie. Sie hat viel Fantasie. Sie war entschlossen, dies hier zu tun, und ich konnte sie nicht davon abhalten. Einige dieser Bestien da draußen sind auch nach Geall gekommen. Sie haben ihre Mutter getötet.« Er trank noch einen Schluck. »Wir haben sie heute Morgen beerdigt, falls wir uns in derselben Zeit befinden. Sie haben sie in Stücke gerissen. Moira hat es gesehen.«

»Wie hat sie es überlebt?«

»Das weiß sie nicht. Zumindest ... na ja, sie will nicht darüber sprechen. Noch nicht jedenfalls.«

Oben wusch sich Moira in der Dusche, wie Glenna es ihr gezeigt hatte. Ihre Freude daran linderte die Schmerzen, und das heiße Wasser, das aus der Leitung floss, kam ihr vor wie ein Wunder.

Als sie sich Blut und Schweiß abgewaschen hatte, schlüpfte sie in den Morgenmantel, den Glenna ihr hingelegt hatte, und trat in ihr Schlafzimmer. Ihre neue Freundin wartete dort auf sie.

»Kein Wunder, dass wir in Geall von Irland wie von einem Märchen sprechen. Es kommt mir wirklich so vor.«

»Du siehst besser aus. Jetzt hast du wenigstens wieder Farbe in den Wangen. Lass mich mal nach der Wunde an deinem Hals sehen.«

»Sie brennt ziemlich.« Moira betastete die Stelle vorsichtig. »Aber es ist kaum mehr als ein Kratzer.«

»Trotzdem ist es ein Vampirbiss.« Glenna betrachtete die Wunde prüfend. »Aber es ist nur oberflächlich, das ist gut. Ich habe etwas, das dagegen hilft.«

»Woher wusstet ihr, wo ihr uns finden konntet?«

»Wir haben euch im Feuer gesehen.« Glenna kramte in ihrer Tasche, um die richtige Salbe herauszuholen.

»Du bist die Hexe.«

»Hmm. Ah, da ist sie ja.«

»Und Hoyt ist der Zauberer.«

»Er ist auch nicht aus dieser Welt – oder besser, nicht aus dieser Zeit. Es sieht so aus, als ob sie uns von überall her geholt haben. Wie fühlt sich das an?«

»Kühl.« Moira stieß einen Seufzer aus, als die Salbe die Wunde bedeckte. »Wunderbar, danke. Und Cian, was für ein Mann ist er?«

Glenna zögerte. Nein, beschloss sie dann, sie musste völlig offen sein. Aufrichtigkeit und Vertrauen waren die Schlüsselworte ihrer kleinen Truppe.

»Er ist ein Vampir.«

Moira wurde blass und sprang auf. »Warum sagst du das? Er hat doch gegen sie gekämpft und mir das Leben gerettet. Und jetzt ist er unten im Haus in der Küche. Warum bezeichnest du ihn dann als Ungeheuer und Dämon?«

»Das habe ich nicht getan, weil ich ihn auch nicht so sehe. Er ist seit über neunhundert Jahren ein Vampir. Die ihn dazu gemacht hat, heißt Lilith, und sie ist es, um die wir uns Gedanken machen müssen. Er ist Hoyts Bruder, Moira, und er ist genauso für diesen Kampf ausgewählt wie wir anderen.«

»Wenn das, was du sagst … er ist kein Mensch.«

»Dein Vetter verwandelt sich in ein Pferd. Das macht ihn auch mehr als nur zu einem Menschen.«

»Das ist nicht dasselbe.«

»Vielleicht nicht. Ich weiß die Antworten nicht. Cian hat damals nicht darum gebeten, dass ihm dies widerführe. Er hat uns geholfen, hierher zu kommen, und er war der Erste aus dem Haus, der dir zu Hilfe gekommen ist, als er dich im Feuer gesehen hat. Ich verstehe, wie du dich fühlst.«

Im Geiste durchlitt Moira noch einmal, was ihrer Mutter angetan worden war, hörte die Schreie, roch das Blut. »Das kannst du nicht verstehen.«

»Nun, ich weiß, dass ich ihm anfangs auch nicht getraut

habe. Aber das hat sich jetzt völlig geändert. Und ich weiß, dass wir ihn brauchen, wenn wir siegen wollen. Hier, ich habe dir ein paar Kleider mitgebracht. Ich bin größer als du, aber du kannst ja die Hosenbeine einfach hochkrempeln, bis wir etwas Passenderes gefunden haben. Und jetzt gehen wir hinunter, essen etwas und reden über das, was passiert ist.«

Anscheinend wollten sie in der Küche essen, wie eine Familie oder wie Dienstboten. Moira fragte sich, ob sie überhaupt etwas essen konnte, stellte dann jedoch fest, dass sie großen Appetit hatte.

Der Vampir aß nur wenig.

»Wir haben uns zusammengetan«, begann Hoyt, »und müssen zu einem späteren Zeitpunkt, den wir noch erfahren werden, weitere sammeln. Aber mit uns sollte es beginnen. Morgen beginnen wir zu lernen und uns zu üben. Cian, du weißt am besten, wie man sie bekämpft. Glenna und ich übernehmen die Zauberei.«

»Ich muss doch auch trainieren.«

»Dann hast du ja genug zu tun. Wir müssen unsere Stärken und Schwächen herausfinden, damit wir bereit sind, wenn die große Schlacht stattfindet.«

»In der Welt von Geall«, sagte Moira. »Im Tal des Schweigens, in den Bergen des Nebels. An Samhain.« Sie wich Cians Blick aus und wandte sich direkt an Hoyt. »Morrigan hat es mir gezeigt.«

»Ja.« Er nickte. »Ich habe dich dort gesehen.«

»Wenn die Zeit gekommen ist, werden wir wieder durch den Tanzplatz der Götter gehen und zum Schlachtfeld marschieren. Es ist ein Fünftagesmarsch, deshalb müssen wir zeitig aufbrechen.«

»Gibt es Menschen in Geall, die mit uns kämpfen?«

»Alle werden kämpfen. Um unsere Heimat und die Welten zu retten, würde jeder Einzelne von ihnen sterben.« Die Last erdrückte sie fast. »Ich muss sie nur darum bitten.«

»Du hast viel Vertrauen in dein Volk«, warf Cian ein.

Jetzt zwang sie sich, seinen Blick zu erwidern. So schöne, blaue Augen dachte sie. Ob sie wohl auch dämonenrot wurden, wenn er Blut saugte?

»Ja, das habe ich. Und auch in die Menschheit. Und wenn es nicht so wäre, dann würde ich es befehlen. Denn wenn ich nach Geall zurückkomme, muss ich zum Königsstein, und wenn ich es wert bin, ziehe ich das Schwert heraus, das darin steckt. Und dann werde ich Königin von Geall sein. Ich will mein Volk nicht von dem abschlachten lassen, was dich zu dem gemacht hat, was du bist. Wenn sie sterben, dann sollen sie wenigstens im Kampf sterben.«

»Du solltest wissen, dass das kleine Scharmützel von heute Abend gar nichts war. Es war nichts. Wie viele waren da? Acht oder zehn? Bei der Schlacht werden Tausende sein.« Er stand auf. »Sie hatte beinahe zweitausend Jahre Zeit, um ihre Armee zu erschaffen. Eure Bauern werden mehr tun müssen, als nur ihre Pflugscharen in Schwerter zu verwandeln.«

»Dann werden sie es tun.« Er neigte den Kopf. »Seid bereit, hart zu trainieren. Wir beginnen heute Abend. Du hast vergessen, Bruder, dass ich tagsüber schlafe.«

Mit diesen Worten verließ er die Küche.

9

Glenna gab Hoyt ein Zeichen und ließ die Neuankömmlinge bei King zurück.

»Wir müssen miteinander reden. Unter vier Augen.«

»Wir müssen arbeiten.«

»Da widerspreche ich dir nicht, aber wir beide müssen ein paar Dinge bereden. Allein.«

Er runzelte die Stirn, nickte aber. Wenn sie unter vier Augen mit ihm reden wollte, dann kannte er einen Ort, an dem sie mit Sicherheit ungestört waren. Er ging voran die Treppe hinauf zu seinem Turmzimmer.

Glenna schaute sich um, musterte die Bereiche, an denen er arbeitete, seine Bücher und Werkzeuge. Sie trat an jedes schmale Fenster, öffnete die Scheiben, die neu hineingesetzt worden waren, und schloss sie wieder. »Hübsch. Sehr hübsch. Teilst du deinen Reichtum mit mir?«

»Wie meinst du das?«

»Ich brauche einen Platz zum Arbeiten – das heißt, du und ich brauchen einen Platz, um gemeinsam zu arbeiten. Schau mich nicht so an.«

Sie machte eine abwehrende Geste mit der Hand, während sie zur Tür trat und sie schloss.

»Wie schaue ich dich denn an?«

»Als wolltest du sagen: ›Ich bin ein einsamer Zauberer und habe für Hexen nichts übrig.‹ Wir sind auf Gedeih und Verderb aufeinander angewiesen. Und irgendwie müssen wir zu einer Einheit werden. Cian hat nämlich Recht.«

Erneut trat sie an eines der Fenster und blickte hinaus in die Dunkelheit. »Er hat Recht. Es werden Tausende sein. So weit habe ich niemals gedacht – andererseits –, natürlich: Eine Apokalypse hat halt ebensolche Ausmaße. Sie hat also Tausende. Und wir, wir sind nur eine Hand voll.«

»Es ist so, wie Morrigan uns gesagt hat«, rief er ihr ins Gedächtnis. »Wir sind nur die Ersten, der engste Kreis.«

Sie drehte sich zu ihm um, und obwohl sie ihn betont gleichmütig anblickte, sah er die Furcht in ihren Augen. »Wir sind Fremde und weit davon entfernt, uns in einem Kreis die Hand zu reichen und Einheitsbeschwörungen zu deklamieren. Jeder von uns misstraut dem anderen. Selbst du und dein Bruder hegen Groll gegeneinander.«

»Ich habe nichts gegen meinen Bruder.«

»Doch, natürlich.« Sie fuhr sich frustriert durch die Haare. »Noch vor ein paar Stunden bist du mit dem Schwert auf ihn losgegangen.«

»Ich dachte, er …«

»Ja, ja, ich bin dir ja auch dankbar dafür, dass du mich gerettet hast.«

Ihr verächtlicher Tonfall beleidigte ihn, und er antwortete spitz: »Gern geschehen.«

»Wenn du mir irgendwann tatsächlich das Leben retten solltest, wird meine Dankbarkeit aufrichtig sein, das verspreche ich dir. Aber ihr wisst beide, worum es eigentlich geht.«

»Das mag ja sein, aber das ist noch lange kein Grund, dass du dich die ganze Zeit darüber auslässt.«

Sie trat einen Schritt vor, und er sah mit leiser Befriedigung, dass er sie mit seiner Bemerkung getroffen hatte. »Du bist wütend auf ihn, weil er sich töten und, was noch schlimmer ist, verwandeln ließ. Er ist wütend auf dich, weil du ihn hier hineingezogen und gezwungen hast, sich daran zu erinnern, was er war, bevor Lilith ihre Reißzähne in ihn geschlagen hat. Das ist alles eine einzige Zeit- und Energieverschwendung. Deshalb müssen wir diese Emotionen entweder hinter uns lassen oder zu unserem Vorteil nutzen. Denn so, wie es jetzt um uns steht, schlachtet sie uns ab, Hoyt. Ich will aber nicht sterben.«

»Wenn du Angst hast …«

»Natürlich habe ich Angst! Nach all dem, was wir gesehen und erlebt haben, wären wir Idioten, wenn wir keine Angst hätten.« Sie schlug die Hände vors Gesicht und atmete tief durch. »Ich weiß, was getan werden muss, aber ich weiß nicht, wie ich es tun soll. Und du auch nicht. Keiner von uns weiß es.«

Sie ließ die Hände sinken und trat zu ihm. »Lass uns aufrichtig miteinander sein. Wir müssen uns aufeinander verlassen, einander vertrauen können, also lass uns lieber ehrlich sein. Wir sind nur eine Hand voll – mit Macht und Fähigkeiten, sicher, aber doch nur eine Hand voll gegen Unzählige. Wie sollen wir überleben, geschweige denn gewinnen?«

»Wir scharen noch mehr um uns.«

»Wie?« Ratlos hob sie die Hände. »Wie denn? In dieser Zeit, an diesem Ort, Hoyt, glauben die Menschen nicht. Jeder, der herumläuft und offen über Vampire, Zauberer, apokalyptische Kämpfe und göttliche Aufträge spricht, wird – im besten Fall – entweder als Exzentriker betrachtet oder gleich in eine Gummizelle eingesperrt.«

Sie fuhr ihm mit der Hand über den Arm. »Wir müssen der Tatsache ins Auge sehen, dass uns keine Armee rettend zur Hilfe kommen wird. Wir *sind* die Armee.«

»Du zeigst nur Probleme auf, keine Lösungen.«

»Vielleicht.« Sie seufzte. »Vielleicht. Aber Lösungen kann man erst finden, wenn man sich die Probleme klar gemacht hat. Wir sind lächerlich in der Minderzahl und wollen gegen … Wesen – in Ermangelung eines besseren Ausdrucks – kämpfen, die nur auf sehr begrenzte Art und Weise getötet werden können. Sie werden beherrscht und angeführt von einem Vampir mit enormer Macht und, na ja, Durst. Ich verstehe nicht viel von Kriegsführung, aber ich weiß, wann die Umstände nicht zu meinen Gunsten sind. Also müssen wir die Umstände ein wenig verbessern.«

»Und wie?«

»Nun, da wir nicht hingehen und Tausende von Köpfen abschlagen können, müssen wir einen Weg finden, um den

Kopf der gesamten Armee, nämlich Liliths Kopf, abzuschlagen.«

»Wenn es so einfach wäre, wäre es schon längst geschehen.«

»Wenn es unmöglich wäre, wären wir nicht hier.« Frustriert ballte sie die Fäuste. »Arbeite mit mir daran, ja?«

»Ich habe keine andere Wahl.«

Verletzt blickte sie ihn an. »Ist es wirklich so unangenehm für dich? Bin ich so unangenehm?«

»Nein.« Beschämt erwiderte er ihren Blick. »Es tut mir leid. Nein, überhaupt nicht unangenehm, nur schwierig. Du lenkst mich ab, so wie du aussiehst, wie du riechst, wie du bist.«

»Oh.« Langsam verzog sie die Mundwinkel nach oben. »Das ist interessant.«

»Ich habe in dieser Hinsicht keine Zeit für dich.«

»In welcher Hinsicht? Drück dich bitte genauer aus.« Es war nicht fair, ihn zu necken und in Versuchung zu führen, das musste sie zugeben. Aber es tat gut, einfach nur wieder ein Mensch zu sein.«

»Unser Leben steht auf dem Spiel.«

»Was hat man denn von einem Leben ohne Gefühle? Ich habe Gefühle für dich. Du berührst etwas in mir. Ja, es ist schwierig, und es lenkt auch ab, aber es sagt mir, dass ich hier bin und dass das Leben nicht nur aus Angst besteht. Ich brauche das, Hoyt. Ich muss mehr als Angst empfinden.«

Er strich ihr mit dem Finger über die Wange. »Ich kann dir nicht versprechen, dass ich dich schütze, ich kann es nur versuchen.«

»Ich verlange gar nicht von dir, dass du mich beschützt. Ich bitte dich nur um Wahrheit.«

Langsam umfasste er mit beiden Händen ihr Gesicht, und ihre Lippen trafen sich in einem langen Kuss.

Es war so leicht, dachte er, in der Wärme und Weichheit zu versinken. Sich von ihr in der Dunkelheit einhüllen zu lassen und einen Moment lang einfach zu vergessen, was vor ihnen lag.

Glenna schlang die Arme um ihn und reckte sich auf die Zehenspitzen, um seinen Kuss leidenschaftlicher erwidern zu können. Er schmeckte ihre Lippen, ihre Zunge und dachte, das alles konnte ihm gehören. Und nichts wünschte er sich sehnlicher.

Ihre Lippen formten seinen Namen, und zwischen ihnen flammte ein Funke auf und brannte sich ein in sein Herz.

Das Feuer im Kamin loderte hell, und als er sich von ihr löste und ihr in die Augen blickte, sah er die Flammen darin tanzen.

»Es liegt Wahrheit darin«, flüsterte er. »Aber ich weiß nicht, was es ist.«

»Ich auch nicht. Aber ich fühle mich besser. Stärker.« Sie blickte zum Feuer. »Zusammen sind wir stärker. Das bedeutet etwas.«

Sie trat einen Schritt zurück. »Ich hole jetzt meine Sachen, dann können wir zusammen arbeiten, um es herauszufinden.«

»Glaubst du, es ist die Antwort, wenn wir zusammenliegen?«

»Vielleicht, vielleicht aber auch nur eine davon. Aber ich bin noch nicht bereit, mit dir zusammenzuliegen. Mein Körper schon, aber mein Geist noch nicht. Wenn ich mich jemandem hingebe, dann ist das eine große Verpflichtung für mich. Wir müssen beide sicher sein, dass wir uns mehr schenken wollen.«

»Und was war das eben?«

»Berührung«, erwiderte sie leise. »Trost.« Sie griff nach seiner Hand. »Verbindung. Wir machen Magie zusammen,

Hoyt, ernsthafte Magie. Das ist für mich genauso intim wie Sex. Ich hole jetzt, was ich brauche.«

Frauen, dachte er, waren auch ohne Hexenkunst mächtige, mythische Geschöpfe. Fügte man noch eine gewisse Dosis Macht hinzu, war ein Mann entschieden im Nachteil.

Noch hüllte ihr Duft ihn ein, und er schmeckte sie auf den Lippen. Die Waffen der Frauen, dachte er. Und auch dass sie sich einem entzogen, gehörte zu ihren Waffen.

Er würde sich dagegen wappnen müssen.

Sie wollte hier mit ihm zusammen in seinem Turm arbeiten. Natürlich war das vernünftig, es machte Sinn, aber wie sollte ein Mann sich konzentrieren, wenn seine Gedanken ständig zum Mund der Frau, zu ihrer Haut, ihrem Haar, ihrer Stimme glitten?

Vielleicht sollte er besser eine Barriere errichten, zumindest zeitweise. Er trat an seinen Arbeitstisch, um alles dafür vorzubereiten.

»Deine Mittel und Zaubersprüche werden warten müssen«, sagte Cian von der Tür her. »Ebenso wie die Romantik.«

»Ich verstehe nicht, was du meinst.« Hoyt arbeitete ruhig weiter.

»Ich bin Glenna auf der Treppe begegnet. Ich weiß, wann eine Frau die Hände eines Mannes gespürt hat. Ich konnte dich an ihr riechen. Ich kann dir keinen Vorwurf machen«, fügte er hinzu und schlenderte durchs Zimmer. »Sie ist eine äußerst sexy Hexe. Begehrenswert.« Er ignorierte den eisigen Blick seines Bruders. »Verführerisch. Hol sie in dein Bett, wenn du willst, aber erst später.«

»Wen ich in mein Bett hole und wann, geht dich überhaupt nichts an.«

»Wen sicherlich nicht, aber bei Wann sieht die Sache schon anders aus. Wir gehen zu den Kampfübungen in den großen

Festsaal. King und ich haben bereits damit begonnen, alles aufzubauen. Ich habe nicht vor, mit einem Holzpflock im Herzen zu enden, nur weil du und dein Rotschopf zu beschäftigt seid, um zu trainieren.«

»Das wird kein Problem sein.«

»Ich beabsichtige auch nicht, es zu einem werden zu lassen. Die Neuankömmlinge kennen wir noch nicht. Der Mann kämpft gut mit dem Schwert, aber er beschützt seine Kusine zu sehr. Wenn sie sich im Kampf nicht alleine behaupten kann, müssen wir sie anders einsetzen.«

»Es ist deine Aufgabe, dafür zu sorgen, dass sie in der Schlacht alleine zurechtkommt.«

»Ich werde sie trainieren«, gelobte Cian. »Und euch auch. Aber wir brauchen mehr Schwerter und Pflöcke, mehr noch als Muskelkraft.«

»Wir werden sie haben. Überlass das nur mir, Cian«, antwortete Hoyt. Als sein Bruder sich zum Gehen wandte, fragte er: »Hast du sie noch einmal wiedergesehen? Weißt du, wie es ihnen ergangen ist, was aus ihnen geworden ist?«

Er brauchte nicht ausdrücklich zu erwähnen, dass er von ihrer Familie sprach. »Sie lebten, und sie starben, wie es bei Menschen eben ist.«

»Mehr bedeuten sie dir nicht?«

»Sie sind nur Schatten.«

»Du hast sie einmal geliebt.«

»Früher einmal hat auch mein Herz geschlagen.«

»Ist das denn das Maß der Liebe? Der Herzschlag?«

»Wir können lieben, selbst wir können lieben. Aber einen Menschen?« Cian schüttelte den Kopf. »Daraus entstünden nur Leid und Tragödie. Deine Eltern haben mich gezeugt. Lilith machte aus mir, was ich bin.«

»Und empfindest du Liebe für sie?«

»Für Lilith.« Sein Lächeln war langsam, nachdenklich.

Und freudlos. »Auf meine Weise. Aber mach dir keine Sorgen. Es wird mich nicht davon abhalten, sie zu vernichten. Komm jetzt herunter, und dann wollen wir mal sehen, wie du dich so schlägst.«

»Zwei Stunden Mann gegen Mann, jeden Tag«, verkündete Cian, als alle versammelt waren. »Jeden Tag zwei Stunden Waffentraining. Zwei Stunden Ausdauertraining und zwei Stunden Kriegskunst. Ich arbeite nachts mit euch, und King übernimmt euch am Tag, wenn ihr draußen trainieren könnt.«

»Wir brauchen auch Zeit für Studium und Strategie«, warf Moira ein.

»Dann musst du sie dir schaffen. Sie sind stärker als ihr und bösartiger, als ihr es euch vorstellen könnt.«

»Ich weiß, wie sie sind.«

Cian blickte sie kaum an. »Du glaubst es zu wissen.«

»Hast du vor dem heutige Abend schon einmal einen getötet?«, wollte sie wissen.

»Ja, mehr als einen.«

»In meiner Welt gelten die, die ihre eigene Art töten, als Verbrecher und Gesetzlose.«

»Wenn ich es nicht getan hätte, wärst du jetzt tot.«

Er bewegte sich so schnell, dass niemand eine Chance hatte zu reagieren. Plötzlich stand er hinter Moira, hielt sie um die Taille und drückte ihr ein Messer an die Kehle. »Das Messer brauche ich natürlich nicht.«

»Fass sie nicht an!« Larkin zog sein Messer. »Du darfst sie nicht anfassen!«

»Halt mich auf!«, forderte Cian ihn auf und stieß sein Messer beiseite. »Ich habe ihr gerade den Hals gebrochen.« Er umfasste Moiras Kopf mit beiden Händen und schubste sie auf Hoyt zu. »Räche sie. Greif mich an.«

»Ich greife keinen Mann an, der in meinem Rücken kämpft.«

»Ich bin doch jetzt gar nicht hinter dir, oder? Zeig ein bisschen Mut, oder haben die Männer von Geall keinen?«

»Doch, wir haben sogar viel Mut.« Larkin ergriff sein Messer erneut und begann, Cian zu umkreisen.

»Spiel nicht herum«, reizte ihn Cian. »Ich bin unbewaffnet, du bist im Vorteil. Nutze ihn – schnell.«

Larkin sprang auf ihn zu – und dann lag er plötzlich auf dem Rücken, und sein Messer rutschte über den Fußboden.

»Bei einem Vampir bist du nie im Vorteil. Erste Lektion.«

Larkin fuhr sich grinsend durch die Haare. »Du bist besser als die anderen heute Abend.«

»Ja, beträchtlich.« Amüsiert reichte Cian ihm die Hand und half ihm, aufzustehen.

»Wir beginnen mit ein paar grundlegenden taktischen Übungen, damit ich mir ein Bild von euch machen kann. Wählt euch einen Gegner aus. Ihr habt eine Minute Zeit, um den anderen zu Boden zu zwingen – mit bloßen Händen. Wenn ich ›Wechsel‹ rufe, geht ihr zum Nächsten. Bewegt euch schnell und kontrolliert. Los.«

Er sah, dass sein Bruder zögerte. Die Hexe nutzte es aus, brachte ihn mit ihrem Körper aus dem Gleichgewicht und hakte ihren Fuß hinter seinen, sodass er zu Boden fiel.

»Selbstverteidigung«, verkündete Glenna grinsend. »Ich lebe in New York.«

In diesem Moment schlug ihr Hoyt von unten die Füße weg, und sie plumpste hart auf den Boden. »Aua. Können wir Matten auf den Fußboden legen?«

»Wechsel!«

Sie bewegten sich und kämpften miteinander. Es war mehr ein Wettbewerb als Training. Trotzdem, dachte Glenna, würde sie einige blaue Flecke davontragen. Bei Larkin hatte sie das Gefühl, dass er sie gewinnen ließ. Sie lächelte ihn an, und als er ihr Lächeln erwiderte, warf sie ihn mit einem Schultergriff zu Boden.

»Entschuldigung. Ich gewinne eben gerne.«

»Wechsel.«

Der mächtige Körper von King versperrte ihr die Sicht, und sie blickte hoch, um ihm in die Augen zu sehen. »Ich auch«, sagte er zu ihr.

Sie ging instinktiv vor, bewegte ihre Hände, sagte rasch einen Zauberspruch. Als er nur lächelte, berührte sie seinen Arm. »Warum setzt du dich nicht?«

»Ja, klar.« Er gehorchte.

Sie blickte zu Cian und errötete ein wenig, als sie sah, dass er sie beobachtete. »Das war wahrscheinlich gegen die Regeln – es ist unwahrscheinlich, dass ich es in der Hitze des Kampfes anwenden kann, aber ich finde, es gilt trotzdem.«

»Es gibt keine Regeln. Sie ist nicht die Stärkste«, rief Cian den anderen zu. »Sie ist auch nicht die Schnellste, aber sie ist auf jeden Fall die Cleverste von euch. Sie benutzt List und Verstand ebenso wie Muskeln und Tempo. Du musst stärker werden«, wandte er sich an Glenna. »Und schneller.« Zum ersten Mal lächelte er. »Und nimm dir ein Schwert. Wir arbeiten jetzt mit Waffen.«

Am Ende der nächsten Stunde war Glenna schweißüberströmt. Ihr Schwertarm schmerzte wie ein fauler Zahn von der Schulter bis zum Handgelenk. Die anfängliche Begeisterung darüber, etwas zu tun, war längst bitterer Erschöpfung gewichen.

»Ich dachte, ich wäre gut in Form«, beklagte sie sich bei Moira. »Stundenlang habe ich Pilates und Yoga gemacht, Gewichte gehoben – ich merke nichts davon.«

»Du machst deine Sache gut.« Moira fühlte sich selber schwach und unbeholfen.

»Ich kann kaum noch stehen. Dabei trainiere ich regelmäßig. Aber du siehst auch völlig erledigt aus.«

»Es war ein langer, harter Tag.«

»Das ist noch milde ausgedrückt.«

»Meine Damen? Wenn ihr euch bitte zu uns bemühen möget. Oder möchtet ihr euch lieber hinsetzen und euch über Mode unterhalten?«

Glenna setzte ihre Wasserflasche ab.

»Es ist fast drei Uhr morgens«, sagte sie. »Eine gefährliche Zeit für Sarkasmus.«

»Und die beste Zeit für euren Gegner.«

»Das mag sein, aber wir haben uns noch nicht alle auf die neue Zeit eingestellt. Moira und Larkin zum Beispiel haben heute eine weite Reise hinter sich gebracht und sind auch nicht gerade freundlich empfangen worden. Du hast natürlich völlig Recht damit, dass wir trainieren müssen, aber wenn wir uns nicht auch ausruhen, werden wir weder stark noch schnell. Sieh sie dir doch an«, Glenna wies auf Moira, »sie kann sich ja kaum noch aufrecht halten.«

»Mir geht es gut«, warf Moira ein.

Cian blickte sie nachdenklich an. »Dann liegt es wohl an deiner Müdigkeit, dass du so schlecht in Form bist und nicht gut mit dem Schwert umgehen kannst.«

»Ich kann sehr wohl mit einem Schwert umgehen.« Als sie danach griff, trat Larkin neben sie. Er legte ihr die Hand auf die Schulter. »Sie macht ihre Sache ganz gut, das hat sie heute Abend schon bewiesen. Aber das Schwert ist sicher nicht die Waffe ihrer Wahl.«

»Ach?« Die einzelne Silbe klang unendlich gelangweilt.

»Sie kann sehr gut mit Pfeil und Bogen umgehen.«

»Das kann sie uns ja morgen vorführen, jetzt jedoch …«

»Ich kann es auch heute Nacht noch machen. Öffnet die Türen.«

Cian zog die Augenbrauen hoch. »Du herrschst nicht über uns, kleine Königin.«

»Du auch nicht.« Sie trat zu ihrer Ausrüstung und ergriff Köcher und Bogen. »Öffnet ihr jetzt die Türen, oder soll ich es tun?«

»Du wirst nicht hinausgehen.«

»Er hat Recht, Moira«, warf Glenna ein.

»Das brauche ich auch nicht. Larkin, mach bitte die Tür auf.«

Larkin öffnete die Glastüren, die auf die breite Terrasse hinausführten. Moira legte einen Pfeil ein und trat auf die Schwelle. »Die Eiche, denke ich.«

Cian trat neben sie, und die anderen drängten sich hinter sie. »Keine besonders große Entfernung.«

»Sie meint bestimmt nicht die hier in der Nähe, sondern die da hinten an den Stallungen«, sagte Larkin und zeigte darauf.

»Der niedrigste Ast.«

»Ich kann ihn kaum sehen«, meinte Glenna.

»Siehst du ihn?« Moira wandte sich an Cian.

»Ja.«

Sie hob den Bogen, zielte und schoss den Pfeil ab.

Glenna hörte sein Schwirren und dann das leise Geräusch, als er auf den Ast traf. »Wow, wir haben einen Robin Hood in unserer Mitte!«

»Netter Schuss«, sagte Cian milde und wandte sich zum Gehen. Er spürte die Bewegung, noch ehe sein Bruder einen scharfen Befehl ausstieß. Als er sich umdrehte, hatte Moira einen weiteren Pfeil eingelegt und zielte auf ihn.

King wollte auf sie zustürmen, aber Cian hielt ihn mit einer Handbewegung zurück. »Achte darauf, dass du genau ins Herz triffst«, riet er Moira. »Sonst machst du mich nur wütend. Lass es gut sein!«, fuhr er Hoyt an. »Es ist ihre Entscheidung.«

Der Bogen bebte einen Moment lang in Moiras Hand, dann ließ sie ihn sinken.

Sie schlug die Augen nieder. »Ich brauche Schlaf. Es tut mir leid. Ich brauche Schlaf.«

»Natürlich.« Glenna nahm ihr den Bogen ab und legte ihn beiseite. »Ich bringe dich in dein Zimmer, damit du dich ins Bett legen kannst.« Sie warf Cian einen Blick zu, der mindestens so scharf war wie der Pfeil, mit dem Moira auf ihn gezielt hatte.

»Es tut mir leid«, sagte Moira zu Glenna, als sie aus dem Zimmer ging. »Ich schäme mich.«

»Dazu besteht kein Anlass. Du bist völlig übermüdet und überanstrengt. Das sind wir alle. Und dabei hat es gerade erst angefangen. Wenn wir ein paar Stunden geschlafen haben, sieht die Welt schon wieder anders aus.«

»Schlafen sie auch?«

Glenna wusste sofort, dass damit die Vampire gemeint waren. Cian. »Ja, anscheinend schon.«

»Ich wünschte, es wäre schon Morgen, damit ich endlich wieder die Sonne sehen kann. Bei Sonnenaufgang verkriechen sie sich wieder in ihren Löchern. Ach, ich bin zu müde, um nachzudenken.«

»Dann lass es. Komm, zieh dich aus.«

»Ich habe meine Tasche im Wald verloren, glaube ich. Ich habe noch nicht einmal ein Nachthemd.«

»Das regeln wir morgen. Du kannst ja auch nackt schlafen. Soll ich eine Weile bei dir sitzen bleiben?«

»Nein. Danke, nein.« Tränen traten ihr in die Augen, aber sie drängte sie zurück. »Ich habe mich kindisch benommen.«

»Nein, du bist nur erschöpft. Morgen Früh ist alles besser. Gute Nacht.«

Kurz überlegte Glenna, ob sie noch einmal zurückgehen sollte, wandte sich dann jedoch zu ihrem eigenen Zimmer. Es war ihr völlig egal, ob die Männer ihr mangelndes Durchhaltevermögen unterstellten. Sie brauchte jetzt Schlaf.

Die Träume jagten sie durch die Gänge der Vampirhöhle. Die Schreie der Gequälten schnitten ihr wie Messer durch den Kopf und ins Herz. Und sie folgten, ganz gleich, wohin sie sich wandte, wohin sie durch die Dunkelheit rannte, die sie zu verschlingen drohte.

Und noch viel schlimmer als die Schreie war das Lachen.

Dann stand sie an der Felsenküste, und schwarze Wellen brandeten hoch auf, während rote Blitze über den Himmel zuckten.

Der Wind zerrte an ihr, und an den Felszacken zerschnitt sie sich Hände und Füße, bis sie blutig waren.

Sie rannte durch einen tiefen Wald, in dem es nach Blut und Tod roch und wo die Schatten so dicht waren, dass sie wie mit kalten Fingern über ihr Gesicht streiften.

Ihre Verfolger waren zugegen, sie hörte das Flattern der Flügel, das Gleiten von Schlangenleibern, das Tappen von Pfoten auf der Erde.

Sie hörte den Wolf heulen.

Sie waren überall, wo sie war, und sie hatte nur ihre bloßen Hände und ihr klopfendes Herz. Und doch rannte sie blindlings immer weiter, und der Schrei blieb ihr in der brennenden Kehle stecken.

Sie brach durch die Bäume und gelangte auf ein Kliff über der tosenden See. Unter ihr peitschte die Brandung gegen Klippen, die scharf waren wie Rasiermesser. In ihrem Entsetzen musste sie im Kreis gelaufen sein, und jetzt war sie wieder über der Höhle, in der sich etwas befand, was sogar der Tod fürchtete.

Der Wind riss an ihr. In ihm sang Macht, seine Macht, die heiße, reine Macht des Zauberers. Sie griff danach, aber sie glitt ihr durch die zitternden Finger. Sie war allein auf sich gestellt.

Als sie sich umdrehte, stand Lilith da, königlich in Rot, eine leuchtende Schönheit vor dem Schwarz der Nacht. An ihrer Seite waren zwei schwarze Wölfe, geifernd vor Blutgier. Mit Händen, die von Ringen glitzerten, strich Lilith ihnen über den Rücken.

Und als sie lächelte, spürte Glenna ein tiefes, schreckliches Sehnen im Bauch.

»Der Teufel oder das tiefe Blau.« Lachend schnipste Lilith mit den Fingern, und die Wölfe setzten sich. »Die Götter lassen ihren Dienern nie eine vernünftige Wahl, nicht wahr? Bei mir ist es besser.«

»Du bist der Tod.«

»Nein, nein, nein. Ich bin Leben. In dieser Hinsicht lügen sie. Sie sind Tod, wenn Fleisch und Knochen in der Erde vermodern. Wie alt werdet ihr denn dieser Tage? Fünfundsiebzig, achtzig Jahre? Wie klein, wie begrenzt.«

»Ich nehme, was mir gegeben wurde.«

»Dann wärst du eine Närrin. Ich glaube jedoch, du bist viel klüger und praktischer. Du weißt, dass du nicht gewinnen kannst. Du bist jetzt schon müde und erschöpft und stellst alles in Frage. Ich biete dir einen Ausweg – und mehr. So viel mehr.«

»So wie du zu sein? Zu jagen und zu töten? Blut zu trinken?«

»Wie Champagner. Oh, wenn du es zum ersten Mal schmeckst. Ich beneide dich darum. Dieser erste Augenblick, wenn es nur noch Dunkelheit gibt.«

»Ich mag die Sonne.«

»Bei deinem Teint?« Lilith lachte fröhlich. »Nach einer Stunde am Strand brutzelst du wie Speck. Ich zeige dir die kühle, kühle Dunkelheit. Sie ist bereits in dir, sie wartet nur darauf, geweckt zu werden. Kannst du sie fühlen?«

Ja, das konnte sie. Glenna schüttelte den Kopf.

»Leben. Wenn du mit mir kommst, Glenna, stehst du an meiner Seite. Ich schenke dir das ewige Leben. Ewige Jugend und Schönheit. Macht, viel größer als die, die dir verliehen wurde. Du wirst deine eigene Welt regieren. Das gebe ich dir, eine eigene Welt.«

»Warum solltest du?«

»Warum nicht? Ich besitze so viel. Und die Gesellschaft einer Frau wie du würde mir zusagen. Was bedeuten uns Männer schon mehr als Werkzeuge? Wenn du sie willst, nimmst du sie dir. Das ist ein großes Geschenk, das ich dir anbiete.«

»Du bietest mir ewige Verdammnis.«

Ihr Lachen perlte verführerisch. »Die Götter machen den Kindern Angst mit ihrem Gerede von Hölle und Verdammnis. Es dient nur dazu, dich zu fesseln. Frag doch Cian, ob er seine Existenz, seine Ewigkeit, seine Jugend und seinen jugendlichen Körper gegen die Ketten und Fallen der Sterblichkeit eintauschen würde. Niemals, das verspreche ich dir. Komm. Komm mit mir, und ich schenke dir Lust über Lust.«

Als sie näher trat, hob Glenna beide Hände und zog mit letzter Kraft einen Schutzkreis um sich.

Lilith jedoch streckte nur die Hand aus. Das zarte Blau ihrer Iris begann sich rot zu färben. »Glaubst du, derart jämmerliche Magie hielte mich zurück? Ich habe das Blut von Zauberern getrunken, mich an Hexen berauscht. Sie sind in mir, wie du es bald sein wirst. Wenn du freiwillig kommst, wirst du leben. Kämpfe, und der Tod erwartet dich.«

Sie trat näher, und die Wölfe erhoben sich angriffsbereit.

Glenna spürte die dunkle, lockende Faszination, die von Lilith ausging, und es kam ihr so vor, als wenn ihr Puls auf den Ruf antwortete. Ewigkeit und Macht, Schönheit und Jugend. Alles für einen einzigen Augenblick.

Sie brauchte nur danach zu greifen.

In Liliths Augen leuchtete es rot und triumphierend, und als sie lächelte, schimmerten ihre Reißzähne weiß.

Tränen liefen Glenna über die Wangen, als sie sich umdrehte und in die tobenden Fluten sprang. Sie wählte den Tod.

Ein Schrei gellte ihr durch den Kopf, als sie im Bett hochfuhr. Aber es war nicht ihr eigener Schrei, sie wusste, dass nicht sie geschrien hatte. Es war ein Wutschrei, und Lilith hatte ihn ausgestoßen.

Schluchzend sprang Glenna aus dem Bett und zog ihre Decke mit sich. Zitternd vor Entsetzen und Kälte lief sie mit klappernden Zähnen die Gänge entlang, als wären die Dämonen immer noch hinter ihr her. Unwillkürlich schlug sie die Richtung zu dem einzigen Ort ein, an dem sie sich in Sicherheit fühlte.

Hoyt erwachte aus tiefem Schlaf und entdeckte, dass er eine nackte, weinende Frau im Arm hielt. Er konnte sie im Morgengrauen kaum erkennen, aber ihr Duft und ihre Formen waren ihm vertraut.

»Was ist los? Was ist passiert?« Er wollte nach seinem Schwert greifen, das neben seinem Bett lag, aber sie klammerte sich an ihn wie Efeu an eine Eiche.

»Nicht. Geh nicht. Bitte, bitte, halt mich fest.«

»Du bist ja eiskalt.« Er zog die Decke hoch und versuchte sie zu wärmen. »Warst du draußen? Zum Teufel! Hast du versucht, einen Zauber zu machen?«

»Nein, nein, nein.« Sie schmiegte sich an ihn. »Sie ist gekommen. Sie ist in meinen Kopf, in meinen Traum gekommen. Nein, es war gar kein Traum, es war wirklich. Es muss Wirklichkeit gewesen sein.«

»Hör auf! Hör damit auf.« Er packte sie fest an den Schultern. »Glenna!«

Ihr Atem kam jetzt in keuchenden Stößen. »Bitte. Mir ist so kalt.«

»Sei jetzt ganz still. Ruhig.« Er wischte die Tränen von ihren Wangen und murmelte beruhigende Worte. Dann wickelte er sie in ihre Decke ein und zog sie an sich. »Es war ein Traum, ein Albtraum. Nichts weiter.«

»Es war kein Traum. Sieh mich doch an.« Sie hob den Kopf, damit er ihr in die Augen blicken konnte. »Es war nicht nur ein Traum.«

Nein, stellte er fest. Er sah ihr an, dass es nicht nur ein Traum gewesen war. »Dann erzähl es mir.«

»Sie war in meinem Kopf. Oder … vielleicht hat sie auch ein Teil von mir herausgezogen. Es war auf jeden Fall genauso real wie damals im Wald, als du verletzt im Kreis lagst und die Wölfe auf dich gelauert haben. Es war genauso wirklich. Du weißt doch, dass es real war.«

»Ja, es war real.«

»Ich bin gelaufen«, begann sie und erzählte ihm alles.

»Sie hat versucht, dich zu verlocken. Jetzt denk doch mal nach. Sie tut das doch nur, weil sie weiß, dass du stark bist und sie verletzen kannst.«

»Ich bin gestorben.«

»Nein, das bist du nicht. Du bist hier. Und dir ist kalt.« Er rieb ihr über die Arme und den Rücken. Würde ihr jemals wieder warm werden? »Aber du lebst und bist hier in Sicherheit.«

»Sie war wunderschön. Verführerisch. Ich stehe nicht auf Frauen, wenn du verstehst, was ich meine, aber ich fühlte mich zu ihr hingezogen. Und zum Teil war es auch sexuelle

Anziehungskraft. Trotz meiner Angst begehrte ich sie. Die Vorstellung, dass sie mich berührt, mich nimmt, war verlockend.«

»Das ist eine Art Trance, mehr nicht. Und du hast es ja auch nicht zugelassen. Du hast nicht zugehört und ihr nicht geglaubt.«

»Doch, ich habe ihr zugehört, Hoyt, und ein Teil von mir hat ihr auch geglaubt. Ein Teil von mir wollte, was sie mir anbot. Mich verlangte so sehr danach. Ewig leben, mit all der Macht. Tief im Innern dachte ich, o ja, ja, warum nicht? Und fast hätte ich es nicht geschafft, mich davon abzuwenden. Es ist mir so schwer gefallen wie noch nie etwas in meinem Leben.«

»Und doch bist du gesprungen.«

»Dieses Mal.«

»Nein, jedes Mal.«

»Es waren deine Klippen. Ich habe dich dort gespürt. Ich habe dich gespürt, konnte dich aber nicht erreichen. Ich war so allein wie noch nie in meinem ganzen Leben. Und dann bin ich gefallen und habe mich noch einsamer gefühlt.«

»Du bist nicht allein.« Er gab ihr einen Kuss auf die Stirn. »Du bist nicht allein, oder?«

»Ich bin kein Feigling, aber ich habe Angst. Und die Dunkelheit ...« Erschauernd blickte sie sich im Zimmer um. »Ich habe Angst vor der Dunkelheit.«

Er richtete seine Gedanken auf die Kerze neben dem Bett und auf die Holzscheite im Kamin und ließ sie aufflammen. »Der Morgen graut schon. Hier, sieh mal.« Er nahm sie in die Arme und stand auf, um mit ihr ans Fenster zu treten. »Da, schau, im Osten. Die Sonne geht schon auf.«

Sie sah den schmalen, goldenen Lichtstreifen am Horizont, und die Kälte in ihr ließ nach. »Morgen«, murmelte sie. »Es ist schon fast Morgen.«

»Du hast die Nacht besiegt, und sie hat verloren. Komm, du musst noch ein wenig schlafen.«

»Ich will nicht allein sein.«

»Das bist du auch nicht.«

Er brachte sie wieder ins Bett und legte sich neben sie. Weil sie immer noch zitterte, strich er ihr mit der Hand über den Kopf und ließ sie sanft einschlafen.

10

Sie erwachte davon, dass die Sonne ihr übers Gesicht glitt. Sie war allein.

Er hatte die Kerzen gelöscht, das Feuer jedoch glimmen lassen. Wie nett von ihm, dachte sie, als sie sich aufsetzte und sich die Decke um die Schultern zog. Er war überhaupt sehr nett und sehr sanft gewesen und hatte ihr genau den Trost und die Sicherheit gespendet, die sie gebraucht hatte.

Jetzt jedoch überkam sie eine Woge der Verlegenheit. Wie ein Kind, das Angst vor den Ungeheuern unter dem Bett hatte, war sie zu ihm gerannt. Schluchzend, zitternd und unzusammenhängendes Zeug stammelnd. Sie war nicht in der Lage gewesen, das Problem alleine zu lösen, sondern hatte sich hilfesuchend an jemanden – an ihn – wenden müssen. Sie bildete sich doch so viel auf ihren Mut und ihre Schlauheit ein, und jetzt hatte sie noch nicht einmal dem ersten Zusammentreffen mit Lilith standgehalten.

Kein Rückgrat, dachte sie angewidert, und keine wirkliche Magie. Angst und Versuchung hatten sie geschwächt. Nein, schlimmer noch, dachte sie, Angst und Versuchung hatten sie erstarren lassen, sodass sie keinen Zugriff mehr darauf gehabt hatte.

Im hellen Tageslicht sah sie, wie dumm sie sich benommen hatte, wie *leicht* sie sich hatte überrumpeln lassen. Sie hatte die ganze Zeit über nichts getan, um sich zu schützen. Sie war durch die Höhlen gerannt, durch den Wald, auf die Klippe, weil sie gewollt hatten, dass sie rannte, und sie war so außer sich gewesen vor Entsetzen, dass sie nur noch hatte entkommen wollen.

Diesen Fehler würde sie nicht noch einmal begehen.

Sie stand auf, wickelte sich in die Decke und spähte auf den Gang hinaus. Niemand war zu sehen, und sie hörte auch nichts. Sie war dankbar dafür, denn bis sie wieder zu sich gekommen war, wollte sie mit niemandem reden.

Sie duschte, zog sich an und schminkte sich sorgfältig. Dann legte sie die tropfenförmigen Bernsteinohrringe an, die ihr Kraft gaben. Und als sie das Bett machte, legte sie Rosmarin und Amethyst unter ihr Kopfkissen. Dann wählte sie eine Kerze aus ihren Vorräten aus und stellte sie neben das Bett. Wenn sie heute Abend schlafen ginge, würde sie die Kerze mit Öl einreiben, um Lilith und die anderen aus ihren Träumen fernzuhalten.

Sie würde sich auch einen Holzpflock schneiden und ein Schwert neben ihr Bett legen. Noch einmal würde sie den Vampiren nicht hilflos gegenüberstehen.

Bevor sie das Zimmer verließ, warf sie einen langen Blick in den Spiegel. Sie wirkte energiegeladen, fand sie. Tatkräftig.

Sie würde stark sein.

Sie ging zunächst in die Küche, weil diese für sie das Herz jedes Hauses darstellte. Jemand hatte Kaffee gemacht, wahrscheinlich King. Und es gab auch Anzeichen dafür, dass schon jemand gefrühstückt hatte, weil es nach Speck roch. Allerdings war niemand da, und in der Spüle stand kein Geschirr.

Glenna war ganz froh, dass hier anscheinend jeder seine Sachen selbst wegräumte. Sie hasste Unordnung, hatte aber auch keine Lust, für die häuslichen Pflichten verantwortlich zu sein.

Sie schenkte sich eine Tasse Kaffee ein und überlegte, ob sie sich etwas zu essen machen sollte. Aber der Traum war noch so präsent, dass ihr der Gedanke, sich alleine im Haus aufzuhalten, unbehaglich war.

Kurz entschlossen ging sie zur Bibliothek, wo sie zu ihrer Erleichterung Moira antraf. Sie saß auf dem Boden vor dem Kamin, umgeben von Büchern. Wie ein Student, der fürs Examen büffelt, war sie gerade in eines vertieft. Sie trug einen Umhang, eine braune Hose und ihre Reitstiefel.

Als Glenna eintrat, blickte sie auf und lächelte sie schüchtern an.

»Guten Morgen.«

»Guten Morgen. Lernst du?«

»Ja.« Die Schüchternheit verschwand, und die grauen Augen leuchteten auf. »Das ist ein prachtvoller Raum, nicht wahr? Wir haben zu Hause im Schloss auch eine prächtige Bibliothek, dieser Raum hier kommt ihr gleich.«

Glenna hockte sich neben sie und tippte mit dem Finger auf das dicke Buch, das Moira im Schoß hielt. In den Ledereinband war ein einziges Wort geprägt.

VAMPIR.

»Bringst du dich auf den neuesten Stand?«, fragte sie. »Studierst du den Feind?«

»Es ist immer klug, alles darüber zu wissen, was man in Erfahrung bringen kann. Es steht nicht in allen Büchern dasselbe, aber bei manchen Elementen sind sie sich alle einig.«

»Du könntest auch Cian fragen. Er könnte dir wahrscheinlich alles sagen, was du wissen willst.«

»Ich lese lieber.«

Glenna nickte nur. »Wo hast du die Kleider her?«

»Oh, ich bin heute Morgen schon ganz früh unterwegs gewesen und habe meine Tasche gefunden.«

»Allein?«

»Ja, aber das ist in Ordnung, weil ich mich immer im Hellen gehalten habe. Sie müssen die Sonne meiden.« Sie blickte zu den Fenstern. »Von denen, die uns gestern Abend angegriffen haben, war nichts mehr übrig. Selbst die Asche war weg.«

»Wo sind die anderen?«

»Hoyt ist in seinen Turm gegangen, um zu arbeiten, und King sagte, er wolle in den Ort, um Vorräte einzukaufen, da wir jetzt so viele sind. Ich habe noch nie einen so großen Mann gesehen. Er hat für uns gekocht, und es gab Saft von einer Frucht, einer Orange. Er hat wundervoll geschmeckt. Glaubst du, ich könnte ein paar Samen von dieser Frucht mitnehmen, wenn wir nach Geall zurückgehen?«

»Ja, sicher, warum nicht. Und die anderen?«

»Larkin schläft wohl noch. Er steht nicht gerne früh auf. Und der Vampir ist in seinem Zimmer, glaube ich.« Moira rieb mit dem Finger über die geprägte Schrift auf dem Buch. »Warum hat er sich uns angeschlossen? In den Büchern finde ich keine Erklärung.«

»Alles erfährst du wahrscheinlich auch nicht aus Büchern. Brauchst du im Moment sonst noch etwas?«

»Nein. Danke.«

»Ich hole mir etwas zu essen, und dann mache ich mich oben an die Arbeit. Wenn King zurück ist, fängt wahrscheinlich irgendeine neue Folterübung an.«

»Glenna ... ich wollte mich bei dir für letzte Nacht bedanken. Ich war so müde und nervös. Ich komme mir schrecklich fehl am Platz vor.«

»Ich weiß.« Glenna legte ihre Hand über die Moiras. »In

gewisser Weise geht es uns allen so. Vielleicht gehört das ja auch zum Plan. Wir sollen uns vermutlich neu zusammenfinden, um festzustellen, was wirklich in uns steckt – individuell und gemeinsam –, damit wir den Dämon bekämpfen können.«

Sie erhob sich. »Vorläufig müssen wir uns eben hier einrichten.«

Sie überließ Moira ihren Büchern und ging zur Küche zurück. Das einzig Essbare, was sie fand, war ein Laib dunkles Brot, sie schnitt sich eine Scheibe ab und bestrich sie mit Butter. Die Kalorien waren ja jetzt wirklich egal. Kauend stieg sie die Treppe zum Turm hinauf.

Die Tür war verschlossen. Fast hätte sie geklopft, aber dann fiel ihr ein, dass es ja auch ihr Arbeitsbereich war. Also legte sie die Scheibe Brot auf den Kaffeebecher und öffnete die Tür.

Er trug ein blassblaues Hemd, schwarze Jeans und ausgelatschte Stiefel und sah trotzdem noch aus wie ein Zauberer. Es lag nicht an seinen vollen, schwarzen Haaren, dachte sie, oder an seinen strahlend blauen Augen, sondern an der Macht, die ihn umgab.

Irritiert blickte er auf, als sie eintrat, und sie fragte sich, ob diese kurze Verärgerung über Störungen wohl eine Angewohnheit von ihm war. Aber rasch hellte sich sein Gesicht auf.

»Du bist also aufgestanden.«

»Offensichtlich.«

Er machte sich wieder an die Arbeit und goss eine dunkelrote Flüssigkeit aus einer Kanne in ein Arzneifläschchen. »King wollte Vorräte kaufen.«

»Ja, das hat Moira mir schon gesagt. Anscheinend liest sie jedes Buch in der Bibliothek.«

Schweigend arbeitete er weiter, und um keine Verlegenheit aufkommen zu lassen, fuhr Glenna rasch fort: »Ich wollte mich entschuldigen, weil ich gestern Nacht gestört habe. Es wird nicht wieder vorkommen.« Sie wartete, bis er aufblickte. »Ich hatte schreckliche Angst, und es war natürlich gut, dass du mich beruhigen konntest. Danke.«

»Keine Ursache.«

»Doch. Du warst da, als ich dich brauchte, und du hast mich beruhigt und mir Sicherheit gegeben. Du hast mir die Sonne gezeigt.« Sie stellte den Becher ab, um die Hände frei zu haben, als sie auf ihn zutrat.

»Ich bin mitten in der Nacht in dein Bett gesprungen. Nackt. Und ich war hysterisch und verletzlich. Ich war völlig hilflos.«

»Ich glaube, das stimmt nicht so ganz.«

»Doch, in jenem Moment war es so. Du hättest mich einfach nehmen können. Das wissen wir beide.«

Er schwieg. Dann sagte er: »Und was für ein Mann wäre ich gewesen, wenn ich dich unter solchen Umständen genommen hätte? Wenn ich deine Angst ausgenutzt hätte?«

»Ein anderer, als du bist. Und ich bin dankbar dafür, dass du so bist.« Sie trat um den Arbeitstisch herum und reckte sich auf die Zehenspitzen, um ihn auf beide Wangen zu küssen. »Sehr dankbar. Du hast mich getröstet, Hoyt, und hast mir Schlaf geschenkt. Und du hast das Feuer brennen lassen. Das werde ich dir nie vergessen.«

»Jetzt geht es dir besser.«

»Ja. Jetzt geht es mir besser. Sie hat mich unvorbereitet überrascht, und nächstes Mal werde ich auf sie vorbereitet sein. Ich hatte noch nicht einmal die simpelsten Vorsichtsmaßnahmen ergriffen, weil ich so müde war.« Sie trat ans Feuer, das mit kleiner Glut brannte. »Nachlässig von mir.«

»Ja, das stimmt.«

Sie legte den Kopf schräg und lächelte ihn an. »Hast du mich begehrt?«

Er machte sich wieder an seinem Arbeitsplatz zu schaffen. »Darum geht es nicht.«

»Ich nehme das mal als Ja, und ich verspreche dir, wenn ich das nächste Mal in dein Bett springe, werde ich nicht hysterisch sein.«

»Wenn du das nächste Mal in mein Bett springst, lasse ich dich auch nicht schlafen.«

Sie lachte. »Nun, dann verstehen wir uns ja.«

»Ich weiß nicht, ob ich dich verstehe, aber das ändert nichts daran, dass ich dich begehre.«

»Das ist gegenseitig.«

»Bist du hierher gekommen, um zu arbeiten oder um mich abzulenken?«

»Beides, vermutlich. Aber da mir das Letztere gelungen ist, frage ich dich jetzt, was du da machst.«

»Einen Schild.«

Fasziniert trat sie näher. »Mehr Wissenschaft als Hexerei.«

»Die beiden schließen einander ja nicht aus, sondern ergänzen einander.«

»Ja, da hast du Recht.« Sie schnüffelte an der Kanne. »Salbei«, stellte sie fest, »und Nelken. Was hast du als Bindemittel verwendet?«

»Achatstaub.«

»Gute Wahl. Was für ein Schild soll es werden?«

»Gegen die Sonne. Für Cian.«

Sie blickte ihn an, aber er erwiderte ihren Blick nicht. »Ich verstehe.«

»Wenn wir nachts hinausgehen, laufen wir Gefahr, angegriffen zu werden. Er stirbt, wenn er sich dem Sonnenlicht aussetzt. Aber wenn er einen Schild hätte, könnten wir viel besser arbeiten und trainieren. Wenn er einen Schutz hätte, könnten wir sie bei Tag jagen.«

Einen Moment lang sagte sie nichts. Langsam begann sie ihn zu verstehen. Er war ein sehr guter Mann, der hohe Maßstäbe an sich selbst legte. Deshalb war er auch manchmal ungeduldig und reizbar, ja sogar selbstherrlich.

Und er liebte seinen Bruder sehr.

»Glaubst du, die Sonne fehlt ihm?«

Hoyt seufzte. »Würde sie dir nicht fehlen?«

Sie legte ihm die Hand auf den Arm. Ein guter Mann, dachte sie wieder. Ein sehr guter Mann, der an seinen Bruder dachte.

»Womit kann ich dir helfen?«

»Vielleicht beginne ich auch langsam, dich zu verstehen.«

»Ja?«

»Du hast ein offenes Herz.« Jetzt blickte er sie an. »Und einen offenen Geist. Man kann dir nur schwer widerstehen.«

Sie nahm ihm das Fläschchen aus der Hand und stellte es ab. »Küss mich, ja? Wir wollen es beide, und deshalb fällt es uns so schwer, zu arbeiten. Küss mich, Hoyt, damit wir zur Ruhe kommen.«

Leise Erheiterung schwang in seiner Stimme mit. »Durch Küssen kommen wir zur Ruhe?«

»Das wissen wir erst, wenn wir es ausprobiert haben.« Sie legte ihm die Hände auf die Schultern und spielte mit seinen Haaren. »Ich weiß auf jeden Fall, dass ich jetzt im Moment an nichts anderes denken kann. Also tu mir einen Gefallen und küss mich.«

»Ach, einen Gefallen also?«

Ihre Lippen waren weich und warm. Er nahm sie zärtlich in die Arme, und seine Hände glitten über ihre Haare, ihren Rücken. Tief sog er ihren Duft ein.

Und alles in ihm wurde ganz leicht.

Sie fuhr mit den Fingern sachte über seinen Wangenknochen und gab sich ganz dem Augenblick hin.

Als ihre Lippen sich voneinander lösten, drückte sie einen Moment lang ihre Wange an seine. »Mir geht es jetzt besser«, sagte sie zu ihm. »Wie ist es mit dir?«

»Ich fühle.« Er trat einen Schritt zurück und zog ihre Hand an seinen Mund. »Und ich habe den Verdacht, dass ich noch einmal zur Ruhe kommen muss, damit das Werk gelingt.«

Sie lachte entzückt. »Ich trage gern mein Teil dazu bei.«

Sie arbeiteten über eine Stunde zusammen, aber der Trank begann jedesmal sprudelnd zu kochen, wenn er der Sonne ausgesetzt wurde.

»Vielleicht brauchen wir einen anderen Zauberspruch«, schlug Glenna vor.

»Nein, wir brauchen sein Blut.« Er blickte sie an. »Für den Trank selbst und auch, um ihn auszuprobieren.«

Glenna überlegte. »Bitte ihn einfach darum.«

Es klopfte an der Tür, und King trat ein. Er trug Militärhosen und ein olivgrünes T-Shirt. Seine Dreadlocks hatte er zu einem dicken, krausen Pferdeschwanz zusammengebunden. Glenna fand, er alleine sah schon aus wie eine ganze Armee. »Die Zauberstunde ist vorbei. Kommt nach draußen. Körperliches Training ist angesagt.«

Wenn King in einem anderen Leben kein Drill-Sergeant gewesen war, hatte das Karma etwas verpasst. Der Schweiß tropfte Glenna in die Augen, als sie den Dummy attackierte, den Larkin aus Stroh und Kleidungsstücken gebastelt hatte. Sie blockierte mit dem Unterarm, wie sie es gelernt hatte, und stieß dann den Pflock ins Stroh.

Aber der Dummy kam über das Flaschenzugsystem, das King errichtet hatte, wieder zurück und stieß sie um.

»Und du bist tot!«, verkündete King.

»Oh, Mist, ich habe doch den Pflock hineingestoßen.«

»Aber du hast das Herz verfehlt, Rotschopf.« Riesig und erbarmungslos stand er über ihr. »Wie viele Chancen wirst du denn bekommen? Wenn du den vor dir nicht sofort triffst, wie willst du dann mit den anderen drei fertig werden, die hinter dir auftauchen?«

»Ja, okay.« Glenna stand auf und klopfte sich den Staub ab. »Noch einmal.«

»Das ist die richtige Einstellung.«

Sie versuchte es immer wieder, bis sie den Stroh-Dummy so sehr hasste wie ihren Geschichtslehrer im zehnten Schuljahr. Angewidert ergriff sie mit beiden Händen ein Schwert und hackte die Puppe in Stücke.

Als sie fertig war, hörte man nur ihren eigenen keuchenden Atem und Larkins unterdrücktes Lachen.

»Okay.« King rieb sich das Kinn. »Ich nehme an, er ist ziemlich tot. Larkin, baust du uns einen neuen? Ich muss dich mal was fragen, Rotschopf.«

»Frag nur.«

»Warum hast du denn den Dummy nicht mit Magie auseinandergerissen?«

»Für magische Akte muss man sich konzentrieren. Ich glaube, ich könnte sie während des Kampfes einsetzen – ich glaube es. Aber da ich nicht gewohnt bin, mit einem Schwert oder einem Holzpflock umzugehen, muss ich mich darauf konzentrieren, und ich würde wahrscheinlich mein Ziel verfehlen, weil ich nicht in meiner Mitte bin. Aber ich arbeite daran.«

Sie blickte sich um, um sich zu vergewissern, dass Hoyt sie nicht hören konnte. »Normalerweise brauche ich Werkzeuge, Zaubersprüche und bestimmte Rituale. Was ich kann, ist so etwas.« Sie öffnete ihre Handfläche, konzentrierte sich und ließ eine Feuerkugel entstehen.

Neugierig betrachtete King sie. Als er sie vorsichtig berührte, zog er hastig seinen Finger zurück. »Toller Trick.«

»Feuer ist ein Element wie Luft, Erde und Wasser. Aber wenn ich während des Kampfes darauf zurückgreifen würde, könnte es unter Umständen auch einen von uns treffen.«

Er studierte die leuchtende Kugel. »Wahrscheinlich so ähnlich, wie mit einer Pistole zu zielen, ohne zu wissen, wie man schießt. Man weiß nie, wen die Kugel trifft, und am Ende schießt du dir noch in den eigenen Fuß.«

»Ja, so ähnlich.« Sie ließ das Feuer erlöschen. »Aber es ist ganz nett, so etwas in Reserve zu haben.«

»Du machst jetzt besser eine Pause, Rotschopf, bevor du noch jemanden verletzt.«

»Da widerspreche ich nicht.« Glenna lief ins Haus, um mindestens einen Liter Wasser zu trinken und etwas zu essen zu machen. Cian kam ihr entgegen.

»Ich wusste gar nicht, dass du wach bist.«

Er mied das Sonnenlicht, das durch die Fenster drang, hatte aber trotzdem einen guten Blick auf die Aktivitäten draußen.

»Was meinst du?«, fragte sie ihn. »Wie machen wir uns?«

»Wenn sie euch jetzt angreifen würden, würden sie euch wie Hühnchen bei einem Picknick verspeisen.«

»Ich weiß. Wir sind noch ungeschickt, und wir sind auch noch keine Einheit. Aber wir werden schon noch besser.«

»Das müsst ihr auch.«

»Na, du sprühst ja heute Nachmittag geradezu vor Ermutigung. Wir haben jetzt über zwei Stunden trainiert, und keiner von uns ist an so etwas gewöhnt. Larkin kommt Kings Vorstellungen von einem Krieger am nächsten, und er ist noch viel zu jung und unerfahren.«

Cian warf ihr einen Blick zu. »Entweder ihr werdet besser oder ihr sterbt.«

Erschöpfung war eine Sache, dachte sie, und mit der Anstrengung und dem Schweiß wurde sie fertig. Aber bei seinen Worten fühlte sie sich beleidigt. »Was wir tun, ist schon schwer genug, ohne dass einer von uns sich benimmt wie ein echtes Arschloch.«

»Bezeichnest du so einen Realisten?«

»Ach, leck mich doch.« Wütend marschierte sie in der Küche umher und warf etwas Obst, Brot und eine Flasche Wasser in einen Korb. Ohne Cian eines Blickes zu würdigen, ging sie hinaus.

Draußen stellte sie den Korb auf den Tisch, den King für die Waffen dorthin getragen hatte.

»Essen!« Larkin stürzte sich darauf wie ein Verhungernder. »Gesegnet seiest du, Glenna. Ich war dem Hungertod nahe.«

»Es sind ja auch schon mindestens zwei Stunden vergangen seit deiner letzten Mahlzeit«, warf Moira ein.

»Der Herr der Verdammnis ist der Meinung, wir arbeiten nicht hart genug, und bezeichnet uns als Hühnchen, die die Vampire zum Picknick verspeisen.« Glenna nahm sich einen Apfel und biss hinein. »Ich würde sagen, wir beweisen ihm mal das Gegenteil.« Sie biss noch einmal ab, und dann wandte sie sich der neuen Strohpuppe zu. Sie konzentrierte sich, visualisierte sie und schleuderte den Apfel. Er flog auf den Dummy zu, und während er flog, verwandelte er sich in einen Holzpflock, der durch Stroh und Kleidung der Puppe mitten ins Herz drang.

»Oh, das war großartig«, hauchte Moira bewundernd. »Das war brillant!«

»Manchmal beflügelt es die Magie, wenn man wütend ist.«

Der Pflock glitt heraus und wurde wieder zu einem Apfel. Glenna blickte Hoyt an. »Daran sollten wir noch arbeiten.«

»Wir brauchen etwas, das uns zusammenhält, das uns einigt«, erklärte Glenna Hoyt. Sie saß im Turmzimmer und rieb Salbe auf ihre blauen Flecken, während Hoyt ein Zauberbuch durchblätterte. »Mannschaften tragen Uniformen oder haben Kampflieder.«

»Lieder? Sollen wir etwa singen?«

Die Brüder teilten nicht nur ihr Aussehen, dachte sie. »Irgendetwas brauchen wir. Sieh uns doch an, sogar jetzt. Du und ich hier oben, Moira und Larkin irgendwo unterwegs, King und Cian im Trainingsraum, um sich neue Gemeinheiten für uns auszudenken. Es ist ja okay, wenn das Team sich in kleinere Gruppen aufteilt, um an einzelnen Dingen zu arbeiten, aber wir sind ja noch nicht einmal ein Team.«

»Und deshalb holen wir die Harfe heraus und singen? Wir haben Ernsteres zu tun, Glenna.«

»Du verstehst mich nicht.« Geduld, mahnte sie sich. Er hatte heute genauso hart gearbeitet wie sie und war genauso müde. »Das ist doch nur ein Symbol. Wir jagen zwar dasselbe Wild, aber nicht zum selben Zweck.« Sie trat ans Fenster. Die Schatten waren länger geworden, und die Sonne stand schon tief am Horizont.

»Es wird bald dunkel.« Ihre Finger tasteten nach ihrem Anhänger. Ein Gedanke fuhr ihr durch den Kopf, so offensichtlich, dass sie sich wunderte, nicht schon früher darauf gekommen zu sein.

»Du hast nach einem Schutz für Cian gesucht, weil er tagsüber nicht hinausgehen kann. Aber was ist mit uns? Wir können es nicht riskieren, nach Sonnenuntergang hinauszugehen. Und selbst wenn wir drinnen bleiben, können sie uns angreifen. Was ist mit *unserem* Schild, Hoyt? Was schützt uns vor den Vampiren?«

»Das Licht.«

»Ja, ja, aber was für ein Symbol? Ein Kreuz. Wir müssen Kreuze machen, und wir müssen einen Zauber hineingeben. Nicht nur Schutz, sondern auch Waffe, Hoyt.«

Er dachte an die Kreuze, die Morrigan ihm für seine Familie gegeben hatte. Aber selbst seine Macht zusammen mit der von Glenna war nichts gegen die Macht der Götter.

Und doch …

»Silber …«, murmelte er. »Silber wäre das Geeignetste.«

»Mit rotem Jaspis, für nächtlichen Schutz. Wir brauchen Knoblauch und Salbei.« Sie trat an ihre Kiste mit den getrockneten Kräutern und Wurzeln. »Ich mache den Trank.« Sie griff nach einem ihrer Bücher und begann es durchzublättern. »Hast du eine Idee, wie wir an Silber kommen können?«

»Ja.«

Er verließ das Zimmer und ging hinunter ins Erdgeschoss in den Raum, der jetzt als Esszimmer diente. Die Möbel waren neu – für ihn zumindest. Tische aus dunklem, schwerem Holz, Stühle mit hohen Rückenlehnen und Schnitzereien. Die Vorhänge vor den Fenstern waren tiefgrün, wie Schatten im Wald, und aus dicker, schwerer Seide.

Die Gemälde an den Wänden zeigten nächtliche Szenen in Wäldern und Schluchten und auf Klippen. Selbst hier scheute sein Bruder das Licht. Oder zog er selbst in der Kunst das Dunkle vor?

In hohen Vitrinenschränken standen Kristallgläser und wunderschönes Geschirr, Besitztümer, wie sie nur ein Mann von Reichtum und Stand sammeln konnte, der die Ewigkeit zur Verfügung hatte.

Bedeuteten diese Dinge Cian etwas? Wenn man so viel

besaß, war dann das einzelne Stück überhaupt noch etwas wert?

Auf einer Anrichte standen zwei hohe Kerzenleuchter aus Silber, und Hoyt fragte sich unwillkürlich, ob wenigstens sie Cian etwas bedeuteten. Sie hatten seiner Mutter gehört.

Er hob einen hoch, und ihr Bild erschien, klar wie im Wasser eines Sees. Sie saß an ihrem Spinnrad und sang eine ihrer Lieblingsweisen, während sie mit dem Fuß im Takt dazu klopfte.

Sie trug ein blaues Gewand und einen Schleier und wirkte glücklich und jung. Eine stille Zufriedenheit umgab sie wie weiche Seide. Sie trug ein Kind unter dem Herzen, das sah er jetzt. Nein, berichtigte er sich dann, zwei Kinder. Ihn selbst und Cian.

Und auf der Truhe unter dem Fenster standen zwei Kerzenleuchter.

»Mein Vater hat sie mir am Tag meiner Hochzeit geschenkt, und von allen Gaben schätzte ich sie am meisten. Einer wird eines Tages dir gehören, und der andere Cian. Und dieses Geschenk wird weitergereicht werden, und wann immer eine Kerze brennt, wirst du daran denken.«

Er tröstete sich damit, dass er keine Kerze brauchte, um an sie zu denken. Aber der Leuchter wog schwer in seiner Hand, als er ihn ins Turmzimmer trug.

Glenna blickte von dem Becken auf, in dem sie ihre Kräuter mischte. »Oh, das ist perfekt. Und er ist wunderschön. Eine Schande, dass wir ihn einschmelzen müssen.« Sie trat näher, um den Leuchter genauer zu betrachten. »Er ist schwer. Und alt, glaube ich.«

»Ja, er ist sehr alt.« Ein Stich fuhr ihr durchs Herz. »Er gehörte deiner Familie?«

Betont gleichmütig erwiderte er: »Ich hätte ihn sowieso geerbt.«

Fast hätte sie ihn gebeten, etwas anderes zu suchen, etwas, was ihm nicht so viel bedeutete. Aber sie schwieg. Sie glaubte zu verstehen, warum er gerade den Leuchter ausgesucht hatte. Es musste etwas Kostbares sein. Magie hatte ihren Preis.

»Das Opfer, das du bringst, wird den Zauber verstärken. Warte.« Sie zog einen Ring vom Mittelfinger ihrer rechten Hand. »Er hat meiner Großmutter gehört.«

»Es ist nicht nötig.«

»Jeder von uns bringt ein persönliches Opfer, schließlich verlangen wir ja auch viel. Ich brauche ein wenig Zeit, um den Spruch niederzuschreiben. In meinen Büchern steht nichts Passendes, deshalb müssen wir uns behelfen.«

Als Larkin an die Tür kam, waren sie beide in die Bücher vertieft. »Ich soll euch holen kommen. Die Sonne ist untergegangen, und wir beginnen mit dem Abendtraining.«

»Sag Cian, wir kommen, wenn wir fertig sind«, erwiderte Glenna. »Wir sind mitten in der Arbeit.«

»Ich sage es ihm, aber ich glaube nicht, dass es ihm gefällt.« Er zog die Tür hinter sich zu und ging.

»Ich habe es fast. Ich werde das Kreuz zeichnen, wie es meiner Vorstellung nach aussehen sollte, und dann können wir es beide visualisieren. Hoyt?«

»Es muss rein sein«, sagte er zu sich selbst. »Mit dem Glauben genauso verbunden wie mit der Magie.«

Um ihn nicht zu stören, begann sie zu zeichnen. Hoyt saß mit geschlossenen Augen da. Er sammelt Kraft, dachte sie, und seine Gedanken.

Er hatte so ein ernsthaftes Gesicht. Mittlerweile vertraute sie ihm völlig. Ihr kam es so vor, als würde sie sein Gesicht und seine Stimme schon seit jeher kennen.

Und doch hatten sie nur kurze Zeit miteinander, nicht mehr als eine Hand voll Sandkörner in einem Uhrglas.

Falls sie siegten – nein, wenn, wenn sie siegten –, dann würde er in seine Zeit, sein Leben, seine Welt zurückgehen. Und sie in ihre. Aber nichts würde jemals wieder so sein wie zuvor. Und nichts würde die Leere füllen können, die er hinterließe.

»Hoyt.«

Seine Augen waren tiefer und dunkler, als er sie ansah. Sie zeigte ihm die Zeichnung. »Reicht das?«

Er musterte die Skizze. »Ja, bis auf das.«

Er ergriff den Stift und zeichnete Linien auf das keltische Kreuz, das sie gezeichnet hatte.

»Was ist das?«

»Das ist Ogham, eine alte Schrift.«

»Ich weiß, was Ogham ist. Was steht dort?«

»Licht.«

Sie nickte lächelnd. »Das ist perfekt. Genau das ist der Zauber. Ich habe das Gefühl, so ist es richtig.«

»Was brauchen wir jetzt? Reime?«

»So arbeite ich eben. Und ich will einen Kreis, weil ich mich dann besser fühle.« Er erhob sich, um mit ihr gemeinsam den Kreis zu ziehen. Sie bereitete Kerzen vor und reichte sie ihm, damit er sie anzündete.

»Komm, wir entfachen das Feuer gemeinsam.« Er streckte die Hand nach ihr aus.

Auch durch sie strömte die Macht, und reines, weißes Feuer bedeckte den Boden. Hoyt nahm ihr Becken und stellte es auf die Flammen.

»Altes und neues Silber mischt.« Er stellte den Leuchter in das Becken. »Es werde flüssig in diesem Licht.«

»Wir bitten gegen die ewige Nacht«, fuhr Glenna fort und gab den Jaspis und die Kräuter hinzu. »Diese Flamme entfalte ihre Macht.« Sie ließ den Ring ihrer Großmutter hineinfallen.

»Zauberwesen aus Himmel und Meer, aus Luft und Erde, wir rufen euch an. Wir, eure Diener, erbitten Schutz in dieser Prüfung. Wir geloben euch, das Land von der Dunkelheit zu befreien, mit Kopf, Herz und Hand. Wir bitten euch drei Mal drei, die zu beschützen, die euch treu ergeben sind.

Lasst dieses Kreuz Licht in die Nacht tragen.«

Als sie zum dritten Mal die letzte Zeile sprachen, stieg silbriger Rauch aus dem Becken auf, und die weißen Flammen darunter wurden höher.

Der Rauch hüllte sie ein, aber Glenna sah, dass Hoyt sie unverwandt anschaute. Die Hitze breitete sich in ihrem ganzen Körper aus und schien in ihr zu wirbeln, als Hoyt mit seiner freien Hand den letzten Rest Jaspis-Staub in das Becken warf.

»Und jedes Silberkreuz soll ein Schutzschild sein. So soll es sein.«

Der Raum erstrahlte schlagartig in gleißendem Licht, dass die Wände und der Boden bebten. Das Becken kippte um, und flüssiges Silber ergoss sich in die Flammen.

Es war so gewaltig, dass Glenna beinahe zu Boden gestürzt wäre, aber Hoyts starke Arme hielten sie fest, und er schirmte sie mit seinem Körper vor den auflodernden Flammen und dem plötzlichen Windstoß ab.

Die Tür flog auf, und einen Augenblick lang stand Cian auf der Schwelle, in dieses unglaublich helle Licht getaucht. Dann verschwand er.

»Nein! Nein!« Hoyt zog Glenna aus dem Kreis heraus. Das Licht sank in sich zusammen und war mit einem Donnerschlag weg.

Hoyt glaubte, einen Schrei zu hören.

Cian lag blutend auf dem Boden. Sein halb verbranntes Hemd rauchte noch.

Hoyt sank auf die Knie und tastete nach dem Puls, als ihm einfiel, dass er ja sowieso nichts fühlen würde. »Mein Gott, mein Gott, was habe ich getan?«

»Er hat schlimme Verbrennungen. Zieh ihm das Hemd aus.« Glennas Stimme war kühl und ruhig wie Wasser. »Vorsichtig.«

»Was ist passiert? Was zum Teufel hast du getan?« King schob Hoyt beiseite. »Du Hurensohn. Cian! Jesus Christus!«

»Wir haben gerade einen Zauberspruch beendet. Er hat die Tür geöffnet, und das ganze Zimmer war voller Licht. Niemand ist schuld. Larkin«, sagte Glenna, »hilf King, Cian in sein Zimmer zu tragen. Ich komme gleich. Ich habe Mittel hier, die ihm helfen werden.«

»Er ist nicht tot«, sagte Hoyt leise und starrte seinen Bruder an. »Er ist nicht tot.«

»Nein, er ist nicht tot«, wiederholte Glenna. »Ich kann ihm helfen. Ich bin eine gute Heilerin. Das ist eine meiner Stärken.«

»Ich komme mit.« Moira trat zur Seite, um King und Larkin vorbeizulassen. »Ich kann dir helfen.«

»Gut. Geh schon mal mit ihnen. Ich hole rasch meine Sachen. Hoyt, ich kann ihn heilen.«

»Was haben wir getan?« Hoyt starrte hilflos auf seine Hände. Sie vibrierten immer noch vom Zauber, fühlten sich jetzt jedoch leer und nutzlos an.

»Wir reden später darüber.« Glenna ergriff seine Hand und zog ihn mit sich ins Turmzimmer.

Der Kreis war in den Boden eingebrannt wie ein weißer Ring. In seiner Mitte glitzerten neun Silberkreuze mit einem runden, roten Jaspis an der Verbindungsstelle.

»Neun. Drei Mal drei. Wir denken später darüber nach. Für den Moment lassen wir sie besser hier.«

Hoyt ignorierte sie. Er trat in den Kreis und hob ein Kreuz auf. »Es ist kühl.«

»Gut. Gut.« In Gedanken war sie bereits bei Cian. Sie ergriff ihren Kasten. »Ich muss jetzt hinunter, um zu sehen, was ich für ihn tun kann. Niemand hat Schuld, Hoyt.«

»Schon zweimal. Schon zweimal habe ich ihn fast getötet.«

»Ich habe den gleichen Anteil daran wie du. Kommst du jetzt mit?«

»Nein.«

Sie wollte etwas erwidern, schüttelte dann aber nur den Kopf und eilte hinaus.

In dem prächtigen Schlafzimmer lag der Vampir still auf dem breiten Bett.

Sein Gesicht war das eines Engels. Eines gefallenen Engels, dachte Moira. Sie schickte die Männer weg, damit sie warmes Wasser holten und Verbandsstoff, aber hauptsächlich, damit sie nicht im Weg herumstanden.

Jetzt war sie allein mit dem Vampir, der auf dem breiten Bett lag. Still wie der Tod.

Wenn sie die Hand auf seine Brust legte, würde sie keinen Herzschlag spüren. Und kein Atemhauch würde den Spiegel trüben, wenn sie ihn vor seinen Mund hielte. Und es gäbe auch kein Spiegelbild.

Das alles und noch mehr hatte sie gelesen.

Aber er hatte ihr das Leben gerettet, und sie stand in seiner Schuld.

Sie trat an sein Bett und benutzte das bisschen Magie, über die sie verfügte, um seine Brandwunden zu lindern. Übelkeit stieg in ihr auf, aber sie kämpfte sie nieder. Sie hatte noch nie in ihrem Leben solche Verbrennungen gesehen. Wie konnte jemand – etwas – sie überleben?

Er schlug seine leuchtend blauen Augen auf. Seine Hand umklammerte ihr Handgelenk. »Was machst du da?«

»Du bist verletzt.« Sie hasste es, dass ihre Stimme so zitterte, aber sie hatte solche Angst vor ihm. »Ein Unfall. Ich warte auf Glenna. Wir helfen dir. Lieg still.« Sie sah ihm an, als ihn die Schmerzen überwältigten, und ihre Furcht ließ nach. »Bleib still liegen. Ich kann die Wunden ein wenig kühlen.«

»Wäre es dir nicht lieber, ich würde in der Hölle brennen?«

»Ich weiß nicht, ich weiß nur, dass ich nicht diejenige sein möchte, die dich dorthin befördert. Ich hätte gestern Nacht nicht auf dich geschossen, und ich schäme mich, dass ich dich in dem Glauben gelassen habe, ich täte es. Ich verdanke dir mein Leben.«

»Geh jetzt, dann sind wir quitt.«

»Glenna kommt jetzt gleich. Wird es schon ein wenig kühler?« Er zitterte am ganzen Körper. Mit geschlossenen Augen murmelte er: »Ich brauche Blut.«

»Nun, meins bekommst du nicht. So dankbar bin ich dir nun auch wieder nicht.«

Sie meinte zu sehen, dass sich seine Mundwinkel ganz leicht verzogen. »Nein, nicht deins, obwohl ich mir vorstellen könnte, dass es gut schmeckt.« Der Schmerz raubte ihm den Atem. »In dem Kasten dahinten. Der schwarze Kasten mit dem Silbergriff. Ich brauche Blut, um – ich brauche es einfach.«

Sie öffnete den Kasten und musste ihren Ekel unterdrücken, als sie die Plastikpackungen mit der dunkelroten Flüssigkeit sah.

»Bring es mir und dann lauf meinetwegen weg, aber ich brauche es jetzt.«

Sie reichte ihm ein Päckchen, und als sie sah, wie er sich

abmühte, es mit seinen verbrannten Händen aufzureißen, nahm sie es ihm stumm ab und öffnete es selber, wobei sie etwas verschüttete.

»Entschuldigung.« Sie holte tief Luft, dann stützte sie ihn mit einem Arm ab und hielt ihm mit der freien Hand das Blutpäckchen an die Lippen.

Er beobachtete sie, während er trank, und sie erwiderte seinen Blick, ohne mit der Wimper zu zucken.

Als er das Blut getrunken hatte, ließ sie ihn sanft aufs Kissen zurücksinken, dann ging sie ins Bad, um ein Tuch zu holen, mit dem sie ihm Kinn und Mund abtupfte.

»Du bist zwar klein, aber mutig, was?«

Er hatte etwas von seiner Kraft wiedergewonnen, und seine Stimme klang spöttisch. »Du hast keine Wahl, weil du so bist, wie du bist. Und ich bin auch nur, was ich bin.« Sie trat zurück, als Glenna ins Zimmer kam.

II

»Möchtest du etwas gegen die Schmerzen?« Glenna bestrich dünne Stofflappen mit Salbe.

»Was hast du da?«

»Dies und das.«

Vorsichtig legte sie den Lappen auf seine Brust.

»Es tut mir so leid, Cian. Wir hätten die Tür verschließen sollen.«

»Eine verschlossene Tür hätte mich nicht daran gehindert, hereinzukommen, schon gar nicht in meinem eigenen Haus. Vielleicht solltet ihr es beim nächsten Mal mit einem Schild versuchen, irgendetwas in der Art von … Oh, verdammt! Vergiss es!«

»Ich weiß, es tut mir leid, ich weiß. Gleich wird es besser. Ein Schild?«, fuhr sie mit leiser, beruhigender Stimme fort. »Vielleicht irgendwas in der Art von ›Brennbare Zaubertricks. Nicht eintreten‹.«

»Ja, das könnte nicht schaden.« Die Verbrennungen schmerzten bis auf die Knochen, weil die Flammen auch in seinem Körper gewütet hatten. »Was zum Teufel habt ihr denn da eigentlich gemacht?«

»Wir hatten mit einem solchen Ergebnis gar nicht gerechnet. Moira, streichst du bitte noch Salbe auf die Lappen, ja? Cian?«

»Was ist?«

Sie blickte ihm tief in die Augen und hielt die Hände über die schlimmsten Brandwunden. Die Hitze konnte sie spüren, nicht jedoch, dass sie nachließ. »Es funktioniert nur, wenn du es zulässt«, sagte sie zu ihm. »Du musst mir vertrauen und loslassen.«

»Ein hoher Preis für ein wenig Erleichterung, vor allem wenn man bedenkt, dass ich wegen dir hier so liege.«

»Warum sollte sie dir etwas antun?«

Moira strich Salbe auf einen Stofflappen. »Sie braucht dich. Wir alle brauchen dich, ob es uns nun gefällt oder nicht.«

»Eine Minute«, sagte Glenna. »Gib mir nur eine Minute. Ich möchte dir helfen, das musst du mir glauben. Glaub mir. Sieh mir in die Augen. Ja, so ist es gut.«

Jetzt kam es. Hitze und Erleichterung, Hitze und Erleichterung.

»So, jetzt ist es besser. Ein bisschen besser, oder?«

Sie hatte einen Teil des Schmerzes für einen Augenblick selbst aufgenommen. Das würde er ihr nie vergessen. »Ein bisschen, ja. Ein bisschen. Danke.«

Sie legte ihm weitere Lappen auf die Wunden und wandte sich wieder ihrem Kräuterkasten zu.

»Ich säubere rasch die Schnitte und versorge die Prellungen, und dann gebe ich dir etwas, damit du schlafen kannst.«

»Ich will nicht schlafen.«

Sie beugte sich über ihn, um ihm das Gesicht abzuwaschen, hielt jedoch verblüfft inne. Sie legte ihm die Finger an die Wange und musterte prüfend sein Gesicht. »Ich dachte, die Verletzungen wären schlimmer.«

»Das waren sie auch. Die meisten Wunden heilen bei mir rasch.«

»Gut. Wie kannst du sehen?«

Er blickte sie aus seinen blauen Augen an. »Ich sehe dich völlig klar, Rotschopf.«

»Du könntest eine Gehirnerschütterung haben. Bekommt ihr Gehirnerschütterung? Wahrscheinlich schon«, beantwortete sie sich ihre Frage selbst, bevor er etwas erwidern konnte. »Hast du sonst noch Verbrennungen?« Sie begann die Decke herunterzuziehen und warf ihm einen verschmitzten Blick zu. »Stimmt es eigentlich, was man über Vampire so sagt?«

Er musste lachen, zog jedoch zischend die Luft ein, als der Schmerz zurückkehrte.

»Das ist ein Mythos. Wir sind genauso ausgestattet wie vor der Verwandlung. Du kannst gerne hinschauen, aber in diesem Bereich bin ich nicht verletzt. Es hat mich nur an der Brust voll erwischt.«

»Dann wahren wir die Schicklichkeit – und meine Illusionen.« Sie ergriff seine Hand. »Ich dachte, wir hätten dich getötet. Er hat das auch geglaubt. Und jetzt leidet er.«

»Oh, *er* leidet, ach ja? Vielleicht möchte er gerne mit mir tauschen.«

»Du weißt, dass er das täte. Er liebt dich. Das kann er nicht abstellen, und er hatte auch nicht so viel Zeit wie du, um dich als Bruder aus seinem Herzen zu reißen.«

»In der Nacht, als ich starb, haben wir aufgehört, Brüder zu sein.«

»Nein, das stimmt nicht. Und du betrügst dich selber, wenn du dir das einredest.« Sie erhob sich. »Für den Moment kann ich dir leider nicht mehr Linderung verschaffen. In einer Stunde komme ich wieder und arbeite noch ein wenig mehr an dir.«

Sie packte ihre Sachen zusammen. Moira schlüpfte vor ihr aus dem Zimmer. »Was hat es mit ihm gemacht?«

»Ich bin mir nicht ganz sicher«, erwiderte Glenna.

»Das solltest du aber. Ihr habt da eine mächtige Waffe gegen seine Art. Wir könnten sie benutzen.«

»Wir hatten keine Macht darüber. Ich weiß nicht, ob wir sie im Kampf einsetzen könnten.«

»Aber wenn«, beharrte Moira.

Glenna öffnete die Tür zu ihrem Zimmer und brachte ihren Kasten hinein.

Sie war noch nicht dazu bereit, in den Turm zurückzugehen. »Soweit ich es beurteilen kann, hat die Magie eher uns beherrscht. Sie war groß und stark, zu stark für uns beide. Wir konnten sie noch nicht einmal gemeinsam bewältigen, und dabei waren wir so eng miteinander verbunden, wie es nur ging. Es war so, als hätten wir uns im Innern der Sonne befunden.«

»Die Sonne ist eine Waffe.«

»Wenn du mit einem Schwert nicht umgehen kannst, läufst du Gefahr, dich selber zu verletzen.«

»Dann musst du lernen, damit umzugehen.«

Glenna setzte sich auf ihr Bett und streckte die Hand aus. »Ich zittere«, sagte sie. »Und es gibt Stellen in meinem Körper, von denen ich gar nichts wusste, die genauso zittern wie meine Hand.«

»Und ich belästige dich. Es tut mir leid. Du hast so beherrscht und ruhig gewirkt, als du den Vampir behandelt hast.«

»Er hat einen Namen. Cian. Nenn ihn auch so.« Moira fuhr zurück, als hätte Glenna sie ins Gesicht geschlagen. Ihre Augen weiteten sich, als Glenna in scharfem Ton fortfuhr: »Das mit deiner Mutter tut mir leid. Es tut mir entsetzlich leid, aber er hat sie nicht getötet. Wenn sie von einem blonden Mann mit blauen Augen ermordet worden wäre, würdest du dann auch alle blonden Männer mit blauen Augen hassen?«

»Das ist nicht dasselbe, das kannst du überhaupt nicht miteinander vergleichen.«

»Doch, es ist etwas Ähnliches, vor allem in unserer Situation.«

Trotzig blickte Moira sie an. »Ich habe ihm Blut zu trinken gegeben und habe ihm die Schmerzen ein wenig gelindert. Ich habe dir geholfen, seine Verbrennungen zu versorgen. Das sollte reichen.«

»Tut es aber nicht. Warte«, befahl Glenna, als Moira aus dem Zimmer laufen wollte. »Warte einfach. Wenn ich eben ruhig gewirkt habe, dann deshalb, weil ich so am besten damit umgehen kann. Bewältige die Krise, dann kannst du zusammenbrechen. Aber was ich gesagt habe, gilt, Moira.

Und genauso gilt, was du eben gesagt hast: Wir brauchen ihn. Du wirst nicht darum herumkommen, ihn wie einen Menschen zu behandeln.«

»Sie haben sie in Stücke gerissen.« Moiras Augen füllten sich mit Tränen. »Nein, er war nicht dabei, er hatte nichts damit zu tun. Er hat mich sogar mit seinem Schwert verteidigt. Das weiß ich ja alles, aber ich fühle es nicht.«

Sie legte die Hand auf ihr Herz. »Ich kann es nicht fühlen. Sie ließen mir noch nicht einmal Zeit, meine Mutter zu betrauern. Und jetzt empfinde ich nur noch Trauer und

Wut. Alles ist Blut und Tod. Ich will diese Last nicht, ich will nicht weit weg sein von meinem Volk, von allem, was ich kenne. Warum sind wir hier? Warum hat man uns das auferlegt? Warum gibt es keine Antworten?«

»Ich weiß es nicht, aber das ist auch nur eine weitere Nicht-Antwort. Es tut mir so schrecklich leid, Moira, was mit deiner Mutter passiert ist. Aber du bist nicht die Einzige hier, die trauert und wütend ist. Nicht die Einzige, die Fragen stellt und am liebsten wieder in ihrem alten Leben wäre.«

»Du gehst eines Tages dorthin zurück. Aber mir ist das nicht möglich.« Moira riss die Tür auf und lief hinaus.

»Na, großartig. Großartig.« Glenna ließ den Kopf in die Hände sinken.

Im Turmzimmer legte Hoyt jedes Kreuz auf ein weißes Leinentuch. Sie waren abgekühlt, und obwohl das Metall ein wenig an Leuchtkraft verloren hatte, strahlte es doch noch hell genug, um in den Augen zu schmerzen.

Er hob Glennas Becken auf. Es war schwarz verschmort, und er bezweifelte, dass sie es jemals wieder verwenden konnte. Ob das wohl so sein sollte? Die Kerzen, die sie vorbereitet und angezündet hatten, waren nur noch Wachspfützen auf dem Fußboden. Bevor irgendein anderer Zauber hier getätigt wurde, musste das gesamte Zimmer gereinigt werden.

Der Kreis hatte sich als dünne, weiße Linie in den Boden eingebrannt, und das Blut seines Bruders befleckte die Tür und die Wand davor.

Opfer, dachte er. Für die Macht musste man immer bezahlen. Dass er den Kerzenleuchter seiner Mutter hineingegeben hatte und Glenna den Ring ihrer Großmutter, war nicht genug gewesen.

Das Licht hatte so heftig und hell gestrahlt und war so heiß gewesen, aber seine Haut hatte es nicht verbrannt. Er hob die Hand und musterte sie. Nichts. Keine Verletzung. Sie zitterte noch, ja, aber sonst sah man ihr nichts an.

Das Licht hatte ihn erfüllt, ihn beinahe verzehrt. Es hatte ihn so wahrhaftig mit Glenna zusammengeschweißt, dass sie fast wie eine Person, eine Macht gewesen waren.

Eine fantastische, große Macht.

Und es war wie der Zorn der Götter auf seinen Bruder herabgefahren. Es hatte seinen Zwilling niedergestreckt, während er, der Zauberer, davon erfüllt gewesen war.

Und jetzt war er leer, wie ausgehöhlt. Was an Macht noch in ihm war, erschien ihm wie Blei, schwer und kalt, und das Blei war dick mit Schuld überzogen.

Er konnte jetzt nichts anderes tun, als in diesem Zimmer wieder Ordnung zu schaffen. Geschäftig widmete er sich dieser Aufgabe, weil sie ihn beruhigte. Als King ins Zimmer stürmte, blieb er stehen und nahm den Schlag ins Gesicht, den er kommen sah, ungeschützt hin.

Die Wucht des Fausthiebs schleuderte ihn gegen die Wand, und dort glitt er wie ein schlaffer Sack zu Boden.

»Steh auf. Steh auf, du Hurensohn.«

Hoyt spuckte Blut. Er stützte sich mit einer Hand an der Wand ab und zog sich mühsam hoch.

Wieder schlug der Rammbock zu. Dieses Mal wurde es Hoyt schwarz vor Augen. Er verstand kaum, was King sagte, beeilte sich jedoch, seinen Befehlen nachzukommen.

Eisiger Schmerz fuhr ihm wie ein Blitz durch den Kopf.

Glenna flog förmlich die Treppe hinauf. Sie versuchte erst gar nicht, King zur Seite zu schieben, sondern rammte ihm den Ellbogen in den Bauch und warf sich schützend über Hoyt.

»Hör auf! Lass ihn in Ruhe! Blöder Bastard! Oh, Hoyt, dein Gesicht!«

»Geh weg!« Er brachte die Worte kaum heraus, und sein Magen zog sich vor Schmerz zusammen, als er versuchte, sie wegzustoßen und wieder aufzustehen.

»Na los! Schlag mich! Los, komm schon!« King breitete die Arme aus und tippte sich ans Kinn. »Ich gebe dir einen Freischuss. Ach was, du bekommst zwei, du elender Hurensohn. So eine Chance hat Cian nicht gehabt.«

»Er ist also gegangen. Lass mich los!« Er schob Glenna beiseite. »Na los«, sagte er zu King. »Bring es zu Ende.«

King ließ die geballten Fäuste sinken. Der Mann konnte kaum stehen, und Blut lief ihm aus Nase und Mund. Ein Auge war bereits zugeschwollen. Und jetzt stand er schwankend da und erwartete den nächsten Schlag.

»Ist er blöd oder einfach nur verrückt?«

»Keins von beidem«, fuhr Glenna ihn an. »Er glaubt, er hätte seinen Bruder umgebracht, und deshalb steht er hier und lässt sich von dir zu Tode prügeln, weil er sich solche Vorwürfe macht. Aber ihr irrt euch beide, Cian ist nicht tot. Hoyt, er wird wieder gesund. Er ruht sich nur aus. Er schläft.«

»Er ist nicht tot?«

»Du hast es vermasselt, und eine zweite Chance bekommst du nicht!«

»Herr im Himmel!« Glenna wirbelte zu King herum. »Niemand hat versucht, ihn zu töten!«

»Geh weg, Rotschopf. Ich will dich nicht verletzen.«

»Warum nicht? Ich war genauso daran beteiligt wie Hoyt. Wir haben zusammen gearbeitet. Cian ist einfach zum falschen Zeitpunkt hereingekommen, so einfach und so tragisch ist das. Wenn Hoyt Cian absichtlich so verletzen könnte und wollte, glaubst du denn, du würdest dann hier stehen? Er würde dich mit einem einzigen Gedanken auslöschen. Und ich würde ihm dabei helfen.«

King kniff seine verschiedenfarbigen Augen zusammen. Grimmig blickte er sie an. »Und warum tust du es nicht?«

»Es verstößt gegen alles, was wir sind, aber das verstehst du sowieso nicht. Allerdings kannst du wohl so beschränkt nicht sein, zu glauben, dass Hoyt nicht mindestens ebenso viel Zuneigung und Loyalität Cian gegenüber empfindet wie du. Das ist vom ersten Tag seiner Geburt an so gewesen. Und jetzt verschwinde. Hinaus mit dir.«

Verlegen rieb King sich die Hände an der Hose. »Vielleicht habe ich mich ja geirrt.«

»Das nützt uns jetzt herzlich wenig.«

»Ich schaue jetzt nach Cian, und wenn ich nicht zufrieden bin, bringe ich das hier zu Ende.«

Glenna achtete nicht auf ihn und wandte sich wieder Hoyt zu. »Komm, du musst dich setzen.«

»Lass mich einfach in Frieden.«

»Nein.«

Statt einer Antwort sank Hoyt zu Boden.

Resigniert holte Glenna einen Lappen und goss Wasser aus einem Krug in eine Schüssel. »Anscheinend muss ich heute den ganzen Abend Blut aufwischen.«

Sie kniete sich neben ihn und wischte ihm mit dem feuchten Lappen vorsichtig das Blut vom Gesicht. »Ich habe gelogen. Du bist wirklich blöd, weil du da stehen bleibst und dich von ihm zusammenschlagen lässt. Blöd, weil du dich schuldig fühlst. Und ein Feigling obendrein.«

Er blickte sie aus blutunterlaufenen, zugeschwollenen Augen an. »Pass auf, was du sagst.«

»Ein Feigling«, wiederholte sie mit scharfer Stimme. Tränen schnürten ihr die Kehle zu. »Bleibst hier und badest in Selbstmitleid, statt mit mir herunterzukommen und dir selbst anzusehen, in welchem Zustand dein Bruder ist. Im Übrigen geht es ihm im Moment sicher nicht schlechter als dir.«

»Ich bin jetzt nicht in der Stimmung, um mir von dir Vorwürfe machen zu lassen.« Er schob ihre Hände beiseite.

»Gut. Auch gut.« Sie warf den Lappen so heftig in die Schüssel, dass das Wasser aufspritzte. »Dann versorg dich doch selbst. Ich bin jeden Einzelnen von euch so leid. Ständig grübelt ihr, bemitleidet euch selbst, seid nutzlos. Wenn du mich fragst, dann hat deine Morrigan da wirklich eine großartige Truppe zusammengestellt.«

»Du hast deinen Teil an dem Ganzen vergessen. Xanthippe.«

Sie legte den Kopf schräg.

»Das ist ein blöder, altmodischer Ausdruck. Heute sagt man Zicke.«

»Deine Welt, dein Wort.«

»Das stimmt. Aber vielleicht könntest du dir ja mal eine Minute Zeit nehmen, um darüber nachzudenken, dass wir hier heute Abend etwas Erstaunliches vollbracht haben.« Sie wies auf die Silberkreuze auf dem Tisch. »Etwas, was alles, alles jemals Erlebte übertrifft. Dass wir dazu fähig waren, sollte diese lächerliche Truppe doch wirklich zusammenbringen können. Aber stattdessen sitzen wir alle in unserer eigenen Ecke und jammern vor uns hin. Also war die Magie an uns vermutlich verschwendet.«

Sie stürmte hinaus. Auf der Treppe kam ihr Larkin entgegen. »Cian steht auf. Er sagt, wir haben genug Zeit vergeudet und werden heute Nacht eine Stunde länger trainieren.«

»Du kannst ihm ausrichten, er soll mich am Arsch lecken.«

Larkin blinzelte verblüfft. Als er ins Turmzimmer blickte, sah er Hoyt blutend auf dem Boden sitzen.

»Um Gottes willen, hat sie das getan?«

Hoyt warf ihm einen finsteren Blick zu. Offensichtlich war er heute Abend noch nicht genug bestraft. »Nein. Du meine Güte, sehe ich so aus, als ließe ich mich von einer Frau verprügeln?«

»Sie kommt mir ziemlich schlagkräftig vor.« Er hätte sich zwar von dem Zauberzimmer lieber fern gehalten, konnte den Mann aber wohl kaum so dort liegen lassen. Also trat er zu Hoyt hin und hockte sich neben ihn. »Nun, das sieht ja übel aus. Du wirst zwei blaue Augen bekommen.«

»Unsinn. Hilf mir mal auf, ja?«

Larkin zog ihn hoch, damit Hoyt sich auf ihn stützen konnte. »Ich weiß zwar nicht, was los ist, aber Glenna schäumt vor Wut, und Moira hat sich in ihrem Zimmer eingeschlossen. Cian sieht aus wie der Zorn sämtlicher Götter, aber er ist aufgestanden und sagt, wir müssten trainieren. King hat sich einen Whiskey eingeschenkt, und ich glaube, ich schließe mich ihm an.«

Vorsichtig betastete Hoyt seinen Wangenknochen und zog vor Schmerz zischend die Luft durch die Zähne. »Na, wenigstens ist er nicht zertrümmert. Sie hätte mich ruhig ein bisschen besser versorgen können, anstatt mir eine Strafpredigt zu halten.«

»Worte sind die schärfsten Waffen einer Frau. So, wie du aussiehst, könnte dir ein Whiskey auch nicht schaden.«

»In der Tat.« Hoyt hielt sich am Tisch fest. »Larkin, tu bitte dein Möglichstes, um alle in den Trainingsraum zu holen. Ich komme auch gleich.«

»Damit setze ich wahrscheinlich mein Leben aufs Spiel, aber gut, ich werde es mit Süße und Charme bei den Damen versuchen. Entweder fallen sie darauf herein, oder sie treten mir in die Eier.«

Sie traten ihn zwar nicht, aber sie kamen auch nicht freudig. Moira saß mit gekreuzten Beinen auf einem Tisch, und Glenna stand in einer Ecke und hielt sich schmollend an einem Weinglas fest. In der anderen Ecke stand King und ließ die Eiswürfel in seinem Whiskey klirren.

Cian saß in einem Sessel und trommelte mit den Fingern auf der Armlehne. Sein Gesicht war kalkweiß, und die Verbrennungen, die das weite, weiße Hemd nicht verbarg, leuchteten feuerrot.

»Musik wäre ganz nett«, sagte Larkin in das Schweigen hinein. »Trauermusik.«

»Wir arbeiten an eurer Form und Beweglichkeit.« Cian blickte jeden Einzelnen an. »Bisher habe ich davon bei keinem von euch besonders viel gemerkt.«

»Musst du immer gleich so beleidigend werden?«, fragte Moira resigniert. »Hat das ganze Training denn überhaupt einen Zweck? Du hast heute Abend die schrecklichsten Verbrennungen erlitten, und jetzt, kaum eine Stunde später, bist du schon wieder auf den Beinen. Wenn ein solcher Zauber dich nicht besiegen kann, was dann?«

»Du wärst also glücklicher, wenn ich zu Asche zerfallen wäre. Ich bin froh, dich enttäuschen zu müssen.«

»So hat sie es doch gar nicht gemeint.« Glenna fuhr sich gereizt durch die Haare.

»Ach, und du bist jetzt ihr Dolmetscher?«

»Ich brauche niemanden, der für mich spricht«, giftete Moira. »Und mir braucht auch niemand zu sagen, was ich jede Stunde des Tages tun soll. Ich weiß, wie man sie tötet. Ich habe die Bücher gelesen.«

»Oh, ja dann. Wenn das so ist.« Cian wies auf die Tür. »Dann geh doch hinaus und erledige ein paar Vampire.«

»Das wäre auf jeden Fall besser, als dass wir uns hier wie im Zirkus auf dem Boden wälzen«, schoss sie zurück.

»Da stimme ich mit Moira überein.« Larkin packte den Griff seines Messers. »Wir sollten sie jagen. Wir haben ja noch nicht einmal eine Wache aufgestellt oder einen Späher ausgeschickt.«

»Das ist kein gewöhnlicher Krieg, mein Junge.«

Larkins Augen sprühten Funken.

»Ich bin kein Junge, und ich sehe überhaupt keinen Krieg.«

»Du weißt nicht, gegen wen du kämpfen musst«, warf Glenna ein.

»Ach nein? Ich habe doch gegen sie gekämpft und drei mit eigenen Händen getötet.«

»Schwache und junge. Sie hat mit Sicherheit nicht ihre Besten an dich verschwendet.« Cian erhob sich. Er bewegte sich steif und mit sichtlicher Anstrengung. »Außerdem hattest du Glück, und wir sind dir zu Hilfe gekommen. Wenn du aber an einen mit auch nur ein wenig Erfahrung gerietest, wärest du Hackfleisch.«

»Ich stehe meinen Mann.«

»Versuch doch einmal, es mit mir aufzunehmen. Na, komm!«

»Du bist verletzt. Das wäre nicht fair.«

»Fairness ist etwas für Frauen. Wenn du mich bezwingst, gehe ich heute Nacht mit dir hinaus, und wir jagen sie.« Cian wies auf die Tür.

Ein Funke glomm in Larkins Augen auf. »Dein Wort darauf?«

»Mein Wort. Bezwing mich.«

»Na gut.«

Larkin stürmte auf ihn zu und sprang dann beiseite. Erneut täuschte er an und wirbelte wieder herum. Cian streckte einfach den Arm aus, packte Larkin um den Hals und hob ihn hoch. »Du wirst doch nicht mit einem Vampir tanzen wollen«, sagte er und schleuderte Larkin quer durchs Zimmer.

»Bastard!« Moira lief zu ihrem Cousin. »Du hast ihn halb erwürgt.«

»Aber nur halb.«

»War das wirklich nötig?« Glenna sprang auf, trat zu Larkin und legte ihm die Hände auf den Hals.

»Der Junge hat ja förmlich darum gebettelt«, sagte King. Glenna warf ihm einen finsteren Blick zu.

»Ständig bedrängst du andere. Ihr beide seid absolut gleich!«

»Ist schon in Ordnung, ist schon in Ordnung.« Larkin hustete und räusperte sich. »Das war ein guter Angriff«, sagte er zu Cian. »Ich habe ihn nicht kommen sehen.«

»Und solange du das nicht kannst, jagst du auch nicht.« Vorsichtig ließ Cian sich wieder in seinem Sessel nieder. »Zeit zu arbeiten.«

»Warte bitte noch einen Augenblick.« Hoyt betrat den Raum.

Cian würdigte ihn keines Blickes. »Wir haben lange genug gewartet.«

»Dann wartet ihr eben noch ein bisschen länger. Ich habe dir etwas zu sagen. Ich war unvorsichtig, aber du auch. Ich hätte die Tür versperren müssen, aber du hättest sie nicht öffnen dürfen.«

»Dies ist jetzt mein Haus. Es gehört schon seit Jahrhunderten nicht mehr dir.«

»Das mag sein. Aber man sollte sich jeder geschlossenen Tür mit Höflichkeit und Vorsicht nähern, vor allem, wenn Magie im Spiel ist. Cian.« Er wartete, bis sein Bruder ihn anschaute. »Ich würde nie zulassen, dass dir etwas geschieht. Das magst du glauben oder nicht. Aber ich könnte dir nie etwas antun.«

»Ich weiß nicht, ob ich von mir dasselbe behaupten kann.« Cian wies mit dem Kinn auf Hoyts Gesicht. »Hat das auch deine Magie angerichtet?«

»Es hängt damit zusammen.«

»Sieht schmerzhaft aus.«

»Das ist es auch.«

»Nun, das gleicht die Waagschalen ein wenig aus.«

»Deswegen bin ich auch hier, wegen des Gleichgewichts.« Hoyt wandte sich an die anderen. »Streit und Empfindlichkeiten. Du hattest Recht«, sagte er zu Glenna. »Ein Großteil dessen, was du gesagt hast, stimmte, allerdings finde ich nach wie vor, dass du zu viel redest.«

»Ach ja?«

»Wir sind nicht einig, und ehe das nicht der Fall ist, bewirken wir gar nichts. Wir könnten jede einzelne Stunde, die uns noch bleibt, trainieren und uns vorbereiten, und würden trotzdem nicht siegen. Weil – und das sind deine Worte – wir zwar einen gemeinsamen Feind haben, aber kein gemeinsames Ziel.«

»Das Ziel ist, sie zu bekämpfen«, unterbrach Larkin ihn. »Sie zu bekämpfen und sie alle zu töten.«

»Warum?«

»Weil es Dämonen sind.«

»Er ist auch einer.« Hoyt legte die Hand auf die Rückenlehne von Cians Sessel.

»Aber er kämpft mit uns. Er bedroht Geall nicht.«

»Geall. Du denkst also an Geall, und du«, sagte er zu Moira, »denkst an deine Mutter. King ist hier bei uns, weil er Cian gefolgt ist, und auf gewisse Weise trifft das auch auf mich zu. Cian, warum bist du hier?«

»Weil ich niemandem folge. Weder dir noch ihr.«

»Warum bist du hier, Glenna?«

»Ich bin hier, weil alles, was wir haben, sind und wissen,

verloren sein könnte, wenn ich nicht kämpfen, wenn ich es nicht wenigstens versuchen würde. Und vor allem bin ich deshalb hier, weil das Gute Krieger gegen das Böse braucht.«

O ja, das war eine Frau, dachte er. Sie beschämte sie alle. »Das ist die Antwort. Die einzige Antwort, die es gibt, und sie ist die Einzige, die sie wusste. Wir werden gebraucht. Und das ist stärker als Mut oder Rache, als Treue oder Stolz. Wir werden gebraucht. Können wir es gemeinsam schaffen? Unter diesen Umständen nicht in tausend Jahren und nicht mit tausend weiteren Kriegern. Wir sind die sechs, der Anfang. Wir dürfen einander nicht mehr fremd sein.«

Er griff in seine Tasche. »Glenna sagte, mach ein Symbol und einen Schutz, ein Zeichen für unser gemeinsames Ziel. Dieses gemeinsame Ziel hat die stärkste Magie hervorgerufen, die ich jemals erlebt habe«, fuhr er mit einem Blick auf Cian fort.

»Ich glaube, diese Kreuze können uns schützen, wenn wir daran denken, dass zu einem Schild auch ein Schwert gehört und wir beides zum selben Zweck benutzen.«

Er hielt die Kreuze so, dass das Silber im Licht schimmerte. Dann trat er zu King und reichte ihm eines. »Wirst du es tragen?«

King stellte seinen Whiskey beiseite und nahm das Kreuz und die Kette. Während er es sich um den Hals hängte, musterte er Hoyts Gesicht. »Dein Auge könnte ein bisschen Eis vertragen.«

»Ja, eine ganze Menge sogar. Und du?« Er hielt Moira ein Kreuz hin.

»Ich werde mich bemühen, seiner würdig zu sein.« Sie warf Glenna einen entschuldigenden Blick zu. »Ich habe mich heute Abend nicht gerade mit Ruhm bekleckert.«

»Das haben wir alle nicht«, sagte Hoyt. »Larkin?«

»Nicht nur für Geall«, erklärte Larkin, als er das Kreuz entgegennahm.

»Und du.« Hoyt trat auf Glenna zu und blickte ihr in die Augen, als er ihr selber das Kreuz um den Hals hängte. »Ich glaube, heute Abend hast du uns alle beschämt.«

»Ich werde versuchen, keine Gewohnheit daraus zu machen. Hier.« Sie ergriff das letzte Kreuz und legte es ihm um. Dann streiften ihre Lippen ganz zart seine zerschlagene Wange.

Schließlich drehte Hoyt sich um und trat zu Cian.

»Wenn du mich fragen willst, ob ich so etwas auch tragen will, dann vergeudest du deinen Atem.«

»Ich weiß, dass du es nicht tragen kannst. Ich weiß, dass du nicht bist wie wir, und doch bitte ich dich, für dieses Ziel an unserer Seite zu kämpfen.« Er streckte ihm einen Anhänger in Form eines Pentagramms entgegen, der so ähnlich aussah wie der Glennas. »Der Stein in der Mitte ist Jaspis, wie auf den Kreuzen auch. Noch kann ich dir keinen Schild geben. Deshalb biete ich dir ein Symbol an. Nimmst du es?«

Schweigend streckte Cian die Hand aus. Als Hoyt Kette und Anhänger hineinlegte, schüttelte Cian ihn leicht, als wolle er sein Gewicht prüfen. »Metall und Stein machen noch keine Armee.«

»Nein, aber es sind Waffen.«

»Das stimmt.« Cian ließ die Kette über seinen Kopf gleiten. »Ist die Zeremonie jetzt vorbei, damit wir uns endlich an die Arbeit machen können?«

12

Glenna zog sich in die Küche zurück, um sich allein zu beschäftigen. Sie schenkte sich ein Glas Wein ein, nahm einen Block und einen Bleistift zur Hand und setzte sich an den Küchentisch.

Nur eine Stunde, dachte sie, in der sie in aller Ruhe nachdenken und ihre Gedanken notieren konnte. Danach konnte sie vielleicht schlafen.

Als sie die Schritte hörte, seufzte sie innerlich auf. Gab es in einem Haus dieser Größe denn kein einziges Fleckchen, wo man mal ungestört sein konnte?

King kam herein und trat verlegen von einem Fuß auf den anderen, die Hände tief in den Hosentaschen vergraben.

»Und?«, sagte Glenna.

»Ah, es tut mir leid, dass meine Faust in Hoyts Gesicht gelandet ist.«

»Es ist sein Gesicht, du solltest dich besser bei ihm entschuldigen.«

»Wir haben das schon geklärt. Ich wollte es nur auch bei dir in Ordnung bringen.« Als sie schwieg, kratzte er sich verlegen den Kopf.

»Hör zu, ich bin hochgerannt, und da war dieses Licht, und er liegt da blutend und brennend. Der Typ ist schließlich mein erster Zauberer, und ich kenne ihn ja erst seit einer Woche. Cian kenne ich … na ja, schon echt lange, und ich verdanke ihm so ziemlich alles.«

»Und als du ihn verletzt gefunden hast, bist du natürlich davon ausgegangen, dass sein Bruder versucht hat, ihn zu töten.«

»Ja. Ich habe mir zwar gedacht, dass du auch irgendwie daran beteiligt warst, aber dich konnte ich ja schließlich nicht verprügeln.«

»Deine Ritterlichkeit freut mich.«

Ihr sarkastischer Tonfall ließ ihn zusammenzucken. »Du kannst einen Mann ganz schön zurechtstutzen.«

»Um dich zurechtzustutzen, bräuchte man eine Kettensäge. Ach, komm, mach nicht so ein jämmerliches, schuldbewusstes Gesicht.« Seufzend fuhr sie sich durch die Haare. »Wir haben es vermasselt, du hast es vermasselt, und es tut uns allen schrecklich leid. Möchtest du jetzt auch ein Glas Wein? Und vielleicht ein Plätzchen?«

Er grinste. »Ich nehme ein Bier.« Er öffnete den Kühlschrank. »Auf das Plätzchen verzichte ich. Du hast eine Menge Durchsetzungsvermögen, Rotschopf. Ich bewundere das an Frauen, auch wenn sie es an mir auslassen.«

»Ich weiß gar nicht. Früher habe ich mich nie so gesehen.«

Ja, klar, sie hatte ein bisschen herumgezickt, dachte King, aber nicht annähernd so sehr, wie er erwartet hatte. Und letztendlich hatte Hoyt Recht: Sie war die Einzige gewesen, die gewusst hatte, was sie hier eigentlich taten.

»Was Hoyt da gesagt hat, darüber, was du gesagt hast, dass wir leichte Beute sind, wenn wir nicht zusammenhalten, das macht Sinn.« Er öffnete die Bierflasche und nahm einen tiefen Schluck. »Also, ich bin dabei, wenn du einverstanden bist.«

Glenna blickte auf die riesige Hand, die er ihr entgegenstreckte, dann legte sie ihre hinein. »Cian hat Glück, dass jemand wie du für ihn kämpft und für ihn da ist.«

»Er würde jederzeit dasselbe für mich tun.«

»Für gewöhnlich dauert es lange, bis sich eine solche Freundschaft bildet. So viel Zeit haben wir nicht.«

»Dann sollten wir vermutlich eine Abkürzung nehmen. Alles wieder in Ordnung?«

»Ja, ich würde sagen, es ist alles wieder in Ordnung.«

Er trank das Bier aus und stellte die leere Flasche weg. »Ich gehe nach oben. Du solltest auch schlafen gehen.«

»Ja, das mache ich.«

Aber als er gegangen war, war sie so ruhelos und müde, dass sie doch mit ihrem Glas in der hell erleuchteten Küche sitzen blieb. Sie wusste nicht, wie spät es war, und fragte sich, ob das überhaupt noch eine Rolle spielte.

Sie wurden langsam alle zu Vampiren – verschliefen einen Großteil des Tages und arbeiteten in der Nacht.

Während sie weiter an ihrer Liste schrieb, betastete sie das Kreuz um ihren Hals. Und sie spürte, wie die Nacht mit kalten Händen gegen ihre Schulterblätter drückte.

Ich vermisse die Stadt, dachte sie. Ihr fehlten die Geräusche, die Farben, das ständige Rauschen des Verkehrs, das wie ein Herzschlag war. Sie sehnte sich nach dem Leben dort. Auch in der Stadt gab es Tod, Grausamkeit und Gewalttätigkeit, aber dort waren diese Dinge nur allzu menschlich.

Der Vampir in der Subway ging ihr durch den Kopf.

Na ja, jedenfalls hatte sie früher einmal geglaubt, dass es alles nur menschlich war.

Und doch wollte sie morgens aufstehen und hinunter zum Deli laufen, um sich frische Bagels zu holen. Sie wollte ihre Staffelei im ersten Morgenlicht aufstellen und malen, und sie wollte sich über nichts anderes Gedanken machen müssen als über ihre Kreditkarten-Rechnung.

Ihr ganzes Leben lang war die Magie in ihr gewesen, und sie hatte geglaubt, sie zu achten und zu respektieren. Aber es war nichts gewesen im Vergleich zu dem, was sie jetzt wusste.

Sie verfügte über sie für diesen Zweck, und es konnte durchaus ihren Tod bedeuten.

Sie ergriff ihr Weinglas und zuckte zusammen, als sie Hoyt in der Tür stehen sah.

»Es ist keine besonders gute Idee, in der Dunkelheit herumzuschleichen.«

»Ich war mir nicht sicher, ob ich dich stören könnte.«

»Doch, das kannst du ruhig. Ich feiere meine eigene kleine Selbstmitleid-Party. Es geht schon wieder vorüber«, fügte sie schulterzuckend hinzu. »Ich habe ein wenig Heimweh, aber im Vergleich zu dem, was du fühlst, ist es wahrscheinlich gar nichts.«

»Ich stehe in dem Zimmer, das ich mit Cian geteilt habe, als wir Jungen waren, und fühle zu viel und doch nicht genug.«

Sie stand auf, holte noch ein Glas und schenkte auch ihm einen Wein ein. »Setz dich.« Sie stellte das Glas auf den Tisch und setzte sich ebenfalls wieder. »Ich habe einen Bruder«, sagte sie zu ihm. »Er ist Arzt, gerade erst fertig geworden. Er hat auch magische Kräfte und benutzt sie zum Heilen. Er ist ein guter Arzt, ein guter Mann. Er liebt mich, aber er versteht mich nicht besonders gut. Es ist schwer, nicht verstanden zu werden.«

Warum war eigentlich, abgesehen von seiner Familie, nie eine Frau in seinem Leben gewesen, mit der er über alles reden konnte, was ihm wichtig war, fragte er sich. Jetzt, mit Glenna, war es so einfach. Sie konnten über alles reden.

»Es macht mich traurig, dass wir einander verloren haben.«

»Natürlich, das ist doch ganz normal.«

»Cians Erinnerungen an mich sind alt und verblasst, während meine noch frisch und stark sind.« Hoyt hob sein Glas. »Ja, es ist schwierig, nicht verstanden zu werden.«

»Früher bin ich mit dem, was ich in mir habe, was ich bin, ziemlich selbstgerecht umgegangen, so als handelte es sich dabei um eine Trophäe, die nur mir verliehen worden ist. Natürlich war ich vorsichtig und auch dankbar dafür, aber trotzdem selbstgerecht. Ich glaube nicht, dass das jemals wieder der Fall sein wird.«

»Nach dem, was heute Abend passiert ist, kann wohl keiner von uns jemals wieder selbstgerecht sein.«

»Meine Familie konnte beides nicht so recht verstehen. Und sie werden auch nicht wirklich verstehen, warum ich jetzt diesen Preis dafür zahle. Das können sie nicht.«

Sie legte ihre Hand über Hoyts. »Er kann es auch nicht. Ich weiß, wie du empfindest. Du siehst furchtbar aus«, fügte sie weniger ernst hinzu. »Komm, ich versorge die Prellungen.«

»Du bist müde. Ich kann warten.«

»Das hattest du nicht verdient.«

»Ich habe zugelassen, dass es mir entgeglitten ist.«

»Nein, es ist uns beiden entglitten, und wer weiß schon, ob das nicht so sein sollte.« Sie hatte ihre Haare zum Training hochgesteckt, und jetzt zog sie die Haarnadeln heraus, sodass ihr die Locken wirr auf die Schultern fielen.

»Aber wir haben doch daraus gelernt, oder? Wir sind mittlerweile zusammen stärker, als wir je gedacht hätten. Jetzt müssen wir nur noch lernen, damit umzugehen und die Kraft zu kontrollieren. Und du kannst mir glauben, die anderen werden jetzt auch mehr Respekt davor haben.«

Hoyt lächelte. »Das hört sich jetzt aber ein bisschen selbstgerecht an.«

»Ja, da hast du vermutlich Recht.«

Er trank einen Schluck Wein und stellte auf einmal fest, dass er sich zum ersten Mal seit Stunden wohl fühlte. Es war einfach nur schön, mit Glenna in der hell erleuchteten Küche zu sitzen und zu reden.

Sie roch nach Erde und Frau, und ihre klaren, grünen Augen zeigten erste Anzeichen von Müdigkeit.

Er wies auf die Liste. »Noch ein Zauberspruch?«

»Nein, viel trivialer. Es ist eine Einkaufsliste, weil ich noch Kräuter und so weiter brauche. Und für Moira und Larkin müssen wir Kleider kaufen. Außerdem müssen wir einen Haushaltsplan aufstellen. Bist jetzt hängt das Kochen und alles lediglich an King und mir. Aber ein Haushalt läuft eben nicht von allein, und auch wenn wir uns auf einen Krieg vorbereiten, brauchen wir etwas zu essen und saubere Handtücher.«

»Es gibt so viele Maschinen, die die Arbeit machen.« Er blickte sich in der Küche um. »Das macht es doch einfach.«

»Ja, das sollte man meinen.«

»Früher gab es hier mal einen Kräutergarten. Ich habe mir den Garten noch gar nicht richtig angesehen.« Er hatte es vor sich hergeschoben, stellte er fest, weil er eigentlich nicht wissen wollte, was verändert worden und was gleich geblieben war. »Cian hat bestimmt auch einen angelegt. Oder ich kann ihn vielleicht zurückholen. Die Erde erinnert sich.«

»Wir setzen es mal für morgen auf die Liste. Du kennst ja den Wald hier und kannst mir sicher sagen, wo ich die Kräuter finde, die ich brauche. Dann kann ich morgen Früh hinausgehen und sie mir holen.«

»Ich kannte sie«, sagte er halb zu sich selbst.

»Wir brauchen mehr Waffen, Hoyt. Und natürlich auch mehr Leute.«

»In Geall werden wir eine Armee haben.«

»Das können wir nur hoffen. Ich kenne ein paar wie uns und Cian – vermutlich kennt er auch ein paar andere seiner Art. Wir sollten langsam anfangen, sie anzusprechen.«

»Noch mehr Vampire? Es ist schon schwierig genug, Cian zu vertrauen. Und was andere Hexen angeht, so lernen wir doch gerade erst, miteinander umzugehen. Für Waffen allerdings können wir sorgen. Wir können sie auf die gleiche Weise machen wie die Kreuze.«

Glenna ergriff ihr Weinglas und trank einen Schluck. »Gut. Ich bin bereit.«

»Wir nehmen sie mit, wenn wir nach Geall gehen.«

»Wo wir gerade davon sprechen. Wann und wie?«

»Wie? Durch den Tanzplatz. Wann? Das weiß ich auch nicht. Ich muss einfach glauben, dass wir es erfahren, wenn es so weit ist. Oder dass wir es dann einfach wissen.«

»Glaubst du eigentlich, dass wir jemals wieder zurückkönnen? Dass wir nach Hause zurückkehren können, wenn wir überleben?«

Hoyt warf ihr einen Blick zu. Sie zeichnete, die Augen fest auf den Block gerichtet, mit ruhiger Hand. Ihr Gesicht war blass vor Müdigkeit und Anstrengung.

»Was beunruhigt dich mehr?«, fragte er. »Zu sterben oder dein Zuhause nicht mehr wiederzusehen?«

»Ich bin mir nicht ganz sicher. Der Tod ist unvermeidlich. Niemand entgeht ihm. Und jeder Mensch hofft, dass er ihm mutig und würdevoll entgegentreten kann.«

Geistesabwesend schob sie mit der linken Hand eine Haarsträhne hinter das Ohr. »Aber das war bis jetzt eigentlich immer nur ein abstrakter Gedanke. Es ist schwer, über das Sterben nachzudenken, vor allem, wenn ich mein Zuhause oder meine Familie nicht mehr wiedersehen kann. Sie werden nie erfahren, was mit mir passiert ist.«

Sie blickte auf. »Aber das weißt du ja am besten.«

»Ich weiß nicht, wie lange sie gelebt haben und wie sie starben. Wie lange sie nach mir gesucht haben.«

»Es wäre schön, wenn man es wüsste.«

»Ja.« Er reckte den Hals. »Was zeichnest du da?«

Sie betrachtete ihre Skizze prüfend. »Ich glaube, das bist du.« Sie hielt ihm den Block hin.

»Siehst du mich so?« Er klang verwirrt. »So streng?«

»Nicht streng. Ernst. Du bist ein ernster Mann, Hoyt

McKenna.« Sie schrieb den Namen auf den Block. »So würde man deinen Namen heute aussprechen und schreiben. Ich habe nachgeschaut.« Sie signierte die Zeichnung. »Und deine Ernsthaftigkeit ist sehr attraktiv.«

»Ernsthaftigkeit ist etwas für alte Männer und Politiker.«

»Und für Krieger, für Männer mit Macht. Seitdem ich mich kenne und mich zu dir hingezogen fühle, ist mir klar, dass alle Männer vor dir nur kleine Jungen waren. Ich mag offensichtlich viel ältere Männer.«

Er blickte sie an. Welten lagen zwischen ihnen, aber er hatte sich noch nie jemandem näher gefühlt. »Ich sitze hier mit dir, in dem Haus, das mir gehört, aber auch wieder nicht, in einer Welt, die meine ist, aber auch wieder nicht, und du bist das Einzige, was ich will.«

Glenna stand auf und schlang die Arme um ihn. Er drückte seinen Kopf unter ihre Brust und lauschte ihrem Herzschlag.

»Ist es tröstlich?«, fragte sie ihn.

»Ja, aber nicht nur. Ich habe ein solches Verlangen nach dir, und es möchte heraus.«

Sie schloss die Augen und presste ihre Wange an seine Haare.

»Wir sind nur Menschen. Lass uns für heute Nacht einfach nur menschlich sein, denn ich möchte nicht im Dunkeln allein bleiben.«

Sie umfasste sein Gesicht mit beiden Händen, sodass er sie ansehen musste. »Geh mit mir ins Bett.«

Hoyt erhob sich und ergriff ihre Hand. »So etwas ändert sich in tausend Jahren nicht, oder?«

Sie lachte. »Manche Dinge ändern sich nie.«

Er hielt ihre Hand fest, als sie aus der Küche traten. »Ich habe noch nicht mit vielen Frauen geschlafen – schließlich bin ich ein ernster Mann.«

»Ich habe noch nicht mit vielen Männern geschlafen – schließlich bin ich eine vernünftige Frau.« Sie lächelte ihn verschmitzt an. »Aber ich glaube, wir schaffen das schon.«

»Warte.« Er zog sie an sich und küsste sie. Wärme und ein Anflug von Macht durchströmten sie.

Dann öffnete er die Tür zu ihrem Zimmer.

Er entzündete alle Kerzen, sodass der Raum in ein goldenes Licht getaucht war. Auch das Feuer brannte nur mit einer warmen, roten Glut.

Die Geste berührte sie, und ein lustvoller Schauer überlief sie.

»Das ist wunderbar für den Anfang. Danke.« Als sie hörte, wie sich der Schlüssel im Schloss drehte, fuhr sie sich mit der Hand ans Herz. »Plötzlich bin ich schrecklich aufgeregt, dabei hat es mich sonst noch nie nervös gemacht, mit jemandem zusammen zu sein. Noch nicht einmal beim ersten Mal. Da siehst du, wie schrecklich selbstgerecht ich bin.«

Ihre Nervosität trug noch zu seiner eigenen Erregung bei. »Dein Mund.« Er fuhr mit der Fingerspitze über ihre Unterlippe. »Ich kann ihn sogar im Schlaf schmecken. Du lenkst mich ab, selbst wenn du nicht bei mir bist.«

»Und das ärgert dich.« Sie schlang ihm die Arme um den Hals. »Ich bin so froh.«

Sie schmiegte sich an ihn, und ihre Lippen trafen sich in einem leidenschaftlichen Kuss. Die Welt um sie herum versank.

In Glennas Bauch flatterten tausend Schmetterlinge mit samtenen Flügeln. Und immer noch lag der Hauch seiner Macht wie ein Summen in der Luft.

Seine Hände wühlten in ihren Haaren, und sie erschauerte vor Verlangen, als er begann, mit den Lippen ihr Gesicht zu erkunden. Dann senkte sich sein Mund über den pochenden Puls an ihrem Hals.

Hoyt spürte, dass er sich in ihr verlieren konnte. Er konnte in ihr ertrinken, und je mehr er nahm, desto mehr begehrte er auch. Und er wusste, ganz gleich wohin die Reise ging, er würde sie mit sich nehmen.

Seine Hände glitten an den Konturen ihres Körpers entlang, und sie begann, langsam ihre Bluse aufzuknöpfen.

Darunter trug sie etwas aus weißer Spitze, was ihre Brüste wie eine Opfergabe darbot. Als ihre Hose über ihre Hüften hinunterglitt, wurde mehr weiße Spitze sichtbar, ein verführerisches Dreieck, das kaum ihre Scham verdeckte.

»Frauen sind raffinierte Geschöpfe«, überlegte er laut und fuhr mit den Fingerspitzen über die Spitze. Als sie erbebte, lächelte er. »Mir gefallen diese Kleidungsstücke. Trägst du diese Sachen immer darunter?«

»Nein, das hängt von meiner Stimmung ab.«

»Mir gefällt diese Stimmung.« Mit den Daumen glitt er über die Spitze, die ihre Brüste bedeckte.

Sie warf den Kopf zurück. »O Gott.«

»Das gefällt dir. Was ist damit?« Er tat das Gleiche mit der Spitze an ihrem Bauch und beobachtete die Erregung auf ihrem Gesicht.

Weiche Haut, zart und glatt. Aber darunter lagen Muskeln. Faszinierend. »Lass mich dich einfach nur berühren. Dein Körper ist wunderschön. Ich möchte dich einfach nur berühren.« Sie erschauerte, als seine Hände über sie glitten, und sie stöhnte leise auf, als er den Druck verstärkte. Sie gab sich seinen forschenden und tastenden Fingern ganz hin.

»Ist dies der Verschluss?«

Sie öffnete die Augen. Er fummelte am vorderen Haken ihres Büstenhalters herum, schob aber ihre Hände beiseite, als sie ihm helfen wollte.

»Ich finde es schon selber heraus. Ah ja, so geht es also.« Er senkte den Kopf über ihre Brüste. »Mmmh. Wunderschön.«

Seine Hände glitten tiefer. »Und wo ist hier der Verschluss.«

»Es hat keinen …« Ihr stockte der Atem, und sie schrie leise auf.

»Ja, sieh mich an. Ja, genau so.« Seine Finger glitten unter die Spitze ihres Höschens. »Glenna Ward, die heute Nacht mein ist.«

Sie kam auf der Stelle, ihr gesamter Körper explodierte, als die Wellen der Lust über ihr zusammenschlugen.

Wieder und wieder erschauerte sie. »Ich will dich in mir spüren. Ich will dich in mir.« Sie zerrte an seinem Sweatshirt, und endlich spürte sie auch seine nackte Haut unter ihren Händen und ihren Lippen, und als sie ihn mit sich zum Bett zog, erneuerte sich langsam auch ihre eigene Macht.

»Dring in mich ein!«

Sie bog sich ihm entgegen, und er entledigte sich hastig seiner übrigen Kleider. Ihre Lippen trafen sich, und sie küssten sich hungrig. Als er in sie eindrang, schossen die Flammen der Kerzen hoch, und das Feuer im Kamin loderte auf.

Sie schlang die Beine um seine Taille, und während er in sie hineinstieß, blickten sie einander unverwandt in die Augen.

Ein Windstoß fuhr durch ihre Haare, und er spürte, wie sie sich unter ihm spannte wie ein Bogen. Als das Licht durch ihn hindurchschoss, hauchte er ihren Namen.

Sie hatte das Gefühl, in Flammen zu stehen, und es wunderte sie fast, dass aus ihren Fingerspitzen keine Lichtstrahlen schossen.

Das Feuer im Kamin war wieder zu einer friedlichen Glut heruntergebrannt, aber sie spürte die Hitze noch auf ihrer Haut.

Sein Kopf lag auf ihrem immer noch heftig pochenden Herzen, und sie streichelte ihm über die Haare.

»Hast du jemals …?«

Seine Lippen streiften leicht ihre Brust. »Nein.«

»Ich auch nicht. Vielleicht lag es ja daran, dass es das erste Mal war.«

Wir sind stärker zusammen. Ihre eigenen Worte hallten in ihrem Kopf.

»Wohin mag das führen?«

Als er sie anschaute, schüttelte sie leicht den Kopf. »Das ist nur so eine Redensart«, erklärte sie. »Und es spielt jetzt keine Rolle. Deine Schrammen sind weg.«

»Ich weiß. Danke.«

»Ich wusste gar nicht, dass ich das bewirkt habe.«

»Doch. Du hast mein Gesicht berührt, als wir uns vereinigt haben.« Er ergriff ihre Hand und zog sie an die Lippen. »Du hast Magie in den Händen und im Herzen. Und doch ist dein Blick trüb.«

»Ich bin nur müde.«

»Soll ich gehen?«

»Nein, bitte nicht.« War das nicht eigentlich das Problem? »Ich möchte, dass du bleibst.«

»Das mache ich.« Er schmiegte sich an sie und zog die Decke hoch. »Ich habe eine Frage.« Seine Finger glitten über ihren Rücken zu ihrem Hintern hinunter. »Ein Pentagramm. Ist das heutzutage das Erkennungszeichen von Hexen?«

»Nein, es ist ein Tattoo – ich habe es mir ausgesucht. Ich wollte auch unbekleidet ein Symbol dessen tragen, was ich bin.«

»Oh, ich wollte nichts gegen dein Symbol sagen, ich finde es … bezaubernd.«

Glenna lächelte. »Gut. Dann hat es seinen zweiten Zweck erfüllt.«

»Ich fühle mich wieder ganz«, sagte er. »Ich kann mich selbst wieder spüren.«

»Ich auch.«

Aber sie war müde, dachte er. Er hörte es an ihrer Stimme. »Wir schlafen jetzt ein bisschen.«

Sie warf ihm von unten her einen Blick zu. »Du hast gesagt, ich käme nicht zum Schlafen, wenn du mit mir ins Bett gingest.«

»Nur dieses eine Mal.«

Sie legte den Kopf auf seine Schulter, schloss jedoch nicht die Augen, als er die Kerzen löschte. »Hoyt. Was immer auch passiert, das hier war kostbar.«

»Auch für mich. Und zum ersten Mal glaube ich nicht nur, dass wir gewinnen müssen, Glenna, sondern dass wir es können. Und das liegt daran, dass du bei mir bist.«

Jetzt schloss sie doch die Augen. Ein kleiner Stich durchfuhr ihr Herz. Er hatte vom Krieg gesprochen, dachte sie. Und sie von Liebe.

Als sie erwachte, regnete es. Glenna lauschte auf das Rauschen des Regens und genoss die Wärme des Männerkörpers neben sich.

Sie hatte sich in der Nacht selbst ermahnen müssen. Was sie mit Hoyt hatte, war ein Geschenk, über das sie sich freuen sollte, statt zu beklagen, dass es nicht genug war.

Und wozu fragen, warum es passiert war? Und zu überlegen, ob das, was sie zum Kampf trieb, sie auch zusammengebracht, diese Leidenschaft und diese Liebe zwischen ihnen entzündet hatte?

Sie sollte lieber genießen, was sie hatte, und sich um die notwendigen Dinge kümmern.

Sie wollte gerade aufstehen, als er sie festhielt.

»Es ist noch früh, und es regnet. Komm, bleib im Bett.«

Sie warf ihm einen Blick über die Schulter zu. »Woher weißt du denn, dass es noch früh ist? Hier drin gibt es keinen Wecker. Hast du eine Sonnenuhr im Kopf?«

»Die würde bei dem strömenden Regen auch nicht viel nützen. Deine Haare sind wie die Sonne. Komm wieder ins Bett.«

So ernst sah er morgens gar nicht aus, stellte sie fest, mit seinem verschlafenen Gesicht und den Bartstoppeln.

»Du solltest dich rasieren.«

Er rieb sich mit der Hand über das Gesicht und fühlte die Stoppeln. Dann rieb er noch einmal darüber, und sie waren weg. »Ist das besser für dich, *a stór?*«

Sie strich ihm mit einem Finger über die Wange. »Ganz glatt. Einen anständigen Haarschnitt könntest du auch vertragen.«

Stirnrunzelnd fuhr er sich mit der Hand durch die Haare. »Sind meine Haare denn nicht in Ordnung?«

»Doch, sie sind prachtvoll, aber sie könnten ein wenig in Form gebracht werden. Ich kann mich ja darum kümmern.«

»Das glaube ich nicht.«

»Oh, vertraust du mir etwa nicht?«

»Nicht bei meinen Haaren.«

Lachend warf sie sich auf ihn. »Bei anderen, viel empfindlicheren Körperteilen vertraust du mir doch auch.«

»Das ist etwas ganz anderes.« Er umfasste ihre Brüste. »Wie heißt das Kleidungsstück, das du gestern Abend über deinen schönen Brüsten getragen hast?«

»Es heißt Büstenhalter, und lenk nicht vom Thema ab.«

»Ich unterhalte mich aber lieber über deine Brüste als über meine Haare.«

»Na, du bist ja gut aufgelegt heute Morgen.«

»Du entzündest ein Licht in mir.«

»Schmeichler.« Sie ergriff eine seiner Haarsträhnen. »Schnipp, schnapp. Du wärst ein neuer Mann.«

»Dir gefällt der Mann, der ich bin, aber anscheinend gut genug.«

Lächelnd hob sie die Hüften an und nahm ihn in sich auf. Die Kerzen, die schon längst heruntergebrannt waren, sprühten Funken. »Ich schneide sie nur ein bisschen ab«, flüsterte sie und beugte sich vor, um ihn zu küssen. »Nachher.«

Er lernte, wie viel Vergnügen es bereitete, mit einer Frau zu duschen, und wie faszinierend es war, einer Frau beim Anziehen zuzuschauen. Ins Gesicht rieb sie sich eine andere Creme als auf ihren Körper.

Der Büstenhalter und das, was sie als Höschen bezeichnete, waren heute blau wie das Ei eines Zaunkönigs. Darüber zog sie eine Hose aus grobem Stoff und den kurzen, weiten Umhang, die sie Sweatshirt nannte.

Seinem Empfinden nach machte ihre äußere Kleidung das, was sie darunter trug, zu einem köstlichen Geheimnis.

Er war entspannt und sehr zufrieden mit sich. Als sie jedoch eine Schere ergriff und ihm sagte, er solle sich auf den Toilettendeckel setzen, sträubte er sich.

»Warum sollte ein Mann, der noch bei Verstand ist, einer Frau erlauben, ihm mit solch einem Werkzeug nahe zu kommen?«

»Ein großer, kluger Zauberer wie du braucht doch keine Angst vor ein bisschen Haareschneiden zu haben. Außerdem kannst du es ja wieder rückgängig machen, wenn es dir nicht gefällt.«

»Warum müssen Frauen denn immer an einem Mann herumfummeln?«

»Das liegt in unserer Natur. Du musst mich einfach lassen.«

Seufzend setzte er sich.

»Wenn du schön still hältst, bin ich im null Komma nichts fertig. Was denkst du, wie Cian sich beim Haareschneiden anstellt?«

Hoyt verdrehte die Augen. »Das weiß ich doch nicht.«

»Es ist bestimmt schwierig, wenn man kein Spiegelbild hat. Und er sieht immer perfekt aus.«

Hoyt warf ihr einen Blick von der Seite zu. »Dir gefällt, wie er aussieht, nicht wahr?«

»Ihr seht euch fast so ähnlich wie ein Ei dem anderen, dann liegt das doch auf der Hand, oder? Der einzige Unterschied ist, dass Cian dieses Grübchen im Kinn hat.«

»Dort, wo ihn die Feen gekniffen haben, wie meine Mutter immer sagte.«

»Dein Gesicht ist ein wenig schmaler, und deine Augenbrauen sind geschwungener. Aber eure Augen, der Mund und die Wangenknochen sind identisch.«

Er beobachtete, wie ihm Haare in den Schoß fielen, und bekam es mit der Angst zu tun. »Himmel, scherst du mich kahl?«

»Zum Glück mag ich lange Haare bei einem Mann, zumindest bei dir.« Sie drückte ihm einen Kuss auf den Scheitel. »Deine Haare sind wie schwarze Seide, ganz leicht gewellt. Wenn eine Frau einem Mann die Haare schneidet, so gilt das in manchen Kulturen als Eheversprechen.«

Sein Kopf fuhr herum, aber sie hatte diese Reaktion schon vorausgesehen und die Schere weggenommen. Ihr Lachen hallte von den Wänden des Badezimmers wider. »Das war nur ein Witz. Mann, dich kann man aber leicht aus der Fassung bringen. Ich bin fast fertig.«

Sie stellte sich mit gespreizten Beinen vor ihn, sodass ihre Brüste fast sein Gesicht streiften. Langsam hatte er das Gefühl, dass ein Haarschnitt gar nicht so schlimm war.

Schließlich legte sie die Schere beiseite und fuhr ihm mit den Fingern durch die feuchten Haare. »Hier, schau dich an.«

Er stand auf und studierte sich im Spiegel. Seine Haare waren kürzer und wirkten jetzt wahrscheinlich gepflegter, auch wenn er sie vorher in Ordnung gefunden hatte. Aber wenigstens hatte sie ihn nicht wie ein Schaf geschoren, und ihr schien es zu gefallen.

»Es ist sehr schön, danke.«

»Gern geschehen.«

Er zog sich an, und als sie in die Küche traten, waren bis auf Cian schon alle da.

Larkin schaufelte sich Rührei auf den Teller. »Guten Morgen. Dieser Mann hier hat bei Eiern magische Hände.«

»Und meine Schicht am Herd ist vorbei«, verkündete King. »Wenn ihr also Frühstück wollt, müsst ihr euch schon selbst welches machen.«

»Darüber wollte ich mit euch sprechen.«

Glenna öffnete den Kühlschrank. »Kochen, Wäsche, grundlegende Hausarbeiten. Wir müssen die Pflichten untereinander verteilen.«

»Ich helfe gerne«, warf Moira ein. »Du musst mir nur zeigen, was und wie ich es tun soll.«

»Gut, dann schau mir zu. Für heute Morgen bleiben wir mal bei Eiern und Speck.« Sie begann das Frühstück vorzubereiten, während Moira jede ihrer Bewegungen verfolgte.

»Wenn du schon einmal dabei bist, ich hätte gerne noch mehr.«

Moira blickte zu Larkin. »Dieser Mann hat einen Appetit wie eine neunköpfige Raupe.«

»Hmm. Wir müssen regelmäßig Lebensmittel einkaufen.« Glenna wandte sich an King. »Ich würde sagen, darum müssen wir beide uns kümmern, weil die drei hier nicht Auto fahren können. Larkin und Moira brauchen auch passende Kleidung. Wenn du mir den Weg beschreibst, kann ich das nächste Mal fahren.«

»Heute scheint keine Sonne.«

Glenna nickte Hoyt zu. »Ich habe Schutz, und vielleicht wird es ja noch heller.«

»Den Plan für den Haushalt kannst du uns ja aufschreiben, und wir halten uns dann daran. Aber auch du musst die Regeln befolgen. Niemand geht alleine aus dem Haus oder in den Ort. Und unbewaffnet schon gar nicht.«

»Sind wir tatsächlich ans Haus gefesselt, nur weil es regnet?« Larkin stach mit seiner Gabel in die Luft. »Ist es nicht langsam mal an der Zeit, ihnen klar zu machen, dass es nicht nur nach ihren Regeln geht?«

»Da hat er nicht ganz Unrecht«, erklärte Glenna. »Vorsichtig, aber nicht feige.«

»Außerdem steht ein Pferd im Stall«, fügte Moira hinzu. »Es muss versorgt werden.«

Hoyt hatte sich selbst darum kümmern wollen, während die anderen anderweitig beschäftigt waren. Jetzt fragte er sich, ob es nur Mangel an Vertrauen war, was er für Verantwortungsbewusstsein und Führungsstärke gehalten hatte.

»Larkin und ich versorgen das Pferd.« Er setzte sich, als Glenna Teller auf den Tisch stellte. »Glenna braucht Kräuter und ich auch, deshalb müssen wir uns darum ebenfalls kümmern. Aber vorsichtig«, betonte er. Während er aß, überlegte er im Stillen, wie sie es am besten anstellen konnten.

Er gürtete sein Schwert. Es nieselte jetzt nur noch, aber das konnte tagelang so weitergehen. Daran konnte er etwas ändern. Zusammen mit Glenna konnte er die Sonne zum Vorschein bringen.

Aber die Erde brauchte den Regen.

Er nickte Larkin zu und öffnete die Tür.

Gemeinsam liefen sie zum Stall, wobei sie sich gegenseitig Rückendeckung gaben.

»Bei diesem Wetter kann es ihnen aber keinen Spaß machen, einfach nur dazusitzen und auf uns zu warten«, meinte Larkin.

»Wir bleiben auf jeden Fall eng zusammen.«

Aufmerksam blickten sie sich nach Schatten und Bewegung um, aber da war nichts, außer Regen und dem Duft von Blumen und Gras.

Im Stall war die Arbeit für sie beide Routine. Ausmisten, frisches Stroh, Hafer und Striegeln. Es war tröstlich, sich mit dem Pferd zu beschäftigen, fand Hoyt.

Larkin sang bei der Arbeit eine fröhliche Weise.

»Ich habe zu Hause eine kastanienbraune Stute«, erzählte er Hoyt. »Sie ist eine Schönheit. Anscheinend konnten wir die Pferde durch den Tanzplatz der Götter nicht mitbringen.«

»Mir wurde auch gesagt, ich müsse meine Stute zurücklassen. Stimmt das mit der Legende? Mit dem Schwert und dem Stein und dem, der Geall regiert? Wie bei der Artussage?«

»Ja. Manche behaupten, es stamme daher.« Während er sprach, füllte Larkin frisches Wasser in den Trog. »Nach dem Tod des Königs oder der Königin wird das Schwert von einem Zauberer wieder in den Stein gesteckt. Am Tag nach der Beerdigung kommen die Erben dann nacheinander und versuchen, es wieder herauszuziehen. Es gelingt jedoch nur einem, der dann der neue Herrscher über Geall wird. Das Schwert steht im großen Festsaal, sodass alle es sehen können, bis der Regent stirbt. Und dann beginnt wieder alles von Neuem, Generation um Generation.«

Er wischte sich über die Stirn. »Moira hat keine Geschwister. Sie muss regieren.«

Fasziniert hielt Hoyt inne und blickte ihn an. »Und wenn es ihr nicht gelingt, das Schwert herauszuziehen, bist dann du an der Reihe?«

»Sprich nicht davon«, erwiderte Larkin schaudernd. »Ich verspüre kein Verlangen zu regieren. Wenn du mich fragst, das ist einfach nur lästig. So, wir sind fertig, oder?« Er klopfte dem Hengst die Flanken. »Du bist ein hübscher Teufel, so viel ist sicher. Er braucht Bewegung. Einer von uns sollte mit ihm ausreiten.«

»Heute besser nicht. Aber ansonsten hast du Recht. Er braucht Auslauf. Andererseits gehört er Cian, deshalb soll er darüber bestimmen.«

Sie gingen zur Tür und traten gemeinsam hinaus. »Hier entlang«, wies Hoyt den Weg. »Früher war da mal ein Kräutergarten, und vielleicht gibt es ihn ja noch. Bisher bin ich hier noch nicht entlanggegangen.«

»Moira und ich waren hier schon. Wir haben nichts gesehen.«

»Wir schauen mal nach.«

Es sprang so schnell vom Stalldach, dass Hoyt keine Chance hatte, sein Schwert zu ziehen. Aber der Pfeil traf es mitten ins Herz, als es noch in der Luft war.

Asche rieselte herunter, als ein zweites sprang. Und ein weiterer Pfeil traf ins Schwarze.

»Lässt du uns auch noch einen übrig?«, rief Larkin Moira zu.

Sie stand in der Küchentür und hatte den dritten Pfeil bereits eingelegt. »Dann nimm den, der von links kommt.«

»Das ist meiner!«, schrie Larkin Hoyt zu.

Er war zweimal so groß wie Larkin, und Hoyt wollte protestieren, aber Larkin hatte den Kampf bereits aufgenommen.

Stahl klirrte auf Stahl. Zweimal wich das Wesen vor Larkins Kreuz zurück. Aber es hatte ein sehr langes Schwert.

Als Hoyt sah, wie Larkin auf dem nassen Boden ausrutschte, sprang er vor. Er holte aus und zielte auf den Hals des Vampirs – und traf auf Luft.

Larkin sprang auf, warf den Holzpflock hoch und fing ihn wieder auf. »Ich habe ihn nur aus dem Gleichgewicht gebracht.«

»Gut gemacht.«

»Vielleicht sind ja noch mehr da.«

»Ja, vielleicht«, stimmte Hoyt zu. »Aber wir erledigen jetzt erst einmal unsere Arbeit.«

»Ich gebe dir Rückendeckung. Was für ein Glück, dass Moira beide erwischt hat. Das hier hat dem Vampir wehgetan«, fügte er hinzu und berührte das Kreuz. »Auf jeden Fall hat es ihm Probleme bereitet.«

»Solange wir die Kreuze tragen, können sie uns zwar töten, aber nicht verwandeln.«

»Das war dann auch gute Arbeit.«

13

Es gab keinen Kräutergarten mit Thymian und duftendem Rosmarin mehr. Der hübsche Garten, den seine Mutter angelegt hatte, war unter wucherndem Gras verschwunden. Bei schönem Wetter war es ein sonniges Fleckchen, das wusste er. Seine Mutter hatte es deshalb gewählt, damit ihre Kräuter genug Sonne bekamen, obwohl es direkt an der Küche praktischer gewesen wäre.

Als er noch ein Kind war, hatte sie ihm alles über Kräuter beigebracht. Er hatte dabeigesessen, während sie jätete und erntete. Sie lehrte ihn die Namen der einzelnen Kräuter und ihre Bedürfnisse, bis er sie am Duft, an der Form der Blätter und an ihren Blüten erkennen konnte.

Wie viele Stunden hatte er hier mit seiner Mutter verbracht, mit ihr geredet oder auch einfach nur stumm dagesessen und den Schmetterlingen und Bienen zugeschaut?

Mehr als jeder andere war es ihr gemeinsamer Platz gewesen.

Dann war er zu einem Mann herangewachsen und hatte seinen Platz auf der Klippe gefunden, in dem Landstrich, der heute Kerry hieß. Er hatte sich eine Steinhütte gebaut und die Einsamkeit gefunden, die er für seine Magie gebraucht hatte.

Aber er war immer wieder zurückgekommen und hatte hier, im Kräutergarten, bei seiner Mutter Freude und Trost gefunden. Und jetzt stand er hier wie an ihrem Grab, trauerte und dachte an sie. Wut stieg in ihm auf, weil sein Bruder sich nicht darum gekümmert hatte.

»Hast du das hier gesucht?« Larkin musterte das Gras und richtete dann seinen Blick durch den Regen hindurch auf die Bäume. »Scheint nicht mehr viel übrig zu sein.«

Hoyt hörte ein Geräusch und wirbelte im gleichen Moment wie Larkin herum. Glenna kam auf sie zu, einen Pflock in der einer, ein Messer in der anderen Hand. Regentropfen hingen wie winzige Perlen in ihren Haaren.

»Du solltest doch im Haus bleiben. Es könnten noch mehr da sein.«

»Wenn es so ist, sind wir jetzt zu dritt.« Sie wies mit dem Kopf auf das Haus. »Sogar zu fünft, weil Moira und King uns Deckung geben.«

Hoyt blickte zum Haus. Moira stand mit gespanntem Bogen am Fenster. Auf der Türschwelle, links von ihr, stand King mit dem Breitschwert.

»Das sollte reichen.« Larkin grinste seiner Kusine verschmitzt zu. »Wehe dir, wenn du einem von uns in den Hintern schießt.«

»Dann müsste ich schon darauf zielen«, rief sie zurück.

Glenna stand neben Hoyt und musterte den Boden. »War der Garten hier?«

»Ja. Und er wird es auch wieder sein.«

Irgendetwas stimmte nicht, stimmte absolut nicht, dachte sie. Er hatte so einen harten Zug im Gesicht. »Ich habe einen Verjüngungszauber, und er funktioniert bei Heilpflanzen hervorragend.«

»Ich glaube nicht, dass ich ihn brauche.« Er rammte sein Schwert in den Boden, damit er die Hände frei hatte.

Er sah genau vor sich, wie es ausgesehen hatte, und dieses Bild vergegenwärtigte er sich, als er die Arme ausbreitete und die Finger spreizte. Dies war ein Tribut an die Frau, die ihm das Leben geschenkt hatte.

Und deshalb würde es schmerzlich werden.

»Samen zu Blatt, Blatt zu Blüte. Erde und Sonne und Regen. Erinnert euch.«

Seine Augen veränderten sich, und sein Gesicht wirkte wie aus Stein gemeißelt. Larkin wollte etwas sagen, aber Glenna legte den Finger an die Lippen, um ihn zum Schweigen zu bringen. Jetzt sollte keine andere Stimme ertönen als die von Hoyt. Die Kraft machte die Luft bereits schwer.

Bei der Visualisierung konnte sie ihm nicht helfen, da Hoyt ihr den Garten nicht beschrieben hatte. Aber sie konnte sich auf den Duft von Rosmarin, Lavendel und Salbei konzentrieren.

Er wiederholte die Beschwörung drei Mal, und mit jeder Wiederholung wurden seine Augen dunkler und seine Stimme lauter. Der Boden unter ihren Füßen bebte leicht.

Wind erhob sich und begann zu wirbeln.

»Erhebt euch! Kehrt zurück! Wachst und gedeiht! Gaben der Erde und der Götter. Für die Erde, für die Götter. Airmed, du Uralter, spende uns deine Gaben! Airmed, von den *Tuatha de Danaan*, nähre diese Erde. Lass es zurückkehren, wie es einmal war.«

Sein Gesicht war so bleich wie Marmor, seine Augen dunkel wie Onyx. Und die Kraft strömte aus ihm in den bebenden Boden.

Die Erde öffnete sich.

Glenna hörte, wie Larkin scharf die Luft einzog, und ihr selber schlug das Herz bis zum Hals. Die Pflanzen wuchsen empor, entfalteten Blätter, öffneten ihre Blüten. Vor purem Entzücken musste sie lachen.

Silbriger Salbei, die glänzenden Nadeln des Rosmarins, Büschel von Thymian und Kamille, Lorbeer und Raute, Lavendel und vieles mehr breitete sich auf dem Boden aus.

Der Garten bildete einen keltischen Knoten mit schmalen Gängen und Bögen, um die Ernte leichter zu machen.

Als der Wind sich legte und die Erde wieder zur Ruhe gekommen war, stieß Larkin die Luft aus. »Mann, das war hervorragende Gartenarbeit.«

Glenna legte Hoyt die Hand auf die Schulter. »Es ist wunderschön, Hoyt. Einer der hübschesten Zauber, die ich je gesehen habe. Der Segen sei mit dir.«

Er zog sein Schwert aus dem Boden. Sein Herz, das sich für die Magie geöffnet hatte, schmerzte wie eine Wunde. »Nimm, was du brauchst, aber mach schnell. Wir waren lange genug draußen.« Mit ihrer Sichel schnitt sie sorgfältig ab, was sie brauchte. Am liebsten wäre sie hier draußen geblieben, um den Garten zu genießen.

Sie war von Düften umgeben und wusste, dass die Kräuter, die sie erntete, umso stärker wirkten, weil sie auf so besondere Art gemacht worden waren.

Der Mann, der sie in der Nacht berührt hatte, der sie im Arm gehalten hatte, besaß mehr Macht, als sie sich jemals vorgestellt hatte.

»Das fehlt mir in der Stadt«, sagte sie. »Ich habe zahlreiche Töpfe auf der Fensterbank, aber es ist einfach nicht dasselbe wie in einem richtigen Garten.«

Hoyt schwieg und beobachtete sie nur – ihre hellen Haare, die im Regen schimmerten, ihre schlanken, weißen Hände zwischen den grünen Pflanzen. Sein Herz machte einen Satz. Als sie sich aufrichtete und mit lachenden Augen ihre Ernte bestaunte, hatte er das Gefühl, ein Pfeil habe ihn durchbohrt.

Verhext, dachte er. Sie hatte ihn verhext. Die Magie einer Frau zielte immer zuerst auf das Herz.

»Hiermit kann ich schon eine ganze Menge anfangen.« Sie warf den Kopf zurück, um ihre feuchten Haare auszuschütteln. »Und es bleiben noch genug übrig, um eine leckere Suppe zum Abendessen zu würzen.«

»Wir gehen am besten hinein. Es gibt Bewegung im Westen.« Larkin wies mit dem Kopf auf den Waldrand. »Im Moment beobachten sie uns nur.«

Verhext, dachte Hoyt wieder, als er sich umdrehte. Er war so bezaubert von ihr gewesen, dass er ganz vergessen hatte, aufzupassen.

»Ich zähle sechs.« Larkins Stimme blieb ganz ruhig. »Aber es können noch mehr dahinten versteckt sein. Wahrscheinlich hoffen sie, dass wir sie verfolgen, also werden noch mehr im Wald sein.«

»Wir haben für heute Morgen alles erledigt«, begann Hoyt, besann sich dann jedoch eines Besseren. »Aber sie sollen nicht glauben, sie hätten uns ins Haus getrieben. Moira«, rief er ein wenig lauter, damit sie ihn verstehen konnte, »meinst du, du triffst aus dieser Entfernung?«

»Welchen möchtest du denn gerne?«

Amüsiert zog er eine Schulter hoch. »Das kannst du dir aussuchen. Geben wir ihnen ein bisschen Stoff zum Nachdenken.«

Er hatte den Satz noch nicht zu Ende gesprochen, da flog schon ein Pfeil, und ein zweiter so schnell hinterher, dass er beinahe dachte, er hätte es sich nur eingebildet. Man hörte zwei Schreie, und statt sechs Vampire waren jetzt nur noch vier übrig, die sich eilig in den Schutz des Waldes zurückzogen.

»Bei zweien haben sie ein bisschen mehr zum Nachdenken.« Mit grimmigem Lächeln legte Moira einen weiteren Pfeil ein. »Ich kann noch ein paar Pfeile hinterherschicken, um sie noch ein bisschen weiter in den Wald zurückzudrängen.«

»Du brauchst dein Holz nicht zu verschwenden.«

Cian trat hinter sie ans Fenster. Er sah verschlafen und leicht irritiert aus. Moira machte unbewusst einen Schritt zur Seite. »Es wäre keine Verschwendung, wenn ich ins Schwarze träfe.«

»Sie ziehen sich ja jetzt zurück. Wenn sie wirklich hätten angreifen wollen, hätten sie es getan, als sie noch in der Überzahl waren.«

Er ging an ihr vorbei zur Tür hinaus.

»Ist jetzt nicht eigentlich Schlafenszeit für dich?«, fragte Glenna.

»Wie soll ich denn bei dem Aufruhr schlafen? Ich dachte, es gäbe ein Erdbeben.« Er musterte den Garten. »Dein Werk, nehme ich an«, sagte er zu Hoyt.

»Nein.« Die alte Wunde brach wieder auf. »Das meiner Mutter.«

»Na ja, wenn du das nächste Mal im Garten arbeiten willst, sag mir bitte vorher Bescheid, damit ich keine Angst zu haben brauche, dass das Haus einstürzt. Wie viele habt ihr überwältigt?«

»Fünf. Moira allein hat vier erledigt.« Larkin schob sein Schwert in die Scheide. »Der fünfte war meiner.«

Cian warf einen Blick zum Fenster. »Die kleine Königin steht ganz oben auf der Rangliste.«

»Wir wollten die Lage peilen«, erklärte Larkin, »und uns um dein Pferd kümmern.«

»Danke.«

»Ich würde ganz gern ab und zu mit ihm ausreiten, wenn du nichts dagegen hast.«

»Nein, das ist mir recht, und Vlad täte es gut.«

»Vlad?«, wiederholte Glenna.

»Nur ein kleiner Scherz. Wenn die Aufregung jetzt vorbei ist, gehe ich wieder ins Bett.«

»Ich muss mit dir reden.« Hoyt wartete, bis Cian ihn anblickte. »Unter vier Augen.«

»Müssen wir dazu im Regen stehen bleiben?«

»Wir gehen ein wenig spazieren.«

»Aber gerne.« Cian lächelte Glenna an. »Du siehst heute Morgen besonders rosig aus.«

»Und feucht. Drinnen gibt es eine ganze Reihe von trockenen Stellen, an denen ihr unter vier Augen reden könnt, Hoyt.«

»Ich möchte aber an der Luft sein.«

Einen Moment lang herrschte Schweigen. Dann sagte Cian: »Er ist ein wenig langsam. Sie wartet darauf, dass du sie küsst«, fuhr er an seinen Bruder gewandt fort, »damit sie sich nicht solche Sorgen um dich machen muss, nur weil du hier draußen im Regen spazieren gehen willst.«

»Geh hinein.« Die öffentliche Zurschaustellung war ihm zwar unangenehm, aber Hoyt gab Glenna einen leichten Kuss. »Mir passiert schon nichts.«

Larkin zog erneut sein Schwert und hielt es Cian an. »Besser mit Waffe als ohne.«

»Wahre Worte.« Dann beugte er sich ebenfalls zu Glenna herunter und küsste sie rasch und flüchtig. »Mir passiert auch nichts.« Schweigend gingen sie nebeneinander her. Von der früheren Vertrautheit war kaum noch etwas zu spüren. Früher einmal, dachte Hoyt, hatten sie, ohne ein Wort zu sagen, gewusst, was der andere dachte. Jetzt jedoch hatte er keinen Zugang zu den Gedanken seines Bruders, und Cian ging es bei ihm wohl nicht anders.

»Die Rosen hast du behalten, aber den Kräutergarten hast du sterben lassen. Dabei hatte sie so viel Freude daran.«

»Die Rosen sind schon unzählige Male erneuert worden, seitdem ich das Haus gekauft habe. Die Kräuter waren schon lange weg, bevor ich den Besitz erworben habe.«

»Es ist kein Besitz, so wie dein Haus in New York, es ist unser Zuhause.«

»Für dich vielleicht.« Hoyts Zorn prallte an Cian ab wie der Regen. »Wenn du mehr erwartest, als ich geben kann oder will, wirst du ständig enttäuscht werden. Ich habe das Grundstück und das Haus mit meinem Geld gekauft, und es wird von meinem Geld unterhalten. Man sollte meinen, du müsstest bessere Laune haben heute Früh, nachdem du letzte Nacht mit der hübschen Hexe gevögelt hast.«

»Pass auf, was du sagst.«

»Kein Problem. Sie ist ein Sahneschnittchen und bestimmt kein Fehler. Aber ich hatte einige Jahrhunderte länger als du Erfahrungen mit Frauen, und in diesen faszinierend grünen Augen steht mehr als die reine Lust. Sie malt sich eine Zukunft mit dir aus. Wie willst du denn das machen?«

»Mach dir darüber keine Gedanken.«

»Nein, nicht im Geringsten, aber es ist unterhaltsam, darüber zu spekulieren, zumal ich im Moment gerade keine

Frau habe, die mich ablenkt. Sie ist kein rotbackiges Dorfmädchen, das sich mit ein bisschen Wälzen im Heu und einem billigen Schmuckstück zufriedengibt. Sie ist eine kluge Frau und erwartet mehr von dir.«

Instinktiv blickte er prüfend zum wolkenverhangenen Himmel. Das irische Wetter konnte schnell umschlagen, und dann würde die Sonne durch die Wolken dringen. »Wenn du diese drei Monate überlebst, willst du dann deine Götter um das Recht bitten, sie mit zurücknehmen zu dürfen?«

»Spielt das für dich eine Rolle?«

»Nicht jeder stellt eine Frage, weil die Antwort für ihn eine Rolle spielt. Kannst du sie dir wirklich vorstellen in deinem Cottage auf den Klippen in Kerry? Kein Strom, kein fließendes Wasser, kein Saks um die Ecke. In einem Topf über dem Feuer kocht sie dir dein Essen. Wahrscheinlich verkürzt du ihre Lebenserwartung um die Hälfte, aber nun gut, was tut man nicht alles aus Liebe.«

»Was weißt du schon davon?«, fuhr Hoyt ihn an. »Du bist doch zur Liebe gar nicht fähig.«

»Oh, da irrst du dich aber. Auch wir können lieben, tief, sogar verzweifelt. Und ganz bestimmt unklug, was wir anscheinend gemeinsam haben. Also wirst du sie nicht mit zurücknehmen, denn das wäre egoistisch, und dazu bist du viel zu heilig und zu rein. Außerdem gefällt dir die Rolle des Märtyrers auch viel zu gut. Du wirst sie hier zurücklassen, und sie wird sich nach dir verzehren. Vielleicht amüsiere ich mich ja damit, ihr Trost anzubieten, und da wir uns so ähnlich sehen, geht sie vermutlich auch darauf ein und lässt sich von mir trösten.«

Der Schlag brachte ihn aus dem Gleichgewicht, warf ihn jedoch nicht um. Er schmeckte Blut und wischte sich mit dem Handrücken über die Lippen. Es hatte länger gedauert, seinen Bruder zu reizen, als er gedacht hatte.

»Nun, das liegt doch schon die ganze Zeit in der Luft.« Wie Hoyt legte er sein Schwert ab. »Dann los.«

Cians Fäuste bewegten sich so schnell, dass Hoyt sie erst wahrnahm, als Sterne vor seinen Augen explodierten und ein Blutstrahl aus seiner Nase schoss. Wie zwei Böcke verkeilten sie sich ineinander.

Cian bekam einen Schlag in die Nieren und einen weiteren, bei dem ihm Hören und Sehen verging. Er hatte ganz vergessen, wie Hoyt kämpfen konnte, wenn man ihn provozierte. Er wich einem Schlag aus und fand sich selber auf dem Boden wieder, weil ihm sein Bruder von unten die Beine wegschlug.

Wenn er gewollt hätte, hätte er den Kampf mit einem Fingerschnipsen beenden können, aber er war hitzig und zog es vor, mit Hoyt zu rangeln.

Fluchend wälzten sie sich auf der aufgeweichten Erde, aber plötzlich wich Cian zischend zurück und entblößte seine Reißzähne. In seiner Hand war eine Verbrennung in Form des Kreuzes, das Hoyt trug.

»Verdammt«, murmelte er und saugte an der Wunde, aus der das Blut strömte. »Na ja, du brauchst wohl eine Waffe, um mich zu besiegen.«

»Nein, ich brauche nur meine Fäuste.« Hoyt griff sich an den Hals und wollte die Kette gerade abreißen, als ihm klar wurde, wie dumm das wäre.

»Na, das ist ja wunderbar!« Er spuckte die Worte förmlich aus. »Einfach wunderbar! Wir prügeln uns hier wie die Straßenjungen und bieten uns als leichte Beute an. Wenn jemand in der Nähe gewesen wäre, wären wir jetzt tot.«

»Das bin ich schon – kümmere du dich um dich selbst.«

»Ich will mich nicht mit dir schlagen.« Allerdings war sein Gesichtsausdruck immer noch kampfbereit, als er sich das Blut vom Mund wischte. »Es bringt doch nichts.«

»Es war aber ein gutes Gefühl.«

Hoyts geschwollene Lippen zuckten. »Ja, das ist wohl wahr. Heiliger Märtyrer!«

»Ich wusste, dass dich das in Rage bringt.«

»Du hast es immer schon verstanden, mich wütend zu machen. Wenn wir nicht mehr Brüder sein können, Cian, was sind wir dann?«

Cian rieb nachdenklich über die Gras- und Blutflecken an seinem Hemd. »Wenn du siegst, bist du in ein paar Monaten wieder weg. Oder ich sehe dich sterben. Weißt du, wie viele ich schon habe sterben gesehen?«

»Wenn die Zeit kurz ist, hat es wahrscheinlich mehr Bedeutung.«

»Du weißt nichts von der Zeit.«

Cian stand auf. »Möchtest du noch ein wenig spazieren gehen? Komm, ich bringe dir etwas über die Zeit bei.«

Er marschierte durch den strömenden Regen, sodass Hoyt gezwungen war, hinter ihm herzulaufen.

»Gehört das gesamte Land noch dir?«

»Das meiste davon. Ein Teil davon wurde vor ein paar Jahrhunderten verkauft – und einen anderen Teil haben sich die Engländer während eines Krieges angeeignet und an einen Kumpel von Cromwell verschenkt.«

»Wer ist Cromwell?«

»War. Ein Bastard, der Irland für die britische Krone gebrandschatzt und geplündert hat. Politik und Kriege – anscheinend können weder Götter, Menschen noch Dämonen ohne sie auskommen. Ich habe einen der Söhne des Mannes, der es geerbt hatte, überredet, es wieder an mich zu verkaufen. Sogar zu einem ganz guten Preis.«

»Überredet? Du hast ihn getötet.«

»Und wenn schon«, erwiderte Cian mürrisch. »Es ist lange her.«

»Bist du so zu deinem Reichtum gekommen? Indem du andere umgebracht hast?«

»Ich hatte über neunhundert Jahre Zeit, um meine Truhen zu füllen, und habe es auf verschiedene Arten getan. Ich mag Geld, und ich hatte schon immer einen Kopf für Finanzen.«

»Ja, das stimmt.«

»Anfangs waren es magere Jahre, Jahrzehnte sogar, aber ich kam herum. Ich bin viel gereist. Es ist eine große, faszinierende Welt, und ich möchte daran teilhaben. Deshalb würde ich auch niemals Lilith in ihrem Kampf unterstützen.«

»Du willst deine Investitionen schützen.«

»Ja. Ich habe mir das, was ich besitze, erarbeitet. Ich spreche fließend fünfzehn Sprachen, was mir bei meinen Geschäften sehr zugute kommt.«

»Fünfzehn?« Das Sprechen fiel jetzt, beim Gehen, leichter. »Du konntest doch noch nicht einmal richtig Latein.«

»Ich hatte reichlich Zeit zum Lernen und noch mehr Zeit, um die Früchte zu genießen. Und das tue ich in vollen Zügen.«

»Ich verstehe dich nicht. Sie hat dir dein Leben, deine Menschlichkeit genommen.«

»Und mir die Ewigkeit gegeben. Ich bin ihr zwar nicht besonders dankbar dafür, weil sie es nicht zu meinem Wohl getan hat, aber ich sehe auch keinen Sinn darin, eine Ewigkeit zu schmollen. Meine Existenz ist lang, und dies hier bleibt dir und deinesgleichen. Er wies auf einen Friedhof. »Eine Hand voll Jahre und dann nichts als Erde und Staub.«

In der Ecke stand eine von Dornenranken überwucherte Steinruine, deren hintere Mauer stehen geblieben war. Am Rand waren Figuren in den Stein gehauen, so verwittert, dass sie kaum noch zu erkennen waren. Aus den Rissen wuchsen Blumen und kleine Sträucher.

»Eine Kapelle? Mutter sprach davon, dass sie eine bauen wollte.«

»Es wurde auch eine gebaut«, bestätigte Cian. »Das ist davon übrig geblieben. Steine, Moos und Gräser.«

Hoyt schüttelte nur den Kopf. Er ging zwischen den Grabsteinen umher, die in den Boden eingelassen waren. Der Boden war hier uneben, und das hohe Gras war tropfnass.

Wie die Figuren auf der Mauer der Kapelle waren auch die Namen auf den Grabsteinen von der Zeit und vom Regen ausgewaschen, und Flechten und Moos wucherten auf den Steinen. Manche Namen konnte er lesen. Es waren Namen, die er nicht kannte. Michael Thomas McKenna, geliebter Gatte von Alice. Verschieden am sechsten Mai achtzehnhundertfünfundzwanzig. Und Alice, die ihm sechs Jahre später nachgefolgt war. Ihre Kinder, von denen eins die Welt nur ein paar Tage nach seiner Geburt wieder verlassen hatte, und drei andere.

Dieser Thomas und diese Alice hatten gelebt und waren gestorben, Jahrhunderte nachdem er geboren worden war. Und fast zwei Jahrhunderte, bevor er hier stand und ihre Namen las.

Die Zeit fließt, dachte er, und die, die in ihr leben, sind vergänglich.

Kreuze erhoben sich, abgerundete Steine neigten sich über den Gräbern, die hier und dort so von Unkraut überwuchert waren, als würden sie von sehr nachlässigen Geistern gepflegt. Und mit jedem Schritt, den er tat, spürte er die Geister stärker.

Hinter einem Stein, der ihm bis an die Knie reichte, wuchs ein Rosenbusch mit üppigen roten Blüten. Die Blütenblätter schimmerten wie Samt. Hoyts Herz machte einen Satz, und auf einmal war der Schmerz wieder da.

Er wusste, dass er am Grab seiner Mutter stand.

»Wie ist sie gestorben?«

»Ihr Herz blieb stehen. Das Übliche.«

Hoyt ballte die Fäuste. »Wie kannst du so kalt sein, gerade jetzt und hier?«

»Manche sagten, es habe vor Kummer aufgehört zu schlagen. Vielleicht war es so. Er starb als Erster.« Cian wies auf den zweiten Grabstein. »Ein Fieber raffte ihn hinweg, um die Tagundnachtgleiche, im Herbst, nachdem … ich gegangen war. Sie folgte ihm drei Jahre später.«

»Und unsere Schwestern?«

»Dort, sie liegen alle dort.« Er zeigte auf eine Gruppe von Grabsteinen. »Und die Generationen, die ihnen folgten – jedenfalls die, die in Clare blieben. Es gab eine Hungersnot, und die Leute starben wie die Fliegen. Um zu überleben, flohen sie in Scharen nach Amerika, Australien oder England, überall hin, damit sie nicht hier bleiben mussten. Hier herrschten Krankheit, Seuchen, Plünderungen. Tod.«

»Nola?«

Einen Moment lang schwieg Cian, dann fuhr er in seinem aufgesetzt beiläufigen Tonfall fort: »Sie wurde weit über sechzig Jahre alt – ein gutes, langes Leben für eine Frau, für einen Menschen in dieser Zeit. Sie hatte fünf Kinder. Es können auch sechs gewesen sein.«

»War sie glücklich?«

»Woher soll ich das wissen?«, erwiderte Cian ungeduldig. »Ich habe nie wieder mit ihr gesprochen. Ich war in dem Haus, das mir jetzt gehört, nicht willkommen. Warum auch?«

»Sie sagte, ich würde zurückkommen.«

»Nun, das bist du ja auch, oder?«

»Aber ich sehe mein Grab nicht. Wenn ich zurückgehe, wird es dann eins geben? Wird sich dann das, was hier ist, ändern?«

»Wer weiß das schon? Auf jeden Fall bist du verschwunden, so wurde es berichtet. Du bist hier in dieser Gegend so eine Art Legende. Hoyt von Clare – allerdings erhebt auch Kerry Anspruch auf dich. Deine Geschichte ist zwar nicht mit den Göttern oder mit Merlin zu vergleichen, aber du wirst in jedem Reiseführer erwähnt. Der Steinkreis im Norden, durch den du gekommen bist, ist dir gewidmet worden und heißt jetzt Hoyts Tanzplatz.«

Hoyt wusste nicht, ob er geschmeichelt oder verlegen sein sollte. »Es ist der Tanzplatz der Götter, und das war er schon lange vor meiner Zeit.«

»So ist das eben mit der Wahrheit, vor allem, wenn die Fantasie glanzvoller ist. Erinnerst du dich noch an die Höhlen unter den Klippen, wo du mich ins Meer gestoßen hast? Es heißt, dort lägst du, tief unter dem Felsen, behütet von Feen, unter dem Land, auf dem du den Blitz und den Wind angerufen hast.«

»Albernes Zeug.«

»So wird man berühmt.«

Eine Zeit lang schwiegen sie beide.

»Wenn ich in jener Nacht mit dir zum Dorfgasthof geritten wäre, wie du mich gebeten hast … auf ein Glas …« Bei der Erinnerung schnürte es Hoyt die Kehle zu. »Aber ich musste über meine Arbeit nachdenken und wollte keine Gesellschaft, noch nicht einmal deine. Wenn ich mitgekommen wäre, wäre all dies nicht passiert.«

Cian fuhr sich durch die nassen Haare. »Du nimmst viel auf dich, nicht wahr? Aber das hast du immer schon getan. Wenn du mitgekommen wärst, hätte sie uns wahrscheinlich beide erwischt. Und in dieser Hinsicht hast du Recht – dann wäre all dies nicht passiert.«

Hoyts Gesichtsausdruck machte ihn wütend. »Habe ich nach deinem Schuldgefühl gefragt? Du warst und bist nicht mein Hüter. Ich stehe hier wie schon vor Jahrhunderten, und wenn ich nicht das Pech habe, einen Holzpflock durch die Brust gestoßen zu kriegen, dann stehe ich auch danach noch viele Jahrhunderte lang hier. Und du, Hoyt, bist dann nichts als Futter für die Würmer. Wem von uns hat das Schicksal also zugelächelt?«

»Was ist meine Macht, wenn ich jene eine Nacht, jenen einen Moment nicht ändern kann? Ich hätte mit dir gehen sollen. Ich wäre für dich gestorben.«

Cian hob ruckartig den Kopf und sagte wütend: »Lass mich mit deinem Tod oder deiner Reue in Ruhe.«

Hoyt jedoch empfand keine Wut. »Und du wärst für mich gestorben. Für jeden Einzelnen von ihnen.« Er wies auf die Grabsteine.

»Früher einmal.«

»Du bist meine andere Hälfte. Nichts, was du bist, nichts, was geschehen ist, ändert daran etwas. Das weißt du ebenso gut wie ich. Unter all dem sind wir, was wir immer waren.«

»Ich kann in dieser Welt nicht *existieren.*« Endlich äußerte er Gefühle. »Ich kann weder um mich noch um dich trauern. Auch nicht für sie. Und du sollst verdammt sein, dass du mich dorthin zurückbringst.«

»Ich liebe dich. Ich kann nicht anders.«

»Was du liebst, gibt es nicht mehr.«

Doch, dachte Hoyt, er sah ja das Herz dessen, den er geliebt hatte. Es war in den Rosen, die sein Bruder am Grab ihrer Mutter gepflanzt hatte.

»Du stehst hier mit mir und den Geistern unserer Familie. So sehr hast du dich gar nicht verändert, Cian, sonst hättest du das hier nicht getan.« Er fuhr mit dem Finger über die Blütenblätter einer Rose am Grab seiner Mutter. »Das hättest du sonst nicht tun können.«

Cians Augen waren auf einmal alterslos, erfüllt von jahrhundertealter Qual. »Ich habe den Tod gesehen. Abertausende habe ich sterben sehen. An Alter und Krankheit, durch Mord und Krieg. Sie aber habe ich nicht sterben sehen, und das war alles, was ich für sie tun konnte.«

Hoyt bewegte die Hand, und die Blütenblätter einer verblühten Rose fielen auf das Grab seiner Mutter. »Es war genug.«

Cian blickte auf die Hand, die Hoyt ihm entgegenstreckte. Er seufzte tief auf. »Nun, verdammt noch mal«, sagte er und ergriff sie, »Wir beide waren lange genug draußen. Wir sollten das Schicksal nicht länger versuchen. Und ich will ins Bett.«

Sie gingen denselben Weg zurück, den sie gekommen waren.

»Fehlt dir die Sonne?«, fragte Hoyt. »Fehlt es dir, sie auf der Haut zu spüren, dich im Sonnenschein zu bewegen?«

»Man hat herausgefunden, dass sie Hautkrebs verursacht.«

»Hmm.« Hoyt überlegte. »Aber trotzdem, ein warmer Sommermorgen ...«

»Ich denke nicht darüber nach. Ich mag die Nacht.«

Vielleicht war jetzt nicht der richtige Zeitpunkt, um Cian um ein wenig Blut zu bitten.

»Was machst du denn eigentlich für Geschäfte? Und was machst du in deiner Freizeit? Hast du ...«

»Ich tue, was mir beliebt. Ich arbeite gerne; es ist befriedigend. Und das Spiel wird dadurch umso reizvoller. Und bei einem morgendlichen Spaziergang im Regen kann man nicht so viele Jahrhunderte aufholen, selbst wenn ich möchte.« Er legte sich das Schwert über die Schulter. »Aber wahrscheinlich holst du dir sowieso den Tod, und die Fragerei bleibt mir erspart.«

»Ich bin nicht so empfindlich«, entgegnete Hoyt fröhlich. »Das habe ich wohl bewiesen, als ich eben noch dein Gesicht poliert habe. Du hast eine schöne Schramme am Kinn.«

»Sie wird schneller wieder weg sein als deine, es sei denn, die Hexe mischt sich ein. Ich habe mich jedenfalls zurückgehalten.«

»Blödsinn.«

Die düstere Stimmung, die ihn stets überkam, wenn er den Friedhof besuchte, hob sich. »Wenn ich mit voller Kraft auf dich losgegangen wäre, würden wir jetzt da hinten dein Grab schaufeln.«

»Na, dann lass es uns doch noch einmal probieren.«

Cian warf Hoyt einen Blick von der Seite zu. Erinnerungen, die er sich so lange versagt hatte, stiegen in ihm auf. »Ein anderes Mal. Wenn ich erst mal mit dir fertig bin, hast du kein Verlangen mehr danach, mit dem Rotschopf zu vögeln.«

Hoyt grinste. »Du hast mir gefehlt.«

Cian blickte zu Boden. »Verdammt, du mir auch.«

14

Mit einer gespannten Armbrust bewaffnet hielt Glenna Wache vom Turmfenster aus. Natürlich hatte sie nur sehr wenig Übung mit dieser speziellen Waffe, und es war fraglich, ob sie ihr Ziel überhaupt treffen würde, aber sie konnte doch nicht einfach dasitzen und die Hände ringen wie eine hilflose, kleine Frau. Wenn die verdammte Sonne herauskäme, bräuchte sie sich keine Sorgen zu machen. Und sie bräuchte auch nicht dauernd die Bilder im Kopf zu haben, dass die beiden von einem Vampirrudel zerrissen würden.

Rudel? Herde? Bande?

Was spielte das schon für eine Rolle? Auf jeden Fall hatten sie Reißzähne und waren nicht besonders freundlich.

Wohin waren die beiden bloß gegangen? Und warum blieben sie so lange draußen?

Vielleicht hatten die Vampire sie ja schon in Stücke gerissen und ihre verstümmelten Leichen … O Gott, wenn sie doch nur diesen Film in ihrem Kopf abstellen könnte.

Die meisten Frauen machten sich höchstens Gedanken darüber, dass ihre Männer von einem Straßenräuber überfallen oder von einem Bus überfahren würden, aber sie musste sich natürlich mit einem Typen einlassen, der Krieg gegen Blutsauger führte.

Warum hatte sie sich nicht einfach in einen netten Börsenmakler oder einen Buchhalter verliebt?

Sie hatte überlegt, ob sie in ihrer Kristallkugel nach ihnen suchen sollte, aber damit wäre sie zu tief in die Privatsphäre der beiden eingedrungen.

Wenn sie allerdings in zehn Minuten nicht zurück wären, dann würde sie ihre guten Manieren vergessen und nachschauen.

Sie hatte den emotionalen Zustand von Hoyt nicht gleich völlig ermessen können, aber was er erkannte, vermisste und riskierte, war wohl mehr, als dies für die anderen galt. Sie war zwar Tausende von Meilen von ihrer Familie entfernt, aber nicht Hunderte von Jahren. Er mochte sich in dem Haus aufhalten, in dem er aufgewachsen war, aber es war nicht mehr sein Zuhause. Und daran wurde er jeden Tag, jede Stunde erinnert.

Es hatte ihm wehgetan, den Kräutergarten seiner Mutter wieder entstehen zu lassen. Auch das hätte sie bedenken sollen. Am besten hätte sie den Mund gehalten über das, was sie brauchte und wollte. Sie hätte einfach nur eine Liste machen und einkaufen gehen sollen.

Sie warf einen Blick auf die Kräuter, die sie schon in Bündeln zum Trocknen aufgehängt hatte. Kleine Dinge, alltägliche Dinge konnten die meisten Schmerzen verursachen.

Und jetzt war er da draußen, irgendwo im Regen, mit seinem Bruder. Mit dem Vampir. Sie glaubte zwar nicht, dass Cian Hoyt angreifen würde, aber war er in der Lage, seine natürlichen Bedürfnisse zu kontrollieren, wenn er über die Maßen wütend wurde?

Sie wusste die Antwort nicht.

Außerdem konnte niemand wissen, ob Liliths Anhänger sich noch herumtrieben und nur auf eine weitere Chance warteten.

Wahrscheinlich war es albern, sich solche Sorgen zu machen. Sie waren beide Männer mit beträchtlicher Macht, Männer, die die Gegend kannten. Keiner von ihnen brauchte sich nur auf Schwerter und Dolche zu verlassen. Hoyt war bewaffnet, und er trug eins der Kreuze, die sie beschworen hatten, also konnte er sich durchaus verteidigen.

Und dass die beiden sich draußen frei bewegten, bewies ja auch, dass sie nicht belagert wurden.

Die anderen hegten keine solchen Sorgen. Moira war in der Bibliothek und las. Larkin und King machten im Trainingsraum eine Bestandsaufnahme der Waffen. Zweifellos machte sie mal wieder zu viel Wind um nichts.

Wo zum Teufel blieben die beiden nur?

Plötzlich bewegte sich etwas in den Schatten. Sie ergriff die Armbrust und stellte sich schussbereit in das schmale Fenster.

»Atme tief durch!«, befahl sie sich. »Ganz ruhig. Ein und aus. Ein und aus.«

Erleichtert stieß sie die Luft aus, als sie Hoyt und Cian erkannte. Sie schlenderten tropfnass durch den Garten, als hätten sie alle Zeit der Welt und es bestünde keine Gefahr.

Glenna runzelte die Stirn, als sie näher kamen. War das etwa Blut da auf Hoyts Hemd und schon wieder ein blaues Auge?

Sie beugte sich vor, stieß gegen das Fensterbrett, und der Pfeil schoss mit tödlichem Sirren von der Sehne. Glenna kreischte auf.

Der Pfeil landete nur wenige Zentimeter vor Hoyts Stiefel. Im Bruchteil einer Sekunde hatten die beiden Männer ihre Schwerter gezogen und standen Rücken an Rücken. Unter anderen Umständen hätte Glenna diese Bewegung voller Anmut und Rhythmus, gleich einem Tanzschritt, bewundert, aber jetzt schwankte sie zwischen Verlegenheit und Entsetzen.

»Entschuldigung! Entschuldigung!« Sie beugte sich weiter vor und schwenkte hektisch die Arme. »Ich war das. Er ist einfach so losgesaust. Ich wollte nur …« Ach, zum Teufel. »Ich komme herunter.«

Sie legte die Waffe beiseite und gelobte im Stillen, erst einmal mindestens eine Stunde lang zu trainieren, bevor sie wieder versuchte, auf ein Ziel zu schießen.

Bevor sie sich vom Fenster abwandte, hörte sie jemanden lachen. Cian stand vor dem Haus und wollte sich ausschütteln vor Lachen, während Hoyt fassungslos zum Turmfenster hinaufstarrte.

Als sie die Treppe heruntereilte, trat Larkin aus dem Trainingsraum. »Probleme?«

»Nein, nein. Nichts. Es ist alles in Ordnung. Es ist überhaupt nichts.« Sie spürte förmlich, wie ihr das Blut in die Wangen stieg.

Die beiden kamen gerade zur Haustür herein und schüttelten sich wie nasse Hunde, als sie die letzten Stufen heruntergelaufen kam.

»Es tut mir leid. Es tut mir so leid.«

»Erinnere mich daran, dass ich dich nie wütend mache, Rotschopf«, erwiderte Cian fröhlich. »Am Ende schießt du mir in die Eier, wenn du mich ins Herz treffen willst.«

»Ich habe doch nur Wache für euch gehalten und muss aus Versehen den Schuss ausgelöst haben. Aber das wäre gar nicht erst passiert, wenn ihr nicht so verdammt lange weggeblieben wärt und ich mir nicht solche Sorgen hätte machen müssen.«

»Das liebe ich an Frauen.« Cian schlug seinem Bruder auf die Schulter. »Sie bringen dich fast um, aber am Ende ist es deine eigene Schuld. Viel Glück. Ich gehe ins Bett.«

»Ich muss noch nach deinen Verbrennungen sehen.«

»Nörgel, nörgel, nörgel.«

»Und was ist passiert? Seid ihr angegriffen worden? Du blutest an der Lippe – du auch«, sagte Glenna zu Hoyt. »Und dein Auge ist fast zugeschwollen.«

»Nein, wir sind nicht angegriffen worden.«

Hoyt klang entnervt. »Erst als du mir fast in den Fuß geschossen hast.«

»Eure Gesichter sind ganz zerschlagen, und eure Kleider sind schmutzig und zerrissen. Wenn ihr nicht …« Endlich begriff sie. Schließlich hatte sie auch einen Bruder. »Ihr habt euch geprügelt?«

»Er hat mich zuerst geschlagen.«

Glenna warf Cian einen niederschmetternden Blick zu. »Na großartig. Hatten wir das nicht erst gestern? Haben wir uns nicht lang und breit darüber unterhalten, wie destruktiv und nutzlos es ist, wenn wir uns gegenseitig bekriegen?«

»Vermutlich müssen wir jetzt ohne Abendbrot ins Bett.«

»Jetzt mach dich nicht auch noch lustig über mich!« Sie stach mit dem Finger auf Cians Brust. »Ich bin hier halb krank vor Sorgen, und ihr beide wälzt euch da draußen im Dreck wie junge Hunde!«

»Du hast mir beinahe einen Pfeil in den Fuß geschossen«, erinnerte Hoyt sie. »Ich finde, damit sind wir quitt, was albernes Verhalten angeht.«

Glenna stieß zischend die Luft aus. »In die Küche mit euch. Ich versorge jetzt erst einmal eure Wunden. Schon wieder.«

»Ich muss jetzt ins Bett«, begann Cian.

»Ihr kommt beide in die Küche. Auf der Stelle. Ihr wollt doch sicher keinen Ärger mit mir haben.«

Sie rauschte davon. Cian rieb sich mit dem Finger über seine geplatzte Lippe. »Es ist ja schon eine Weile her, aber ich kann mich gar nicht daran erinnern, dass du so eine besondere Vorliebe für herrschsüchtige Frauen hast.«

»Das hatte ich früher auch nicht. Aber ich verstehe sie gut genug, um zu wissen, dass wir ihr besser ihren Willen lassen. Außerdem schmerzt mein Auge.«

Als sie die Küche betraten, hatte Glenna bereits alles Nötige auf den Tisch gelegt, hatte Wasser aufgesetzt und sich die Ärmel aufgekrempelt.

»Brauchst du Blut?«, sagte sie so frostig zu Cian, dass er sich schuldbewusst räusperte. Es erstaunte ihn, dass er sich schuldig fühlte. Dieses Gefühl hatte er seit ewigen Zeiten nicht mehr verspürt. Offensichtlich hatte das enge Zusammenleben mit Menschen einen schlechten Einfluss auf ihn.

»Nein, dein Tee reicht mir, danke.«

»Zieh dein Hemd aus.«

Ihm lag ein schlauer Spruch auf der Zunge, das sah sie ihm an. Aber er war klug genug, ihn hinunterzuschlucken.

Er schlüpfte aus seinem Hemd und setzte sich.

»Die Verbrennungen hatte ich ganz vergessen.« Hoyt betrachtete ihn prüfend. Die Brandwunden waren nicht mehr entzündet und verblassten schon zu roten Flecken. »Wenn ich daran gedacht hätte, dann hätte ich dir mehr Schläge auf die Brust versetzt.«

»Typisch«, murmelte Glenna, aber niemand achtete auf sie.

»Du kämpfst ganz anders als früher, viel mehr mit den Füßen und den Ellbogen.« Das schmerzende Ergebnis spürte Hoyt deutlich. »Und dann springst du immer hoch.«

»Kampfsport. Ich habe in verschiedenen Disziplinen einen schwarzen Gürtel, den Meisterstatus«, erklärte Cian. »Du musst mehr trainieren.«

Hoyt rieb sich die schmerzenden Rippen. »Ja, das werde ich.«

Sie waren ja richtig freundlich zueinander, dachte Glenna. Wie kam es nur, dass Männer auf einmal die besten Kumpel waren, nachdem sie sich gegenseitig das Gesicht zerschlagen hatten?

Sie goss heißes Wasser in die Kanne, und während der Tee zog, trat sie mit ihrer Salbe an den Tisch.

»Bei dem Ausmaß der Verbrennungen hätte ich gedacht, dass die Heilung mindestens drei Wochen benötigt.« Sie setzte sich und gab Salbe auf ihren Finger. »Drei Tage traf es wohl eher.«

»Wir können ernsthaft verletzt werden, aber wenn es kein tödlicher Schlag ist, heilen alle Wunden äußerst schnell.«

»Was für ein Glück für dich, zumal du noch eine ganze Menge Prellungen und blaue Flecke dazu bekommen hast. Aber ihr regeneriert euch nicht, oder?«, fragte sie, während sie die Salbe auftrug.

»Wenn man dir zum Beispiel einen Arm abschlagen würde, würde er nicht nachwachsen.«

»Ein grausiger und interessanter Gedanke. Nein, ich habe noch nie gehört, dass das passiert wäre.«

»Wenn es uns also nicht gelingt, das Herz oder den Kopf zu treffen, dann kann man es immer noch mit den Gliedmaßen versuchen.«

Sie trat an die Spüle, um sich die Salbe von den Händen zu waschen. »Hier.« Sie reichte Hoyt eine Kräuterpackung. »Drück das auf dein Auge.«

Er schnüffelte daran und gehorchte. »Du hättest dir keine Sorgen zu machen brauchen.«

Cian zuckte zusammen. »Es wäre klüger gewesen, wenn du jetzt gesagt hättest: ›Ah, Liebling, es tut uns so leid, dass wir dir Sorgen bereitet haben. Wir waren egoistisch und gedankenlos und verdienen wirklich eine Tracht Prügel. Wir hoffen, du verzeihst uns.‹ Du musst ein bisschen dicker auftragen. Frauen lieben das.«

»Soll ich ihr etwa die Füße küssen?«

»Eigentlich eher das Hinterteil. Das ist eine Tradition, die nie aus der Mode kommt. Du musst Geduld mit ihm haben, Glenna. Hoyt hat noch viel zu lernen.«

Sie stellte die Teekanne auf den Tisch und überraschte sie beide, indem sie Cian die Hand auf die Wange legte. »Und du bringst ihm bei, wie er mit einer modernen Frau umgehen muss?«

»Na ja, er tut mir eben leid.«

Lächelnd beugte sie sich zu ihm herunter und gab ihm einen leichten Kuss auf den Mund. »Ich verzeihe dir. Trink deinen Tee.«

»Einfach so?«, beklagte sich Hoyt. »Ihm tätschelst du die Wange und gibst ihm einen Kuss? Dabei hast du nicht ihm beinahe einen Pfeil in den Fuß geschossen.«

»Frauen sind ein ewiges Mysterium«, sagte Cian leise. »Und eines der Weltwunder. Ich nehme den Tee mit nach oben.« Er erhob sich. »Ich möchte etwas Trockenes anziehen.«

»Trink ihn ganz aus«, riet Glenna ihm. »Er wird dir helfen.«

»Ja. Sag mir Bescheid, wenn er nicht schnell genug lernt. Mir macht es nichts aus, wenn ich nur zweite Wahl bin.«

»So ist er«, meinte Hoyt, als Cian das Zimmer verlassen hatte. »Ständig einen Scherz auf den Lippen.«

»Ich weiß. Ihr habt euch also wieder vertragen, während ihr euch die Nasen blutig geschlagen habt.«

»Es stimmt sogar, dass ich als Erster zugeschlagen habe. Ich habe von unserer Mutter und dem Garten gesprochen, und er hat so kalt reagiert. Und obwohl ich spürte, dass darunter etwas ganz anderes lag, habe ich ... nun ja, ich habe zugeschlagen, und ... Danach ist er mit mir zu den Gräbern meiner Familie gegangen. So ist das gewesen.«

Sie drehte sich zu ihm um. Mitleid stand in ihren Augen. »Das war sicher schwer für euch beide.«

»Jetzt erscheint es mir endlich real, dass sie nicht mehr sind. Vorher kam es mir so unwirklich vor.«

Sie trat zu ihm und betupfte seine Verletzungen mit ihrer Tinktur. »Für ihn muss es schrecklich gewesen sein, die ganze lange Zeit ohne Familie zu leben. Eine weitere Grausamkeit, die ihm zugefügt wurde. Allen Vampiren. Daran denken wir nicht, wenn wir darüber reden, wie wir sie am besten vernichten können, oder? Auch sie waren einmal Menschen, genau wie Cian.«

»Sie wollen uns töten, Glenna. Jeden, dessen Herz schlägt, wollen sie töten.«

»Ich weiß, ich weiß. Sie haben keinen menschlichen Zug mehr. Aber das ändert nichts an der Tatsache, dass sie einmal Menschen waren, Hoyt, mit Familien, Geliebten, Hoffnungen. Aber vielleicht können wir daran nicht denken.«

Sie schob ihm die Haare aus dem Gesicht. Ein netter Buchhalter, dachte sie wieder. Ein Börsenmakler. Wie lächerlich, wie albern. Hier saß der wunderbarste Mann der Welt.

»Ich glaube, dass das Schicksal uns Cian an die Seite gestellt hat, damit wir verstehen, was wir tun. Damit wir wissen, es hat einen Preis.«

Sie trat einen Schritt zurück. »So, das müsste genügen. Versuch in der nächsten Zeit, dein Gesicht von Fäusten fernzuhalten.«

Sie wollte sich abwenden, aber er ergriff ihre Hand und stand auf, als er sie an sich zog. Ihre Lippen fanden sich zu einem unendlich zärtlichen Kuss.

»Ich glaube, das Schicksal hat dich hierher geschickt, Glenna, damit ich verstehe, dass es nicht nur um Tod, Blut und Gewalt geht. Es gibt so viel Schönes und Gutes auf der Welt. Und ich habe es. Ich halte es hier im Arm.« Fest schlang er die Arme um sie.

Sie legte den Kopf an seine Schulter. Am liebsten hätte sie gefragt, was aus ihnen würde, wenn es vorbei wäre, aber sie wusste, wie wichtig, ja wesentlich es war, jeden Tag so zu nehmen, wie er kam.

Schließlich löste sie sich von ihm. »Wir sollten arbeiten. Ich habe einige Ideen, wie wir eine Sicherheitszone um das Haus herum ziehen können. Ein geschützter Bereich, in dem wir uns freier bewegen können. Und ich glaube, Larkin hat Recht. Wir sollten Kundschafter ausschicken. Wenn wir tagsüber zu den Höhlen kommen, finden wir davor vielleicht etwas. Möglicherweise sogar Fallen.«

»Du hast viel nachgedacht.«

»Ich brauche das. Es hält mich davon ab, Angst zu haben.«

»Dann arbeiten wir jetzt.«

»Wenn wir erst einmal einen Ansatz gefunden haben,

kann Moira uns vielleicht helfen«, fügte Glenna hinzu, als sie die Küche verließen. »Sie liest alles, was sie in die Finger bekommt, deshalb ist sie unsere beste Informationsquelle. Und sie hat auch ein bisschen Macht, roh und ungeübt zwar, aber immerhin.«

Während Glenna und Hoyt sich in den Turm zurückzogen, brütete Moira in der Bibliothek über einem Band mit Dämonensagen. Es war faszinierend, fand sie. So viele verschiedene Theorien und Legenden. Ihre Aufgabe bestand ihrer Meinung nach darin, die Wahrheit in den Geschichten zu suchen.

Cian wusste sicher eine ganze Menge, schließlich hatte er jahrhundertelang Zeit zum Lernen gehabt. Und jemand, der einen solchen Raum mit Büchern füllte, suchte und respektierte Wissen. Aber sie war noch nicht bereit, ihn zu fragen – und sie war sich auch nicht ganz sicher, ob sie sich jemals dazu durchringen konnte.

Wenn er nicht wie die Kreaturen war, über die sie gelesen hatte, die Nacht für Nacht nach menschlichem Blut dürsteten und töten wollten – was war er dann? Im Moment bereitete er sich wie sie alle darauf vor, seine Artgenossen zu bekämpfen, und sie verstand es nicht.

Sie musste noch mehr erfahren, mehr über das, was sie bekämpften, über Cian, über all die anderen.

Wie konnte man verstehen und vertrauen, wenn man nichts wusste?

Sie machte sich Notizen auf dem Papier, das sie in einer Schublade des großen Schreibtischs gefunden hatte. Sie liebte das Papier und das Schreibinstrument. Den Füller, korrigierte sie sich, der in seinem Kolben Tinte enthielt. Ob sie wohl Papier und Füller nach Geall mitnehmen konnte?

Sie schloss die Augen. Sie vermisste ihr Zuhause, und diese Sehnsucht lag ihr wie ein Stein im Magen. Sie hatte ihren Wunsch niedergeschrieben, das Papier versiegelt, und sie würde es zu ihren Sachen legen, damit Larkin es dort fände.

Wenn sie auf dieser Seite sterben sollte, wollte sie in Geall beerdigt werden.

Sie schrieb weiter, während die Gedanken in ihrem Kopf kreisten. Einer war besonders hartnäckig. Sie würde Glenna fragen müssen, ob die Möglichkeit bestand und ob die anderen damit einverstanden wären, das Portal zu versiegeln, die Tür nach Geall zu schließen.

Seufzend blickte sie zum Fenster. Ob es in Geall jetzt wohl auch regnete oder ob über dem Grab ihrer Mutter die Sonne schien?

Sie hörte Schritte sich nähern und packte instinktiv den Knauf ihres Dolchs fester. Als King eintrat, ließ sie die Waffe wieder los. Aus Gründen, die sie selbst nicht verstand, fühlte sie sich in seiner Gegenwart wohler als bei den anderen.

»Hast du was gegen Stühle, Kleine?«

Ihre Lippen zuckten. Ihr gefiel es, wie die Worte aus seinem Mund polterten, wie Felsbrocken von einem steinigen Hügel. »Nein, aber ich sitze gerne auf dem Fußboden. Müssen wir weiter trainieren?«

»Nein, wir machen eine Pause.« Er setzte sich in einen breiten Sessel, einen riesigen Becher mit Kaffee in der Hand. »Larkin könnte pausenlos weitermachen. Im Moment ist er oben und übt ein paar Katas.«

»Die Katas gefallen mir. Das ist wie Tanzen.«

»Du musst nur dafür sorgen, dass du derjenige bist, der führt, wenn du mit einem Vampir tanzt.«

Müßig blätterte sie eine Seite in ihrem Buch um. »Hoyt und Cian haben sich geprügelt.«

King trank einen Schluck Kaffee. »Ach ja? Wer hat denn gewonnen?«

»Ich glaube, keiner von beiden. Ich sah sie zurückkommen, und wie sie aussahen, war es wohl ein Patt.«

»Woher weißt du denn, dass sie sich geprügelt haben? Vielleicht sind sie ja angegriffen worden.«

»Nein.« Sie fuhr mit dem Finger über die gedruckten Wörter. »Ich höre Dinge.«

»Dann hast du große Ohren, Kleine.«

»Das hat meine Mutter auch immer gesagt. Sie haben Frieden geschlossen – Hoyt und sein Bruder.«

»Damit haben wir ein Problem weniger – wenn es anhält.« So unterschiedlich, wie die beiden waren, schätzte King die Dauer des Waffenstillstands auf die Lebensspanne einer Eintagsfliege. »Was hoffst du eigentlich in all diesen Büchern zu finden?«

»Alles. Früher oder später. Weißt du, wie der erste Vampir zustande kam? Die Geschichte wird in unterschiedlichen Versionen erzählt.«

»Darüber habe ich noch nie nachgedacht.«

»Ich schon. Eine Version klingt wie eine Liebesgeschichte. Vor langer Zeit, als die Welt noch jung war, starben die Dämonen aus. Vorher, lange vorher, hatten ganze Scharen die Welt bevölkert. Aber die Menschen wurden immer stärker und klüger, und die Zeit der Dämonen neigte sich dem Ende zu.«

King liebte Geschichten. Er lehnte sich bequem zurück. »So eine Art Evolution.«

»Ein Wandel, ja. Viele Dämonen gingen in die Unterwelt, um sich zu verstecken oder zu schlafen. Damals gab es viel mehr Magie, weil sich die Menschen nicht davon abwandten. Die Menschen und die Feen verbündeten sich, um die Dämonen ein für alle Mal zu vertreiben. Einer wurde vergiftet, und er starb langsam. Er liebte eine sterbliche Frau, und das war selbst in der Welt der Dämonen verboten.«

»Also sind nicht nur die Menschen bigott. Erzähl weiter«, bat er, als Moira schwieg.

»Der sterbende Dämon holte also die sterbliche Frau aus ihrem Haus. Er war besessen von ihr, und es war sein letzter Wunsch, sich mit ihr zu vereinigen, bevor er starb.«

»Das Übliche also.«

»Vielleicht sehnen sich ja alle Lebewesen nach Liebe und Lust. Und dieser physische Akt verkörpert das Leben.«

»Und Kerle wollen es loswerden.«

Sie verlor den Faden. »Was loswerden?«

King verschluckte sich beinahe an seinem Kaffee. Lachend winkte er ab. »Hör nicht auf mich. Erzähl weiter.«

»Ah ... Ja, er ging mit ihr tief in den Wald und vergnügte sich mit ihr, und da sie unter seinem Zauber stand, wollte sie mit ihm zusammen sein. Um sein Leben zu retten, bot sie ihm ihr Blut an. Sie tranken jeder das Blut des anderen, da dies auch eine Form der Vereinigung war. Sie starb mit ihm, aber sie hörte nicht auf zu existieren und wurde zu dem Wesen, das wir als Vampir bezeichnen.«

»Ein Dämon aus Liebe.«

»Ja, so in etwa. Um Rache an den Menschen zu nehmen, jagte sie sie, trank ihr Blut und verwandelte sie, um mehr Vampire zu erschaffen. Aber sie trauerte immer noch um ihren Dämonengeliebten, und so brachte sie sich mit Sonnenlicht um.«

»Na ja, nach *Romeo und Julia* hört es sich nicht gerade an, oder?«

»Das ist ein Theaterstück, nicht wahr? Ich habe das Buch hier im Regal gesehen, aber ich bin noch nicht dazu gekommen, es zu lesen.« Es würde Jahre dauern, bis sie hier in dieser Bibliothek alle Bücher gelesen hätte, dachte sie.

»Aber ich habe noch eine andere Vampirgeschichte gelesen. Sie handelt von einem Dämon, der durch einen bösen Zauber krank und wahnsinnig wurde und ständig Menschenblut trinken wollte. Je mehr er jedoch trank, desto irrer wurde er. Er starb, nachdem er sein Blut mit einem Sterblichen vermischt hatte, und der Sterbliche wurde ein Vampir. Der Erste seiner Art.«

»Die erste Version gefällt dir vermutlich besser.«

»Nein, am besten gefällt mir die Wahrheit, und ich halte eher die zweite Geschichte für wahr. Welche sterbliche Frau würde sich in einen Dämon verlieben?«

»Du führst ein sehr behütetes Leben in deiner Welt, was? Wo ich herkomme, verlieben sich die Menschen ständig in Monster. In der Liebe gibt es keine Logik, Kleine. Liebe ist einfach.«

Mit einer energischen Kopfbewegung warf sie ihren Zopf nach hinten. »Nun, ich werde nicht so dumm sein, wenn ich mich verliebe.«

»Hoffentlich erlebe ich das noch.«

Sie klappte das Buch zu und zog die Beine an. »Liebst du jemanden?«

»Eine Frau? Ein paar Mal war ich kurz davor, aber ich habe nie ins Schwarze getroffen.«

»Wie meinst du das?«

»Wenn du mitten ins Schwarze triffst, Kleine, dann hat es dich erwischt. Aber wenn nicht, dann macht das Schießen allein auch Spaß. Die Frau, der das hier nichts ausmacht, muss schon etwas ganz Besonderes sein.« Er tippte sich mit dem Finger aufs Gesicht.

»Ich mag dein Gesicht. Es ist so groß und dunkel.«

Er lachte so heftig, dass er beinahe seinen Kaffee verschüttete.

»Du bist mir die Richtige.«

»Und du bist stark. Du sprichst schön, und du kannst kochen. Du bist deinen Freunden gegenüber loyal.«

Sein großes, dunkles Gesicht wurde ganz weich.

»Bewirbst du dich um die Stelle als Liebe meines Lebens?«

Sie lächelte ihn an. »Ich glaube nicht, dass ich für dich bestimmt bin. Wenn ich Königin werde, muss ich eines Tages heiraten und Kinder bekommen. Ich hoffe, es wird nicht nur eine Pflicht sein, sondern ich finde jemanden, der mir so viel bedeutet wie mein Vater meiner Mutter. Ich möchte einen starken und loyalen Mann haben.«

»Und er muss gut aussehen.«

Moira schwieg, aber das erhoffte sie sich natürlich auch. »Achten die Frauen hier denn nur auf gutes Aussehen?«

»Nein, das nicht, aber es schadet nichts. Wenn jemand zum Beispiel aussieht wie Cian, dann muss er sie sich schon mit der Waffe vom Leib halten.«

»Und warum ist er dann so einsam?«

Er musterte sie über den Rand seiner Tasse hinweg. »Gute Frage.«

»Wie habt ihr euch eigentlich kennengelernt?«

»Er hat mir das Leben gerettet.«

Moira schlang die Arme um die Knie und machte es sich gemütlich.

Es gab nur wenig, was sie lieber mochte als eine Geschichte. »Wie?«

»Ich war zur falschen Zeit am falschen Ort. In einer üblen Gegend in East L. A.« Er trank einen Schluck Kaffee und fuhr dann schulterzuckend fort: »Weißt du, mein alter Herr ist noch vor meiner Geburt abgehauen, und meine alte Dame hatte ein kleines Problem mit illegalen Substanzen. Und dann hat sie eines Tages zu viel von irgendeinem schlechten Zeug genommen.«

»Sie ist tot.« Ihr Herz flog ihm entgegen. »Es tut mir so leid.«

»Einfach nur Pech. Weißt du, manche Leute landen einfach in der Gosse. Sie war so jemand. Ich habe also auf der Straße gelebt und versucht, mich durchzuschlagen. Eines Abends war ich gerade auf dem Weg zu einem Platz, den ich kannte. Es war dunkel und drückend heiß. Ich wollte einfach nur noch schlafen.«

»Du hattest kein Zuhause.«

»Ich hatte die Straße. Auf einer Veranda saßen zwei Typen, an denen ich vorbei musste, wenn ich zu meinem Schlafplatz wollte. Da fährt plötzlich ein Auto vor, und jemand fängt an, auf sie zu schießen. Wie in einem Hinterhalt. Und ich mitten drin. Kugeln sausen mir am Kopf vorbei. Es werden immer mehr, und ich weiß, dass ich sterben muss. Auf einmal packt mich jemand, und mir verschwimmt alles vor Augen, aber ich hatte das Gefühl zu fliegen. Und dann war ich irgendwo anders.«

»Wo?«

»In einem schicken Hotelzimmer. So was hatte ich bisher nur im Film gesehen.« Er schlug die Beine übereinander. »Ich lag in einem weichen Bett, das groß genug war für mindestens zehn Leute. Mein Kopf schmerzte wie verrückt, und daran merkte ich, dass ich nicht tot und im Himmel war. Er kam aus dem Badezimmer. Er hatte sein Hemd ausgezogen und einen Verband an der Schulter. Als er mich aus dem Feuergefecht gezogen hatte, war er selber getroffen worden.«

»Was hast du gemacht?«

»Ich nehme an, ich hatte einen Schock. Er setzte sich auf die Bettkante und musterte mich von oben bis unten. ›Du hast Glück gehabt‹, sagte er. Er hatte so einen Akzent, dass ich dachte, er wäre bestimmt ein Rockstar oder so. So, wie er aussah, die tolle Stimme, das schicke Zimmer. Und ich hielt ihn für einen Perversen, der mich … na ja, ich war außer mir vor Angst. Ich war ja erst acht.«

»Du warst noch ein Kind?« Moira riss die Augen auf.

»Ich war acht«, wiederholte King. »Und so, wie ich aufgewachsen bin, bleibt man nicht lange ein Kind. Er fragte mich, was zum Teufel ich da draußen getrieben hätte, und ich gab ihm irgendeine freche Antwort. Als er mich fragte, ob ich hungrig wäre, habe ich gleich zurückgeschossen, er bräuchte ja nicht zu glauben, dass ich für etwas zu essen … sexuelle Handlungen an ihm vornehmen würde. Er bestellte einfach Steaks, eine Flasche Wein und Limonade und erklärte, er stehe nicht auf kleine Jungs. Wenn es einen Ort gäbe, an dem ich jetzt lieber wäre, dann sollte ich dorthin gehen. Ansonsten könnte ich bei ihm auf mein Steak warten.«

»Und du hast auf das Steak gewartet.«

»Ja klar.« Er zwinkerte ihr zu. »So hat alles angefangen. Er gab mir zu essen, und er ließ mir die Wahl. Ich konnte entweder wieder dorthin zurückgehen, woher ich gekommen war, oder für ihn arbeiten. Ich entschied mich für den Job, wobei ich allerdings nicht wusste, dass das Schule bedeutete. Er gab mir Kleidung, Bildung und Selbstachtung.«

»Hat er dir gesagt, was er war?«

»Damals noch nicht. Allerdings hat er nicht allzu lange damit gewartet. Ich dachte, er hätte nicht alle Tassen im Schrank, aber es war mir egal. Als ich merkte, dass er mir die Wahrheit gesagt hatte, war ich schon so weit, dass ich alles für ihn getan hätte. Der Mann, der ich geworden wäre, starb an jenem Abend auf der Straße«, sagte King leise. »Er hat mich nicht verwandelt, aber er hat mich verändert.«

»Warum? Hast du ihn jemals nach dem Warum gefragt?«

»Ja. Aber das muss er dir erzählen.«

Sie nickte. Die Geschichte gab ihr auch so schon genügend Stoff zum Nachdenken.

»Die Pause ist jetzt vorbei«, verkündete er. »Wir können eine Stunde lang trainieren, damit du ein paar Muskeln bekommst.«

Sie grinste. »Wir könnten auch Bogenschießen üben und deine schlechte Technik verbessern.«

»Na, komm, du kleiner Schlaumeier.« Stirnrunzelnd blickte er zur Tür. »Hast du auch etwas gehört?«

»Wie ein Klopfen?« Sie zuckte mit den Schultern und räumte erst noch die Bücher weg, bevor sie hinter ihm das Zimmer verließ.

Glenna lief die Treppe hinunter. Da ihre Arbeit nur langsam fortschritt, schadete es nichts, wenn sie Hoyt jetzt erst einmal sich selber überließ. Jemand musste sich schließlich um das Abendessen kümmern, und heute Abend war die Wahl auf sie gefallen. Sie würde eine Marinade für die Hühnerbrüstchen anrühren, und dann konnte sie noch für eine Stunde nach oben gehen.

Sie würde rasch an der Bibliothek vorbeigehen und Moira von ihren Büchern wegholen. Es mochte ja sexistisch sein, die einzige weitere Frau zur Küchenarbeit zu holen, aber irgendwo musste sie ja schließlich anfangen.

Als es an der Tür klopfte, zuckte sie zusammen und fuhr sich nervös mit der Hand durch die Haare.

Beinahe hätte sie nach Larkin oder King gerufen, aber dann schüttelte sie entschlossen den Kopf. Wie wollte sie denn in einem ernsthaften Kampf bestehen, wenn sie an einem verregneten Nachmittag noch nicht einmal die Tür alleine öffnen konnte?

Es konnte ja auch ein Nachbar sein, der ihnen einen Höflichkeitsbesuch abstatten wollte. Oder Cians Verwalter, der sich vergewissern wollte, ob sie alles hätten, was sie bräuchten.

Und ein Vampir konnte nur ins Haus eindringen, wenn sie ihn über die Schwelle ließ.

Das jedoch war äußerst unwahrscheinlich. Trotzdem warf sie zuerst einen Blick aus dem Fenster. Sie sah eine junge Frau von ungefähr zwanzig Jahren – eine hübsche Blondine in Jeans und einem hellroten Pullover. Die Haare hatte sie zu einem Pferdeschwanz zusammengebunden, der hinten aus ihrer roten Kappe herausschaute. Sie hielt eine Karte in der Hand, auf die sie ein wenig ratlos blickte.

Sie hat sich verfahren, dachte Glenna, und das Beste wäre, ihr so schnell wie möglich Auskunft zu geben, damit sie sich nicht zu lange vor dem Haus aufhielt.

»Hallo? Brauchen Sie Hilfe?«

»Hallo. Danke, ja.« Die Frau klang erleichtert. Sie hatte einen starken französischen Akzent. »Ich habe mich, äh, verirrt. *Excusez-moi,* mein Englisch ist nicht so gut.«

»Das ist schon in Ordnung. Ich spreche so gut wie kein Französisch. Was kann ich für Sie tun?«

»Ennis? *S 'il vous plaît?* Können Sie mir sagen die Straße nach Ennis?«

»Ich bin mir nicht sicher, ich bin selbst nicht von hier. Aber ich kann ja mal einen Blick auf die Karte werfen.« Glenna blickte der Frau in die Augen, als sie die Hand nach der Straßenkarte ausstreckte. »Ich bin Glenna. *Je suis* Glenna.«

»*Ah oui. Je m 'appelle* Lora. Ich bin Studentin und mache hier Ferien.«

»Wie schön.«

»Der Regen.« Lora streckte die Hand aus, sodass die Tropfen hineinfielen. »Ich glaube, deswegen habe ich mich verfahren.«

»Das hätte jedem passieren können. Dann lassen Sie uns doch mal auf die Karte sehen, Lora. Sind Sie alleine unterwegs?«

»*Pardon?*«

»Alleine? Sind Sie alleine?«

»*Oui. Mes amies* – meine Freundinnen – ich habe Freundinnen in Ennis, aber ich bin schlecht abgebogen. Falsch?«

Oh nein, dachte Glenna. Das glaube ich dir nicht. »Es überrascht mich, dass Sie das Haus von der Hauptstraße aus gesehen haben. Es liegt so abseits.«

»Entschuldigung?«

Glenna lächelte strahlend. »Ich wette, Sie würden jetzt gerne hereinkommen und eine schöne Tasse Tee trinken, während ich Ihnen den Weg erkläre.« Sie sah, wie das Licht in die babyblauen Augen der Blondine schoss. »Aber das können Sie nicht, nicht wahr? Sie können einfach nicht über die Schwelle treten.«

»*Je ne comprends pas.*«

»Doch, darauf könnte ich wetten, aber für den Fall, dass mich mein siebter Sinn im Stich gelassen hat: Sie müssen zurück zur Hauptstraße und dann nach links. Links«, wiederholte sie.

Bei Kings Aufschrei wandte sie abrupt den Kopf, und ihre Haare wippten, sodass die Haarspitzen minimal über die Sicherheitszone an der Türschwelle hinausgingen. Der Schmerz explodierte in ihrem Kopf, als brutal an ihren Haaren gerissen und sie aus dem Haus nach draußen gezerrt wurde, wo sie zu Boden fiel.

Wie aus dem Nichts waren noch zwei weitere Vampire aufgetaucht. Glenna griff instinktiv nach ihrem Kreuz und trat wie wild mit den Füßen um sich.

Sie schmeckte Blut im Mund, und verschwommen nahm sie wahr, dass King mit seinem Messer auf einen einstach und ihr zuschrie, sie solle aufstehen, um wieder ins Haus zu kommen.

Taumelnd stand sie auf und sah gerade noch, wie sie ihn umringten und einschlossen. Sie hörte sich schreien und glaubte, hoffte, dass jemand aus dem Haus reagierte. Aber sie würden zu spät kommen. Die Vampire waren wie Raubtiere über King hergefallen.

»Französische Schlampe!«, zischte Glenna und griff die Blondine an. Sie holte mit der Faust aus und hörte zu ihrer Befriedigung die Knochen splittern. Blut spritzte, aber als sie noch einmal zuschlagen wollte, verfehlte sie ihr Ziel, weil sie nichts mehr sah.

Sie spürte, wie sie erneut weggezerrt wurde, und wehrte sich strampelnd.

»Ich habe dich. Ich habe dich. Du bist wieder drinnen. Lieg still«, sagte Moira beruhigend an ihrem Ohr.

»Nein, King. Sie haben King.«

Moira stürzte bereits mit gezogenem Dolch hinaus. Als Glenna sich aufrichtete, sprang Larkin über sie hinweg durch die Tür.

Glenna kniete sich auf alle viere und kam dann schwankend auf die Füße. Brennende Übelkeit stieg in ihrer Kehle auf, als sie erneut zur Tür taumelte.

So schnell, dachte sie benommen, wie kann man sich nur so schnell bewegen? Moira und Larkin rannten ihnen nach, als sie King, der sich immer noch wehrte, in einen schwarzen Lieferwagen schleppten. Noch bevor Glenna aus dem Haus war, waren sie losgefahren.

Larkins Körper schimmerte, erschauerte und wurde zum Puma. Die Raubkatze setzte dem Lieferwagen nach und war bald nicht mehr zu sehen.

Glenna hockte sich ins nasse Gras und übergab sich.

»Geh hinein.« Hoyt packte ihren Arm mit seiner freien

Hand. In der anderen hielt er ein Schwert. »Ins Haus, Glenna. Moira, geh hinein.«

»Es ist zu spät«, weinte Glenna. Tränen des Entsetzens strömten aus ihren Augen. »Sie haben King.« Sie blickte auf und sah Cian hinter Hoyt stehen. »Sie haben ihn mitgenommen. Sie haben King.«

15

»Ins Haus«, wiederholte Hoyt. Als er Glenna hineinzog, stürmte Cian an ihm vorbei zu den Ställen.

»Geh mit ihm«, flehte Glenna ihn unter Tränen an. »O Gott, geh mit ihm, beeil dich.« Es fiel ihm unsagbar schwer, sie blutend und zitternd zurückzulassen.

Die Tür, hinter der die schwarze Maschine stand, war offen. Sein Bruder warf alle möglichen Waffen hinein.

»Fangen wir sie damit?«, wollte Hoyt wissen.

Cian beachtete ihn kaum. »Bleib bei den Frauen, ich brauche dich nicht.«

»Ob du mich brauchst oder nicht, ich bin so oder so bei dir. Wie zum Teufel kommt man in das Ding hinein?« Er kämpfte mit der Tür, und als sie aufging, stieg er ein.

Cian setzte sich schweigend hinter das Steuer. Die Maschine heulte laut auf und schien zu beben wie ein Hengst vor dem Rennen. Und dann flogen sie. Steine und Dreck wurden aufgewirbelt wie Geschosse. Im Rückspiegel sah Hoyt Glenna in der Tür stehen und sich den Arm halten. Er fürchtete, dass er gebrochen war.

Er betete zu allen Göttern, dass er sie wiedersehen möge.

Sie blickte ihm nach und fragte sich, ob sie ihren Liebsten

in den sicheren Tod geschickt hatte. »Hol alle Waffen, die du tragen kannst«, sagte sie zu Moira.

»Du bist verletzt. Lass mich mal sehen.«

»Hol die Waffen, Moira.« Sie wandte ihr das blutverschmierte Gesicht zu. »Oder glaubst du, wir bleiben hier wie verängstigte Kinder, während die Männer kämpfen?«

Moira nickte. »Willst du ein Schwert oder den Bogen?«

»Beides.«

Glenna eilte in die Küche und holte Flaschen zusammen. Ihr Arm schmerzte teuflisch, deshalb tat sie rasch das Notwendigste, um den Schmerz auszuschalten. Schließlich waren sie hier in Irland, dachte sie grimmig, und es musste doch viele Kirchen hier geben. In den Kirchen gab es sicher Weihwasser.

Sie trug die Flaschen, ein Schlachtermesser und ein Bündel Holzpflöcke zum Auto.

»Glenna.« Moira kam mit einer Armbrust, einem Langbogen über der Schulter und zwei Schwertern in der Hand zum Wagen gelaufen. Sie legte die Waffen hinein und hielt eins der Silberkreuze hoch.

»Das war im Trainingsraum. Es muss wohl Kings sein. Er hat keinen Schutz.«

Glenna schlug die Kofferraumklappe zu. »Er hat uns.«

Hecken und Hügel waren durch den grauen Regenschleier nur verschwommen zu erkennen. Hoyt sah andere Maschinen – Autos, rief er sich ins Gedächtnis – die nasse Straße entlangfahren.

Er sah Vieh und Schafe auf den Weiden mit den niedrigen Steinmauern. Larkin oder das Auto, in dem sie King transportierten, waren nirgendwo zu entdecken.

»Kannst du sie hiermit aufspüren?«, fragte er Cian.

»Nein.« Er drehte das Lenkrad, und eine Wasserfontäne

spritzte auf. »Sie bringen ihn zu Lilith. Sie wollen ihn ihr lebend präsentieren.« Er musste es einfach glauben.

»In die Höhlen?« Hoyt dachte daran, wie lange er gebraucht hatte, um von den Klippen nach Clare zu gelangen. Aber er war natürlich auch mit dem Pferd unterwegs gewesen, war verwundet gewesen und hatte Fieber gehabt. Aber trotzdem würde die Fahrt Zeit brauchen. Zu viel Zeit.

»Lebendig? Cian, werden sie ihn lebendig dorthin bringen?«

»Er wird eine Trophäe für sie sein. Sie wird ihn selber töten wollen. Wir können nicht so weit hinter ihnen sein. Der Jag ist viel schneller als der blöde Lieferwagen, den sie fahren.«

»Sie werden ihn nicht beißen. Das verhindert das Kreuz.«

»Aber es kann ein Schwert oder einen Pfeil nicht aufhalten. Auch keine Kugel. Aber diese Waffen wird sie nicht verwenden«, sagte er wie zu sich selber. »Das ist viel zu distanziert. Wir lieben es, den Schmerz in den Augen unserer Opfer zu sehen. Sie wird ihn zuerst foltern. Sie will bestimmt nicht, dass es so schnell geht.« Seine Hände umklammerten das Lenkrad. »Das gibt uns ein bisschen Zeit.«

»Die Nacht bricht an.«

Hoyt sprach es nicht aus, aber sie wussten beide, dass bei Einbruch der Dunkelheit mehr Vampire auftauchen würden.

Cian überholte eine Limousine in einem solchen Tempo, dass der Jaguar auf der nassen Straße ins Schleudern geriet, aber er hatte ihn sofort wieder unter Kontrolle. Scheinwerfer blendeten ihn, Zweige schrammten an der Seite vorbei und Kies spritzte auf, aber er fuhr immer weiter.

»Wir müssten sie jetzt schon eingeholt haben. Wenn sie einen anderen Weg genommen haben oder sie vielleicht einen neuen Unterschlupf hat …« Es gibt viel zu viele Möglichkeiten, dachte Cian und trat das Gaspedal durch. »Kannst du etwas tun? Einen Zauber, um sie zu orten?«

»Ich habe keine … doch, warte.« Hoyt griff nach dem Kreuz, das er um den Hals trug, und ließ Macht hineinfließen.

»Schild und Symbol. Leite mich. Lass mich sehen.«

Er sah den Puma, der durch den Regen rannte. Das Kreuz schlug ihm wie eine Silberpeitsche gegen die Brust.

»Larkin, er ist hinter uns. Er bleibt auf den Weiden, aber er wird langsam müde.« Suchend tastete er sich im Licht des Kreuzes weiter. »Glenna – und Moira ist bei ihr. Sie sind nicht im Haus geblieben, sie bewegen sich. Sie hat Schmerzen.«

»Sie können mir nicht helfen. Wo ist King?«

»Ich kann ihn nicht sehen. Er ist im Dunkeln.«

»Tot?«

»Ich weiß nicht. Ich kann ihn nicht erreichen.«

Cian trat auf die Bremse und riss das Steuer herum. Der Jaguar schleuderte um die eigene Achse und rutschte gefährlich nahe auf den schwarzen Lieferwagen, der mitten auf der schmalen Straße stand. Es gab einen dumpfen Knall, als Metall auf Metall traf.

Noch bevor der Wagen zum Stehen gekommen war, war Cian bereits herausgesprungen. Er zog sein Schwert und riss die Tür des anderen Autos auf. Es war leer.

»Hier ist eine Frau«, rief Hoyt. »Sie ist verletzt.«

Fluchend lief Cian um den Wagen herum und öffnete die Heckklappe. Er sah Blut – dem Geruch nach zu urteilen, Menschenblut. Aber für Tod war es nicht genug.

»Cian, sie ist gebissen worden, aber sie lebt.«

Cian blickte über die Schulter. Eine Frau lag auf der Straße. Sie blutete aus zwei Löchern am Hals. »Sie haben sie nicht ausgesaugt, dazu war nicht genug Zeit. Bring sie wieder zu Bewusstsein«, befahl er Hoyt. »Mach schnell. Sie haben ihr Auto genommen. Find heraus, was sie für ein Auto gefahren hat.«

»Sie braucht Hilfe.«

»Verdammt noch mal, entweder sie überlebt oder nicht. Mach sie wach.«

Hoyt legte seine Fingerspitzen auf die Wunden und spürte, wie sie brannten. »Madam. Hören Sie mich. Wachen Sie auf!«

Sie bewegte sich, dann öffnete sie die Augen, die Pupillen groß wie Monde. »Rory! Rory. Helfen Sie mir.«

Cian schob Hoyt grob zur Seite. Er besaß selber ein wenig Macht. »Sieh mich an. In mich hinein.« Er beugte sich dicht über sie. »Was ist hier passiert?«

»Eine Frau, der Kombi. Wir dachten, sie bräuchte Hilfe. Rory hielt an. Er stieg aus. Er stieg aus und sie … O Gott, o Gott. Rory.«

»Sie haben dein Auto genommen. Was für ein Auto war das?«

»Ein blauer BMW. Rory. Sie haben ihn mitgenommen. Sie haben ihn mitgenommen. Kein Platz für dich, sagten sie zu mir und stießen mich hinaus. Sie lachten.«

Cian richtete sich auf. »Hilf mir, den Wagen von der Straße zu schieben. Sie waren immerhin so schlau, dass sie die Schlüssel mitgenommen haben.«

»Wir können sie hier nicht so liegen lassen.«

»Dann bleib bei ihr, aber hilf mir zuerst mit dem verdammten Wagen.«

Wütend hob Hoyt die Arme, und das Auto sprang in den Straßengraben.

»Gut gemacht.«

»Sie könnte sterben. Sie hat doch nichts getan.«

»Da wäre sie weder die Erste noch die Letzte. Wir sind im

Krieg, oder?«, gab Cian zurück. Leise murmelte er: »Gute Strategie. Sie machen uns langsamer und wechseln in ein schnelleres Auto. Vor den Höhlen hole ich sie nicht mehr ein, wenn sie dort überhaupt hinfahren.«

Er wandte sich an seinen Bruder. »Ich glaube, ich brauche dich.«

»Ich lasse keine verletzte Frau wie einen Hund am Straßenrand krepieren.«

Cian trat an sein Auto, öffnete die Ablage und holte ein Handy heraus. Er sprach kurz hinein. »Das ist ein Kommunikationsgerät«, sagte er zu Hoyt, nachdem er das Handy wieder weggelegt hatte. »Ich habe Hilfe gerufen – Polizei und Notarzt. Wenn du jetzt hier bleibst, stellen sie dir nur unangenehme Fragen, die du nicht beantworten kannst.«

Er öffnete die Kofferraumhaube und holte eine Decke und ein paar Warnlichter heraus. »Deck sie zu«, wies er ihn an, »ich stelle in der Zwischenzeit die Warnlichter auf. King ist ein Köder«, fügte er hinzu. »Ein Köder und eine Trophäe. Sie weiß, dass wir kommen. Sie will uns auch.«

»Dann wollen wir sie nicht enttäuschen.«

Da keine Hoffnung bestand, den anderen Wagen noch einzuholen, fuhr Cian jetzt vorsichtiger. »Sie war cleverer. Aggressiver und bereit, Leute zu verlieren. Deshalb ist sie jetzt im Vorteil.«

»Sie sind deutlich in der Überzahl.«

»Das wäre immer so. Aber vielleicht lässt sie sich jetzt noch auf einen Handel ein.«

»Einen von uns für King.«

»Du bist ihr völlig egal. Ein Mensch ist ein Mensch, also hast du keinen besonderen Stellenwert für sie. Vielleicht noch ein bisschen, weil sie Respekt vor der Macht hat. Aber vermutlich will sie eher mich.«

»Bist du bereit, dein Leben für ihn zu geben?«

»Sie würde mich nicht töten. Jedenfalls nicht sofort. Zuerst würde sie sicher ihre beachtlichen Talente ausüben wollen. Das würde sie genießen.«

»Folter.«

»Und Überredungskraft. Wenn sie mich auf ihre Seite ziehen könnte, wäre das ein Coup für sie.«

»Ein Mann, der sein Leben für das eines Freundes gibt, verrät ihn doch nicht im gleichen Atemzug. Warum sollte sie das annehmen?«

»Weil wir launische Geschöpfe sind. Und sie hat mich erschaffen, deshalb hat sie besonderen Einfluss auf mich.«

»Nein. Ich glaube dir, dass du dein Leben für King geben würdest, aber sie würde dir nicht glauben. Du musst mich anbieten«, sagte Hoyt.

»Ach ja?«

»Ich habe dir Jahrhunderte lang nichts bedeutet. Er steht dir wesentlich näher als ich. So wird sie das auch sehen. Ein Mensch für einen Zauberer. Für sie ist das doch ein guter Tausch.«

»Und warum sollte sie glauben, dass du dein Leben für einen Mann gibst, den du erst seit ein paar Tagen kennst?«

»Weil du mir das Messer an die Kehle hältst.«

Cian klopfte mit den Fingern auf das Lenkrad. »Das könnte funktionieren.«

Als sie an den Klippen ankamen, hatte der Regen aufgehört, und ein trüber Mond stand am Himmel. Hoch ragten die Felsen über der Straße auf und warfen gezackte Schatten auf die tosende See.

Man hörte nur das Geräusch der Brandung, und das Summen in der Luft war wie der Atem der Götter.

Menschen oder Vampire und ein anderes Auto waren nirgendwo zu sehen.

Zum Meer hin verlief ein Geländer entlang der Straße, und dahinter waren nur Felsen, Wasser und das Labyrinth der Höhlen.

»Wir locken sie herauf.« Cian wies mit dem Kinn zum Abgrund. »Wenn wir zu ihr hinuntergehen, stecken wir in der Falle, mit dem Rücken zum Meer. Wir klettern besser hinauf und lassen sie dorthin kommen.«

Der Aufstieg über das nasse Gras und die rutschigen Felsen war mühsam.

An der Spitze der Landzunge stand ein Leuchtturm, der seinen Strahl in die Dunkelheit schickte.

Sie spürten beide den Angriff, bevor sie etwas sahen. Der Vampir sprang mit entblößten Reißzähnen hinter einem der Felsen hervor. Cian drehte nur leicht die Schulter, und er stürzte auf die Straße. Für den zweiten nahm er den Holzpflock, den er an seinem Gürtel stecken hatte.

Dann richtete er sich auf und wandte sich dem dritten Vampir zu, der sich vorsichtiger näherte als seine Gefährten.

»Sag deiner Herrin, Cian McKenna möchte mit ihr sprechen.«

Die Zähne der Kreatur leuchteten im Mondlicht. »Heute Nacht trinken wir dein Blut.«

»Oder du stirbst hungrig und von Liliths Hand, weil du ihr meine Nachricht nicht überbracht hast.«

Der Vampir verschwand.

»Möglicherweise warten oben noch mehr auf uns«, sagte Hoyt.

»Unwahrscheinlich. Sie hat sicher damit gerechnet, dass wir zu den Höhlen kommen, statt uns für Verhandlungen hier hinauf zu begeben. Das wird ihr gefallen, und deshalb kommt sie bestimmt.«

Sie kletterten weiter, bis sie die Stelle erreichten, wo Hoyt

Lilith und dem Wesen, das sie aus seinem Bruder gemacht hatte, einst gegenübergestanden hatte.

»Dass wir genau diese Stelle ausgesucht haben, weiß sie sicher auch zu schätzen.«

»Es fühlt sich so an wie damals.« Hoyt steckte sein Kreuz unter sein Hemd, damit man es nicht sah. »Die Luft. Die Nacht. Das war früher einmal die Stelle, wo ich mit einem Gedanken die Macht heraufbeschwören konnte.«

»Hoffentlich kannst du es immer noch.« Cian zückte sein Messer. »Auf die Knie mit dir.« Er ritzte Hoyts Kehle auf und sah zu, wie das Blut aus dem Schnitt tropfte. »So.«

»Jetzt geht es um Entscheidungen.«

»Darum geht es immer. Wenn du gekonnt hättest, hättest du mich hier getötet.«

»Wenn ich gekonnt hätte, hätte ich dich hier gerettet.«

»Nun, du hast beides nicht getan.« Er zog das Messer aus Hoyts Scheide und hielt seinem Bruder die beiden Klingen wie ein V an das Hals. »Knie dich hin.«

Hoyt gehorchte.

»Nun, was für ein schöner Anblick.«

Lilith trat in den Mondschein. Sie trug ein smaragdgrünes Gewand, und ihre offenen Haare flossen wie Sonnenstrahlen über ihre Schultern.

»Lilith. Wir haben uns sehr lange nicht gesehen.«

»Zu lange.« Die Seide raschelte, als sie sich bewegte. »Hast du den weiten Weg gemacht, um mir ein Geschenk zu bringen?«

»Ich will dir einen Handel vorschlagen«, korrigierte Cian sie. »Ruf deine Hunde zurück«, fügte er mit ruhiger Stimme hinzu. »Sonst töte ich erst ihn und dann sie. Dann hast du gar nichts.«

»Kraftvoll wie eh und je.« Sie machte eine Geste mit der Hand, um die Vampire zurückzuhalten, die neben ihr herkrochen. »Du bist reifer geworden. Als ich dir die Gabe verlieh, warst du nicht mehr als ein hübscher Welpe. Aber jetzt – ein geschmeidiger Wolf. Das gefällt mir.«

»Und doch immer noch dein Hund.« Hoyt spuckte die Worte förmlich aus.

»Ah, da kniet ja der mächtige Zauberer. Das gefällt mir auch. Du hast mich gezeichnet.« Sie öffnete ihr Kleid, um Hoyt das Pentagramm zu zeigen, das über ihrem Herzen eingebrannt war. »Es hat mir mehr als zehn Jahre lang Schmerzen bereitet. Und die Narben verblassen nicht. Das verdanke ich dir. Wie ist es dir gelungen, Cian, ihn hierher zu bringen?«

»Er hält mich für seinen Bruder. Das macht es leicht.«

»Sie hat dir das Leben genommen. Sie besteht nur aus Lügen und Tod.«

Cian lächelte. »Das liebe ich ja gerade an ihr. Ich gebe dir diesen hier für den Menschen, den du mitgenommen hast. Er ist nützlich für mich und mir treu ergeben. Ich möchte ihn zurückhaben.«

»Aber er ist viel größer als der hier. Das wird ein wahres Festmahl.«

»Er hat aber keine Macht. Er ist ein ganz gewöhnlicher Sterblicher. Ich gebe dir einen Zauberer.«

»Aber du beanspruchst den Menschen für dich.«

»Wie ich bereits sagte, er ist mir von Nutzen. Weißt du eigentlich, wie viel Zeit und Mühe es braucht, einen menschlichen Diener auszubilden? Ich will ihn zurück. Niemand wird ihn mir stehlen. Weder du noch sonst jemand.«

»Wir reden darüber. Bring ihn mir hinunter. Ich habe einiges an den Höhlen verändert. Wir können es uns gemütlich machen und eine Kleinigkeit essen. Ich habe gerade eine üppige Austauschschülerin da – aus der Schweiz. Wir können sie uns ja teilen. Oh, aber warte.« Sie lachte perlend.

»Ich habe gehört, du ernährst dich dieser Tage nur noch von Schweineblut.«

»Du solltest nicht alles glauben, was du hörst.« Cian hob das Messer, mit dem er Hoyt den Schnitt in den Hals zugefügt hatte, und fuhr mit der Zunge über die blutige Klinge.

Der Geschmack von Menschenblut rötete seine Augen und steigerte seinen Appetit. »Aber ich bin in meinem langen Leben nicht dumm geworden. Dies ist ein einmaliges Angebot, Lilith. Bring mir den Menschen, und ich gebe dir den Zauberer.«

»Kann ich dir denn trauen, mein Liebling? Du tötest unsere Artgenossen.«

»Ich töte, wen ich will und wann immer ich will. Genau wie du.«

»Aber du hast dich mit ihnen gegen mich verbündet.«

»Solange es mich amüsierte. Aber jetzt ist es viel zu langweilig und kostspielig geworden. Gib mir den Menschen und nimm diesen hier. Als zusätzlichen Bonus lade ich dich in mein Haus ein. Du kannst ein Festmahl mit den Übrigen halten.«

Hoyt warf den Kopf zurück, und die Klinge ritzte ihm erneut die Haut auf. Leise stieß er einen gälischen Fluch aus.

»Ich kann die Macht in seinem Blut riechen«, gurrte Lilith. »Großartig.«

»Wenn du näher kommst, schneide ich ihm die Halsschlagader durch und vergeude alles.«

»Würdest du das wirklich tun?« Sie lächelte. »Ist es das, was du willst?«

Am Rand der Klippe, neben dem Leuchtturm, erkannte Cian die zusammengesunkene Gestalt Kings, der von zwei Vampiren gehalten wurde.

»Er lebt«, sagte sie leichthin. »Natürlich musst du auf mein Wort vertrauen, aber auch ich muss dir ja glauben, dass du mir diesen da wirklich überreichst. Lass uns ein Spiel spielen.«

Sie raffte ihre Röcke und wirbelte herum. »Töte ihn, und ich gebe dir den Menschen. Töte deinen Bruder, aber nicht mit den Messern. Töte ihn so, wie du töten sollst. Trink sein Blut, und der Mensch gehört dir.«

»Bring ihn mir zuerst hierher.«

Sie zog einen Schmollmund und glättete ihre Röcke. »Nun gut.«

Sie hob einen Arm, dann den anderen. Cian nahm die Messer von Hoyts Kehle, als die Vampire King vorwärtszerrten.

Plötzlich jedoch ließen sie ihn fallen und schickten ihn mit einem heftigen Tritt über die Klippe.

»Upps!« Liliths Augen funkelten vor Freude. Sie schlug die Hand vor den Mund. »Er muss ihnen aus der Hand gerutscht sein. Aber den hier musst du jetzt wohl töten, um mich zu entschädigen.« Mit einem wilden Aufschrei stürzte Cian sich auf sie. Sie erhob sich und entfaltete ihr Gewand wie Flügel. »Packt ihn!«, schrie sie. »Bringt sie zu mir.« Und damit war sie verschwunden.

Cian nahm die Messer, und Hoyt zog die Holzpflöcke, die er mitgenommen hatte, aus seinem Gürtel.

Auf einmal flogen Pfeile durch die Luft, und noch ehe Cian zum ersten Schlag ausholen konnte, war ein halbes Dutzend Vampire bereits zu Staub zerfallen, den der Wind aufs Meer hinaustrug.

»Es kommen noch mehr!«, schrie Moira, die im Schutz der Bäume stand. »Wir müssen weg hier. Kommt, hier entlang. Beeilt euch!«

Der Rückzug war bitter und fiel ihnen schwer. Aber sie hatten keine andere Wahl, wenn sie nicht sterben wollten. Deshalb drehten sie dem Kampf den Rücken.

Als sie zum Auto kamen, griff Hoyt nach der Hand seines Bruders. »Cian …«

»Nicht.« Cian stieg ein und beobachtete, wie die beiden Frauen in den Kombi sprangen. »Lass es einfach.«

Die lange Fahrt nach Hause verlief schweigend, voller Trauer und Wut.

Glenna weinte nicht. Der Schmerz ging zu tief für Tränen. Sie fuhr in einer Art Trance, dumpf und benommen.

»Es war nicht deine Schuld.«

Sie hörte Moiras Stimme, konnte jedoch nicht antworten. Sie spürte, wie Larkin sie an der Schulter berührte. Anscheinend wollte er sie trösten, aber sie war wie erstarrt und konnte nicht reagieren.

Sie bog in den Wald ab und lenkte das Auto vorsichtig über die schmale Straße. Vor dem Haus stellte sie den Motor ab, schaltete das Licht aus und ging zur Tür.

In diesem Moment flog die Tür auf, Cian packte sie und hob sie hoch. Sie empfand nichts, noch nicht einmal Angst, als sie die Mordlust in seinen Augen sah.

»Sag mir, warum ich dir nicht einfach den Hals breche.«

»Das kann ich nicht.«

Hoyt, der ihr zu Hilfe eilen wollte, wurde von seinem Bruder einfach zur Seite geschoben.

»Lass ihn in Ruhe. Er kann nichts dafür«, sagte sie zu Hoyt, bevor er sich erneut auf ihn stürzte. »Bitte nicht.«

Dann blickte sie Cian in die Augen. »Nein, du kannst mir ruhig den Hals brechen. Ich habe ihn umgebracht.«

»Das war nicht ihr Werk.« Moira zerrte an Cians Arm. »Du kannst ihr nicht die Schuld geben.«

»Sie soll für sich selbst sprechen.«

»Das kann sie nicht. Siehst du nicht, wie schwer sie verletzt ist? Ich durfte noch nicht einmal ihre Wunden versorgen, bevor wir euch hinterhergefahren sind. Wir müssen hinein. Wenn sie uns jetzt angreifen, sterben wir alle.«

»Wenn du ihr etwas antust«, sagte Hoyt leise, »dann bringe ich dich mit meinen eigenen Händen um.«

»Ist das alles, was noch geblieben ist?«, flüsterte Glenna mit schwacher Stimme. »Nur Tod? Gibt es gar nichts anderes mehr?«

»Gib sie mir!« Hoyt nahm sie aus Cians unerbittlichem Griff und trug sie ins Haus. Beruhigend murmelte er in Gälisch auf sie ein.

»Du kommst mit, und du hörst zu.« Moira ergriff Cians Arm. »Das hat er verdient.«

»Sag mir nicht, was er verdient hat.« Er riss sich mit solcher Kraft los, dass sie zurücktaumelte. »Du weißt gar nichts.«

»Ich weiß mehr, als du denkst.« Sie folgte Hoyt ins Haus.

»Ich konnte sie nicht einholen.« Larkin starrte zu Boden. »Ich war nicht schnell genug, und ich konnte sie nicht einholen.« Er öffnete die Heckklappe des Kombis und lud die Waffen aus. »In so ein Gerät kann ich mich nicht verwandeln.« Er knallte die Klappe wieder zu. »Es muss etwas Lebendiges sein. Aber selbst der Puma konnte sie nicht einholen.«

Cian schwieg und ging ins Haus.

Sie hatten Glenna auf das Sofa im Wohnzimmer gelegt. Ihre Augen waren geschlossen, und Schweißperlen standen auf ihrem bleichen Gesicht. Die Wunden an ihrem Kiefer und ihrer Wange leuchteten feuerrot. An den Mundwinkeln klebte getrocknetes Blut.

Hoyt betastete vorsichtig ihren Arm. Nicht gebrochen, dachte er erleichtert. Schlimm verrenkt, aber nicht gebrochen. Behutsam zog er ihr die Bluse aus. Über die Schulter bis hinunter zur Hüfte zogen sich Prellungen.

»Ich weiß, wie wir das behandeln können«, sagte Moira und eilte davon.

»Nicht gebrochen.« Hoyts Hand schwebte über Glennas Rippen. »Es ist gut, dass da nichts gebrochen ist.«

»Sie hat Glück, dass ihr Kopf noch auf ihren Schultern sitzt.« Cian trat an eine Vitrine und nahm eine Flasche Whiskey heraus. Er machte sich nicht erst die Mühe, ein Glas einzuschenken, sondern trank direkt aus der Flasche.

»Sie hat schwere innere Verletzungen.«

»Das hat sie davon, dass sie aus dem Haus gegangen ist.«

»Das ist sie gar nicht.« Moira kam mit Glennas Kasten wieder ins Zimmer. »Jedenfalls nicht so, wie du es meinst.«

»Soll ich etwa glauben, King ist hinausgegangen, und sie ist ihm zu Hilfe geeilt?«

»Nein, er ist wegen mir herausgekommen.« Glenna öffnete die Augen. Sie waren glasig vor Schmerz. »Und dann haben sie ihn mitgenommen.«

»Still«, befahl Hoyt. »Moira, ich brauche dich hier.«

»Wir nehmen das hier.« Sie wählte ein Fläschchen aus. »Gieß es auf die Wunden.« Dann kniete sie sich hin und legte ihre Hand leicht auf Glennas Oberkörper.

»Was ich an Kraft besitze, sei mir jetzt gegeben, um deinen Schmerz zu beheben. Kein Leid soll dir geschehen, der Schmerz, er soll jetzt gehen.« Sie warf Glenna einen flehenden Blick zu. »Hilf mir. Ich bin nicht so gut.«

Glenna legte ihre Hand über Moiras und schloss die Augen. Als auch noch Hoyt seine Hand darüber legte, zog sie scharf die Luft ein und stieß sie stöhnend wieder aus. Als Moira daraufhin jedoch ihre Hand wegziehen wollte, hielt Glenna sie fest.

»Manchmal schmerzt Heilung«, stieß sie hervor. »Das muss manchmal so sein. Sag den Spruch noch einmal. Drei Mal insgesamt.«

Glenna brach der Schweiß aus, als Moira gehorchte, aber die Prellungen wurden blasser und gingen zurück.

»Ja, so ist es besser. Danke.«

»Wir wollen einen Whiskey haben«, fuhr Moira Cian an.

»Nein, das lasse ich besser.« Glenna richtete sich mühsam auf. »Helft mir, damit ich mich setzen kann. Ich muss mir die Wunden anschauen.«

»Wir kümmern uns schon darum.« Hoyt strich ihr mit den Fingern übers Gesicht. Sie griff nach seiner Hand. Und endlich flossen die Tränen. Sie konnte nicht mehr aufhören zu weinen.

»Es tut mir so leid.«

»Du kannst dir nicht die Schuld geben, Glenna.«

»Wem denn sonst?«, warf Cian ein. Moira sprang auf.

»Er hat das Kreuz nicht getragen.« Sie holte es aus der Tasche und hielt es hoch. »Er hat es oben abgelegt und hiergelassen.«

»Er hat mir ein paar Ringergriffe beigebracht«, erklärte Larkin. »Und er hat gemeint, es sei ihm im Weg. Danach hat er es bestimmt vergessen.«

»Er hatte ja auch nicht vor, nach draußen zu gehen, oder? Und wenn sie nicht gewesen wäre, hätte er es auch nicht getan.«

»Er hat sich geirrt.« Moira legte das Kreuz auf den Tisch. »Glenna, er muss die Wahrheit erfahren.«

»Er hat bestimmt gedacht, ich würde sie hineinlassen oder hinausgehen, was nicht stimmte. Aber was bringt das schon? Ich war mal wieder selbstgerecht. Deswegen ist er tot.«

Cian trank noch einen Schluck. »Sag mir, warum er sterben musste.«

»Sie klopfte an die Tür. Ich hätte gar nicht aufmachen sollen, aber eine junge Frau mit einer Straßenkarte stand davor.

Ich schwöre euch, ich wollte weder hinausgehen noch sie hereinbitten. Sie sagte, sie habe sich verfahren. Sie sprach mit einem französischen Akzent. Wirklich ganz reizend, aber ich wusste … ich spürte es. Und ich konnte der Versuchung nicht widerstehen, mir einen Spaß daraus zu machen. Gott, o Gott«, schluchzte sie. »Wie dumm und eitel von mir.«

Sie holte tief Luft. »Sie sagte, ihr Name sei Lora.«

»Lora.« Cian ließ die Flasche sinken. »Jung, attraktiv, französischer Akzent?«

»Ja. Du kennst sie also.«

»Ja.« Er trank noch einen Schluck. »Ich kenne sie, ja.«

»Ich sah ihr an, was sie war. Ich weiß nicht wie, aber ich wusste es. Ich hätte ihr einfach die Tür vor der Nase zuschlagen sollen. Aber dann dachte ich, ich würde mich vielleicht irren, und ich sollte ihr besser den Weg erklären, damit sie weiterfuhr. Damit wollte ich gerade anfangen, als King schrie und die Halle entlanggerannt kam. Erschreckt drehte ich mich um, und das war unachtsam von mir, weil sie meine Haare zu packen bekam und mich daran nach draußen zog.«

»Es ging so schnell«, fuhr Moira fort. »Ich kam hinter King und sah kaum, wie der Vampir sich bewegte. Er lief nach draußen, und da waren noch mehr. Vier oder fünf. Es ging wie der Blitz.«

Moira schenkte sich einen kleinen Whiskey ein und stürzte ihn hinunter, um ihre Nerven zu beruhigen. »Sie warfen sich alle auf ihn, und er schrie Glenna zu, sie solle hineinlaufen. Aber stattdessen stand sie auf und rannte zu ihm, um ihm zu helfen. Der weibliche Vampir stieß sie mit voller Wucht zurück, aber sie versuchte trotzdem, ihm zu helfen, obwohl sie verletzt war. Vielleicht war sie ja nachlässig, aber das kann man von King genauso gut sagen.«

Moira nahm das Kreuz wieder in die Hand. »Und er hat

einen schrecklichen Preis dafür bezahlt. Einen schrecklichen Preis dafür, dass er einen Freund verteidigt hat.«

Mit Hoyts Hilfe erhob sich Glenna mühsam. »Ich kann nicht mehr tun, als mich zu entschuldigen. Ich weiß, was er dir bedeutet hat.«

»Wohl kaum.«

»Doch, ich glaube schon, und ich weiß zumindest, was er für uns hier war. Ich bin schuld an seinem Tod, und damit werde ich den Rest meines Lebens leben müssen.«

»Ich auch. Mein Pech, dass ich wesentlich länger leben werde als du.«

Er nahm die Whiskeyflasche mit, als er hinausging.

16

In dem Moment zwischen Schlaf und Erwachen war Kerzenlicht und wohltuendes Nichts, nur Wärme, Decken, die nach Lavendel dufteten, und tröstliche Geborgenheit.

Aber der Moment verflog, und Glenna erinnerte sich.

King war tot, so sorglos von den Monstern ins Meer geschleudert, wie ein Junge einen Stein ins Wasser wirft.

Auf ihren eigenen Wunsch hin war sie alleine nach oben gegangen, um zu schlafen und zu vergessen.

Die Kerze flackerte, und sie fragte sich, ob sie wohl jemals wieder im Dunkeln würde schlafen können. Ob sie wohl von nun an immer, wenn die Nacht hereinbrach, daran denken müsste, dass die Vampire sich jetzt aufmachten? Würde sie jemals wieder ohne Furcht im Mondschein spazieren gehen können? Oder würde ihr jeder Regentag Angstschauer über den Rücken jagen?

Sie drehte sich um, und sah die Umrisse seiner Gestalt

im Licht des Mondes, das durch das Fenster fiel. Er wachte über sie, dachte sie. Über sie alle. Dabei trug er die schwerste Last. Und doch war er gekommen, um sich zwischen sie und die Dunkelheit zu stellen.

»Hoyt.«

Sie setzte sich auf und streckte ihm die Hände entgegen.

»Ich wollte dich nicht wecken.« Er trat zu ihr, ergriff ihre Hände und musterte besorgt ihr Gesicht im schwachen Licht der Kerze. »Hast du Schmerzen?«

»Nein. Im Moment tut mir nichts weh. Ich muss Moira und dir dafür danken.«

»Du hast ja selbst deinen Teil dazu beigetragen. Und der Schlaf hilft dir auch.«

»Geh nicht. Bitte. Was ist mit Cian?«

»Ich weiß nicht.«

Er blickte bekümmert zur Tür. »Er hat sich mit dem Whiskey in seinem Zimmer eingeschlossen.« Er strich ihr die Haare aus der Stirn. »Wir betäuben heute Abend alle den Schmerz, jeder auf seine Weise.«

»Sie hätte ihn nie gehen lassen. Sie hätte King nie frei gelassen, ganz gleich, was wir gemacht hätten.«

»Nein.« Er setzte sich auf die Bettkante. »Irgendwo tief im Innern hat Cian das auch sicherlich gewusst, aber er musste es versuchen. Wir mussten es versuchen.«

Indem ihr so getan habt, als würdest du als Geisel ausgetauscht, dachte sie.

»Aber jetzt wissen wir, dass man mit ihr nicht handeln kann«, fuhr er fort. »Bist du stark genug, um zu hören, was ich zu sagen habe?«

»Ja.«

»Wir haben einen von uns verloren. Einen von den sechs, die wir brauchten, um diesen Krieg zu gewinnen. Ich weiß nicht, was das bedeutet.«

»Unser Krieger. Vielleicht bedeutet es, dass wir alle Krieger werden müssen. Bessere. Ich habe heute getötet, Hoyt – allerdings war mehr Glück als Können dabei –, aber ich habe zerstört, was früher einmal menschlich gewesen war. Ich kann und werde es wieder tun. Dann jedoch mit mehr Geschick und Erfahrung. Ich werde jeden Tag ein wenig dazulernen. Sie hat einen von uns genommen und glaubt, dass wir jetzt schwach und verängstigt wären. Aber sie irrt sich. Wir werden es ihr schon zeigen.«

»Ich führe diese Schlacht an. Du hast große magische Fähigkeiten. Du wirst hier im Turm an Waffen, Schilden und Zaubersprüchen arbeiten. Einen Schutzkreis, um …«

»Hey, warte.« Sie hob die Hand. »Werde ich wie Rapunzel hier im Turm festgehalten?«

»Ich kenne diese Person nicht.«

»Auch eine hilflose Frau, die darauf wartete, gerettet zu werden. Natürlich werde ich mit der Magie arbeiten und auch härter und länger als zuvor, aber ich werde auch härter und länger trainieren. Ich will nicht Tag und Nacht hier im Turm sitzen mit meinem Kohlebecken und den Kristallen und Zaubersprüche schreiben, während ihr kämpft.«

»Du hattest heute deinen ersten Kampf und bist beinahe getötet worden.«

»Ja, aber ich habe auch mehr Respekt vor unserer Aufgabe bekommen. Wie wir alle bin ich berufen, und ich werde mich nicht verstecken.«

»Wenn du deine Stärken anwendest, versteckst du dich nicht. Ich trage die Verantwortung für diese Armee …«

»Ja, großartig, ich nähe dir ein paar Streifen an und rede dich mit General an.«

»Warum bist du so wütend?«

»Ich will nicht, dass du mich beschützt. Du sollst mich wertschätzen.«

»Wertschätzen.« Er sprang auf, sodass der rote Schimmer vom Kaminfeuer über sein Gesicht glitt. »Du bist mir mehr wert, als ich ertragen kann. Ich habe schon zu viel verloren. Ich habe miterlebt, wie mir mein Bruder, der mit mir im Mutterleib war, genommen wurde. Ich habe an den Gräbern meiner Familie gestanden. Ich will nicht zusehen, wie du von diesen Vampiren niedergemetzelt wirst – du bist mein einziges Licht. Ich will dein Leben nicht mehr in Gefahr bringen. Ich will nicht an deinem Grab stehen.«

»Aber ich soll dein Leben in Gefahr bringen? Ich soll an deinem Grab stehen?«

»Ich bin ein Mann.«

Er sagte das so einfach, wie ein Erwachsener einem Kind vielleicht erklärt, dass der Himmel blau ist, aber es verschlug ihr die Sprache.

Dann sank sie wieder auf ihr Kissen zurück.

»Nur weil du aus dem finsteren Mittelalter stammst, verwandle ich dich jetzt nicht in einen Esel.«

»Finsteres …?«

»Herzlich willkommen in meiner Zeit, Merlin. Frauen sind gleichberechtigt. Wir arbeiten, wir kämpfen, wir wählen, und vor allem treffen wir unsere eigenen Entscheidungen hinsichtlich unseres Lebens, unseres Körpers und unseres Verstandes. Hier regieren nicht nur die Männer.«

»Das war noch nie so«, murrte er. »Was physische Stärke betrifft, so seid ihr nicht ebenbürtig, Glenna.«

»Das machen wir mit anderen Vorzügen wett.«

»Ganz gleich, wie klug und geschickt ihr seid, eure Körper sind zerbrechlicher. Sie sind dazu geschaffen, Kinder auszutragen.«

»Das ist doch ein Widerspruch in sich. Wenn Männer Kinder bekommen müssten, wäre die Welt schon vor langer Zeit untergegangen, dann bräuchten wir dazu keine Vampire.

Und auf noch etwas muss ich dich leider hinweisen: Diejenige, die dieses ganze Chaos verursacht, ist eine Frau.«

»Irgendwie sollte das mein Argument sein.«

»Nun, ist es aber nicht, also vergiss es. Und es ist ebenfalls eine Frau, die uns zusammengebracht hat, also bist du überstimmt. Ich könnte wesentlich mehr sagen, aber diese lächerliche Unterhaltung verursacht mir Kopfschmerzen.«

»Du solltest dich ausruhen. Wir reden morgen weiter.«

»Ich werde mich nicht ausruhen, und wir werden morgen darüber auch nicht weiterreden.« Sein einziges Licht, dachte er. Manchmal blendete sie ihn förmlich. »Du bist eine widersprüchliche und anstrengende Frau.«

»Ja.« Lächelnd streckte sie die Hände aus. »Setz dich wieder, ja? Du sorgst dich um mich. Das verstehe ich doch.«

»Wenn du das für mich tun würdest, wäre ich ruhiger.« Er zog ihre Hände an die Lippen. »Ich wäre dann ein besserer Anführer.«

»Oh, das ist gut.« Sie stieß ihn sanft vor die Brust. »Sehr gut. Nicht nur Frauen haben Ränke.«

»Das ist die Wahrheit.«

»Bitte mich um etwas anderes, und ich werde versuchen, es dir zu geben. Aber das kann ich dir nicht gewähren, Hoyt. Auch ich mache mir Sorgen um dich. Um uns alle. Und ich frage mich, was wir tun können, wozu wir fähig sind. Und warum gerade wir diese Aufgabe bekommen haben. Aber daran ist nichts zu ändern. Es ist eben so. Und wir haben bereits einen sehr guten Mann verloren.«

»Wenn ich dich verlieren würde … Glenna, wenn ich nur daran denke, fühle ich eine Leere in mir …«

Manchmal musste die Frau stärker sein, dachte sie. »Es gibt so viele Welten und so viele Wege. Ich glaube nicht, dass wir uns jemals wieder verlieren könnten. Ich bin so viel reicher als vorher, seit ich dich kenne. Vielleicht ist das ja auch einer der Gründe, warum wir hier sind. Um einander zu finden.«

Sie seufzte, als er sie in die Arme nahm. »Bleib bei mir. Komm, leg dich zu mir. Liebe mich.«

»Du musst erst gesund werden.«

»Ja.« Sie zog ihn zu sich herunter und küsste ihn.

»Dann sollten wir langsam machen.« Zärtlich streifte er mit seinen Lippen ihre Wange. »Ruhig.«

Er bedeckte ihr Gesicht, ihren Hals mit leichten Küssen und schob das dünne Hemd, das sie trug, hoch, um ihre Brüste und ihren geschundenen Oberkörper liebevoll zu berühren.

Leicht wie Schmetterlingsflügel glitten seine Lippen und Fingerspitzen über ihren Körper und versetzten ihr Blut in Wallung.

Er machte die Magie zu ihrem Bett und hob sie auf ein Kissen aus Luft und Silber. Mit einem Laut wie ein Seufzen flammten die Kerzen im Zimmer auf und warfen ein Licht wie geschmolzenes Gold auf sie.

»Es ist wunderschön.« Sie ergriff seine Hände und schloss vor Freude die Augen. »So wunderschön.«

»Und wenn ich dir alles gäbe, was ich habe, wäre es immer noch nicht genug.«

»Du irrst dich. Es ist alles.«

Mehr als Lust. Mehr als Leidenschaft. Wusste er überhaupt, was er ihr schenkte, wenn er sie so berührte? Das Licht in ihr loderte wie eine Flamme, und es würde nie wieder dunkel werden.

Seine Berührung war Balsam für ihre Seele, weckte jedoch auch ihr Verlangen. Sie hob die Arme und öffnete die Hände. Rosenblätter, weiß wie Schnee, fielen auf ihre Handflächen wie Regen.

Sie lächelte, als er in sie eindrang und sie sich langsam und geschmeidig miteinander bewegten. Licht und Luft, Duft und Gefühl hüllten ihre Körper und Herzen ein.

Wieder fanden sich ihre Hände, wieder trafen sich ihre Lippen. Und die Liebe heilte sie beide.

In der Küche grübelte Moira über einer Dose Suppe. Niemand hatte etwas gegessen, und sie war entschlossen, für Glenna eine Mahlzeit zuzubereiten. Tee hatte sie bereits gekocht, also sollte es ihr wohl auch gelingen, hiermit fertig zu werden. Sie hatte erst einmal zugeschaut, wie King einen der Zylinder mit der kleinen Maschine geöffnet hatte, die so komische Geräusche machte. Dreimal hatte sie bereits versucht, sie zu benutzen, aber es war ihr nicht gelungen, und jetzt überlegte sie ernsthaft, ob sie nicht ihr Schwert holen und den Zylinder aufhacken sollte.

Sie verfügte über einen kleinen Küchenzauber – allerdings war er äußerst klein, wie sie zugeben musste. Rasch blickte sie sich um, um sich zu vergewissern, dass sie allein war, und dann konzentrierte sie sich darauf, sich den Zylinder geöffnet vorzustellen. Er bewegte sich ein wenig auf der Theke, blieb jedoch hartnäckig verschlossen.

»Na gut, noch ein einziges Mal.«

Sie bückte sich und studierte den Öffner, der an der Unterseite des Schranks befestigt war. Mit den richtigen Werkzeugen konnte sie ihn auseinandernehmen und herausfinden, wie er funktionierte. Sie nahm gerne Dinge auseinander. Andererseits könnte sie mit den richtigen Werkzeugen auch den verdammten Zylinder öffnen.

Sie richtete sich auf, warf die Haare zurück und rollte die Schultern. Murmelnd versuchte sie es noch einmal, und dieses Mal drehte sich die Dose, als die Maschine aufheulte. Entzückt klatschte sie in die Hände und bückte sich, um ihr Werk aus der Nähe zu betrachten.

Es war so praktisch, dachte. So vieles hier war so praktisch. Ob man ihr wohl jemals erlauben würde, den Kombi zu fahren?

King hatte gesagt, er würde es ihr beibringen.

Ihre Lippen bebten bei dem Gedanken an ihn, und sie presste sie fest aufeinander. Sie betete, dass der Tod ihn schnell ereilt haben und er nicht lange gelitten haben möge. Morgen Früh würde sie einen Grabstein für ihn auf den Friedhof stellen, den sie und Larkin gesehen hatten, als sie durch den Garten spaziert waren.

Und wenn sie nach Geall zurückkehrte, würde sie einen weiteren Stein für ihn errichten und den Harfenspieler bitten, ein Lied für ihn zu schreiben.

Sie goss den Inhalt der Dose in einen Topf und schaltete den Herd so ein, wie Glenna es ihr gezeigt hatte.

Sie mussten doch schließlich essen. Trauer und Hunger würden sie schwächen, und das machte sie zu einer leichten Beute. Sie würde noch ein wenig Brot dazu aufschneiden, dachte sie. Es war zwar ein einfaches Mahl, aber es sättigte.

Sie wandte sich zur Speisekammer, hielt jedoch inne, als sie Cian auf der Schwelle stehen sah. Er lehnte im Türrahmen und hielt die leere Whiskeyflasche in der Hand.

»Ein Mitternachtssnack?« Seine Zähne schimmerten weiß, als er sie anlächelte. »Dafür habe ich auch eine Schwäche.«

»Es hat noch niemand etwas gegessen, und ich denke, es täte uns allen gut.«

»Immerzu denkst du, kleine Königin, was? Dein Verstand arbeitet pausenlos.«

Er war betrunken. Er lallte, und seine Augen waren trüb. Aber dahinter stand der Schmerz. »Du solltest dich setzen, bevor du umfällst.«

»Danke für die freundliche Einladung in meinem eigenen, verdammten Haus. Aber ich wollte mir nur eine neue

Flasche holen.« Er schwenkte die leere Whiskeyflasche. »Jemand hat die hier anscheinend leer getrunken …«

»Du kannst dich meinetwegen um deinen Verstand trinken, aber du solltest auch etwas essen. Ich weiß, dass du isst, das habe ich schon gesehen. Ich habe mir die Mühe gemacht, etwas zu kochen.«

Er blickte zur Küchentheke und verzog höhnisch grinsend das Gesicht. »Du hast eine Dose geöffnet.«

»Ja, tut mir leid, dass ich keine Zeit hatte, das gemästete Kalb zu schlachten. Also, du wirst damit vorliebnehmen müssen.«

Sie drehte sich um und machte sich mit dem Essen zu schaffen, erstarrte jedoch mitten in der Bewegung, als sie spürte, dass er hinter ihr stand. Seine Finger strichen leicht wie Mottenflügel über ihren Hals.

»Früher einmal hätte ich dich für äußerst schmackhaft gehalten.«

Betrunken, wütend, voller Trauer, dachte sie. Das war eine gefährliche Mischung. Wenn sie jetzt Angst zeigte, würde sie es nur noch schlimmer machen. »Du stehst mir im Weg.«

»Noch nicht.«

»Ich habe keine Zeit für Betrunkene. Du magst ja vielleicht nichts essen, aber Glenna braucht es, damit sie wieder zu Kräften kommt.«

»Ich würde sagen, sie ist kräftig genug.« Seine Stimme klang bitter. »Hast du nicht vor einer Weile gesehen, wie die Lichter aufgeflammt sind?«

»Ja. Ich wüsste nicht, was das mit Glenna zu tun haben sollte.«

»Es bedeutet, dass sie und mein Bruder es miteinander tun. Sex«, fügte er hinzu, als sie ihn verständnislos anblickte. »Ein bisschen nackter, verschwitzter Sex, um den

Abend abzurunden. Ah, sie errötet.« Lachend rückte er dichter an sie heran. »All das schöne Blut direkt unter der Haut. Köstlich.«

»Hör auf.«

»Früher gefiel es mir immer, wenn sie so zitterten wie du jetzt. Es macht das Blut heißer, und die ganze Angelegenheit wird aufregender. Beinahe hatte ich es schon vergessen.«

»Du stinkst nach Whiskey. Das ist heiß genug. Setz dich, und ich gebe dir einen Teller Suppe.«

»Ich will deine verdammte Suppe nicht. Gegen ein bisschen heißen, verschwitzten Sex hätte ich jetzt nichts einzuwenden, aber dazu bin ich wahrscheinlich zu betrunken. Na ja, dann hole ich mir eben eine neue Flasche und bringe es zu Ende.«

»Cian. Cian, die Menschen rücken näher zusammen, wenn der Tod da war. Das ist keine Respektlosigkeit, sondern ein Bedürfnis.«

»Du willst mir doch jetzt wohl keinen Vortrag über Sex halten. Davon verstehe ich wesentlich mehr, als du dir jemals vorstellen kannst. Von Lust und von Schmerzen.«

»Die Leute versuchen auch, sich mit Alkohol zu trösten, aber das ist nicht so gesund. Ich weiß, was er dir bedeutet hat.«

»Nein, das weißt du nicht.«

»Er hat mit mir mehr als mit den anderen geredet, wahrscheinlich, weil ich gerne zuhöre. Er hat mir erzählt, wie du ihn vor Jahren gefunden und was du für ihn getan hast.«

»Ich habe mich damit amüsiert.«

»Hör auf!« Der befehlsgewohnte Ton war ihr angeboren. »Damit zeigst du mangelnden Respekt für einen Mann, der mir ein Freund war. Und dir war er ein Sohn, ein Freund und ein Bruder. Alles das. Ich möchte morgen für ihn einen Stein aufstellen. Wenn du mit herauskommen möchtest, könnte ich damit bis Sonnenuntergang warten und …«

»Was kümmern mich Grabsteine?«, sagte er und ging.

Glenna war so dankbar für die Sonne, dass sie vor Glück beinahe geweint hätte. Es waren zwar Wolken am Himmel, aber sie waren so dünn, dass das Licht hindurchdrang.

Herz und Körper schmerzten ihr immer noch. Aber damit würde sie schon fertig werden. Sie nahm eine ihrer Kameras und ging hinaus, um ihr Gesicht in die Sonne zu halten. Langsam schlenderte sie zum Fluss und legte sich dort ans Ufer, um sich zu sonnen.

Die Vögel zwitscherten, und die Luft war erfüllt vom Duft der Blumen. Fingerhut wiegte sich in der leichten Brise, und einen Moment lang spürte sie, wie die Erde unter ihr vor Freude über diesen neuen Tag seufzte.

Leid würde kommen und wieder gehen, das wusste sie. Aber heute war alles von Licht erfüllt, und es war noch Magie in der Welt.

Als ein Schatten über sie fiel, drehte sie den Kopf und lächelte Moira an.

»Wie geht es dir heute Morgen?«

»Besser«, erwiderte Glenna. »Ich bin zwar noch ein bisschen wacklig auf den Beinen, aber ich fühle mich viel besser.«

Sie musterte Moiras Umhang und die Hose aus dem groben Stoff. »Wir müssen dir Kleidung besorgen.«

»Das hier tut es doch.«

»Vielleicht fahren wir in den Ort und sehen mal, was es dort so gibt.«

»Ich habe nichts zum Tauschen dabei. Ich kann nicht bezahlen.«

»Dafür gibt es Kreditkarten. Ich lade dich ein.« Sie ließ

sich wieder auf den Rücken sinken und schloss die Augen. »Ich habe geglaubt, es wäre noch niemand wach.«

»Larkin hat das Pferd gesattelt und ist ausgeritten. Das tut beiden bestimmt gut. Ich glaube, er hat überhaupt nicht geschlafen.«

»Vermutlich hat keiner von uns ein Auge zugemacht. Jetzt, am hellllichten Tag, mit der Sonne und dem Vogelgezwitscher, kommt es einem so unwirklich vor, nicht wahr?«

»Mir scheint es ziemlich real zu sein.« Moira setzte sich neben sie. »Es zeigt uns, was wir zu verlieren haben. Ich habe einen Stein«, fuhr sie fort. »Ich dachte, wenn Larkin zurückkommt, könnten wir zu den Gräbern gehen und dort einen Stein für King aufstellen.«

Glenna hielt die Augen geschlossen, tastete aber nach Moiras Hand. »Du hast ein gutes Herz«, sagte sie. »Ja, wir machen ein Grab für King.«

Ihre Verletzungen hinderten Glenna daran zu trainieren, aber sie hielten sie nicht von der Arbeit ab. In den folgenden zwei Tagen kochte sie, kaufte ein und recherchierte.

Sie machte Fotos, als eine Art Dokumentation.

Die Beschäftigung gab ihr das Gefühl, etwas Sinnvolles zu tun, während die anderen mit Waffen trainierten.

Da sie lange nicht mehr Auto gefahren war, machte sie ausgedehnte Fahrten über die schmalen Sträßchen, und mit jedem Kilometer wuchs ihr Selbstvertrauen. Sie arbeitete sich durch Zauberbücher und suchte nach Lösungen. Sie konnte King nicht zurückholen, aber sie würde alles tun, was in ihrer Macht stand, um die anderen zu schützen.

Dann hatte sie die blendende Idee, dass die anderen auch in der Lage sein müssten, den Kombi zu fahren. Mit Hoyt fing sie an.

Sie saß neben ihm, während er den Wagen im Schneckentempo die Straße auf und ab fuhr.

»Ich kann meine Zeit sinnvoller verbringen.«

»Mag sein.« Und bei dem Tempo würde es tausend Jahre dauern, ehe er über fünf Meilen am Tag käme. »Aber jeder von uns sollte sich ans Steuer setzen können, wenn es nötig ist.«

»Warum?«

»Darum.«

»Willst du diese Maschine mit in die Schlacht nehmen?«

»Nicht mit dir am Steuer. Nein, das sind nur praktische Erwägungen, Hoyt. Ich bin die Einzige, die tagsüber Auto fahren kann. Wenn mir etwas passiert …«

»Hör auf. Du versuchst die Götter.« Er griff nach ihrer Hand.

»Die Möglichkeit besteht aber. Wir sind hier, und das Haus liegt abseits. Wir brauchen Transportmittel. Und außerdem gibt uns das Autofahren so eine Art Unabhängigkeit, genauso wie jede andere Fähigkeit. Wir sollten jedenfalls auf alles vorbereitet sein.«

»Wir könnten ja mehr Pferde anschaffen.«

Sie tätschelte ihm tröstend die Schulter, weil er so wehmütig klang. »Du machst das schon sehr gut. Vielleicht solltest du nur versuchen, mal ein bisschen schneller zu fahren.«

Er schoss so abrupt vorwärts, dass der Kies aufspritzte. Glenna zog scharf den Atem ein und schrie: »Bremsen! Bremsen! Bremsen!«

Mit einem Schlag stand das Auto.

»Du solltest dir ein neues Wort für dein Vokabular merken«, sagte sie freundlich. »Schleudertrauma.«

»Du hast gesagt, ich solle schneller fahren. Dann muss ich doch hier drauftreten.« Er zeigte aufs Gaspedal.

»Ja. Nun. Okay.« Sie holte tief Luft. »Es gibt Schnecken,

und es gibt Hasen. Lass uns doch mal ein Tier in der Mitte finden. Einen Hund zum Beispiel. Einen netten, gesunden Retriever.«

»Hunde jagen Hasen«, stellte er fest und brachte sie damit zum Lachen. »Oh, das ist gut. Du warst so traurig, und ich habe dein Lachen schon vermisst.«

»Wenn wir diese Übung heil überstehen, bekommst du ein breites Grinsen von mir. Wir machen jetzt einen großen Sprung und wagen uns hinaus auf die Landstraße.« Sie schloss die Hand kurz um den Kristall, den sie an den Rückspiegel gehängt hatte. »Wir wollen hoffen, dass es funktioniert.«

Er machte es besser, als sie erwartet hatte, und niemand wurde verletzt. Ein paar Mal schlug ihr das Herz bis zum Hals, und dann rutschte es ihr in die Hose, aber er blieb auf der Straße – die meiste Zeit jedenfalls.

Sie liebte es, ihn zu beobachten, wie er konzentriert mit gerunzelter Stirn um die Kurven lenkte und das Lenkrad festhielt, als steuerte er ein Schiff durch stürmische See.

Fuchsienhecken säumten die Straße, und dann wieder war die Sicht frei auf weite Felder und Weiden, auf denen Schafe oder gefleckte Kühe grasten.

Das Stadtmädchen in ihr war hingerissen. Zu einer anderen Zeit, in einer anderen Welt hätte sie diese Gegend bestimmt bezaubernd gefunden. Das Spiel von Licht und Schatten, der Fleckenteppich der Felder, das plötzliche Glitzern von Wasser – es tat gut, einmal etwas anderes als das Haus im Wald zu sehen und einen Blick auf die Welt zu werfen, für die sie kämpfen wollten.

Als Hoyt langsamer wurde, blickte sie ihn an. »Du musst dein Tempo beibehalten.

Zu langsames Fahren kann genauso gefährlich sein wie zu

schnelles Fahren. Wenn ich so darüber nachdenke, trifft das auf fast alles zu, oder?«

»Ich möchte anhalten.«

»Dann musst du an den Straßenrand fahren. Setz den Blinker, wie ich es dir gezeigt habe.« Sie blickte sich um. Die Straße war schmal, aber es war kein Verkehr. »Stell auf Parken. Das ist ganz oben, Gut. Und?«, fragte sie, als er seine Tür öffnete.

Sie löste ihren Sicherheitsgurt, nahm die Schlüssel und ihre Kamera und lief ihm nach. Er lief eilig auf die Überreste eines alten Steinturms zu.

»Wenn du dir nur ein bisschen die Beine vertreten oder deine Blase erleichtern willst, hättest du das doch sagen können«, schnaufte sie, als sie ihn eingeholt hatte.

Der Wind blies ihr die Haare aus dem Gesicht. Als sie ihn am Arm fasste, spürte sie, wie seine Muskeln sich anspannten.

»Was ist los?«

»Ich kenne diesen Ort. Menschen lebten hier. Da waren Kinder. Die Älteste meiner Schwestern heiratete ihren zweiten Sohn. Sein Name ist Fearghus. Sie bebauten das Land hier. Sie ... sie lebten hier.«

Er trat in den verfallenen Turm. Das Dach und eine der Mauern waren nicht mehr da. Gras und weiße, sternenförmige Blumen bedeckten den Boden.

Und der Wind fuhr hindurch.

»Sie hatten eine Tochter, ein hübsches Ding. Unsere Familien hofften ...«

Er legte die Hand an eine Außenmauer. »Nur noch Stein«, sagte er leise. »Verfallen.«

»Aber noch da, Hoyt. Ein Teil davon ist immer noch vorhanden. Und du erinnerst dich an sie. Bedeutet das, was wir tun müssen, nicht, dass sie die beste Chance hatten, ein langes, erfülltes Leben zu führen? Das Land zu beackern und darauf zu leben?«

»Sie kamen zur Totenwache meines Bruders.« Er ließ die Hand sinken. »Ich weiß nicht, was ich empfinde.«

»Ich kann mir vorstellen, wie schwer es für dich ist. Jeden Tag, Hoyt.« Sie legte die Hände auf seine Arme und blickte ihn an. »Wir müssen die Hoffnung, die darin liegt, sehen. Die Stärke, die uns die Vergangenheit gibt. Möchtest du eine Zeit lang hier alleine sein? Ich kann im Auto auf dich warten.«

»Nein. Jedes Mal, wenn ich denke, ich halte das, was von mir verlangt wird, nicht mehr aus, dann bist du da.« Er bückte sich und pflückte einige der kleinen, weißen Blumen. »Sie wuchsen auch zu meiner Zeit.« Er drehte sie hin und her und steckte sie ihr dann in die Haare. »Auf die Hoffnung.«

»Ja. Hier.« Sie hob ihre Kamera. »Diese Stelle hier schreit geradezu nach Fotos. Und das Licht ist großartig.«

Sie trat ein paar Schritte zurück, um den richtigen Winkel zu wählen. Sie würde es ihm schenken, dachte sie. Etwas von ihr, das er mitnehmen konnte. Und sie würde sich einen Abzug von dem Bild für ihre Wohnung machen.

Dann konnte sie sich vorstellen, wie er das Bild studierte, während sie ihres anschaute. Beide würden sie sich daran erinnern, dass sie an einem Sommernachmittag hier gestanden hatten. Aber die Vorstellung schmerzte.

Sie richtete die Kamera auf ihn. »Sieh mich an«, sagte sie. »Du musst nicht lächeln. Eigentlich ...« Sie drückte auf den Auslöser. »Schön, sehr schön.«

Sie ließ den Fotoapparat sinken. »Ich werde ein Foto von uns beiden zusammen mit Selbstauslöser machen.« Suchend blickte sie sich nach einer geeigneten Stelle um, wo sie die Kamera hinstellen konnte. Hätte sie doch bloß ihr Stativ mitgebracht.

»Nun, ich muss ein bisschen zusammenbrauen.« Sie nahm ihn ins Visier. »Luft steh still, wie ich es will. Werde fest in meiner Hand, wie aus Steinen auf dem Land. Halte meine Kamera fein. Ich bitte dich, so soll es sein.«

Sie stellte den Fotoapparat auf die Ebene aus Luft und schaltete die Zeituhr ein. Dann lief sie zu Hoyt. »Schau in die Kamera.«

Sie legte ihm den Arm um die Taille und freute sich, als er es genauso machte. »Und wenn du jetzt noch ein bisschen lächeln könntest ... eins, zwei ...«

Das Licht blinkte auf. »So, fertig. Für die Nachwelt.«

Er trat mit ihr zur Kamera. »Woher weißt du denn, wie es aussieht, wenn du es aus dem Kasten herausnimmst?«

»Hundertprozentig weiß ich das nicht. Vermutlich ist das nur eine andere Form der Hoffnung.«

Sie blickte zur Ruine. »Brauchst du noch mehr Zeit?«

»Nein.«

Er würde nie genug Zeit haben. »Wir sollten zurückfahren. Es gibt viel zu tun.«

»Hast du sie geliebt?«, fragte Glenna, als sie über das Feld zurück zum Wagen gingen.

»Wen?«

»Das Mädchen. Die Tochter der Familie, die hier gelebt hat.«

»Nein. Das war eine große Enttäuschung für meine Mutter, aber für das Mädchen glaube ich nicht. Ich habe nicht an Ehe und Familie gedacht. Mir kam es so vor ... es schien so, als erforderten meine Gabe, meine Arbeit Einsamkeit. Frauen muss man Zeit und Aufmerksamkeit schenken.«

»Ja, das stimmt, aber theoretisch geben sie es dir auch zurück.«

»Ich wollte allein sein. Ich hatte immer das Gefühl, in meinem Leben nicht oft und lange genug allein gewesen zu sein. Und jetzt, jetzt habe ich Angst, dass ich zu einsam werde.«

»Das liegt ja an dir.« Sie blieb stehen und warf einen letzten Blick auf die Ruine. »Was willst du ihnen denn sagen, wenn du zurückkommst?« Allein schon die Frage zerriss ihr das Herz.

»Ich weiß nicht.« Er ergriff ihre Hand. »Ich weiß nicht. Was willst du denn deinen Leuten erzählen, wenn dies hier vorüber ist?«

»Wahrscheinlich erzähle ich ihnen gar nichts. Sie sollen ruhig glauben, dass ich aus einem Impuls heraus nach Europa geflogen bin. Das habe ich ihnen gesagt, bevor wir abgeflogen sind. Warum sollten sie mit der Angst leben?«, fügte sie hinzu. »Wir wissen jetzt, dass die Schrecken der Nacht real sind, und das ist eine schwere Last für uns. Ich habe ihnen einfach nur gesagt, dass ich sie liebe, und mehr nicht.«

»Ist das nicht auch eine Form von Einsamkeit?«

»Auf jeden Fall eine, mit der ich umgehen kann.«

Dieses Mal setzte sie sich hinter das Steuer. Als er auf der Beifahrerseite einstieg, warf er einen letzten Blick auf die Ruine.

Ohne Glenna, dachte er, würde die Einsamkeit ihn verschlingen.

17

Die Vorstellung, wieder in seine Welt zurückzugehen, quälte ihn ebenso wie der Gedanke, in dieser Welt zu sterben und sein Zuhause niemals wiederzusehen. Er konnte sich nicht vorstellen, den Rest seines Lebens ohne die Frau zu verbringen, die diesem Leben einen neuen Sinn gegeben hatte.

Sie mussten in eine Schlacht ziehen und mit Schwert und Lanze kämpfen, aber auch in ihm tobte ein Kampf, der ihm das Herz zerriss.

Er beobachtete sie vom Turmfenster aus, als sie Moira und Larkin beim Schwertkampf oder in weniger kämpferischen Posen fotografierte.

Ihre Verletzungen waren so weit verheilt, dass sie sich nicht mehr steif oder langsam bewegte. Aber er würde nie vergessen, wie sie blutend am Boden gelegen hatte.

Ihre Art, sich zu kleiden, erschien ihm nicht mehr fremdartig, sondern passend und angemessen für sie. Die Art, wie sie sich in der dunklen Hose und der weißen Bluse bewegte, die leuchtenden Haare unordentlich hochgesteckt, erschien ihm als äußerste Anmut.

In ihrem Gesicht sah er Schönheit und Leben. In ihrem Geist Intelligenz und Neugier. Und in ihrem Herzen Mitgefühl und Mut.

In ihr hatte er alles gefunden, was er sich jemals gewünscht hatte, ohne überhaupt zu wissen, dass es ihm fehlte.

Natürlich hatte er kein Recht auf sie. Über die Zeit ihrer Aufgabe hinaus hatten sie beide kein Recht aufeinander. Wenn sie weiterlebten, wenn die Welten weiter existierten, würde er in seine Welt zurückgehen, während sie in ihrer blieb.

Selbst Liebe konnte tausend Jahre nicht überbrücken.

Liebe. Bei dem Wort schmerzte ihm das Herz, und er presste seine Hand darauf. Das also war Liebe. Das Nagen, das Brennen. Das Licht und die Dunkelheit.

Nicht nur warme Haut und leises Murmeln im Kerzenschein, sondern Schmerz und Klarheit im Licht des Tages. In den Tiefen der Nacht. Alles andere wurde unwichtig, wenn man so viel für einen Menschen empfand.

Und es machte ihm schreckliche Angst.

Er war kein Feigling. Er war ein Zauberer von Geburt und ein Krieger aufgrund der Umstände. Er hatte den Blitz in der Hand gehalten und den Wind angerufen. Er hatte Dämonen getötet und zwei Mal deren Herrscherin gegenübergestanden.

Und er konnte doch sicher auch der Liebe entgegentreten. Liebe konnte ihn nicht zerschmettern, töten oder seiner Macht berauben. Wie feige war er dann, dass er davor zurückschreckte?

Aus einem Impuls heraus verließ er das Zimmer und lief die Treppe hinunter. Als er an der Tür zum Zimmer seines Bruders vorbeikam, hörte er Musik – leise, düstere Klänge. Es war Trauermusik.

Wenn sein Bruder bereits wach war, waren auch andere seiner Art bereits erwacht. Gleich würde die Sonne untergehen. Rasch lief er durch die Küche, wo etwas auf dem Herd köchelte, hinaus in den Garten.

Larkin vergnügte sich damit, sich immer wieder in einen goldenen Wolf zu verwandeln, während Glenna Entzückensrufe ausstieß und ihn mit der kleinen Maschine, die Abbilder machte – die Kamera, rief er sich ins Gedächtnis –, von allen Seiten fotografierte.

Dann verwandelte er sich wieder in einen Mann und posierte hochmütig mit dem Schwert.

»Jetzt siehst du besser aus als der Wolf«, erklärte Moira. In einer gespielten Attacke hob er das Schwert und setzte ihr nach. Ihre Schreie und ihr Lachen waren ein solcher Gegensatz zu der traurigen Musik seines Bruders, dass Hoyt staunend stehen blieb.

Es gab also immer noch Lachen auf der Welt. Immer noch Zeit und das Bedürfnis nach Spiel und Vergnügen. Auch wenn die Dunkelheit näher kam, es gab immer noch Licht.

»Glenna.«

Sie drehte sich fröhlich lächelnd um. »Oh, perfekt! Bleib genau da stehen. Genau da, mit dem Haus im Rücken.«

»Ich möchte …«

»Schscht. Gleich ist das Licht weg. Ja, ja, genauso. Angespannt und verärgert. So ist es wunderbar! Ich wünschte, wir hätten genug Zeit, um deinen Umhang von drinnen zu holen. Du bist förmlich dazu geschaffen, ihn zu tragen.«

Sie veränderte den Blickwinkel, hockte sich hin und fotografierte ihn von unten. »Nein, sieh mich nicht an. Blick über meinen Kopf hinweg, tief in Gedanken versunken. Blick in die Bäume.«

»Ganz gleich, wo ich hinsehe, ich sehe immer nur dich.«

Sie ließ die Kamera einen Moment lang sinken. Vor Freude wurde sie rot. »Du willst mich nur ablenken. Schenk mir mal diesen Hoyt-Blick. Schau in die Bäume, ernster Zauberer.«

»Ich möchte mit dir reden.«

»In zwei Minuten.« Sie machte noch ein paar Aufnahmen, dann richtete sie sich auf. »Ich brauche noch irgendein Utensil«, murmelte sie und studierte die Waffen, die auf dem Tisch lagen.

»Glenna, gehst du mit mir nach Hause?«

»In zwei Minuten«, wiederholte sie, wobei sie überlegte, ob sie wohl besser das Langschwert oder den Dolch nehmen sollte. »Ich muss sowieso hinein und nach der Suppe schauen.«

»Mit nach Hause meine ich nicht die Küche hier. Gehst du mit mir?«

Sie warf ihm einen Blick zu und hob automatisch die Kamera, um seinen intensiven Gesichtsausdruck einzufangen. Etwas Gutes zu essen, dachte sie, ein paar Stunden Schlaf, und morgen Früh wäre sie wieder kräftig genug, um am regulären Training teilzunehmen.

»Wohin?«

»Nach Hause. Zu meinem Zuhause.«

»Was?« Sie ließ die Kamera sinken. Ihr Herz machte einen Satz. »Was?«

»Wenn das hier vorüber ist.« Hoyt blickte sie unverwandt an und trat näher. »Kommst du mit mir? Bleibst du bei mir?«

»Zurück mit dir? Ins zwölfte Jahrhundert?«

»Ja.«

Langsam und vorsichtig legte sie die Kamera weg. »Warum willst du mich?«

»Weil ich nur dich sehe und nur dich begehre. Ich glaube, wenn ich fünf Minuten ohne dich leben müsste, käme es mir vor wie eine Ewigkeit, und ohne dein Gesicht zu sehen, kann ich die Ewigkeit nicht aushalten.« Er fuhr ihr mit dem Finger über die Wange. »Ohne deine Stimme zu hören, ohne dich zu berühren. Ich glaube, ich bin nicht nur hierher geschickt worden, um zu kämpfen, sondern auch, um dich zu finden. Glenna.« Er umfasste ihr Gesicht mit den Händen und küsste sie. »Ich sehe dich in all dieser Angst, dieser Trauer, diesem Verlust.«

Sie blickte ihm forschend in die Augen. Als er die Worte gesprochen hatte legte sie ihm die Hand aufs Herz. »Ich kann mich glücklich schätzen, Teil deines großen Herzens zu sein«, sagte sie leise. »Ich gehe mit dir. Ich gehe mit dir überallhin.«

Ihm wurde warm vor Freude, und wieder legte er seine Fingerspitzen an ihre Wange. »Du würdest deine Welt, alles, was du kennst, aufgeben? Warum?«

»Weil es auch für mich eine Ewigkeit bedeuten würde, fünf Minuten ohne dich leben zu müssen. Ich liebe dich.« Sie sah, wie sich sein Blick veränderte. »Das sind die stärksten Worte in jeder Magie. Ich liebe dich. Mit diesem Zauberspruch gehöre ich dir schon.«

»Wenn ich es ausgesprochen habe, lebt es. Nichts kann es jemals töten.« Wieder umfasste er ihr Gesicht. »Würdest du mich auch nehmen, wenn ich mit dir hier bliebe?«

»Aber du sagtest doch …«

»Würdest du mich nehmen, Glenna?«

»Ja, natürlich, ja.«

»Dann werden wir sehen, welche Welt unsere ist, wenn dies hier vorüber ist. Und wo auch immer, wann auch immer es sein wird, ich werde dich in dieser Welt lieben. Dich.« Er küsste sie. »Nur dich.«

»Hoyt.« Sie schlang die Arme fest um ihn. »Wenn wir dies haben, gelingt uns alles.«

»Ich habe es noch nicht gesagt.«

Lachend bedeckte sie seine Wangen mit Küssen. »Aber beinahe.«

»Warte.« Er wich ein wenig zurück und blickte ihr tief in die Augen. »Ich liebe dich.«

Ein einzelner Lichtstrahl drang aus dem Himmel und tauchte sie in einen leuchtenden Lichtkegel.

»Es ist vollbracht«, murmelte er. »In diesem Leben und in allen kommenden bin ich dein. Und du bist mein. Von ganzem Herzen, Glenna.«

»Auch ich gelobe es dir.« Sie schmiegte sich an ihn und drückte ihre Wange gegen seine. »Was auch immer geschieht, das ist unser Schicksal.« Dann legte sie den Kopf in den Nacken, damit er sie küssen konnte. »Ich wusste, dass du es bist«, sagte sie leise. »Von dem Moment an, als ich in deinen Traum trat.«

Eng umschlungen standen sie im Lichtkreis, in gleißende Helligkeit getaucht. Als es schwächer wurde und die Dämmerung hereinbrach, nahmen sie die Waffen, die auf dem Tisch lagen, und gingen ins Haus.

Cian beobachtete sie vom Fenster seines Schlafzimmers

aus. Die Liebe hatte um sie herum so hell gelodert, dass ihm das Licht Schmerzen bereitet hatte.

Und der Anblick hatte ihm das Herz abgedrückt, das seit beinahe tausend Jahren nicht mehr geschlagen hatte.

So war also sein Bruder dem einzigen Schlag erlegen, gegen den es keinen Schild gab. Jetzt würden sie ihr kurzes, schmerzerfülltes Leben in jenem Licht verbringen.

Vielleicht war es das wert. Er trat zurück in die Schatten seines Zimmers und die kühle Dunkelheit.

Als er herunterkam, war es bereits völlig dunkel, und sie war alleine in der Küche. Sie stand am Spülbecken und sang glücklich vor sich hin.

Sie war gerade dabei, die Spülmaschine einzuräumen. In der Küche duftete es nach Kräutern und Blumen. Die Haare hatte sie hochgesteckt, und ab und zu wackelte sie im Rhythmus der Musik mit den Hüften.

Wenn er gelebt hätte, hätte er dann wohl auch eine Frau wie sie gehabt? Eine, die in der Küche sang oder die mit ihm im Licht stand und ihn voller Liebe anblickte?

Natürlich hatte er Frauen gehabt. Ganze Scharen von Frauen. Und manche hatten ihn geliebt – zu ihrem eigenen Verderben vermutlich. Aber auch wenn ihre Gesichter damals vor Liebe gestrahlt hatten, jetzt waren sie nur noch verschwommene Schatten für ihn.

Und Liebe war etwas, was es in seinem Leben nicht gab.

Jedenfalls hatte er sich das eingeredet. Aber es war auch eine Tatsache, dass er King geliebt hatte, wie ein Vater seinen Sohn liebt oder ein Bruder seinen Bruder. Die kleine Königin hatte Recht gehabt, verdammt noch mal.

Er hatte einem Menschen seine Liebe und sein Vertrauen entgegengebracht, und er war gestorben.

Um diese hier zu retten, dachte er, während er Glenna

beobachtete. Das war auch eine Angewohnheit der Menschen – sich für andere zu opfern.

Dieser Charakterzug hatte ihn oft genug fasziniert. Die Kehrseite dieser Medaille, dass sie sich nämlich gegenseitig umbrachten, war für ihn leichter zu verstehen.

In diesem Moment drehte Glenna sich um. Erschreckt ließ sie den Teller, den sie in der Hand hielt, fallen. Er zerschellte auf den Fliesen.

»Gott. Es tut mir leid. Du hast mich erschreckt.«

Sie bewegte sich rasch – fahrig für eine Frau mit ihrer Anmut. Sie nahm Besen und Kehrblech aus dem Schrank und begann, die Scherben aufzufegen.

Seit der Nacht, in der King gestorben war, hatte er nicht mehr mit ihr geredet. Er hatte sich weder um sie noch um die anderen gekümmert und sie sich selbst überlassen.

»Ich habe dich nicht hereinkommen hören. Die anderen haben schon gegessen. Sie sind nach oben gegangen, um zu trainieren. Ich habe Hoyt heute eine Fahrstunde gegeben. Ich dachte …« Sie warf die Scherben in den Abfalleimer und drehte sich zu ihm um. »Mein Gott, sag *irgendetwas.*«

»Auch wenn ihr überlebt, stammt ihr aus zwei verschiedenen Welten. Wie wollt ihr das lösen?«

»Hat Hoyt mit dir gesprochen?«

»Das brauchte er nicht. Ich habe ja Augen im Kopf.«

»Ich weiß nicht, wie wir es lösen werden.« Sie stellte den Besen weg. »Wir finden einen Weg. Kann es dir nicht egal sein?«

»Nicht im Geringsten. Es interessiert mich.« Er nahm eine Flasche Wein aus dem Regal auf der Theke und betrachtete das Schild. »Ich habe sehr, sehr lange unter euch gelebt. Ohne Interesse wäre ich schon vor einer Ewigkeit an Langeweile gestorben.«

»Ich glaube daran, dass einen die Liebe stärker macht. Und wir müssen stärker werden. Bis jetzt waren wir noch nicht besonders gut.«

Er öffnete die Weinflasche und holte sich ein Glas herunter. »Nein, ihr wart bisher wirklich nicht besonders gut.«

»Cian«, sagte sie, als er sich zum Gehen wandte. »Ich weiß, dass du mir die Schuld an Kings Tod gibst. Und es ist dein gutes Recht, mich dafür zu hassen. Aber wenn wir nicht einen Weg finden, zusammenzuarbeiten, wird er nicht der Einzige sein, der stirbt. Dann war er nur der Erste.«

»Nein, in dieser Beziehung schlage ich ihn um ein paar hundert Jahre.« Spöttisch hob er sein Glas, als wolle er ihr zuprosten, dann ging er mit der Flasche hinaus. »Na ja, das hat wohl nichts gebracht«, murmelte Glenna und wandte sich wieder dem Geschirr zu.

Er würde sie hassen, dachte sie, und Hoyt wahrscheinlich auch, weil er sie liebte. Bevor ihr Truppe auch nur die geringste Chance gehabt hatte, eine Einheit zu werden, war sie bereits zerschlagen.

Wenn sie Zeit hätten, dann würde sie einfach abwarten, bis Cians Groll nachließe. Aber sie konnten sich den Luxus nicht leisten, das bisschen Zeit, das sie hatten, zu verschwenden. Also musste sie eine andere Lösung finden.

Sie trocknete sich die Hände ab und hängte das Handtuch auf.

Auf einmal gab es ein dumpfes Geräusch an der Hintertür, als ob etwas Schweres dagegengefallen wäre. Instinktiv wich sie zurück, griff nach dem Schwert, das an der Theke lehnte, und einem der Holzpflöcke, die darauf lagen.

»Sie können nicht herein«, flüsterte sie mit zitternder Stimme. »Und was haben sie schon davon, wenn sie mir nachspionieren, während ich die Küche aufräume?«

Aber sie wünschte sich doch, Hoyt und sie hätten einen

Zauber gefunden, der den gesamten Bereich um das Haus herum schützte.

Trotzdem würde sie nicht zulassen, dass sie ihr Angst einjagten. Und sie würde ganz bestimmt nicht wieder die Tür öffnen, damit sie ihr die Kehle aufreißen konnten.

Es kratzte leise an der Tür. Ein Stöhnen ertönte. Ihre Hand, die das Schwert umklammert hielt, war feucht von Schweiß.

»Hilf mir. Bitte.«

Die Stimme war schwach, durch das Holz der Tür hindurch kaum zu hören.

»Lass mich herein. Glenna? Glenna? Im Namen Gottes, lass mich herein, bevor sie kommen.«

»King?« Das Schwert fiel klirrend zu Boden, als sie zur Tür sprang. Den Holzpflock jedoch hielt sie noch fest in der Hand.

Ein zweites Mal lasse ich mich nicht hereinlegen, dachte sie, als sie die Tür öffnete.

Er lag auf den Steinen draußen, die Kleider blutig und zerrissen. Das Blut auf seinem Gesicht war bereits getrocknet, und sein Atem ging pfeifend.

Er lebt, dachte sie.

Sie wollte sich hinhocken, um ihn hereinzuziehen, aber Cian stand bereits neben ihr und legte King die Hand auf die blutige Wange.

»Wir müssen ihn hereinholen. Beeil dich, Cian. Ich habe Mittel, die ihm helfen können.«

»Sie sind ganz in der Nähe. Sie verfolgen mich.« Blindlings griff er nach Cians Hand. »Ich habe nicht geglaubt, dass ich es schaffe.«

»Jetzt bist du ja hier. Komm herein.« Er griff King unter die Arme und zog ihn in die Küche. »Wie bist du ihnen entkommen?«

»Ich weiß nicht.« King lag mit geschlossenen Augen auf dem Fußboden. »Ich bin nicht auf die Felsen gestürzt. Ich dachte, ich würde ertrinken, aber ... ich bin wieder aufgetaucht und aus dem Wasser herausgekommen. Ich war ziemlich schlimm verletzt. Bin ohnmächtig geworden, ich weiß nicht, wie lange. Und dann bin ich gelaufen, den ganzen Tag gelaufen. Nachts habe ich mich versteckt. Sie kommen nachts.«

»Lass mich sehen, was ich für ihn tun kann«, bat Glenna.

»Schließ die Tür«, sagte Cian.

»Haben alle es geschafft? Haben alle ... Durst.«

»Ja, ich weiß.« Cian ergriff seine Hand und blickte ihm in die Augen. »Ich weiß.«

»Zuerst geben wir ihm das hier.« Glenna mischte rasch etwas in einer Tasse. »Cian, wenn du die anderen holen könntest. Ich bräuchte Hoyt und Moira jetzt hier. Wir bringen King besser ins Bett, damit er es bequem hat.«

Sie beugte sich über ihn, und ihr Kreuz baumelte über Kings Gesicht.

Er zischte wie eine Schlange, fletschte die Zähne und wich zurück.

Zu Glennas Entsetzen erhob er sich. Er grinste.

»Du hast mir nie gesagt, wie es sich anfühlt«, sagte er zu Cian.

»Das kann man mit Worten nicht beschreiben. Das muss man am eigenen Leib erfahren.«

»Nein.« Glenna schüttelte den Kopf. »O Gott, nein.«

»Du hättest mich schon vor langer Zeit so weit bringen können, aber ich bin froh, dass es erst jetzt geschehen ist, wo ich in der Blüte meiner Jahre bin.«

King stellte sich vor die Tür, die aus der Küche herausführte. »Zuerst haben sie mir wehgetan. Lilith kennt erstaunliche Methoden, um einem Schmerzen zuzufügen. Du weißt, dass du keine Chance gegen sie hast.«

»Es tut mir leid«, flüsterte Glenna. »Es tut mir leid.«

»Das braucht es nicht. Sie hat gesagt, ich könnte dich haben. Dich aussaugen oder dich verwandeln, wie ich will.«

»Du willst mir doch nicht wirklich wehtun, King.«

»O doch, das will er«, warf Cian ein. »Er will dir mit Sicherheit ebenso sehr Schmerzen zufügen, wie er dein Blut schmecken möchte. So ist er geschaffen. Hat sie dir die Gabe schon gegeben, bevor sie dich von der Klippe geworfen hat?«

»Nein. Ich hatte schlimme Verletzungen. Konnte kaum stehen. Sie hatten mir ein Seil umgebunden, als sie mich heruntergestoßen haben. Wenn ich überlebte, wollte sie mir die Gabe geben. Ich überlebte. Sie nimmt dich zurück«, sagte er zu Cian.

»Ja, ich weiß.«

Glenna blickte von einem zum anderen. Sie saß zwischen ihnen in der Falle. Er hatte es gewusst, das sah sie ihm an. Cian hatte gewusst, was King jetzt war, als er ihn ins Haus geholt hatte.

»Tu das nicht. Wie kannst du deinem Bruder das antun?«

»Ihn kann ich nicht haben«, sagte King zu Cian. »Du auch nicht. Hoyt will sie für sich selber. Sie will den Zauberer trinken. Mit seinem Blut wird sie noch höher steigen. Jede Welt, die es gibt, wird uns gehören.«

Das Schwert lag zu weit weg, und den Holzpflock hatte sie auch nicht mehr in der Hand. Sie hatte nichts.

»Wir sollen Hoyt und die andere Frau lebend zu ihr bringen. Diese hier und der Junge gehören uns, wenn wir sie wollen.«

»Ich habe sehr, sehr lange kein Menschenblut mehr getrunken.« Cian fuhr mit der Fingerspitze über Glennas Nacken. »Ihres würde wahrscheinlich berauschend schmecken.«

King leckte sich über die Lippen. »Wir könnten sie uns teilen.«

»Ja, warum nicht?« Er packte Glenna fester, und als sie sich keuchend wehrte, lachte er. »Ja, schrei nur um Hilfe. Hol die anderen herunter, damit sie dich retten. Das erspart uns den Weg nach oben.«

»Du sollst in der Hölle brennen. Es tut mir leid, was mit dir geschehen ist«, sagte sie zu King, als er auf sie zutrat. »Und es tut mir auch leid, dass ich eine Rolle dabei gespielt habe. Aber ich werde es dir nicht leicht machen.«

Sie stützte sich an Cian ab, schwang die Beine hoch und trat aus. King taumelte ein paar Schritte zurück, lachte jedoch nur und kam sofort wieder auf sie zu.

»Sie lassen sie in den Höhlen herumrennen, damit wir sie jagen können. Mir gefällt es, wenn sie rennen und schreien.«

»Ich werde nicht schreien.« Erneut trat sie aus.

Auf der Treppe waren Schritte zu hören. Nein!, dachte sie und schrie doch, um die anderen zu warnen.

»Das Kreuz. Ich komme nicht an dem verdammten Kreuz vorbei. Reiß es ihr ab«, verlangte King. »Ich habe Hunger.«

»Ja, ich mache das schon.« Er schob Glenna zur Seite. In diesem Moment stürmten die anderen in die Küche.

Cian blickte King in die Augen und stieß ihm den Holzpflock, den er die ganze Zeit auf dem Rücken gehabt hatte, ins Herz.

»Mehr kann ich nicht für dich tun«, sagte er, als er den Pflock wieder herauszog.

»King. Nicht King.« Moira sank neben dem Häufchen Asche auf die Knie. Dann legte sie ihre Hände darüber und sagte mit tränenerstickter Stimme: »Lasst das, was er war, seine Seele und sein Herz, wieder in einer Welt willkommen sein. Der Dämon, der sie genommen hat, ist tot. Schenkt ihm Licht, damit er den Weg zurück findet.«

»Du kannst einen Mann aus einem Häufchen Asche nicht auferstehen lassen.«

Moira blickte zu Cian hinauf. »Nein, aber vielleicht kann ich seine Seele befreien, damit er wiedergeboren werden kann. Du hast nicht deinen Freund getötet, Cian.«

»Nein, das hat Lilith getan.«

»Ich dachte …« Glenna zitterte am ganzen Leib, als Hoyt ihr aufhalf.

»Ich weiß, was du dachtest. Das lag ja auch nahe.«

»Ich hätte dir vertrauen sollen. Ich habe gesagt, wir seien keine Einheit, aber ich habe nicht begriffen, dass auch ich einen Anteil daran habe. Ich habe dir nicht vertraut. Ich habe gedacht, du würdest mich töten, aber du hast dich dafür entschieden, mich zu retten.«

»Du irrst dich. Ich habe mich dafür entschieden, ihn zu retten.«

»Cian.« Sie trat auf ihn zu. »Ich habe das alles verursacht. Ich kann nicht …«

»Nein, das warst du nicht. Du hast ihn nicht getötet, du hast ihn nicht verwandelt. Das war Lilith. Und sie hat ihn hierher geschickt, damit er noch einmal stirbt. Er war neu und noch nicht an seine Haut gewöhnt. Und er war auch verwundet. Er hätte uns nicht alle überwältigen können, und das wusste sie.«

»Sie wusste, was du tun würdest.« Hoyt trat neben seinen Bruder und legte ihm die Hand auf die Schulter. »Und welche Überwindung es dich kosten würde.«

»Sie glaubte, so oder so nicht verlieren zu können. Wenn ich ihn nicht tötete, würde er zumindest einen von euch nehmen – alle sogar, wenn ich die Seiten gewechselt hätte. Wenn ich ihn jedoch tötete, dann kostet es mich … oh, sehr, sehr viel, eine ganze Menge.«

»Der Tod eines Freundes«, begann Larkin, »ist ein schwerer Tod. Wir alle empfinden es.«

»Ja, das glaube ich euch.« Er blickte zu Moira, die immer noch auf dem Boden kniete. »Aber für mich ist es am schwersten, weil ich ihn am längsten kannte. Sie hat ihm dies nicht deinetwegen angetan«, sagte er zu Glenna, »sondern meinetwegen. Wenn sie ihn nur umgebracht hätte, dann hätte ich dir die Schuld daran gegeben, und das habe ich ja auch getan. Aber hiermit hast du nichts zu tun. Das ist ihre Sache und meine.«

Er ergriff den Holzpflock, den er benutzt hatte, und musterte die tödliche Spitze. »Und wenn die Zeit gekommen ist, wenn wir ihr gegenüberstehen, gehört sie mir. Ich werde jeden von euch aufhalten, der ihr den tödlichen Schlag versetzen will. Denn sie hat sich verrechnet. Ich bin ihr etwas schuldig, und ich werde ihr den Tod schenken.«

Er hob sein Schwert auf. »Wir trainieren heute Abend.«

Beim Schwertkampf war Larkin Glennas Partner. Cian beobachtete Moira und Hoyt, die miteinander trainierten, und überschüttete sie mit Beleidigungen. Vermutlich war das sein Motivationsstil, dachte Glenna.

Ihr Arm schmerzte, und ihr Brustkorb pochte vor Anstrengung, aber obwohl ihr der Schweiß über den Rücken und in die Augen lief, machte sie tapfer weiter. Der Schmerz und die Anstrengung halfen ihr, das Bild von King zu verdrängen.

»Halt deinen Arm hoch«, schrie Cian sie an. »Wenn du noch nicht einmal das Schwert richtig halten kannst, dann bleibst du keine fünf Minuten am Leben. Und hör um Himmels willen auf, mit ihr zu tanzen, Larkin. Wir sind hier nicht in einem Nachtclub.«

»Sie ist noch nicht völlig wiederhergestellt«, fuhr Larkin ihn an. »Und was zum Teufel ist ein Nachtclub?«

»Ich möchte aufhören.« Moira ließ das Schwert sinken und wischte sich mit der freien Hand den Schweiß von der Stirn. »Ich muss mich einen Moment ausruhen.«

»Kommt gar nicht in Frage.« Cian wirbelte zu ihr herum. »Glaubst du, du tust ihr einen Gefallen, wenn du um eine Pause bittest? Glaubst du, sie lassen sich zu einer Auszeit hinreißen, nur weil deine Freundin hier wieder zu Atem kommen muss?«

»Ich bin in Ordnung. Du brauchst sie gar nicht so anzufahren«, erklärte Glenna keuchend. Sie hielt sich nur mühsam auf den Beinen. »Mir geht es gut. Du brauchst dich nicht zurückzuhalten«, sagte sie zu Larkin. »Ich muss nicht mit Samthandschuhen angefasst werden.«

»Wir müssen nach ihr sehen.« Hoyt winkte Larkin zurück. »Sie kann noch nicht so lange trainieren.«

»Darüber hast du nicht zu bestimmen«, erwiderte Cian.

»Ich tue es aber. Sie ist erschöpft, und sie hat Schmerzen. Und das reicht.«

»Ich habe gesagt, mir geht es gut, und ich kann für mich selber sprechen. Dein Bruder benimmt sich zwar gerne wie ein Bastard, aber etwas anderes hat er nicht gemeint. Ich möchte nicht, dass du für mich sprichst.«

»Dann wirst du dich daran gewöhnen müssen, weil ich genau das tue, wenn du es brauchst.«

»Ich weiß selber, was ich brauche und wann ich es brauche.«

»Vielleicht tötet ihr zwei den Feind ja mit Worten«, bemerkte Cian trocken.

Glenna verlor die Geduld und sprang mit gezücktem

Schwert auf Cian zu. »Na los. Dann komm, wir beide. Du hältst dich bestimmt nicht zurück.«

»Nein.« Er erhob sein Schwert. »Bestimmt nicht.«

»Ich habe genug Worte verloren.« Hoyt schlug mit seinem Schwert dazwischen, dass die Funken stoben.

»Gegen wen von uns möchtest du denn kämpfen?« Cians Stimme klang wie Seide. Gefährliche Lust verdunkelte seine Augen, als Hoyt sich ihm zuwandte.

»Könnte interessant sein«, meinte Larkin, aber seine Kusine griff ein.

»Wartet«, sagte sie. »Wartet bitte. Wir sind alle mit den Nerven fertig. Völlig erschöpft und überhitzt wie Pferde nach einem viel zu langen, viel zu schnellen Galopp. Es bringt überhaupt nichts, wenn wir uns gegenseitig verletzen. Wenn wir schon keine Pause machen, dann sollten wir wenigstens mal die Türen öffnen, damit ein bisschen frische Luft hereinkommt.«

»Du willst, dass wir die Türen öffnen?« Cian legte den Kopf schräg. »Du willst ein bisschen frische Luft? Aber natürlich, gerne.«

Er trat zu den Terrassentüren und riss sie auf. Mit einer blitzschnellen Bewegung griff er in die Dunkelheit hinaus. »Wollt ihr nicht hereinkommen?«, sagte er und zerrte zwei Vampire über die Schwelle.

»Hier gibt es viel zu essen.« Die beiden zogen ihre Schwerter. Cian trat zum Tisch, spießte einen Apfel aus dem Obstkorb mit dem Schwert auf und lehnte sich lässig an die Wand, um die Frucht zu verspeisen.

»Dann lasst doch mal sehen, was ihr so mit ihnen anfangen könnt«, schlug er vor. »Immerhin seid ihr in der Überzahl, also müsstet ihr es wohl überleben.«

Hoyt wirbelte herum und brachte Glenna instinktiv hinter sich. Auch Larkin hatte bereits sein Schwert gezogen, aber sein Gegner parierte den Angriff mit Leichtigkeit und versetzte Larkin mit der freien Hand einen Schlag, der ihn durch das halbe Zimmer schickte.

Dann wandte sich der Vampir Moira zu. Der erste Schlag streckte sie nieder, und sie rutschte über den Fußboden. Verzweifelt packte sie ihren Holzpflock, als der Vampir auf sie zuflog.

Glenna mobilisierte all ihre Wut und ließ ihrer Macht freien Lauf. Sie holte das Feuer hervor, und der Vampir ging in Flammen auf.

»Gut gemacht, Rotschopf«, sagte Cian. Er beobachtete seinen Bruder, der um sein Leben kämpfte.

»Hilf ihm. Hilf mir.«

»Warum hilfst du ihm nicht?«

»Sie sind zu nahe beieinander, deshalb kann ich kein Feuer riskieren.«

»Versuch es hiermit.« Er warf ihr einen Holzpflock zu. Erneut biss er in seinen Apfel.

Sie schaltete jeden Gedanken aus, als sie auf den Vampir, der Hoyt in die Knie gezwungen hatte, zurannte und ihm den Holzpflock in die Brust stieß.

Sie verfehlte das Herz.

Der Vampir heulte auf, aber der Laut klang eher nach Lust als nach Schmerz. Er drehte sich um und hob sein Schwert. Moira und Larkin sprangen auf ihn zu, aber Glenna sah dem Tod ins Auge. Sie waren viel zu weit weg, und sie hatte nichts mehr, um sich zu verteidigen.

Dann schlug Hoyt ihm den Kopf ab. Blut spritzte in ihr Gesicht, bevor der Staub niederrieselte.

»Ziemlich jämmerlich, aber alles in allem recht effektiv.« Cian wischte sich die Hände ab. »Und jetzt macht weiter. Die Pause ist vorbei.«

»Du wusstest, dass sie da draußen waren.« Moiras Hand,

die immer noch den Holzpflock hielt, zitterte. »Du wusstest es.«

»Ja, natürlich wusste ich, dass sie da draußen waren. Wenn du deinen Verstand benutzt hättest, oder zumindest ein paar deiner Sinne, dann hättest du es auch gewusst.«

»Du hättest zugelassen, dass sie uns töten.«

»Um es auf den Punkt zu bringen: Ihr habt zugelassen, dass sie euch beinahe getötet hätten. Du.« Er wies auf Moira. »Du hast einfach dagestanden und dich von deiner Angst überwältigen lassen. Du.« Jetzt war Larkin an der Reihe. »Du bist einfach drauflosgestürmt, ohne deinen Kopf zu benutzen, den du deshalb beinahe verloren hättest. Und du«, wandte er sich an Hoyt. »Es mag ja sehr ritterlich sein, die Frauen beschützen zu wollen, aber auf diese Art werdet ihr beide sterben – mit intakter Ehre natürlich. Anfangs hat zumindest der Rotschopf seinen Kopf benutzt – und die Macht, die eure verdammten Götter ihr gegeben haben –, aber dann hat auch sie versagt und einfach nur darauf gewartet, getötet zu werden.«

Er trat vor. »Also werden wir jetzt an euren zahlreichen Schwächen arbeiten.«

»Ich habe genug.« Glennas Stimme war nur noch ein Flüstern. »Genug von Blut und Tod, genug für eine Nacht. Genug.« Sie ließ den Holzpflock fallen und ging hinaus.

»Lass sie gehen.« Cian hielt Hoyt auf, als er ihr folgen wollte. »Wenn du auch nur eine Unze Verstand hättest, wüsstest du, dass sie jetzt allein sein will. Lass sie in Ruhe.«

»Er hat Recht«, warf Moira ein. »Es schmerzt mich zwar, das sagen zu müssen, aber sie braucht jetzt Ruhe.« Sie ergriff das Schwert, das ihr aus der Hand geschlagen worden war. »Schwächen.« Sie nickte und blickte Cian an. »Nun gut. Zeig sie mir.«

18

Hoyt erwartete, Glenna im Bett vorzufinden, als er hereinkam. Er hoffte, sie würde schlafen, damit er besser an ihren Verletzungen arbeiten konnte. Aber sie stand mit dem Rücken zu ihm im Dunkeln am Fenster.

»Mach kein Licht«, sagte sie. »Cian hatte Recht, da draußen sind noch mehr. Wenn man aufpasst, kann man sie spüren. Sie bewegen sich wie Schatten, aber man spürt doch Bewegung. Bald werden sie sich in die Löcher zurückziehen, in denen sie sich tagsüber vergraben.«

»Du solltest dich hinlegen.«

»Ich weiß, dass du das sagst, weil du dir Sorgen machst, und ich habe mich mittlerweile wieder so in der Gewalt, dass ich dir dafür nicht den Kopf abreiße. Ich habe mich unten schlecht benommen, aber es ist mir egal.«

»Du bist genauso müde wie ich. Ich möchte mich nur noch waschen und schlafen.«

»Du hast dein eigenes Zimmer. Und ich habe dich nicht darum gebeten«, fuhr sie fort, bevor er etwas erwidern konnte. Sie drehte sich um. Ihr Gesicht wirkte in der Dunkelheit sehr blass. »Ich bin doch nicht so ruhig, wie ich dachte. Du hattest kein Recht, absolut nicht das Recht, dich vor mich zu stellen.«

»Doch, jedes Recht. Die Liebe gibt mir das Recht. Ein Mann muss eine Frau vor Schaden bewahren …«

»Hör auf.« Sie hob die Hand. »Hier geht es nicht um Männer und Frauen, hier geht es um Menschen. Die Sekunden, in denen du an mich gedacht hast, hätten dich das Leben kosten können, und das kann sich keiner von uns leisten. Wenn du nicht darauf vertraust, dass ich mich selbst verteidigen kann – dass wir uns alle selbst verteidigen können –, kommen wir nicht weit.«

Er wusste, dass sie Recht hatte, aber er sorgte sich trotzdem. Er sah immer noch vor sich, wie das Monster auf sie zugesprungen war. »Und wo wärest du jetzt, wenn ich den Vampir nicht vernichtet hätte?«

»Das ist etwas anderes. Etwas völlig anderes.« Sie trat einen Schritt näher, und er roch den Duft der Cremes, die sie verwendete. Sie roch so weiblich.

»Es ist albern, und es ist Zeitverschwendung.«

»Nein, für mich nicht, also hör mir zu. Gemeinsam zu kämpfen und den anderen zu schützen ist lebenswichtig. Wir müssen uns alle aufeinander verlassen können. Aber mich nicht kämpfen zu lassen, ist etwas völlig anderes. Du musst den Unterschied verstehen und akzeptieren.«

»Aber wie kann ich das, wenn es sich um dich handelt? Wenn ich dich verlieren würde …«

»Hoyt.« Sie ergriff ihn am Arm, eine ungeduldig tröstende Geste. »Jeder von uns kann in der Schlacht sterben, und das müssen wir akzeptieren. Aber wenn du stirbst, möchte ich nicht mit dem Wissen weiterleben, dass du es für mich getan hast. Das will ich einfach nicht.«

Sie setzte sich auf die Bettkante. »Ich habe heute Abend getötet. Ich weiß, wie es sich anfühlt, etwas zu Ende zu bringen. Zu diesem Zweck meine Macht zu benutzen, etwas, was ich nie für möglich gehalten hätte.« Sie schaute auf ihre Hände. »Ich tat es, um ein anderes menschliches Wesen zu retten, und doch belastet es mich. Wenn ich es mit dem Holzpflock oder dem Schwert getan hätte, könnte ich es leichter akzeptieren, aber ich habe meine Magie benutzt, um etwas zu zerstören.«

Sie schaute ihn an, und er sah die tiefe Traurigkeit in ihren Augen. »Die Gabe war immer so hell und schön, und jetzt ist so viel Dunkelheit darin. Auch das muss ich verstehen und akzeptieren. Und du musst mich lassen.«

»Ich akzeptiere deine Macht, Glenna, und auch, was du damit tust. Ich glaube, uns allen wäre besser gedient, wenn du ausschließlich an der Magie arbeiten würdest.«

»Und die blutige Arbeit euch überlassen würde? Weg von der vordersten Front, in den Hintergrund zu meinem Kohlebecken?«

»Heute Abend habe ich dich beinahe zweimal verloren. Und deshalb wirst du tun, was ich sage.«

Es dauerte einen Moment, bis sie die Sprache wiederfand. »Na ja, so gesehen habe ich zweimal heute Abend dem Tod gegenübergestanden und überlebt.«

»Wir reden morgen weiter.«

»Oh nein, nein, das werden wir nicht.« Sie streckte die Hand aus und schlug ihm die Tür zum Badezimmer vor der Nase zu.

Wütend drehte er sich um. »Zwing mir nicht deine Macht auf.«

»Und zwing du mir nicht deine Männlichkeit auf. Außerdem wollte ich es so gar nicht.« Sie holte tief Luft, um nicht lachen zu müssen. »Entschuldige, Hoyt, ich wollte die Tür nicht zuknallen. Du hattest Angst um mich, und das verstehe ich nur zu gut, weil ich auch Angst um mich und um euch, um uns alle hatte. Aber wir müssen die Angst überwinden.«

»Wie?«, wollte er wissen. »Wie sollen wir das denn machen? Diese Liebe ist neu für mich, das Verlangen und auch das Entsetzen, das damit einhergeht. Als wir hierher gerufen wurden, glaubte ich, das wäre das Schwerste, was ich jemals zu bewältigen hatte. Aber ich habe mich geirrt. Dich zu lieben ist schwerer, dich zu lieben und zu wissen, ich könnte dich verlieren.«

Ihr ganzes Leben lang, dachte sie, hatte sie darauf gewartet, so geliebt zu werden. »Ich wusste nicht, dass ich für einen anderen Menschen so viel empfinden könnte. Auch für mich ist es neu, schwer und beängstigend. Und ich wünschte, ich könnte dir versichern, dass du mich nicht verlierst. Ich wünschte, ich könnte es. Aber je stärker ich bin, desto größer ist meine Chance, am Leben zu bleiben. Das gilt für uns alle.«

Sie erhob sich. »Ich habe King sehr gern gemocht, und ich habe heute Abend gesehen, was sie aus ihm gemacht haben. Als Vampir wollte er mein Blut und meinen Tod, und es tat unglaublich weh, das zu sehen. Er war doch ein Freund geworden.«

Ihre Stimme zitterte, und sie musste sich abwenden. Erneut trat sie ans Fenster und blickte hinaus in die Dunkelheit. »Ich versuchte mich zu retten, aber ein Teil von mir sah, was er gewesen war – der Mann, der mit mir zusammen gekocht, geredet und gelacht hatte. Ich konnte meine Macht nicht gegen ihn anwenden, es ging einfach nicht. Wenn Cian nicht …« Sie drehte sich wieder um.

»Ich will nicht wieder schwach sein. Ein zweites Mal werde ich nicht zögern. Du musst mir vertrauen.«

»Du hast mir zugerufen, ich solle weglaufen. Ist das nicht dasselbe, als wenn ich mich im Kampf vor dich stelle?«

Sie öffnete den Mund, schloss ihn jedoch wieder und räusperte sich. »Es kam mir in dem Moment absolut richtig vor. Aber gut, du hast Recht. Ein Punkt für dich. Wir werden beide daran arbeiten müssen. Und ich habe ein paar ganz gute Ideen für unsere Bewaffnung. Bevor wir jedoch zu Bett gehen, möchte ich noch etwas mit dir besprechen.«

»Das überrascht mich kaum.«

»Ich finde es nicht besonders schmeichelhaft, wenn du dich mit deinem Bruder wegen mir streitest.«

»Es ging nicht nur um dich.«

»Ich weiß, aber ich war der Auslöser. Und ich werde auch

mit Moira darüber sprechen. Dadurch, dass sie Cian von mir ablenken wollte, hat sie den Ablauf völlig geändert.«

»Es war Wahnsinn, dass er die Vampire ins Haus geholt hat. Seine Arroganz und sein Zorn hätten uns das Leben kosten können.«

»Nein«, sagte sie leise, aber bestimmt. »Er hatte Recht.«

Erstaunt blickte Hoyt sie an. »Wie kannst du so etwas sagen? Wie kannst du ihn verteidigen?«

»Er hat uns auf etwas Wichtiges aufmerksam gemacht, was wir nie wieder vergessen werden. Wir wissen nicht, wann sie uns angreifen, und wir müssen zu jeder Minute bereit sein zu töten. Das waren wir aber nicht, obwohl die Sache mit King gerade erst passiert war. Wenn mehr Vampire da gewesen wären, wäre es eng geworden.«

»Er hat daneben gestanden und nichts getan.«

»Ja. Ein weiterer wichtiger Hinweis. Er ist der Stärkste von uns und in dieser Angelegenheit auch der Klügste. Wir müssen daran arbeiten, genauso gut zu werden, und da habe ich ein paar Ideen, zumindest für uns beide.«

Sie trat zu ihm und stellte sich auf die Zehenspitzen, um ihn zu küssen. »Na los, geh dich waschen. Ich möchte darüber schlafen. Und ich möchte mit dir schlafen.«

Sie träumte von der Göttin und wandelte durch eine Welt voller Gärten, in der die Vögel bunt wie Blumen waren und die Blumen wie Edelsteine leuchteten.

Von einer hohen, schwarzen Klippe fiel Wasser, so blau wie flüssiger Saphir, in einen glasklaren Teich, in dem goldene und rote Fische umherschossen.

Die Luft war warm und duftete.

Hinter den Gärten befand sich eine Bucht mit silbrigem Sandstrand, von türkisblauem Wasser umspült. Kinder spielten dort, bauten Sandburgen und planschten in der sanften Brandung. Ihr Lachen erfüllte die Luft wie Vogelgezwitscher.

Vom Strand aus führte eine strahlend weiße, mit Rubinen eingefasste Treppe zu Häusern in verträumten Pastelltönen, umgeben von Blumen und blühenden Bäumen.

Von dort drang Musik an ihr Ohr, fröhliche Weisen, von Harfen und Flöten gespielt.

»Wo sind wir?«

»Es gibt viele Welten«, sagte Morrigan zu ihr. »Das ist nur eine davon. Ich dachte, du solltest einmal sehen, dass du für mehr als nur deine, seine oder die Welt eurer Freunde kämpfst.«

»Sie ist wunderschön. Alles fühlt sich so ... glücklich an.«

»Manche Welten sind glücklich, manche nicht. Manche erfordern ein hartes Leben, voller Schmerzen und Mühen. Aber es ist trotzdem Leben. Diese Welt ist alt«, sagte die Göttin und breitete die Arme aus. »Durch jene Schmerzen und Mühen hat sie sich diesen Frieden und diese Schönheit verdient.«

»Du könntest das Kommende aufhalten. Halte sie auf.«

Ihre hellen Haare tanzten im Wind. Sie wandte sich zu Glenna. »Ich habe getan, was ich kann, um es aufzuhalten. Ich habe dich erwählt.«

»Es ist nicht genug. Wir haben schon einen von uns verloren. Er war ein guter Mann.«

»Wie so viele andere.«

»Ist das Schicksal so? Die höheren Mächte?«

»Die höheren Mächte bringen jenen Kindern dort Lachen, sie bringen die Blumen und die Sonne. Und ja, sie bringen auch Tod und Schmerz. Es muss so sein.«

»Warum?«

Morrigan drehte sich lächelnd um. »Sonst würde alles nur

wenig bedeuten. Du bist ein Kind mit einer Gabe. Aber die Gabe wiegt auch schwer.«

»Ich habe meine Gabe benutzt, um zu zerstören. Mein ganzes Leben lang habe ich geglaubt, nein, *wusste* ich, dass ich niemandem ein Leid zufügen könnte. Aber dennoch habe ich meine Gabe dazu benutzt.«

Morrigan berührte Glennas Haare. »Das ist die Bürde, und sie muss getragen werden. Du hattest den Auftrag, gegen das Böse vorzugehen.«

»Ich werde nie wieder dieselbe sein«, erklärte Glenna und blickte aufs Meer.

»Nein, nicht dieselbe. Und ihr seid noch nicht bereit. Keiner von euch. Ihr seid noch kein Ganzes.«

»Wir haben King verloren.«

»Er ist nicht verloren. Er ist nur in eine andere Welt gegangen.«

»Wir sind keine Götter, und wir betrauern den grausamen Tod eines Freundes.«

»Es wird noch mehr Tode, noch mehr Trauer geben.«

Glenna schloss die Augen. Angesichts von so viel Schönheit fiel es ihr noch schwerer, vom Tod zu sprechen. »Was für gute Nachrichten. Ich möchte zurückgehen.«

»Ja, du solltest da sein. Sie bringt Blut und eine andere Art von Macht.«

»Wer?« Furchtsam wich Glenna zurück. »Lilith? Kommt sie?«

»Sieh dorthin.« Morrigan zeigte gen Westen. »Wenn der Blitz zuckt.«

Der Himmel wurde schwarz, und ein Blitz zog sich bis ins Meer.

Als sie sich wimmernd umdrehte, nahm Hoyt sie in die Arme.

»Es ist dunkel.«

»Es dämmert schon fast.« Er drückte seine Lippen auf ihr Haar.

»Es wird ein Gewitter geben. Und damit kommt sie.«

»Hast du geträumt?«

»Morrigan hat mich mitgenommen.« Sie schmiegte sich an Hoyt. Er war warm. Und er war real. »An einen wunderschönen Ort. Vollkommen und schön. Dann wurde es dunkel, und der Blitz schlug ins Wasser ein. Ich hörte sie in der Dunkelheit grollen.«

»Jetzt bist du hier in Sicherheit.«

»Keiner von uns ist in Sicherheit.« Sie küsste ihn verzweifelt. »Hoyt.«

Ihr schlanker, duftender Körper glitt über ihn. Sie ergriff seine Hände und drückte sie an ihre Brüste. Seine Finger waren wirklich und warm.

Als ihr Herzschlag schneller wurde, begannen die Kerzen im Zimmer zu flackern. Im Kamin loderte das Feuer auf.

»In uns ist Macht.« Ihre Lippen glitten über sein Gesicht, über seinen Hals. »Sieh und spüre sie.«

Leben, dachte sie. Heißes, menschliches Leben, das die eisigen Finger des Todes zurückdrängen konnte.

Sie nahm ihn in sich auf und bog sich zurück, als ihre Erregung wuchs.

Er schlang sich um sie, sodass er ihre Brustwarzen in den Mund nehmen, den Schlag ihres Herzens spüren konnte. Hier war das Leben, dachte auch er.

Und während ihre Leidenschaft wuchs, brach sanft die Dämmerung herein.

»Es ist das Feuer«, sagte Glenna.

Sie saßen bei Kaffee und Scones im Turm. Sie hatte die Tür fest verschlossen und sie noch zusätzlich mit einem

Zauberspruch versiegelt, damit nichts und niemand eintreten konnte, bevor sie fertig war.

»Es ist aufregend.« Seine Augen waren immer noch schläfrig, und er war völlig entspannt.

Sex, dachte Glenna, konnte Wunder bewirken. Sie fühlte sich auch großartig.

»Wenn es um Sex geht, stimme ich mit dir überein, aber diese Art von Feuer ist eine Waffe.«

»Ja, gestern Abend hast du einen damit getötet.« Er schenkte sich noch Kaffee ein. An den Geschmack hatte er sich schnell gewöhnt, stellte er fest. »Wirkungsvoll und schnell, aber auch …«

»Ein wenig unvorhersehbar, ja. Es könnte sich tragisch auswirken, wenn einer von uns dazwischengeriete. Aber …« Sie tippte mit dem Finger an ihre Tasse. »Durch ständiges Üben lernen wir, es zu kontrollieren und gezielt anzuwenden. Außerdem können wir die anderen Waffen damit verstärken, so wie du es gestern Abend gemacht hast, mit Feuer auf dem Schwert.«

»Wie bitte?«

»Das Feuer auf dem Schwert, als du mit Cian die Waffen gekreuzt hast.« Als er sie verständnislos anblickte, zog sie die Augenbrauen hoch. »Du hast es also nicht gerufen, sondern es ist einfach gekommen. Leidenschaft – in diesem Fall Wut. Leidenschaft, wenn wir uns lieben. Einen kurzen Augenblick lang ist gestern Abend eine Flamme über dein Schwert geschossen. Ein flammendes Schwert.«

Glenna stand auf und ging im Zimmer auf und ab. »Es ist uns bisher noch nicht gelungen, eine Schutzzone um das Haus zu ziehen.«

»Vielleicht finden wir ja noch einen Weg.«

»Aber das ist kompliziert, weil wir ja einen Vampir im Haus haben. Wir können keinen Zauber aussprechen, der die Vampire abwehrt, weil wir damit immer auch Cian treffen würden. Aber mit der Zeit – wenn wir so viel Zeit haben – finden wir vielleicht eine Möglichkeit. In der Zwischenzeit nutzen wir das Feuer. Es ist nicht nur wirkungsvoll, sondern auch äußerst symbolkräftig. Und du kannst deinen hübschen Hintern darauf verwetten, dass ich dem Feind die Furcht vor dem Herrn einjagen werde.«

»Feuer erfordert Konzentration, und das könnte ein wenig schwierig sein, wenn du um dein Leben kämpfst.«

»Wir arbeiten daran, bis es nicht mehr ganz so schwierig ist. Du wolltest doch, dass ich mehr an der Magie arbeite, und in diesem Fall bin ich dazu bereit. Wir müssen uns endlich ein schlagkräftiges Waffenarsenal schaffen.«

Sie setzte sich wieder. »Wenn wir diesen Krieg nach Geall bringen, werden wir bestens ausgerüstet sein.«

Sie arbeitete den ganzen Tag daran, gemeinsam mit ihm und allein. Sie vergrub sich in ihre und Cians Bücher.

Als die Sonne unterging, zündete sie Kerzen an, um Licht zum Arbeiten zu haben, und ignorierte Cian, der an die Tür klopfte und schrie, es sei Zeit zum Training.

Sie trainierte ja.

Und erst wenn sie wirklich gut wäre, würde sie herauskommen.

Die Frau war jung und frisch. Und sehr, sehr allein.

Lora beobachtete sie aus den Schatten heraus. Mit so viel Glück hatte sie gar nicht gerechnet, als Lilith sie zu ihrem Missvergnügen mit drei Kriegern als Kundschafter fortgeschickt hatte. Eigentlich hatte sie in einen der abgelegenen Pubs gehen und ein wenig Spaß haben wollen. Wie lange sollten sie denn noch in den Höhlen herumlungern und sich gelegentlich einen Touristen angeln?

Am meisten Spaß hatte es ihr gemacht, die Hexe zu verprügeln und den schwarzen Mann der heiligen Brigade direkt vor der Nase wegzuschnappen.

Am liebsten wäre es ihr sowieso, sie wären irgendwo anders stationiert, *irgendwo,* nur nicht in dieser trübseligen Gegend. In Paris oder in Prag zum Beispiel, wo es so viele Menschen gab, dass man sie wie Pflaumen von den Bäumen pflücken konnte. Irgendwo, wo etwas los war und wo es nach Fleisch roch.

Hier, in diesem blöden Land, gab es doch mit Sicherheit mehr Kühe und Schafe als Leute.

Es war langweilig.

Aber jetzt bot sich eine interessante Möglichkeit.

So hübsch. Und so unvermutet.

Sie eignete sich sowohl für einen kleinen Snack als auch zum Umwandeln. Es wäre schön, eine neue Gefährtin zu haben, vor allem eine Frau. Sie konnte sie trainieren und mit ihr spielen.

Ein neues Spielzeug, dachte sie, gegen diese endlose Langeweile, bevor der echte Spaß begann.

Wohin wollte das hübsche Ding in seinem kleinen Auto wohl nach Einbruch der Dunkelheit? Was für ein Pech, dass es auf dieser ruhigen Landstraße eine Reifenpanne hatte.

Einen hübschen Mantel hatte die Frau an, dachte Lora, während sie zuschaute, wie sie Wagenheber und Ersatzreifen herauswuchtete. Sie hatten ungefähr die gleiche Größe, und der Mantel würde ihr sicher ebenfalls gut stehen.

»Bringt sie zu mir«, befahl sie den dreien, die bei ihr standen.

»Lilith hat gesagt, wir dürften nichts zu uns nehmen, bis …«

Sie wirbelte herum, mit gefletschten Reißzähnen und rot glühenden Augen. Und der Vampir, der früher einmal ein muskulöser, zweihundertzwanzig Pfund schwerer Mann gewesen war, wich hastig zurück.

»Du widersprichst mir?«

»Nein.« Schließlich war sie hier – und er konnte ihren Hunger riechen. Lilith war weit weg.

»Bringt sie zu mir«, wiederholte Lora und tippte ihm vor die Brust. Dann drohte sie ihm scherzhaft mit dem Finger. »Und dass ihr nicht probiert. Ich möchte sie lebend. Es ist Zeit, dass ich eine neue Spielgefährtin bekomme.« Sie schürzte die Lippen. »Und seht zu, dass der Mantel heil bleibt. Er gefällt mir.« Als die drei Männer, die sie im Leben gewesen waren, traten sie aus den Schatten auf die Straße.

Es roch nach Menschen. Nach einer Frau.

Ihr Hunger erwachte – und nur die Angst vor Loras Bestrafung hielt sie davon ab, wie Wölfe anzugreifen.

Als sie näher kamen, lächelte sie freundlich und richtete sich aus ihrer hockenden Stellung auf. Rasch fuhr sie sich mit der Hand durch die kurzen, dunklen Haare, die ihren Hals und ihren Nacken unbedeckt ließen.

»Ich hatte gehofft, dass jemand vorbeikommt.«

»Das ist wohl Ihr Glücksabend.« Der, den Lora zurechtgewiesen hatte, grinste.

»Ja, etwas in der Art. Eine dunkle, verlassene Straße mitten im Nichts. Puh. Es kann einem schon ein bisschen Angst machen.«

»Es kann noch schlimmer werden.«

Sie kamen von drei Seiten auf sie zu, um sie mit dem Rücken an den Wagen zu drängen. Sie trat einen Schritt zurück und riss die Augen auf. Die Vampire knurrten leise.

»O Gott. Wollt ihr mir etwas tun? Ich habe nicht viel Geld dabei, aber …«

»Hinter Geld sind wir nicht her, aber das nehmen wir auch.«

Sie hob den eisernen Wagenheber, den sie immer noch in der Hand hielt. »Bleibt, wo ihr seid. Lasst mich in Ruhe.«

»Metall ist kein Problem für uns«, lachte der, der am nächsten zu ihr stand.

Als er auf sie zusprang und sie am Hals packen wollte, zerbarst er in einer Staubwolke.

»Nein, aber das spitze Ende hier.« Sie wackelte mit dem Holzpflock, den sie hinter ihrem Rücken versteckt hatte.

Mit einem Tritt in den Bauch empfing sie den nächsten Angreifer und stach dann mit dem Pflock zu. Wütend und hungrig stürzte sich der Letzte auf sie, und sie schlug ihm den Wagenheber mitten ins Gesicht. Als er auf der Straße landete, war sie sofort über ihm.

»Ein kleines Problem ist Metall schon«, erklärte sie. »Aber wir beenden die Geschichte besser hiermit.«

Sie stach ihm den Pflock ins Herz, dann erhob sie sich und klopfte sich den Staub vom Mantel. »Verdammte Vampire.«

Sie wandte sich wieder zu ihrem Auto, blieb dann aber stehen und hob witternd den Kopf.

Mit gespreizten Beinen packte sie ihre Waffen. »Willst du nicht herauskommen und mit mir spielen?«, rief sie. »Ich kann dich riechen. Die drei hier haben mich kaum Kraft gekostet, und ich platze vor Tatendrang.«

Der Duft ließ nach, und in wenigen Augenblicken war die Luft wieder klar. Sie wartete noch eine Weile, dann klemmte sie achselzuckend den Holzpflock wieder in ihren Gürtel. Als sie den Reifen gewechselt hatte, blickte sie zum Himmel. »Es gibt ein Gewitter«, murmelte sie.

Im Trainingsraum landete Hoyt hart auf dem Rücken. Jeder Knochen in seinem Leib krachte. Larkin griff an und hielt den Holzpflock direkt über Hoyts Herz.

»Ich habe dich heute Nacht schon sechsmal getötet. Du bist nicht bei der Sache.« Er fluchte leise, als er die Klinge an seiner Kehle spürte.

Moira zog sie zurück und lächelte ihn an. »Er ist Staub, aber du würdest verbluten.«

»Ja, wenn du von hinten auf mich zukommst …«

»Das tun sie auf jeden Fall«, warf Cian ein. Er nickte Moira anerkennend zu. »Und bestimmt nicht nur einer. Du tötest einen und machst gleich weiter. So schnell du kannst.«

Er tat so, als wollte er Moira den Hals umdrehen. »Jetzt seid ihr alle drei tot, weil ihr viel zu viel Zeit mit Reden vergeudet. Ihr müsst mit vielen Gegnern auf einmal fertig werden, ob mit dem Schwert, mit dem Holzpflock oder mit bloßen Händen.«

Hoyt stand auf. »Warum machst du es uns nicht vor?«

Cian zog die Augenbrauen hoch. »Na gut. Ihr stürzt euch alle auf mich, und ich versuche, euch nicht mehr wehzutun, als unbedingt nötig.«

»Angeber! Das ist doch nur Gerede.« Larkin stellte sich in Kampfpose hin.

»In diesem Fall leider nichts als die Wahrheit.«

Er hob den stumpfen Holzpflock auf und warf ihn Moira zu. »Ihr müsst eure Bewegungen genauso vorhersehen wie meine. Dann … ah, hast du dich doch entschlossen, teilzunehmen?«

»Ich habe an etwas gearbeitet und bin gut vorangekommen.« Glenna griff nach dem Dolch, den sie sich umgeschnallt hatte. »Und jetzt musste ich erst einmal eine Pause einlegen. Was für eine Übung macht ihr hier?«

»Wir werden Cian in den Hintern treten«, erwiderte Larkin.

»Oh, da spiele ich mit. Welche Waffen?«

»Welche du willst.« Cian wies mit dem Kopf auf den Dolch. »Du scheinst ja deine schon zu haben.«

»Nein, dafür nicht.« Sie trat an den Tisch und wählte ebenfalls einen stumpfen Holzpflock. »Wie lauten die Regeln?«

Statt einer Antwort brachte Cian Larkin mit einem geschickten Griff zu Fall. »Gewinnen. Das ist die einzige Regel.«

Als Hoyt ihn angriff, steckte Cian den Schlag ein, prallte gegen die Wand und stieß sich von dort wieder ab, um Hoyt mit seinem Körper auf Moira zu schieben, sodass sie beide zu Boden stürzten.

»Ihr müsst die Bewegungen voraussehen«, wiederholte er und trat nach Larkin.

Glenna streckte ihr Kreuz aus, als sie vortrat.

»Ah, clever.« Seine Augen röteten sich an den Rändern. Draußen begann es zu donnern. »Schutz und Waffe, schlag den Feind zurück, außer ...« Mit dem Unterarm schob er das Kreuz weg, aber als er herumwirbelte, um ihr auch den Pflock aus der Hand zu schlagen, tauchte sie unter ihm durch.

»Na, du bist ja wirklich geschickt«, murmelte Cian anerkennend. Kurz erhellte ein Blitz sein Gesicht. »Du benutzt deinen Kopf, deine Instinkte ...«

Sie hatten einen Kreis um ihn gebildet, was er als kleine Verbesserung ihrer Strategie betrachtete. Noch waren sie kein Team, aber es war schon eine Verbesserung.

Sie kamen näher, und in Larkins Augen sah er das Verlangen, zuzuschlagen.

Cian entschied sich für das schwächste Glied, drehte sich und hob Moira mit einer Hand hoch. Als er sie von sich schleuderte, sprang Larkin instinktiv dazwischen, um sie aufzufangen. Cian brauchte ihm nur noch ein Bein zu stellen, um ihn zu Fall zu bringen.

Blitzschnell drehte er sich, um Hoyt abzuwehren, und

packte seinen Bruder am Hemd. Hoyt taumelte zurück, und im gleichen Moment entwand Cian Glenna den Holzpflock.

Er hielt sie im Würgegriff fest an sich gedrückt. »Und was jetzt?«, fragte er die anderen. »Ich habe hier euer Mädchen. Weicht ihr zurück und überlasst ihr sie mir? Oder greift ihr mich an und riskiert dabei, dass ich sie in Stücke reiße? Das ist ein Problem.«

»Oder überlassen sie es vielleicht mir, mich darum zu kümmern?« Glenna ergriff ihre Kette und ließ das Kreuz vor Cians Gesicht baumeln.

Er ließ sie los und flog bis zur Decke. Dort blieb er einen Moment lang wie ein gefährliches Insekt kleben, dann sprang er herunter und landete leicht auf den Füßen.

»Nicht schlecht. Aber trotzdem, ihr müsst mich erst noch besiegen. Und wenn ich …«

Ein Blitz leuchtete auf, seine Hand schoss vor und packte den Holzpflock, der geflogen kam, kurz bevor die tödliche Spitze sein Herz erreichte.

»Wollt ihr mich necken?«, sagte er milde.

»Geht zurück.«

Eine Frau trat durch die Terrassentür. In diesem Moment zerriss ein weiterer Blitz den Himmel. Sie war schlank und trug einen knielangen, schwarzen Ledermantel. Ihre dunklen Haare waren kurz geschnitten und betonten ihre hohe Stirn und ihre riesigen, leuchtend blauen Augen.

Sie ließ die große Tasche, die sie trug, zu Boden fallen und trat ins Licht. In einer Hand hielt sie einen weiteren Holzpflock und ein Messer mit zwei Klingen in der anderen.

»Wer zum Teufel bist du?«, wollte Larkin wissen.

»Murphy. Blair Murphy. Und ich rette euch heute Nacht das Leben. Warum um alles in der Welt habt ihr einen von ihnen ins Haus gelassen?«

»Es gehört zufällig mir«, erklärte Cian. »Das ist mein Haus.«

»Nett. Deine Erben können sich bald schon freuen. Ich sagte, haltet euch fern von ihm«, fuhr sie Larkin und Hoyt an, die sich schützend vor Cian stellten.

»Sein Erbe bin ich. Er ist mein Bruder.«

»Er ist einer von uns«, ergänzte Larkin.

»Nein, das ist er nun wirklich nicht.«

»Doch.« Moira hob die Hände, um zu zeigen, dass sie leer waren, und trat langsam auf die Frau zu. »Du darfst ihm nichts tun.«

»Als ich hereinkam, sah es gerade so aus, als ob ihr den jämmerlichen Versuch machtet, ihm etwas zu tun.«

»Wir haben trainiert. Er ist ausgewählt worden, um uns zu helfen.«

»Ein Vampir, der Menschen hilft?« Sie kniff interessiert ihre großen Augen zusammen, und etwas wie Humor zeigte sich auf ihrem Gesicht. »Na, das ist doch mal was Neues.« Langsam ließ sie den Holzpflock sinken.

Cian schob seine lebenden Schutzschilde beiseite. »Was machst du hier? Wie bist du hierher gekommen?«

»Wie? Mit Aer Lingus. Und was ich hier mache? So viele von deiner Art töten, wie ich kann. Anwesende, zumindest zeitweise, ausgeschlossen.«

»Woher weißt du über seine Art Bescheid?«, fragte Larkin.

»Das ist eine lange Geschichte.« Sie schwieg und schaute sich im Zimmer um. Als sie die Waffen sah, zog sie nachdenklich die Augenbrauen hoch. »Nette Sammlung. Wenn ich eine Streitaxt sehe, wird mir immer ganz warm ums Herz.«

»Morrigan. Morrigan hat gesagt, sie käme mit dem Blitz.« Glenna fasste Hoyt am Arm. Dann trat sie auf Blair zu. »Morrigan hat dich geschickt.«

»Sie sagte, ihr wärt zu fünft. Von Untoten war nicht die Rede.« Sie schob ihr Messer in die Scheide und steckte den Holzpflock wieder in ihren Gürtel. »Aber so sind die Götter eben. Immer kryptisch. Hört mal, es war eine lange Reise.« Sie ergriff ihre Tasche und schlang sich den Riemen über die Schulter. »Gibt es hier irgendwas zu essen?«

19

»Wir haben viele Fragen.«

Blair nickte Glenna zu, während sie Eintopf in sich hineinschaufelte.

»Ja, klar. Ich auch. Das schmeckt übrigens gut.«

Sie aß noch einen Löffel voll.

»Danke und Kompliment an den Koch und so.«

»Bitte. Ich fange an, wenn es euch recht ist.«

Sie warf ihren Gefährten einen fragenden Blick zu.

»Wo kommst du her?«

»Jetzt? Aus Chicago.«

»Das Chicago von heute?«

Blairs Lippen verzogen sich zu einem Lächeln. Sie griff nach dem Brotkanten, den Glenna ihr hingelegt hatte, und riss ihn in zwei Hälften. Ihre Nägel waren leuchtend pinkfarben lackiert. »Genau. Im Herzland von Planet Erde. Und du?«

»Aus New York. Das sind Moira und ihr Vetter Larkin. Sie kommen aus Geall.«

»Sag bloß.« Blair musterte die beiden.

»Und ich habe das immer für einen Mythos gehalten.«

»Du wirkst aber nicht sonderlich überrascht.«

»Mich kann nichts mehr überraschen, seit die Göttin

mir einen Besuch abgestattet hat. Das ist vielleicht eine Geschichte!«

»Das ist Hoyt, ein Zauberer aus Irland. Aus dem zwölften Jahrhundert.«

Blair sah, wie Glenna nach Hoyts Hand griff und ihre Finger sich ineinander verschlangen.

»Ihr zwei seid ein Paar?«

»So könnte man sagen.«

Blair ergriff ihr Weinglas und trank einen Schluck. »Wer könnte es dir verdenken, auch wenn du anscheinend auf sehr viel ältere Männer stehst.«

»Dein Gastgeber ist sein Bruder Cian, der zu einem Vampir gemacht geworden ist.«

»Zwölftes Jahrhundert?«

Blair lehnte sich zurück und betrachtete ihn eingehend. »Du hast fast tausend Jahre hinter dir? Ich bin noch nie einem Vampir begegnet, der es so lange geschafft hat. Der Älteste, der mir jemals über den Weg gelaufen ist, war ein paar Jahrzehnte jünger als fünfhundert.«

»Gesunder Lebensstil«, sagte Cian.

»Ja, das wird es sein.«

»Er trinkt kein Menschenblut.« Da das Essen nun schon mal auf dem Tisch stand, nahm Larkin einen Teller und füllte ihn sich ebenfalls mit Eintopf. »Er kämpft mit uns. Wir sind eine Armee.«

»Eine Armee? Größenwahnsinnig seid ihr wohl gar nicht, oder? Was bist du?«, fragte sie Glenna.

»Eine Hexe.«

»Dann haben wir also eine Hexe, einen Zauberer, zwei Flüchtlinge aus Geall und einen Vampir. Tolle Armee.«

»Eine mächtige Hexe.«

Hoyt hatte bisher geschwiegen. »Eine Gelehrte mit bemerkenswertem Können und Mut, ein Gestaltenwandler und ein jahrhundertealter Vampir, der von der Herrscherin selbt gemacht worden ist.«

»Lilith?« Blair ließ den Löffel sinken. »Sie hat dich gemacht?«

Cian lehnte sich gegen die Küchentheke und kreuzte die Knöchel. »Ich war jung und dumm.«

»Und hattest wirklich Pech.«

»Was bist du?«, fragte Larkin.

»Ich? Dämonenjäger.« Sie ergriff ihren Löffel wieder, um weiterzuessen. »Ich habe die meiste Zeit meines Lebens damit zugebracht, seine Art zu verfolgen und zu Staub zu machen.«

Glenna blickte sie neugierig an. »Was, wie Buffy?«

Blair lachte. »Nein. Außerdem bin ich nicht die Einzige, nur die Beste.«

»Es gibt noch mehr?« Larkin beschloss, dass er jetzt auch ein Glas Wein brauchte.

»Es ist seit Jahrhunderten in unserer Familie. Wir sind es natürlich nicht alle, aber in jeder Generation werden es ein oder zwei mehr. Mein Vater und meine Tante sind es, der Onkel meines Vaters war einer, und so weiter. Ich habe zwei Vettern, die ebenfalls Dämonenjäger sind. Wir schlagen uns so durch.«

»Aber Morrigan hat nur dich hierher geschickt«, warf Glenna ein.

»Offensichtlich, da ich ja die Einzige hier bin. In den letzten beiden Wochen sind merkwürdige Dinge passiert. Mehr untote Aktivität als sonst, so als ob sie aufrüsteten. Und ich hatte unheilvolle Träume. Solche Träume gehören zu meinem Job dazu, aber jetzt hatte ich sie jedes Mal, wenn ich die Augen schloss. Und manchmal sogar, wenn ich hellwach war. Sehr seltsam.«

»Hast du von Lilith geträumt?«, fragte Glenna.

»Sie tauchte ab und zu auf. Bis dahin hatte ich sie nur für einen Mythos gehalten. In den Träumen hatte ich das Gefühl, hier zu sein, in Irland. Es sah jedenfalls so aus. Ich war schon in Irland, das hat auch etwas mit Familientraditionen zu tun, aber im Traum stand ich auf einer Anhöhe. Kahl und öde, tiefe Abgründe und gezackte Felsen.«

»Das Tal des Schweigens«, sagte Moira.

»So hat Morrigan es auch genannt. Sie sagte, ich würde gebraucht.« Blair blickte sich zögernd um. »Die Einzelheiten brauche ich euch ja wahrscheinlich nicht zu erzählen. Schließlich seid ihr ja alle hier. Große, apokalyptische Schlacht. Die Vampire schließen sich zu einer Armee zusammen, um die Menschheit auszulöschen. Bis Samhain haben wir Zeit, uns vorzubereiten. Nicht besonders viel Zeit angesichts der Ewigkeit. Aber so hat die Göttin es mir erklärt.«

»Und du bist einfach so hierher gekommen?«, fragte Glenna.

»Ja, du doch auch.« Blair zuckte mit den Schultern. »Ich habe von diesem Ort geträumt, so lange ich denken kann. Ich stehe auf der Anhöhe und beobachte die Schlacht, die unten tobt. Mond, Nebel, Schreie. Ich wusste immer, dass es einmal geschehen würde.«

Sie hatte immer angenommen, dass sie dort sterben würde.

»Ich habe einfach nur ein paar Informationen mehr erwartet.«

»In drei Wochen haben wir mehr als ein Dutzend von ihnen getötet«, warf Larkin nicht ohne Stolz ein.

»Schön für euch. Seit ich vor dreizehn Jahren meinen Ersten getötet habe, führe ich nicht mehr Buch. Aber auf der Straße heute Abend mussten drei dran glauben.«

»Drei?« Larkin hob seinen Löffel. »Allein?«

»Es war noch einer da, aber er ist nicht herausgekommen. Die erste Regel im Familienhandbuch ist, niemals einem hinterherzujagen, wenn man am Leben bleiben will. Es können auch noch mehr gewesen sein, aber ich habe nur den einen gerochen. Um das Haus herum halten auch einige Wache. Ich musste mich an ihnen vorbeischleichen, um hineinzugelangen.«

Sie schob ihren leeren Teller weg. »Das war wirklich gut. Danke.«

»Bitte, gern geschehen.« Glenna räumte den Suppenteller ab. »Hoyt, kann ich kurz mit dir sprechen? Entschuldigt uns kurz, ja?«

Sie zog ihn aus der Küche heraus in die Eingangshalle. »Hoyt, sie ist …«

»Der Krieger«, vervollständigte er ihren Satz. »Ja, sie ist die Letzte von uns sechs.«

»Es war nie King.« Sie schlug die Hand vor den Mund und wandte sich ab. »Er war nie einer der sechs, und was ihm passiert ist …«

»Es ist eben passiert.« Hoyt packte sie an den Schultern und drehte sie zu sich um. »Wir können es nicht ändern. Sie ist der Krieger und vervollständigt den Kreis.«

»Wir müssen ihr einfach vertrauen, aber ich weiß noch nicht so recht, wie wir das machen sollen. Sie hätte beinahe deinen Bruder umgebracht.«

»Und wir haben nur ihr Wort, dass sie die ist, die sie zu sein vorgibt.«

»Na ja, ein Vampir ist sie jedenfalls nicht. Sie ist direkt ins Haus marschiert. Außerdem hätte Cian es sofort gemerkt.«

»Aber Vampire können menschliche Diener haben.«

»Wie sollen wir uns also vergewissern? Glauben wir ihr einfach, was sie sagt?«

»Nein, wir müssen wirklich sicher sein.«

»Es nützt uns auch nichts, wenn wir ihren Personalausweis überprüfen.«

Er schüttelte den Kopf, obwohl er gar nicht wusste, was sie meinte. »Wir müssen sie auf die Probe stellen. Am besten oben im Turm. Dort ziehen wir den Kreis, und dann können wir sicher sein.«

Blair blickte sich im Turmzimmer um. »Eng hier. Ich habe es gerne weitläufiger. Bleib bloß auf Distanz«, warnte sie Cian. »Sonst töte ich dich noch aus einem Reflex heraus.«

»Das kannst du gerne versuchen.«

Sie trommelte mit den Fingern auf dem Holzpflock in ihrem Gürtel. Am rechten Daumen trug sie einen schlichten Silberring. »Und, worum geht es jetzt?«

»Es gab kein besonderes Anzeichen dafür, dass du herkommst«, erklärte Glenna.

»Dann haltet ihr mich also für ein trojanisches Pferd?«

»Ohne Beweis können wir die Möglichkeit nicht ausschließen.«

»Nein«, stimmte Blair ihr zu, »ihr wärt dumm, wenn ihr euch auf mein Wort verlassen würdet. Und mir ist eigentlich wohler bei dem Gedanken, dass ihr nicht so blöd seid. Was wollt ihr sehen? Meine Lizenz als Dämonenjäger?«

»Gibt es ...?«

»Nein.« Blair stellte sich breitbeinig hin. »Aber wenn ihr irgendetwas zaubern wollt, wozu ihr mein Blut oder andere Körperflüssigkeiten braucht, vergesst es. Das kommt gar nicht in Frage.«

»Nein, das haben wir auch nicht vor. Das heißt, Magie schon, aber nichts, wozu man Blut braucht. Wir fünf sind miteinander verbunden, durch das Schicksal und einige von uns durch ihr Blut. Wir sind der engere Kreis, wir sind die Auserwählten. Wenn du tatsächlich das letzte Glied im Kreis bist, werden wir es wissen.«

»Und wenn nicht?«

»Wir können dir nichts tun.« Hoyt legte Glenna die Hand auf die Schulter. »Wir dürfen unsere Macht nicht gegen menschliche Wesen anwenden.«

Blair blickte zu dem Breitschwert, das an der Wand lehnte. »Steht in euren Regeln etwas über scharfe, spitze Objekte?«

»Wir werden dir nichts zuleide tun. Wenn du Liliths Diener bist, werden wir dich gefangen nehmen.«

Sie lächelte. »Na, das solltet ihr mal versuchen. In Ordnung, dann mal los. Wie ich schon sagte, wenn ihr alles kritiklos akzeptiert hättet, würde ich mir mehr Sorgen machen. Soll ich in den Kreis treten, während ihr darum herum steht?«

»Verstehst du etwas von Magie?«, fragte Glenna.

»Ja, ein wenig.« Blair trat in den Kreis.

»Wir stellen uns so hin, dass wir ein Pentagramm bilden«, wies Glenna die anderen an. »Hoyt führt die Durchsuchung durch.«

»Durchsuchung?«

»Deines Kopfes«, erklärte er Blair.

»Es sind auch ein paar private Sachen darin«, murmelte sie unbehaglich. »Muss ich mir dich als so eine Art Hexendoktor vorstellen?«

»Ich bin keine Hexe, und es geht schneller und reibungsloser, wenn du dich öffnest.« Er hob die Hände und entzündete die Kerzen. »Glenna?«

»Dies ist der Kreis des Lichts und des Wissens, und in diesem Kreis wird niemandem ein Leid geschehen. Wir schauen tief in Herz und Verstand, und nur die Wahrheit bleibt bestehen. Deine Gedanken sind sein, so soll es sein.«

Die Luft flirrte, aber die Kerzenflammen schossen empor wie Pfeile. Hoyt streckte die Hände aus.

»Kein Leid, kein Schmerz. Nur Gedanken in Gedanken. Dein Geist in meinen Geist, dein Geist in unseren Geist.«

Seine Augen blickten tief in ihre. Dann wurden sie schwarz, und er sah. Alle sahen sie es.

Ein junges Mädchen kämpfte mit einem Monster, das fast doppelt so groß war wie sie. Ihr Gesicht war blutverschmiert, und ihr Hemd war zerrissen. Bei jedem Schlag hörte man ihre keuchenden Atemzüge. Ein Mann stand daneben und beobachtete den Kampf.

Sie wurde zu Boden geschleudert, sprang aber sofort wieder auf. Als das Monster auf sie zusprang, wich sie aus und stach ihm von hinten mit einem Holzpflock durchs Herz.

Viel zu langsam, sagte der Mann. *Selbst für ein erstes Mal viel zu nachlässig. Das muss besser werden.*

Sie erwiderte nichts, aber sie dachte: *Ich werde besser, besser als irgendjemand sonst.*

Jetzt war sie älter und kämpfte an der Seite des Mannes. Es waren fünf gegen zwei, aber es war schnell vorüber. Danach schüttelte der Mann den Kopf. *Mehr Beherrschung, weniger Leidenschaft. Die Leidenschaft bringt dich um.*

Sie war nackt, lag mit einem jungen Mann im Bett, und sie bewegten sich im gedämpften Schein der Nachttischlampe. Lächelnd bog sie sich ihm entgegen, küsste ihn. An ihrem Finger blitzte ein Diamantring. Ihre Gedanken waren voller Leidenschaft, Liebe und Freude.

Und dann saß sie verzweifelt und elend im Dunkeln auf dem Fußboden, allein und weinend, mit gebrochenem Herzen. Kein Ring schmückte mehr ihren Finger.

Sie stand auf der Anhöhe über dem Schlachtfeld, und die Göttin war wie ein weißer Schatten neben ihr.

Du sollst die Erste und die Letzte sein, die aufgerufen wird, sagte Morrigan zu ihr. *Sie warten auf dich. Die Welten liegen in euren Händen. Reiche ihnen die Hände und kämpfe.*

Sie dachte: *Darauf habe ich mein ganzes Leben lang gewartet. Wird es mein Ende sein?*

Hoyt ließ die Hände sinken und holte sie langsam zurück, während er den Kreis schloss. Ihr Blick wurde wieder klar, und sie blinzelte.

»Und? Habe ich die Prüfung bestanden?«

Glenna lächelte ihr zu und holte eins der Kreuze vom Tisch. »Das gehört jetzt dir.«

Blair ergriff es und ließ es an der Kette baumeln. »Es ist sehr schön. Wunderbar gearbeitet, und es ist lieb von euch. Aber ich habe mein eigenes.« Sie zog es unter ihrer Bluse hervor. »Das ist ein Familienerbstück.«

»Es ist sehr hübsch, aber wenn du …«

»Warte.« Hoyt griff nach dem Kreuz und starrte es an. »Woher hast du das?«

»Ich sagte doch, es ist ein Familienerbstück. Wir haben sieben davon. Sie werden immer weitergereicht. Lass es bitte los.«

Er blickte sie an, und sie kniff misstrauisch die Augen zusammen.

»Wo liegt das Problem?«

»Die Göttin hat mir sieben gegeben, an jenem Abend, als sie mich hierher geschickt hat. Ich hatte um Schutz für meine Familie gebeten, die Familie, die ich zurückließ. Und sie hat mir diese Kreuze gegeben.«

»Das war wann? Vor neunhundert Jahren? Bedeutet es …«

»Das hier gehörte Nola.« Er blickte Cian an. »Ich kann es spüren. Es war Nolas Kreuz.«

»Wer ist Nola?«

»Unsere Schwester. Die Jüngste«, erwiderte er mit erstickter Stimme. Cian trat näher, um das Kreuz ebenfalls zu betrachten. »Und hier hinten habe ich ihren Namen eingeschrieben. Sie sagte, ich würde sie wiedersehen. Und bei den Göttern, das tue ich. Sie ist in dieser Frau. Blut zu Blut. Unser Blut.«

»Und du bist ganz sicher?«, sagte Cian leise.

»Ich habe es ihr selber umgehängt. Sieh sie doch an, Cian.«

»Ja. Nun.« Er wandte sich ab und trat wieder ans Fenster.

»Geschmiedet im Feuer der Götter, gegeben von der Hand eines Zauberers.« Blair atmete tief durch. »So lautet die Familienlegende. Mein zweiter Name ist Nola. Blair Nola Bridgit Murphy.«

»Hoyt.« Glenna berührte ihn am Arm. »Sie gehört zu deiner Familie.«

»Vermutlich bist du also irgendwie mein Onkel, um tausend Jahre verschoben oder so.« Sie warf einen Blick auf Cian. »Das hätte mir mal jemand sagen sollen, dass ich mit einem Vampir verwandt bin ...«

Am nächsten Morgen stand Glenna neben Hoyt auf dem Friedhof der Familie. Die Sonne kam nur gelegentlich durch die Wolken. In der Nacht hatte es heftig geregnet, und die Rosen am Grab seiner Mutter bogen sich unter der Last.

»Ich weiß nicht, wie ich dich trösten soll.«

Er ergriff ihre Hand. »Du bist hier. Ich habe nie geglaubt, dass ich jemanden einmal so brauchen würde wie dich. Alles ist so schnell gegangen. Verlust und Gewinn, Entdeckung, Fragen. Leben und Tod.«

»Erzähl mir von deiner Schwester, von Nola.«

»Sie war klug und fröhlich, und sie hatte die Gabe. Sie konnte sehen. Sie liebte Tiere und fühlte sich ihnen ganz besonders verbunden. Bevor ich ging, hatte die Wolfshündin meines Vaters geworfen, und Nola hielt sich stundenlang in den Ställen auf, um mit den Welpen zu spielen. Und da die Erde sich dreht, wurde sie zur Frau und bekam Kinder.«

Er lehnte seine Stirn an Glennas. »Ich sehe sie in dieser Frau, dieser Kriegerin, die jetzt bei uns ist. Und in mir tobt auch ein Krieg.«

»Nimmst du Blair hierhin mit?«

»Es wäre nur richtig.«

»Du tust immer das Richtige.« Sie gab ihm einen Kuss. »Deshalb liebe ich dich.«

»Wenn wir heiraten würden …«

Sie wich erschreckt zurück. »Heiraten?«

»Das hat sich doch über die Jahrhunderte bestimmt nicht verändert. Ein Mann und eine Frau lieben sich, geloben sich Treue. Eine Heirat oder ein Ehevertrag, ein Band, das beide verbindet.«

»Ich weiß, was Heiraten bedeutet.«

»Und das erschreckt dich?«

»Nein, natürlich nicht. Lächle mich nicht so duldsam an, als wäre ich ein zurückgebliebenes Kind. Lass mich nur gerade erst mal zu Atem kommen.«

Sie blickte über die Grabsteine hinweg zu den Hügeln am Horizont.

»Ja, die Leute heiraten immer noch, wenn sie wollen. Manche leben auch zusammen ohne das Ritual.«

»Du und ich, Glenna Ward, sind rituelle Geschöpfe.«

Sie blickte ihn an. Tausend Schmetterlinge tanzten in ihrem Bauch. »Ja, das ist wahr.«

»Wenn wir heiraten würden, würdest du dann hier mit mir leben?«

Es wurden immer mehr Schmetterlinge. »Hier? An diesem Ort, in *dieser* Welt?

»An diesem Ort, in dieser Welt.«

»Aber … willst du denn nicht zurückgehen? Musst du nicht?«

»Ich glaube nicht, dass ich zurückgehen kann. Magisch gesehen – ja, ist es wohl möglich«, erwiderte er. »Aber ich kann nicht nach Hause zurückgehen, zu dem, was war. Cian ist hier, meine andere Hälfte. Und ich glaube auch nicht, dass ich mit dir in dem Wissen zurückgehen könnte, dass du dich nach diesem Leben hier verzehrst.«

»Ich habe gesagt, ich käme mit.«

»Ja, ohne zu zögern«, erwiderte er. »Aber als ich dich gebeten habe, mich zu heiraten, hast du gezögert.«

»Es kam so unvermutet. Und außerdem hast du mich auch nicht richtig gefragt«, sagte sie heftig. »Das klang mehr nach einer Hypothese.«

»Wenn du mich heiraten würdest«, sagte er zum dritten Mal, und sie mussten sich beide das Lachen verkneifen, »Würdest du dann mit mir hier leben?«

»In Irland?«

»Ja, hier. An diesem Ort. Es wäre eine Art Verschmelzung unserer Welten und Bedürfnisse. Ich würde Cian bitten, uns im Haus wohnen zu lassen. Ich brauche Menschen, Familie, die Kinder, die wir zusammen haben werden.«

Ja, dachte sie, das war ein liebevoller Kompromiss, eine Art Verschmelzung beider Welten.

»Ich war schon als Kind äußerst selbstbewusst. Ich wusste immer, was ich wollte, habe mich aber zugleich bemüht, nichts zu selbstverständlich zu nehmen, weder meine Familie noch meine Gabe oder meinen Lebensstil.«

Sie fuhr mit den Fingerspitzen über eine der Rosen seiner Mutter. Die Schönheit lag in der Einfachheit. Das Leben war wundersam.

»Aber ich musste erfahren, dass ich die Welt für selbstverständlich gehalten habe, dass ich geglaubt hatte, sie würde ewig existieren, dass die Erde sich auch ohne mein Zutun weiter drehen würde. Mittlerweile weiß ich, dass es nicht so ist und dass ich auch dafür arbeiten muss.«

»Willst du mir damit sagen, dass dies nicht der richtige Zeitpunkt ist, um über Ehe und Kinderkriegen zu sprechen?«

»Nein. Ich will damit nur sagen, dass das Leben umso wichtiger ist, je mehr man begreift, dass es aus kleinen wie aus großen Dingen besteht. Also … Hoyt, der Zauberer.«

Sie küsste ihn auf beide Wangen. »Wenn wir heiraten würden, würde ich hier mit dir leben und in diesem Haus Kinder mit dir bekommen. Und ich würde sehr hart arbeiten, um alles wertzuschätzen.«

Er blickte sie an und hob die Hand. Sie legte ihre dagegen, und als ihre Finger sich verschränkten, waren sie von Licht umgeben.

»Willst du mich heiraten, Glenna?«

»Ja.«

Er zog sie an sich, und ihr Kuss war ein Versprechen voller Hoffnung. Sie wusste, sie hatte den stärksten Teil ihrer Bestimmung erfüllt.

»Im Moment müssen wir noch um ganz anderes kämpfen.« Er vergrub sein Gesicht in ihren Haaren.

»Dann soll es eben so sein. Komm mit mir. Ich zeige dir, woran ich arbeite.« Sie liefen in die Nähe des Hauses, wo Ziele zum Bogentraining aufgestellt waren. Hufgeklapper ertönte, und als Glenna aufblickte, sah sie Larkin gerade noch zwischen den Bäumen verschwinden.

»Ich wünschte, er würde nicht in den Wald reiten. Dort sind so viele Schatten.«

»Ich bezweifle, dass sie ihn erwischen, selbst wenn sie auf

der Lauer lägen«, erwiderte Hoyt. »Aber wenn du ihn bittest, bleibt er bestimmt auf den Wiesen.«

Glenna blickte ihn erstaunt an. »Wenn ich ihn bitte?«

»Wenn er wüsste, dass du dir Sorgen machst, würde er es dir zu Gefallen tun. Er ist dankbar dafür, dass du ihn mit Essen versorgst«, erklärte Hoyt.

»Oh. Ja, das stimmt, Essen ist sein Ein und Alles.« Glenna blickte zum Haus. Moira saß sicherlich wieder über ihren Büchern, wie jeden Morgen, und Cian schlief. Bei Blair würde es noch eine Weile dauern, bis alle über ihren Tagesablauf Bescheid wussten.

»Ich glaube, ich mache heute Abend mal eine Lasagne. Keine Sorge.« Sie tätschelte Hoyt die Hand. »Es wird dir schmecken – und mir geht gerade auf, dass ich ja jetzt schon das Haus und die Familie versorge. Ich fand mich eigentlich nie besonders häuslich. Aber jetzt …«

Sie zog ihren Dolch, wobei sie verwundert feststellte, wie übergangslos doch der Wechsel vom Kochen zu den Waffen stattfand. »Daran habe ich übrigens gestern gearbeitet.«

»Am Dolch?«, fragte Hoyt.

»Daran, den Dolch zu verzaubern. Ich dachte, ich fange erst einmal klein an und arbeite mich dann hoch bis zum Schwert. Wir haben über irgendetwas bezüglich der Waffen geredet, aber dann kam etwas dazwischen, und wir haben es nicht wirklich zu Ende geführt. Und da ist mir das hier eingefallen.«

Er nahm ihr das Messer aus der Hand und fuhr mit der Fingerspitze über die Klinge. »Auf welche Art verzaubert?«

»Denk an Feuer.« Er blickte sie fragend an. »Nein, im wahrsten Sinne des Wortes«, sagte sie und trat einen Schritt zurück. »Stell dir vor, wie es über die Klinge läuft.«

Er drehte den Dolch in der Hand und stellte sich vor, wie Feuer den Stahl bedeckte. Aber die Klinge blieb kühl.

»Muss ich etwas dazu sagen?«, fragte er.

»Nein, du musst es nur wollen und sehen. Versuch es noch einmal.«

Er konzentrierte sich, aber nichts geschah.

»Na gut, vielleicht funktioniert es ja nur bei mir – im Moment jedenfalls. Ich kann es noch verbessern.« Sie nahm ihm das Messer aus der Hand, richtete es auf eines der Ziele und stellte sich das Feuer vor.

Es gab nicht einmal einen Funken.

»Oh, verdammt, gestern hat es noch geklappt.« Sie betrachtete den Dolch, um sich zu vergewissern, dass sie am Morgen nicht die falsche Waffe mitgenommen hatte. »Nein, das ist das richtige Messer. Schau, ich habe ein Pentagramm auf dem Knauf eingeritzt.«

»Ja, ich sehe es. Vielleicht ist der Zauber zeitlich begrenzt und schon abgelaufen.«

»Warum sollte er? Ich habe viel Zeit und Energie da hineingesteckt, deshalb …«

»Was ist los?« Blair trat aus dem Haus, eine Hand in der vorderen Tasche ihrer Jeans. In der anderen hielt sie einen dampfenden Kaffeebecher. In einer Scheide an ihrer Hüfte steckte ein Messer. Mondsteine baumelten an ihren Ohrläppchen. »Trainiert ihr Messerwerfen?«

»Nein. Guten Morgen.«

Bei Glennas irritiertem Tonfall zog Blair eine Augenbraue hoch. »Für einige von uns auf jeden Fall. Hübscher Dolch.«

»Er funktioniert nicht.«

»Lass mal sehen.« Blair ergriff ihn und wog ihn prüfend in der Hand. Beiläufig warf sie ihn auf die Zielscheibe, wobei sie einen Schluck Kaffee trank. Sie traf mitten ins Schwarze. »Ich finde, er funktioniert.«

»Ja, klar, weil er eine Spitze hat und du hervorragend ins

Ziel triffst.« Glenna stampfte wütend zur Zielscheibe und riss den Dolch heraus. »Was ist mit dem Zauber passiert?«

»Das ist ein Messer, ein gutes Messer. Du kannst damit aufschlitzen, schneiden, zerhacken. Es erfüllt seinen Zweck. Wenn du dich auf Magie verlässt, wirst du nachlässig, und irgendwann steckt jemand das spitze Ende in dich hinein.«

»Du hast Magie im Blut«, warf Hoyt ein. »Du solltest Respekt davor haben.«

»Das habe ich auch. Ich fühle mich nur mit scharfen Gegenständen wohler als mit Voodoo.«

»Voodoo ist etwas völlig anderes«, fuhr Glenna sie an. »Nur weil du ein Messer werfen kannst, heißt das noch lange nicht, dass du Hoyts und meine Gabe nicht brauchst.«

»Ich wollte dir nicht zu nahe treten, ehrlich. Aber ich verlasse mich in erster Linie auf mich selbst. Und wenn du mit dieser Waffe nicht kämpfen kannst, solltest du den Kampf denjenigen überlassen, die es können.«

»Glaubst du, ich kann diese blöde Zielscheibe nicht treffen?«

Blair trank noch einen Schluck Kaffee. »Ich weiß nicht. Kannst du es?«

Beleidigt drehte Glenna sich um und warf den Dolch.

Er traf den äußeren Kreis und flammte auf.

»Hervorragend.« Blair ließ den Becher sinken. »Ich meine, zielen kannst du nicht besonders gut, aber die Feuershow ist sehr cool.« Sie wies mit der Tasse dorthin. »Wahrscheinlich brauchen wir jetzt eine neue Zielscheibe.«

»Ich war wütend«, murmelte Glenna. »Wut.« Aufgeregt wandte sie sich an Hoyt. »Adrenalin. Vorher waren wir nicht wütend. Ich war glücklich. Sie hat mich wütend gemacht.«

»Ich helfe gerne.«

»Es ist ein feiner Zauber, eine gute Waffe.« Er legte Glenna die Hand auf die Schulter.

»Wie lange hält die Flamme an?«

»Oh! Warte.« Sie trat einen Schritt beiseite und brachte sich in ihre Mitte. Dann löschte sie das Feuer im Geiste, und die Flamme ging aus.

»Ich muss natürlich noch daran arbeiten, aber ...« Sie trat an die Zielscheibe und betastete vorsichtig den Knauf des Messers. Er war warm, aber nicht zu heiß zum Anfassen. »Das könnte uns einen echten Vorteil verschaffen.«

»Ganz bestimmt«, stimmte Blair zu. »Tut mir leid, das mit dem Voodoo.«

»Akzeptiert.« Glenna steckte den Dolch in die Scheide. »Ich möchte dich um einen Gefallen bitten, Blair.«

»Tu dir keinen Zwang an.«

»Hoyt und ich müssen jetzt daran arbeiten, aber später am Tag ... Könntest du mir beibringen, ein Messer so zu werfen wie du?«

»Vielleicht nicht ganz so wie ich.« Blair grinste. »Aber ich kann dir sicher beibringen, es besser zu werfen als jetzt. Im Moment sieht es nur so aus, als wolltest du Tauben verscheuchen.«

»Nach Sonnenuntergang trainiert uns Cian«, sagte Hoyt.

»Ein Vampir, der Menschen beibringt, Vampire zu töten.« Blair schüttelte den Kopf. »Das ist eine seltsame Logik. Aber in Ordnung. Und?«

»Wir trainieren auch tagsüber ein paar Stunden, draußen, wenn die Sonne scheint.«

»Ja, nach dem, was ich gestern gesehen habe, könnt ihr jede Minute Training brauchen. Und nehmt das nicht als Beleidigung«, fügte Blair hastig hinzu. »Ich trainiere selbst zwei Stunden täglich.«

»Derjenige, der uns tagsüber trainiert hat ... wir haben ihn verloren. Lilith.«

»Hart. Das tut mir leid. Es ist immer wieder schlimm.«

»Ich glaube, du solltest jetzt unser Tagestraining leiten.«

»Was – euch Befehle geben und euch zum Schwitzen bringen?« Blairs Gesicht leuchtete vor Freude auf. »Nichts lieber als das. Aber denkt dran, dass ihr mich darum gebeten habt, wenn ihr anfangt, mich zu hassen. Wo sind überhaupt die anderen? Wir sollten das Tageslicht nicht vergeuden.«

»Ich nehme an, Moira ist in der Bibliothek«, erwiderte Glenna. »Und Larkin ist eben ausgeritten. Cian ...«

»Ja, das habe ich schon begriffen. Okay, ich schaue mich ein bisschen um, damit ich die Gegend besser kennenlerne. Wenn ich zurückkomme, fangen wir an.«

»Die Bäume hier stehen dicht.« Glenna wies mit dem Kopf auf den Wald. »Zu weit solltest du auch tagsüber nicht hineingehen.«

»Mach dir keine Sorgen.«

20

Blair mochte den Wald. Sie mochte den Geruch, die dicken Baumstämme, das Spiel von Licht und Schatten, das für sie eine Art visueller Musik bildete. Der Waldboden war mit Blättern und grünem Moos bedeckt, und der Bach, der glitzernd über die Steine plätscherte, trug noch zur märchenhaften Stimmung bei.

Sie war schon früher in Clare gewesen, durch Wälder und über Hügel gewandert, und jetzt fragte sie sich, warum sie hier noch nie gewesen war, wo doch dieses Haus einmal ihrer Familie gehört hatte. Aber vielleicht hatte sie es nicht früher finden dürfen, und erst jetzt war die Zeit gekommen.

Mit diesen Leuten an diesem Ort.

Die Hexe und der Zauberer, dachte sie. Die beiden leuchteten geradezu vor Liebe zueinander.

Ob das nun ein Vorteil oder ein Nachteil war, würde sich noch herausstellen.

Eines jedoch wusste sie mit Sicherheit. Sie würde aus Glenna ihren Feuerdolch machen.

Die Hexe war in Ordnung. Sie hatte tolle Haare und besaß eine städtische Eleganz, die man selbst bei der einfachsten Hose und Bluse nicht übersehen konnte. Und sie hatte sie gestern Abend herzlich empfangen. Hatte ihr etwas zu essen gekocht und ihr Zimmer hergerichtet. So viel Fürsorge war Blair gar nicht gewöhnt. Aber es gefiel ihr.

Der Zauberer schien eher der große Schweigsame zu sein. Er beobachtete mehr, als dass er redete. Das konnte sie respektieren, genauso wie die Kraft, die ihn umgab wie eine zweite Haut.

Hinsichtlich des Vampirs war sie sich nicht ganz so sicher. Er wäre ein beachtlicher Verbündeter – wenngleich sie Vampire bisher nie als Verbündete betrachtet hatte. Aber sie hatte etwas in seinem Gesicht gesehen, als sein Bruder von Nola gesprochen hatte. Es war Schmerz gewesen.

Die andere Frau war still wie ein Mäuschen. Aufmerksam, ja, und ein wenig weich. Sie war sich über Blair genauso wenig im Klaren wie Blair über sie.

Und der Junge? Larkin. Er war sehr attraktiv. Er hatte einen guten, athletischen Körperbau und müsste eigentlich ein Gewinn für jeden Kampf sein. Außerdem strotzte er nur so vor Energie. Praktisch war auch die Gestaltwandler-Geschichte, wenn er es beherrschte. Sie würde ihn darum bitten müssen, es ihr vorzuführen.

Sie hatte in sehr kurzer Zeit eine ganze Menge zu regeln, aber sie würde es schaffen müssen, wenn sie das Ganze lebend überstehen wollten.

Im Moment jedoch genoss sie noch den herrlichen Morgenspaziergang, lauschte auf das Plätschern des Wassers und beobachtete den Tanz des Lichts.

Sie bog um einen Felsen herum und legte den Kopf schräg, als sie entdeckte, was darunter schlief.

»Ich bin der Weckdienst«, sagte sie und drückte auf den Auslöser der Armbrust, die sie bei sich trug.

Der Vampir hatte kaum Zeit, die Augen aufzuschlagen.

Sie zog ihm den Pfeil aus dem Herzen und legte ihn wieder ein.

Drei weitere schoss sie zu Asche, und einen scheuchte sie auf. Er rannte den Pfad entlang und hüpfte um die Sonnenstrahlen herum, die durch die Blätter drangen. Da sie keinen Pfeil verschwenden wollte, lief sie hinter ihm her.

Das Pferd sprang auf den Weg, ein glänzend schwarzes Ross mit einem goldenen Gott auf dem Rücken. Larkin holte mit seinem Schwert aus und enthauptete den fliehenden Vampir.

»Gut gemacht!«, rief sie.

Larkin trabte auf sie zu. »Was tust du hier draußen?«

»Ich töte Vampire. Und du?«

»Das Pferd brauchte ein bisschen Bewegung. Du solltest hier draußen so weit vom Haus entfernt nicht alleine herumlaufen.«

»Das tust du doch auch.«

»Ihn hier holen sie nicht ein.« Er klopfte Vlad auf den Hals. »Er ist schnell wie der Wind. Und, wie viele hast du gesehen?«

»Die vier, die ich getötet habe, und deiner machen fünf. Vermutlich sind hier noch mehr.«

»Vier sagst du? Du bist aber tüchtig. Sollen wir sie jetzt jagen?«

Er machte den Eindruck, als könnte er ihr dabei helfen, aber sie war sich nicht sicher. Mit einem unbekannten Partner zu arbeiten war die beste Methode, zu sterben, selbst wenn dieser Partner gut mit dem Schwert umgehen konnte.

»Nein, für heute reicht es. Zumindest einer von ihnen wird zu Mami rennen und ihr berichten, dass wir jetzt schon tagsüber ihre Nester ausheben. Das macht sie bestimmt sauer.«

»Sauer?«

»Es ärgert sie.«

»Ja. Ja, klar.«

»Außerdem sollten wir ein bisschen trainieren, damit ich mir ein Bild von euren Fähigkeiten machen kann.«

»Du?«

»Ich bin euer neuer Feldwebel.« Sie sah ihm an, dass er von dieser Nachricht nicht gerade begeistert war – wer konnte ihm das verübeln? Trotzdem streckte sie ihm die Hand entgegen. »Wie wäre es, wenn du mich mitnimmst?«

Er packte sie am Unterarm und zog sie hinter sich auf das Pferd.

»Wie schnell ist der Hengst denn so?«, fragte sie.

»Am besten hältst du dich gut fest.«

Sie flogen förmlich nach Hause.

Glenna rieb eine weitere Prise Schwefel mit Daumen und Zeigefinger in das Kohlebecken.

»Immer nur ein bisschen«, sagte sie abwesend zu Hoyt. »Schließlich wollen wir nicht zu viel hineintun und …«

Sie zuckte zurück, als die Flüssigkeit aufflammte.

»Pass auf deine Haare auf«, warnte Hoyt sie.

Sie ergriff ein paar Haarnadeln und steckte sich hastig die Haare hoch. »Wie sieht es aus?«

In dem Metallbecken brannte der Dolch immer noch. »Das Feuer ist noch instabil. Wir müssen es zähmen, sonst verbrennen wir uns ebenso wie die Vampire.«

»Es wird schon funktionieren.« Sie ergriff ein Schwert und tauchte es in die Flüssigkeit. Dann trat sie einen Schritt zurück, hielt ihre Hände in den Rauch und begann mit ihrer Beschwörungsformel.

Er hielt in der Arbeit inne und beobachtete sie. Sie war so schön.

Was war sein Leben nur ohne sie gewesen? Er hatte noch nicht einmal mit Cian seine geheimsten Gedanken teilen können, und niemand hatte ihm tief in die Augen geblickt und sein Herz zum Leuchten gebracht.

Flammen leckten an den Rändern des Kohlebeckens, flackerten über das Schwert, und sie stand da im Rauch und im Feuerschein, ihre Stimme wie Musik, ihre Macht wie ein Tanz.

Als die Flammen erloschen, holte sie das Schwert mit einer Zange heraus und legte es beiseite, damit es abkühlen konnte.

»Alles muss getrennt voneinander gemacht werden. Es wird Tage dauern, aber letztendlich ... was ist los?«, fragte sie. Als sie merkte, dass er sie anstarrte. »Habe ich magischen Ruß im Gesicht?«

»Nein, du bist wunderschön. Wann willst du mich heiraten?«

Sie blinzelte überrascht. »Ich dachte, danach, wenn alles vorbei ist.«

»Nein, ich will nicht mehr warten. Jeder Tag ist ein Tag weniger, und jeder Tag ist kostbar. Ich möchte, dass wir hier, in diesem Haus heiraten. In Kürze reisen wir nach

Geall, und dann … Es sollte hier stattfinden, Glenna, in unserem Zuhause.«

»Natürlich. Außer Cian und Blair kann niemand von deiner Familie dabei sein, aber auch niemand von meiner. Aber wenn es vorbei ist, Hoyt, wenn alles wieder in Ordnung ist, dann hätte ich gerne noch ein Ritual hier. Dann soll auch meine Familie hierher kommen.«

»Ein Handfasting jetzt und eine Hochzeitszeremonie danach. Wäre dir das recht?«

»Perfekt. Ich … jetzt? Doch nicht jetzt auf der Stelle? Das geht nicht. Ich muss … Ich brauche ein Kleid.«

»Ich dachte, du vollziehst deine Rituale am liebsten nackt.«

»Sehr witzig. In ein paar Tagen. Beim nächsten Vollmond.«

»Am Ende des ersten Monats.« Er nickte. »Das kommt mir passend vor. Ich möchte … was ist das für ein Geschrei?« Sie traten ans Fenster und sahen, wie Blair und Larkin sich anschrien. Moira stand dabei, die Hände in die Hüften gestemmt.

»Da wir gerade von Ritualen sprechen«, sagte Glenna. »Es sieht so aus, als ob die tägliche Beschimpfung beim Training ohne uns stattfinden würde. Wir gehen besser hinunter.«

»Sie ist langsam und nachlässig, und das kann dich das Leben kostet.«

»Sie ist keins von beidem«, fuhr Larkin Blair an. »Aber ihre Stärken sind eben der Bogen und ihr Verstand.«

»Na, toll, dann soll sie doch die Vampire zu Tode denken. Sagt mir Bescheid, wenn das funktioniert. Was den Bogen angeht, sicher, sie hat Adleraugen, aber du kannst nicht immer nur aus der Entfernung töten.«

»Larkin, ich kann für mich selber sprechen. Und du …«

Moira zeigte mit spitzem Finger auf Blair, »ich kann es nicht ausstehen, wenn man mit mir spricht, als wäre ich geistig minderbemittelt.«

»Deine geistigen Fähigkeiten habe ich nie angezweifelt, aber du hast ein großes Problem mit deinem Schwertarm. Du kämpfst wie ein Mädchen.«

»Stell dir vor, ich bin ein Mädchen.«

»Nicht während des Trainings und beim Kampf. Da bist du Krieger, und dem Feind ist es scheißegal, wie du ausgestattet bist.«

»King hat sie an ihren Stärken arbeiten lassen.«

»King ist tot.«

Die daraufhin eintretende Stillehätte man mit Cians Streitaxt zerteilen können. Dann seufzte Blair. Sie musste zugeben, dass dies unnötig hart gewesen war.

»Hört mal, das mit eurem Freund ist schrecklich, aber wenn ihr nicht wollt, dass euch dasselbe widerfährt, müsst ihr an euren Schwächen arbeiten – und davon habt ihr eine ganze Menge. Mit euren Stärken könnt ihr euch in eurer Freizeit beschäftigen.«

Als Hoyt und Glenna zu ihnen traten, rief sie ihnen zu: »Hast du mir die Verantwortung für das Training übertragen?«

»Ja, das habe ich«, bestätigte Hoyt.

»Und wir werden gar nicht gefragt?«, warf Larkin wütend ein. »Wir dürfen gar nichts dazu sagen?«

»Nein. Sie ist die Beste dafür.«

»Weil sie von deinem Blut ist.«

Blair drehte sich zu Larkin um. »Nein, weil ich dich in fünf Sekunden flach auf deinen Hintern schicke.«

»Ach ja?« Schimmernd veränderte er sich, und ein Wolf kauerte knurrend vor ihr.

»Exzellent«, sagte Blair leise und voller Bewunderung.

»Oh, Larkin, lass das bitte.« Ungeduldig schlug Moira nach ihm. »Er ist nur wütend, weil du so grob zu mir warst, und du hast auch keinen Grund, so beleidigend zu sein. Zufällig bin ich ebenfalls der Meinung, dass ich an meinen Schwächen arbeiten muss.« Cian hatte dasselbe gesagt, dachte Moira. »Ich bin bereit, zu trainieren, aber wenn ich ständig nur niedergemacht werde, habe ich dazu keine Lust.«

»Du meinst also, mit Speck fängt man Mäuse?«, sagte Blair. »Hör mal, wenn wir frei haben, können wir beide uns die Zehennägel lackieren und über Jungs reden. Aber wenn ich dich trainiere, bin ich ein Luder, weil ich will, dass du am Leben bleibst. Tut es eigentlich weh, wenn deine Knochen und inneren Organe sich verschieben?«, fragte sie Larkin, der sich wieder zurückverwandelte.

»Etwas schon.« Das hatte ihn noch niemand gefragt, und seine Wut erlosch so schnell, wie sie aufgeflammt war. »Aber es macht Spaß, deshalb finde ich es nicht so schlimm.«

Er legte den Arm um Moira und zog sie an sich, während er zu Hoyt und Glenna sagte: »Blair hat vier von ihnen im Wald erledigt. Den Fünften habe ich übernommen.«

»Heute Morgen?« Glenna starrte Blair an. »Wie nahe am Haus?«

»Nahe genug.« Blair blickte zum Wald. »Kundschafter, nehme ich an, und noch nicht mal besonders gute. Ich habe sie im Schlaf erwischt. Lilith wird davon erfahren, und es wird sie nicht glücklich machen.«

Es war nicht damit getan, den Boten zu töten, fand Lilith. Wichtig war allein, ihn so schmerzhaft wie möglich umzubringen.

Der junge Vampir, der dummerweise nach Blairs Morgenattacke ins Nest zurückgekehrt war, röstete jetzt langsam über kleiner Flamme. Der Geruch war nicht besonders angenehm, aber Herrschaft erforderte gewisse Opfer, fand Lilith. Sie umkreiste ihn, wobei sie sorgfältig darauf achtete, dass der Saum ihres roten Kleides kein Feuer fing. »Fangen wir doch noch einmal von vorne an«, flötete sie so freundlich, als spräche sie mit ihrem Lieblingsschüler. »Der Mensch – eine Frau – vernichtete alle Wachen, außer dir.«

»Der Mann.« Die Stimme war schmerzverzerrt. »Das Pferd.«

»Ja, ja. Den Mann und das Pferd vergesse ich ständig.« Sie hielt inne, um die Ringe an ihren Fingern zu betrachten. »Er kam aber erst dazu, nachdem sie bereits – wie viele waren es noch einmal? – vier von euch vernichtet hatte.«

Sie hockte sich hin, um ihm in die roten, glasigen Augen zu blicken. »Und warum gelang ihr das? Warte, warte, jetzt weiß ich es wieder. Weil ihr *geschlafen* habt.«

»Die anderen haben geschlafen. Ich war auf meinem Posten, Herrin. Ich schwöre es.«

»Auf deinem Posten, und doch lebt diese einzelne menschliche Frau. Sie ist am Leben, weil – erinnere ich mich richtig? Weil du weggelaufen bist?«

»Ich kam zurück ... um Bericht zu erstatten.« Sein Schweiß tropfte brutzelnd ins Feuer. »Die anderen sind weggelaufen. Sie sind verschwunden. Ich kam zu Euch.«

»Ja, in der Tat.« Bei jedem Wort tippte sie ihm spielerisch auf die Nase. Dann erhob sie sich. »Ich sollte deine Treue vermutlich belohnen.«

»Gnade, Herrin. Gnade.«

Die schwere Seide ihres Rockes raschelte, als sie sich zu dem Jungen umdrehte, der mit gekreuzten Beinen auf dem Boden der Höhle saß und systematisch einem Stapel von *Star-Wars*-Action-Figuren den Kopf abriss.

»Davey, wenn du alle deine Spielzeuge kaputtmachst, hast du nichts mehr zum Spielen.«

Er zog einen Schmollmund, während er Anikin Skywalker enthauptete. »Sie sind langweilig.«

»Ja, ich weiß.« Liebevoll fuhr sie ihm durch die blonden Haare. »Du bist schon viel zu lange eingesperrt, was?«

»Können wir jetzt nach draußen gehen?« Er sprang auf und blickte sie aus großen Augen an. »Können wir nach draußen gehen und spielen? *Bitte!*«

»Noch nicht. Und zieh nicht so einen Schmollmund.« Sie hob sein Kinn und gab ihm einen Kuss. »Stell dir vor, dein Gesicht bleibt so stehen! Hier, mein süßer Junge, ich habe ein brandneues Spielzeug für dich.«

Seine Wangen röteten sich vor Wut, und er riss Han Solo in Stücke. »Ich habe Spielsachen satt.«

»Aber das hier ist etwas ganz Neues für dich. So etwas hattest du noch nie.« Sie zeigte ihm den Vampir über dem Feuerrost. Er begann zu strampeln und sich zu winden, als er ihre Blicke sah. Und er weinte.

»Für mich?«, fragte Davey fröhlich.

»Alles für dich, mein Schätzchen. Aber du musst Mama versprechen, dass du nicht zu nahe ans Feuer gehst. Ich will schließlich nicht, dass mein Liebling verbrennt.« Sie küsste seine Finger und stand auf.

»Herrin, ich bitte euch! Herrin, ich bin doch zu Euch zurückgekommen.«

»Ich hasse Versagen. Sei ein braver Junge, Davey. Oh, und verdirb dir nicht den Appetit fürs Abendessen.« Sie winkte Lora, die stumm an der Tür stand, zu sich heran.

Die Schreie begannen schon, noch bevor sie die Tür zugezogen hatte.

»Das muss die Jägerin sein«, begann Lora. »Keine der anderen Frauen besitzt …«

Mit einem einzigen Blick brachte Lilith sie zum Schweigen. »Ich habe dir nicht die Erlaubnis gegeben zu sprechen. Meine Zuneigung zu dir hält sich in Grenzen.«

Lora senkte demütig den Kopf und folgte Lilith in das angrenzende Zimmer. »Du hast drei meiner guten Männer verloren. Was hast du dazu zu sagen?«

»Es gibt keine Entschuldigung.«

Nickend ging Lilith durchs Zimmer und ergriff müßig ein Rubinkollier, das auf einer Kommode lag. Das Einzige, was sie wirklich vermisste, waren Spiegel. Selbst nach zwei Jahrtausenden sehnte sie sich danach, ihr Spiegelbild zu sehen und sich an ihrer Schönheit zu erfreuen. All die Jahrhunderte lang hatte sie sich von zahllosen Zauberern und Hexen genährt, um so auszusehen.

Es war ihr größtes Versagen.

»Klug von dir, keine Entschuldigung anzubieten. Ich bin eine geduldige Frau, Lora. Ich habe mehr als tausend Jahre auf das, was kommt, gewartet. Aber ich lasse mich nicht beleidigen, und ich schätze es nicht, wenn uns diese *Leute* zerquetschen wie Fliegen.«

Sie warf sich in einen Sessel und trommelte mit ihren langen, roten Fingernägeln auf die Armlehnen. »Dann sprich. Berichte mir von dieser Neuen, dieser Jägerin.«

»Wie die Seher es prophezeit haben, Mylady. Der Krieger aus altem Geschlecht. Einer der Jäger, die unsere Art seit Jahrhunderten plagen.«

»Und woher weißt du das?«

»Für einen Menschen war sie zu schnell. Zu stark. Sie wusste, wer sie waren, bevor sie an jenem Abend auf sie zutraten, und sie war vorbereitet. Sie macht die Anzahl komplett. Die erste Phase ist abgeschlossen.«

»Meine Gelehrten haben behauptet, der schwarze Mann sei ihr Krieger gewesen.«

»Sie haben sich geirrt.«

»Wozu sind sie dann gut?« Lilith schleuderte das Kollier, mit dem sie gespielt hatte, durchs Zimmer. »Wie soll ich herrschen, wenn ich von Versagern umgeben bin? Ich will, was mir gebührt. Ich will Blut, Tod und wundervolles Chaos. Ist es da von meinen Untertanen zu viel verlangt, wenn sie mir genaue Details liefern sollen?«

Lora war seit fast vierhundert Jahren an Liliths Seite. Sie war Freundin, Geliebte, Dienerin, und niemand kannte die Königin besser als sie. Jetzt schenkte sie ein Glas Wein ein und brachte es ihr.

»Lilith«, sagte sie sanft und küsste sie. »Wir haben nichts Wichtiges verloren.«

»Das Gesicht.«

»Nein, noch nicht einmal das. Sie glauben nur, sie hätten in den letzten Wochen etwas erreicht, und das ist auch gut so, denn dann wiegen sie sich in Sicherheit. Und immerhin haben wir doch Cians Jungen getötet.«

»Ja.« Nachdenklich trank Lilith einen Schluck. »Das war befriedigend.«

»Und dass du ihn zu ihnen geschickt hast, zeigte doch nur deine Brillanz und deine Stärke. Sie können Dutzende von bedeutungslosen Kriegern aufbieten, wir werden sie mitten ins Herz treffen.«

»Du bist mir ein Trost, Lora.« Lilith trank noch einen Schluck Wein und streichelte Lora über die Hand. »Und du hast Recht, natürlich hast du Recht. Ich gebe zu, dass ich enttäuscht bin. Ich wollte ihre Anzahl unbedingt reduzieren, um die Prophezeiung Lügen zu strafen.«

»Aber so ist es doch viel besser, oder nicht? Und der Sieg wird süßer sein, wenn du sie alle überwindest.«

»Ja, viel, viel besser. Und doch … Ich glaube, wir müssen ein Exempel statuieren. Es würde meine Laune und meine

Moral heben. Ich habe eine Idee, ich muss nur noch ein bisschen darüber nachdenken.« Sie drehte das Weinglas in den Fingern. »Eines Tages, eines nahen Tages werde ich das Blut des Zauberers aus einem Silberbecher trinken und zwischen den Schlucken an Zuckerpflaumen knabbern. Alles, was er ist, wird dann in mir sein, und sogar die Götter werden vor mir erzittern. Lass mich jetzt. Ich muss nachdenken.«

Als Lora sich erhob und zur Tür ging, tippte Lilith an ihr Glas. »Oh, und diese ärgerliche Geschichte hat mich hungrig gemacht. Bring mir etwas zu essen, ja?«

»Sofort.«

»Achte darauf, dass es frisch ist.« Als sie allein war, schloss sie die Augen und begann mit ihrer Planung. Aus dem Nebenzimmer drangen Schreie und Kreischen.

Lächelnd verzog sie die Lippen. Wer konnte schon Trübsal blasen, dachte sie, wenn das Lachen eines Kindes die Luft erfüllte?

Moira saß mit gekreuzten Beinen auf Glennas Bett und beobachtete Glenna, wie sie an der magischen, kleinen Maschine arbeitete, die sie Laptop nannte. Moira wollte nur zu gerne auch einmal auf die Tasten drücken. Sie enthielt Welten voller Wissen, aber bis jetzt hatte sie nur einmal kurz hineinschauen dürfen.

Glenna hatte ihr Unterweisung versprochen, aber im Moment wirkte sie völlig vertieft – und dabei hatten sie doch nur eine Stunde Zeit.

Moira räusperte sich.

»Was hältst du hiervon?«, fragte Glenna und tippte auf das Bild einer Frau in einem langen, weißen Kleid.

Moira legte den Kopf schräg, um besser sehen zu können, und betrachtete das Bild. »Sie ist sehr hübsch. Ich habe mich schon gefragt …«

»Nein, nicht das Model, das Kleid.« Glenna drehte sich zu ihr um. »Ich brauche ein Kleid.«

»Oh, ist mit deinem etwas passiert?«

»Nein.« Lachend betastete Glenna ihren Anhänger. »Ich brauche ein ganz besonderes Kleid. Ein Hochzeitskleid. Moira, Hoyt und ich wollen heiraten. Uns die Hand reichen. Wir wollen zuerst ein Handfasting und später dann, wenn alles vorbei ist, die Hochzeitszeremonie.«

»Hoyt und du, ihr seid verlobt? Das wusste ich gar nicht.«

»Es ist ganz überraschend gekommen. Vielleicht wirkt es ja ein bisschen überstürzt, und der Zeitpunkt …«

»Oh, es ist wundervoll!« Begeistert sprang Moira auf und schlang die Arme um Glenna. »Ich freue mich für euch. Für uns alle.«

»Danke. Für uns alle?«

»Hochzeiten sind doch fröhlich, oder nicht? Fröhlich und glücklich und menschlich. Oh, ich wünschte, wir wären zu Hause, damit ich euch ein Fest ausrichten könnte. Du kannst dich ja schließlich nicht um dein eigenes Hochzeitsfest kümmern, und ich kann immer noch nicht besonders gut kochen.«

»Darüber machen wir uns jetzt noch keine Gedanken. Du hast Recht – Hochzeiten sind tatsächlich fröhlich, glücklich und menschlich. Und ich bin so sehr Mensch, dass ich das perfekte Kleid haben möchte.«

»Natürlich. Warum solltest du dich mit weniger zufriedengeben?«

Glenna stieß einen glücklichen Seufzer aus. »Gott sei Dank. Und hielt mich schon für oberflächlich. Ich hätte wissen müssen, dass ich mich am besten an ein anderes Mädchen wende. Hilfst du mir beim Aussuchen? Ich habe ein paar in die engere Wahl genommen.«

»Ja, schrecklich gerne.« Vorsichtig tippte sie an die Seite des Bildschirms.

»Aber … wie bekommst du das Kleid aus dem Kasten heraus?«

»Das schaffen wir auch noch. Ich werde ein paar Abkürzungen nehmen. Aber später einmal zeige ich dir, wie man auf konventionelle Weise im Internet einkaufen kann. Ich glaube, ich möchte etwas in dieser Art.«

Sie betrachteten die Modelle auf dem Bildschirm, als Blair an den Türrahmen klopfte. »Entschuldigung. Hast du gerade mal Zeit, Glenna? Ich wollte mit dir über die Vorräte reden. Bisher bist du wohl allein dafür zuständig gewesen. Hey, nettes Spielzeug.«

»Eins meiner Lieblingsgeräte. Cian und ich sind die Einzigen hier mit Computer, wenn du also …«

»Nein, danke, ich habe meinen eigenen mitgebracht. Kaufst du ein? Bei Nieman's?«, sagte sie, als sie näher an den Bildschirm herangekommen war. »Schicke Klamotten für Kriegszeiten.«

»Hoyt und ich heiraten.«

»Im Ernst? Das ist ja toll.« Sie boxte Glenna freundschaftlich an die Schulter. »Herzlichen Glückwunsch. Und wann ist der große Tag?«

»Morgen Abend.« Blair blinzelte verblüfft, und Glenna fuhr hastig fort: »Das hört sich wahrscheinlich ein wenig überstürzt an, aber …«

»Ich finde es großartig. Hervorragend. Das Leben hört nicht einfach auf. Das können wir nicht zulassen, genau darum geht es. Außerdem finde ich es toll, dass ihr beide euch gerade jetzt gefunden habt, wo alles so extrem ist. Schließlich kämpfen wir doch dafür.«

»Ja. Ja, genau.«

»Hast du schon ein Hochzeitskleid?«

»Ja, ich habe eins in der Auswahl. Blair, danke.«

Blair legte ihr die Hand auf die Schulter.

»Ich kämpfe jetzt seit dreizehn Jahren, und ich weiß besser als jeder andere, dass man etwas Reales braucht, etwas, was einem wichtig ist und Freude macht. Wenn man das nicht hat, schafft man es nicht. Ich will euch nicht weiter stören.«

»Möchtest du uns beim Einkaufen helfen?«

»Wirklich?« Blair vollführte einen kleinen Freudentanz. »Ja, schrecklich gerne. Wie willst du eigentlich das Kleid bis morgen Abend hier haben?«

»Ich habe da so meine Methoden. Und ich sollte jetzt auch mal weitermachen. Schließt du bitte die Tür? Ich möchte nicht, dass Hoyt zufällig hereinkommt, während ich sie anprobiere.«

»Anprobiere … Ja, klar.« Blair gehorchte, während Glenna einige Kristalle um dem Laptop herum aufbaute. Sie zündete Kerzen an, dann stand sie auf und breitete die Arme aus. »Göttin, gewähre mir die Bitte und schick dieses Kleid in unsere Mitte. Durch die Luft, von hier nach dort, dass ich es sehe an diesem Ort. So sei es.«

Ein Blitz flammte auf, und statt Jeans und T-Shirt trug Glenna ein weißes Kleid.

»Wow. Eine ganz neue Art von Ladendiebstahl.«

»Ich stehle es nicht.« Glenna warf Blair einen verweisenden Blick zu. »Dafür verwende ich meine Macht nie. Ich probiere es nur an, und wenn ich etwas Passendes finde, tätige ich den Kauf mit einem anderen Zauberspruch. So spare ich Zeit, die ich nicht habe.«

»Reg dich nicht auf, ich habe doch nur Spaß gemacht. Funktioniert die Methode denn auch bei Waffen, wenn wir noch mehr brauchen?«

»Ich glaube schon.«

»Gut zu wissen. Das Kleid ist auf jeden Fall toll.«

»Ja, es ist sehr hübsch«, stimmte Moira Blair zu. »Richtig hübsch.«

Glenna drehte sich und betrachtete sich in dem antiken Spiegel. »Gott sei Dank hat Cian nicht alle Spiegel aus diesem Haus verbannt. Es ist sehr schön, nicht? Der Schnitt ist gut, aber ...«

»Es ist nicht das Richtige«, beendete Blair den Satz und hockte sich neben Moira aufs Bett, um die Vorführung zu beobachten.

»Warum sagst du das?«

»Es bringt dich nicht zum Strahlen. Ich meine, dieses Licht, das aus dem Herzen kommt. Du ziehst dein Hochzeitskleid an, wirfst einen Blick auf dich im Spiegel und weißt Bescheid. Mit den anderen übst du nur.«

So weit war sie also damals gekommen, dachte Glenna, die sich an die Vision von Blair mit dem Verlobungsring am Finger erinnerte.

Und wie sie im Dunkeln auf dem Fußboden gesessen und geweint hatte.

Sie wollte etwas erwidern, schwieg aber. Um ein derart heikles Thema anzusprechen, mussten sie sich erst besser kennen. Dazu mussten sie Freundinnen sein, und das waren sie noch lange nicht.

»Stimmt, es ist nicht das Richtige. Ich habe mir noch vier weitere Kleider ausgesucht. Also probieren wir mal Nummer zwei.«

Beim dritten Kleid spürte sie das Strahlen. Moira seufzte wehmütig.

»Und wir haben einen Sieger.« Blair legte Daumen und Zeigefinger zu einem Kreis zusammen. »O ja, das ist dein Kleid.« Es war romantisch und einfach, ganz wie sie es sich vorgestellt hatte. Der lange Rock hatte eine kurze Schleppe, und der herzförmige Ausschnitt wurde von Spaghettiträgern gehalten.

»Es ist ganz genau das Richtige.« Sie blickte noch einmal auf das Preisschild und zuckte zusammen. »Nun ja, was bedeutet schon das Überziehen der Kreditkarte angesichts der möglichen Apokalypse!«

»Nutze den Tag«, stimmte Blair ihr zu. »Nimmst du einen Schleier oder einen Hut?«

»Beim traditionellen keltischen Handfasting benutzt man normalerweise einen Schleier, aber in diesem Fall ... nur Blumen, denke ich.«

»Das finde ich sogar noch besser. Weich, romantisch und sexy. Kauf das Kleid.«

»Moira?« Moiras Augen waren feucht, und sie blickte verträumt vor sich hin. »Ich sehe dir an, dass auch du es am schönsten findest.«

»Ich glaube, du wirst die allerschönste Braut sein.«

»Na, das hat ja echt Spaß gemacht.« Blair sprang auf. »Unsere Gelehrte hier hat Recht – du siehst großartig aus. Aber jetzt musst du es wieder wegpacken.« Sie tippte auf ihre Uhr. »Wir müssen jetzt trainieren. Im Kampf von Mann zu Mann müsst ihr viel besser werden. Komm du doch jetzt schon mit«, sagte sie zu Moira. »Wir können ja schon einmal anfangen.«

»Ich komme gleich nach«, sagte Glenna, dann wandte sie sich wieder zum Spiegel.

Von Hochzeitskleidern zur Schlacht, dachte sie. Ihr Leben war ein äußerst seltsames Auf und Ab geworden.

Weil er Musik gehört hatte, klopfte Hoyt kurz vor Sonnenuntergang an die Tür von Cians Zimmer. Es hatte einmal eine Zeit gegeben, dachte er, als er das Zimmer seines Bruders jederzeit ohne anzuklopfen betreten konnte.

Damals hätte er seinen Bruder auch nicht um Erlaubnis bitten müssen, mit seiner Frau in seinem eigenen Haus zu wohnen.

Schlösser klickten, dann öffnete sich die Tür. Cian trug nur eine lockere Hose und wirkte noch sehr verschlafen. »Es ist noch ein bisschen früh, um mich zu besuchen.«

»Ich muss etwas Privates mit dir besprechen.«

»Das kann natürlich nicht warten, bis ich so weit bin. Komm herein.«

Hoyt trat in den stockdunklen Raum. »Müssen wir uns im Dunkeln unterhalten?«

»Ich kann ganz gut sehen.« Aber Cian schaltete eine kleine Lampe neben dem breiten Bett ein. In ihrem Licht schimmerte die Bettwäsche wie Seide. Cian trat an einen Kühlschrank und holte ein Päckchen Blut heraus. »Ich habe noch nicht gefrühstückt.« Er legte das Päckchen in die Mikrowelle, die auf dem Kühlschrank stand. »Was willst du?«

»Was machst du, wenn dies hier vorüber ist?«

»Das, wozu ich Lust habe, wie immer.«

»Willst du hier leben?«

»Ich glaube nicht«, erwiderte Cian lachend und nahm ein Kristallglas aus einem Regal.

»Morgen Abend ... Glenna und ich wollen uns die Hand reichen.«

Cian hielt inne und stellte das Glas ab. »Ach, das ist ja interessant. Dann kann man euch ja gratulieren. Du hast sicher vor, sie mit zurückzunehmen, um sie der Familie vorzustellen. Ma, Dad, das ist meine Braut. Eine kleine Hexe, die ich ein paar Jahrhunderte von hier entfernt aufgegabelt habe.«

»Cian.«

»Entschuldigung, aber es ist ein bisschen absurd und

ziemlich komisch.« Er holte das Päckchen aus der Mikrowelle und goss den erwärmten Inhalt in das Glas. »Na ja. Sláinte.«

»Ich kann nicht zurückgehen.«

Cian warf ihm über den Rand seines Glases hinweg einen langen Blick zu. »Das wird ja immer interessanter.«

»Da ich weiß, was ich weiß, ist es nicht mehr mein Zuhause. Ich kann doch nicht darauf warten, dass sie sterben. Würdest du denn zurückgehen, wenn du es könntest?«

Cian runzelte die Stirn. Dann setzte er sich.

»Nein. Aus Tausenden von Gründen. Aber das wäre bestimmt einer davon. Abgesehen davon hast du mir diesen Krieg gebracht. Und unter den Umständen wollt ihr ein Handfasting feiern?«

»Menschliche Bedürfnisse hören nicht auf zu existieren. Und wenn das Ende droht, werden sie nur umso stärker.«

»Da hast du zufällig einmal Recht. Das habe ich unzählige Mal erlebt. Allerdings gilt auch, dass Kriegsbräute nicht immer zuverlässige Ehefrauen sind.«

»Das geht nur mich und Glenna etwas an.«

»Ja, sicher.« Er hob sein Glas und trank einen Schluck. »Nun denn, viel Glück für euch.«

»Wir möchten hier, in diesem Haus leben.«

»In meinem Haus?«

»In dem Haus, das einmal uns gehört hat. Wenn wir einmal meine Ansprüche und unsere Verwandtschaft beiseite lassen, dann bist du doch in erster Linie Geschäftsmann. Du bezahlst einen Verwalter, wenn du hier nicht wohnst. Diese Ausgabe könntest du dir sparen. Glenna und ich würden dieses Haus und das Land darum herum pflegen, ohne dass dir irgendwelche Kosten entstehen.«

»Und wovon willst du leben? Zauberer sind heutzutage nicht mehr so gefragt. Warte, ich nehme es zurück.« Lachend trank Cian den Rest des Blutes aus. »Du könntest ein Vermögen im Fernsehen oder im Internet machen. Besorg dir eine Achthunderter-Nummer, eine Website – und los geht 's. Allerdings ist das nicht ganz dein Stil.«

»Ich finde meinen Weg schon.«

Cian stellte das Glas ab und blickte in die Dunkelheit. »Vielleicht hoffe ich das ja, vorausgesetzt natürlich, du bleibst am Leben. Ich habe kein Problem damit, wenn du hier wohnen willst.«

»Danke.«

Cian zuckte mit den Schultern. »Du hast dir ein kompliziertes Leben ausgesucht.«

»Und ich habe vor, es zu leben. Ich lasse dich jetzt allein, damit du dich anziehen kannst.«

Ein kompliziertes Leben, dachte Cian, als Hoyt gegangen war. Es erstaunte und ärgerte ihn, dass er seinen Bruder beneidete.

21

Glenna konnte sich vorstellen, dass die meisten Bräute an ihrem Hochzeitstag ein bisschen gestresst waren und viel zu tun hatten.

Aber die wenigsten Bräute mussten wohl ihre Gesichtsmaske und die Pediküre zwischen Schwertübungen und Zaubersprüchen erledigen.

Andererseits hatte sie so auch gar keine Zeit, nervös zu sein, denn zwischen der Überlegung, welchen Blumenschmuck sie wählen sollte, und der Lektion, wie man einen Vampir am besten enthauptete, war kein Platz für eine Angstattacke.

»Versuch es einmal hiermit.« Blair wollte ihr die Waffe zuwerfen, änderte jedoch ihre Meinung, als sie sah, dass Glenna der Mund offen stehen blieb. »Eine Streitaxt. Es steckt mehr Kraft dahinter als bei einem Schwert, und ich glaube, das wäre für dich von Vorteil. Du hast zwar einen relativ kräftigen Oberkörper, aber mit dieser Waffe schneidet es sich leichter als mit einem Schwert. Du musst dich nur an ihr Gewicht gewöhnen. Hier.«

Sie ging zurück und hob ihr eigenes Schwert auf. »Wehr mich damit ab.«

»Ich bin nicht daran gewöhnt. Ich könnte dich verletzen.«

»Glaub mir, du verletzt mich schon nicht. Wehr mich ab!« Sie holte aus, und Glenna schlug instinktiv mit der Streitaxt gegen das Schwert.

»Siehst du, und während du dich noch abmühst, um dich umzudrehen, steche ich dich fröhlich in den Rücken.«

»Sie ist unheimlich schwer«, beklagte Glenna sich.

»Nein, du musst sie nur anders packen. Okay, bleib vorne und lass sie einfach auf das Schwert fallen. Langsam. Eins«, sagte sie und holte aus. »Zwei. Langsam. Du willst zwar meine Schläge kontern, aber vor allem willst du mich aus dem Gleichgewicht bringen und mich zwingen, deinen Bewegungen zu folgen. Stell es dir vor wie einen Tanz, bei dem du nicht nur führen, sondern deinen Partner töten willst.«

Blair hob die Hand und trat einen Schritt vor. »Warte, ich zeige es dir. Hey, Larkin, kommst du mal eben? Wir müssen etwas demonstrieren.« Sie warf ihm ihr Schwert zu und ergriff die Streitaxt. »Langsam«, mahnte sie ihn. »Wir wollen es nur vormachen.«

Dann nickte sie. »Angriff.«

Während er sich auf sie zubewegte, rief sie laut die Schritte. »Schlag, Schlag, Drehung. Nach oben stoßen, Schlag. Er ist gut, siehst du?«, rief sie Glenna zu. »Er bedrängt mich, und ich bedränge ihn. Das kannst du endlos fortsetzen.«

Sie stieß mit dem Dolch zu, der an ihrem Handgelenk befestigt war, und zog ihn nur einen Zentimeter von Larkins Bauch entfernt vorbei. »Wenn seine Eingeweide herausquellen, kannst du ...«

Geschickt wich sie einer riesigen Bärentatze aus.

»Wow.« Sie ließ ihre Streitaxt sinken. Nur sein Arm hatte die Form verändert. »Das kannst du? Nur einzelne Körperteile?«

»Wenn ich will.«

»Ich wette, die Mädels bei dir zu Hause können nicht genug von dir bekommen.«

Es dauerte einen Moment, bis er die Anspielung verstand, aber dann brach er in entzücktes Lachen aus. »Ja, das ist wohl wahr, aber nicht wegen dem, was du meinst. Für diese Art von Sport ziehe ich meine eigene Gestalt vor.«

»Klar. Glenna, mach du mit Larkin weiter. Ich arbeite ein bisschen mit der Kleinen.«

»Nenn mich nicht so«, fuhr Moira sie an.

»Entschuldigung. Ich habe es nicht so ernst gemeint.«

Moira öffnete den Mund zu einer heftigen Erwiderung, besann sich dann jedoch eines Besseren. »Es tut mir leid, das war unhöflich von mir.«

»King hat sie immer so genannt«, warf Glenna leise ein.

»Oh, ich hab schon verstanden. Moira, komm, Abwehrtraining. Wir pumpen dich ein bisschen auf.«

»Es tut mir leid, dass ich so mit dir geredet habe.«

»Ach, weißt du, wir werden noch häufiger böse aufeinander sein, ehe das hier vorbei ist. Ich bin nicht empfindlich – weder im wörtlichen noch im übertragenen Sinn. Du musst ein bisschen härter werden. Wenn ich mit dir fertig bin, hast du Muskeln wie Stahl.«

Moira lächelte. »Ja, das würde mir gefallen. Dann mal los.« Sie arbeiteten den ganzen Morgen über. Als Blair eine Pause machte, um einen Schluck Wasser zu trinken, nickte sie Glenna anerkennend zu. »Du bewegst dich gut. Ballettunterricht?«

»Acht Jahre lang. Ich hätte nie gedacht, dass ich mal mit einer Streitaxt in der Hand eine Pirouette drehe, aber das Leben ist voller Überraschungen.«

»Kannst du eine dreifache Pirouette?«

»Bis jetzt noch nicht.«

»Schau her.« Mit der Wasserflasche in der Hand drehte Blair sich drei Mal kraftvoll um die eigene Achse. Ihr Bein hob sich in einem Winkel von fünfundvierzig Grad. »Durch das Drehmoment kriegt dein Tritt größere Kraft. Üb das mal, du hast es in dir. Ja, so.« Sie trank noch einen Schluck Wasser. »Wo ist übrigens der Bräutigam?«

»Hoyt? Im Turm. Er muss noch Verschiedenes erledigen, genauso Wichtiges wie das, was wir hier tun«, fügte Glenna hinzu, als spürte sie Blairs Missbilligung.

»Vielleicht. Okay, vielleicht. Wenn dabei noch mehr Waffen wie der Feuerdolch herauskommen.«

»Wir haben zahlreiche Waffen mit einem Feuerzauber belegt.« Glenna holte ein Schwert aus einer anderen Ecke des Zimmers. »Die verzauberten haben wir markiert. Siehst du?«

Auf der Klinge war nahe am Knauf eine Flamme in den Stahl eingraviert.

»Hübsch. Wirklich. Kann ich es mal ausprobieren?«

»Geh damit lieber nach draußen.«

»In Ordnung. Wir machen jetzt sowieso eine Stunde Pause. Nach dem Mittagessen üben wir Bogen- und Armbrustschießen.«

»Ich komme mit«, erklärte Glenna. »Für alle Fälle.«

Blair lief durch die Terrassentüren hinunter auf den Rasen. Sie betrachtete die Strohpuppe, die Larkin an einem Pfahl aufgehängt hatte.

Das musste man dem Jungen lassen, dachte sie. Er hatte Humor. Die Puppe hatte Vampirzähne und ein hellrotes Herz auf der Brust.

Es würde sicher Spaß machen, das Feuerschwert daran auszuprobieren, aber es war auch eine Verschwendung von gutem Material. Wozu noch einen Dummy verbrennen?

Also stellte sie sich in Kampfposition, den einen Arm hinter dem Kopf, das Schwert ausgestreckt.

»Es ist wichtig, es zu kontrollieren«, erklärte Glenna. »Du musst das Feuer dann herausholen, wenn du es brauchst. Wenn du einfach nur mit dem brennenden Schwert um dich schlägst, verletzt du am Ende dich selber oder einen von uns.«

»Keine Sorge.«

Glenna wollte noch etwas sagen, zuckte aber dann nur mit der Schulter. Es war ja niemand hier, der verletzt werden konnte.

Sie schaute zu, wie Blair geschmeidige Bewegungen mit dem Schwert ausführte, als wäre es eine Verlängerung ihres Arms. Ja, dachte sie, wie eine Art Ballett, ein tödliches Ballett. Die Klinge schimmerte in der Sonne, blieb jedoch kühl. Gerade als Glenna dachte, Blair bräuchte doch Anweisungen, wie sie mit der Waffe umgehen sollte, stieß Blair zu, und das Schwert flammte auf.

»Und du bist tot. Gott, ich *liebe* dieses Ding. Machst du mir auch eins, aus meinen persönlichen Waffen?«

»Ja, sicher.« Glenna zog die Augenbrauen hoch, als Blair das Schwert durch die Luft sausen ließ und die Flamme erlosch. »Du lernst schnell.«

»Ja.« Stirnrunzelnd blickte sie zum Himmel. »Da drüben

im Westen ballen sich Wolken zusammen. Es wird wohl regnen.«

»Wie gut, dass ich die Hochzeit für drinnen geplant habe.«

»Ja, sehr gut. Komm, lass uns etwas essen gehen.«

Hoyt kam erst am späten Nachmittag herunter, und da hatte Glenna sich schon selbst frei gegeben. Sie wollte sich ein bisschen verwöhnen.

Und sie brauchte Blumen, für den Kranz auf ihren Haaren und für ihren Brautstrauß. Die Gesichtscreme hatte sie aus Kräutern gefertigt, und jetzt trug sie sie großzügig auf und blickte dabei aus dem Schlafzimmerfenster in den Himmel.

Die Wolken wurden immer dichter. Wenn sie Blumen pflücken wollte, musste sie sich beeilen, um es vor dem Regen zu schaffen. Als sie jedoch die Tür aufriss, um in den Garten zu laufen, wäre sie fast mit Moira und Larkin zusammengeprallt, die gerade ins Haus treten wollten. Larkin starrte sie mit weit aufgerissenen Augen an und gab einen kleinen Schreckenslaut von sich, was sie daran erinnerte, dass ihr Gesicht mit grüner Pampe zugekleistert war.

»Das machen Frauen so, gewöhn dich schon mal daran. Ich muss dringend noch Blumen für meine Haare pflücken.«

»Wir … nun.« Moira zog einen Kranz aus weißen Rosenknospen mit roten Bändern hinter dem Rücken hervor. »Ich hoffe, er gefällt dir. Zu einem traditionellen Handfasting gehört etwas Rotes, das weiß ich. Larkin und ich wollten dir etwas schenken, und da wir nicht wirklich etwas hier haben, haben wir das hier gemacht. Aber wenn du lieber …«

»Oh, er ist perfekt. Wunderschön. Oh, *danke!*« Sie umarmte Moira stürmisch und lächelte Larkin strahlend an.

»Eigentlich habe ich nichts dagegen, wenn du mich küsst«, sagte er, »aber im Moment …«

»Keine Sorge. Ich bedanke mich später bei dir.«

»Das haben wir auch noch.« Er hielt ihr ein Bouquet aus bunten Rosen entgegen, das ebenfalls mit rotem Band umwickelt war. »Du musst es tragen, sagt Moira.«

»O Gott, ihr seid so süß.« Tränen rannen über die Creme. »Ich habe geglaubt, ohne meine Familie würde es mir schwer fallen. Aber ich habe ja eine Familie hier. Danke. Ich danke euch beiden.«

Sie badete, parfümierte ihre Haare, cremte sich ein. Weiße Kerzen brannten, als sie das uralte weibliche Ritual beging, sich für einen Mann vorzubereiten. Für ihre Hochzeit und ihre Hochzeitsnacht. Sie war gerade in ihren Morgenmantel geschlüpft und strich den Rock ihres Kleides, das außen am Schrank hing, glatt, als es an der Tür klopfte.

»Herein, wenn es nicht Hoyt ist.«

»Nicht Hoyt.« Blair kam herein. Sie trug einen Eiskübel mit einer Flasche Champagner. Hinter ihr betrat Moira das Zimmer, drei Champagnerflöten in der Hand.

»Mit den besten Wünschen von unserem Gastgeber«, erklärte Blair. »Ich würde sagen, für einen Vampir hat er ziemlich viel Klasse. Was wir hier haben, ist hervorragendes Prickelwasser.«

»Cian hat Champagner geschickt?«

»Ja. Und ich werde jetzt den Korken knallen lassen, bevor wir dich einkleiden.«

»Ich habe wahrhaftig eine Hochzeitsparty. Oh, ihr müsstet auch Kleider haben. Ich hätte daran denken sollen.«

»Das ist egal. Heute Abend geht es nur um dich.«

»Ich habe noch nie Champagner getrunken. Blair hat gemeint, es würde mir schmecken.«

»Garantiert.« Blair zwinkerte Moira zu. »Oh, ich habe

auch noch etwas für dich«, sagte sie zu Glenna. »Es ist nicht viel, weil ich nicht so gut wie du im Internet einkaufen kann, aber trotzdem.« Sie griff in ihre Hosentasche. »Ich habe noch nicht einmal eine Schachtel.«

Sie drückte Glenna eine Brosche in die Hand. »Es ist ein Claddaugh, ein traditionelles irisches Symbol für Freundschaft, Liebe und Treue. Ich hätte dir ja einen Toaster oder eine Salatschüssel besorgt, aber ich hatte leider keine Zeit. Außerdem wusste ich nicht, wo deine Listen ausliegen.«

Wieder ein Kreis, dachte Glenna. Ein weiteres Symbol. »Sie ist wunderschön. Danke.« Sie steckte sie an das Band ihres Brautstraußes. »Jetzt trage ich eure Geschenke mit mir.«

»Ich liebe Rührung, vor allem mit Champagner.« Blair schenkte die Gläser voll und reichte sie an die beiden anderen Frauen. »Auf die Braut.«

»Und auf ihr Glück«, fügte Moira hinzu.

»Und auf die Dauer. Auf das Versprechen für die Zukunft, das diese Eheschließung verkörpert. Ich muss ein bisschen weinen, bevor ich mich schminke.«

»Gute Idee«, stimmte Blair zu.

»Ich weiß, dass ich mit Hoyt den Richtigen gefunden habe. Was wir uns heute Abend versprechen, ist richtig. Auch dass ihr hier bei mir seid, ist richtig. Und es ist etwas Besonderes. Ihr sollt wissen, dass es für mich etwas ganz Besonderes ist, euch heute Abend hier zu haben.«

Sie stießen an, tranken einen Schluck, und Moira schloss die Augen. »Blair hatte Recht. Es schmeckt mir sehr gut.«

»Hab ich dir doch gesagt. In Ordnung, Moira, dann machen wir beide jetzt mal eine Braut aus ihr.«

Draußen regnete es in Strömen, und Nebelschwaden waberten durch die Luft. Im Haus jedoch war alles erfüllt von Kerzenschein und dem Duft von Blumen.

Glenna trat vom Spiegel zurück. »Gut?«

»Du siehst aus wie ein Traum«, erklärte Moira. »Wie eine Göttin in einem Traum.«

»Mir zittern die Knie. Ich wette, Göttinnen haben keine wackeligen Knie.«

»Hol ein paar Mal tief Luft. Wir gehen schon mal hinunter und schauen nach, ob alles bereit ist. Einschließlich des glücklichen Bräutigams. Du wirst ihn umhauen!«

»Warum sollte sie …?«

»Weißt du, Süße«, sagte Blair zu Moira, als sie zur Tür gingen. »Du nimmst alles viel zu wörtlich. Lern endlich mal, wie man heutzutage spricht, wenn du dich schon die ganze Zeit in Büchern vergräbst.« Sie öffnete die Tür und blieb abrupt stehen, als sie Cian erblickte. »Hier ist Sperrgebiet für Männer.«

»Ich möchte gern einen Moment mit meiner … zukünftigen Schwägerin sprechen.«

»Es ist schon in Ordnung, Blair. Cian, bitte komm herein.«

Er trat ein, warf Blair einen nachsichtigen Blick zu und schloss die Tür hinter sich. Lange betrachtete er Glenna. »Nun, du bist wirklich ein hinreißender Anblick. Ehrlich. So viel Glück hat mein Bruder gar nicht verdient.«

»Du hältst uns wahrscheinlich für völlig albern.«

»Nein, da irrst du dich. Ich empfinde es zwar als besonders menschliches Verhalten, aber albern ist es nicht.«

»Ich liebe deinen Bruder.«

»Ja, das sieht sogar ein Blinder.«

»Danke für den Champagner. Dass du daran gedacht hast!«

»Gern geschehen. Hoyt ist bereit für dich.«

»Oh, Mann.« Sie presste die Hand auf ihren Magen. »Hoffentlich.«

Lächelnd trat Cian näher. »Ich habe etwas für dich. Ein

Hochzeitsgeschenk. Ich dachte, ich gebe es dir, weil du ja sicher zumindest im Augenblick die Verantwortung für den Papierkram trägst.«

»Papierkram?«

Er reichte ihr eine dünne Ledermappe. Sie öffnete sie und blickte ihn verwirrt an.

»Ich verstehe nicht.«

»Was gibt es daran nicht zu verstehen? Das ist der Kaufvertrag für das Haus und das Land. Es gehört euch.«

»Oh, aber das geht nicht. Als Hoyt dich gebeten hat, ob wir hier wohnen könnten, hat er nur gemeint …«

»Glenna, ich mache nur alle paar Jahrzehnte eine große Geste, wenn mir gerade einmal danach ist. Nimm das Geschenk. Ihm bedeutet es viel mehr, als es mir jemals bedeuten könnte.«

Sie hatte einen Kloß im Hals, deshalb schluckte sie erst, bevor sie sagte: »Ich weiß, was es mir bedeutet, und ihm wird es noch viel mehr bedeuten. Ich wünschte, du würdest es ihm selber geben.«

»Nimm es«, erwiderte er nur und wandte sich zum Gehen.

»Cian.« Sie legte die Mappe beiseite und ergriff ihren Brautstrauß. »Würdest du mich hinunterführen? Würdest du mich an Hoyt geben?«

Er zögerte, dann öffnete er die Tür und bot ihr seinen Arm.

Von unten erklang Musik.

»Deine Brautjungfern haben alles vorbereitet. Von der kleinen Königin habe ich es ja erwartet, aber die Jägerin hat mich überrascht.«

»Zittere ich? Ich habe das Gefühl, dass ich zittere.«

»Nein.« Er steckte ihre Hand fest in seine Armbeuge. »Du bist ganz ruhig.«

Und das war sie auch, als sie das mit Blumen und Kerzen gefüllte Zimmer betrat. Hoyt stand vor dem Kamin, in dem goldene Flammen tanzten.

Sie traten aufeinander zu. »Ich habe auf dich gewartet«, flüsterte Hoyt.

»Und ich auf dich.«

Sie ergriff seine Hand und blickte sich um. Traditionsgemäß war der ganze Raum voller Blumen. Der Kreis war gebildet, und bis auf diejenigen, die sie während des Rituals entzünden würden, brannten alle Kerzen. Der Weidenstab lag auf dem Tisch, der als Altar diente.

»Das habe ich für dich gemacht.« Er zeigte auf einen breiten Silberring.

»Der gleiche Gedanke«, erwiderte sie und zog den, den sie für ihn gemacht hatte, von ihrem Daumen.

Sie reichten sich die Hände und traten zum Altar. Dort berührten sie die Kerzen, die aufflammten, und streiften die Ringe über den Weidenzweig. Dann wandten sie sich zu den anderen.

»Wir bitten euch, unsere Zeugen bei diesem heiligen Ritus zu sein«, begann Hoyt.

»Unsere Familie zu sein, wenn wir eine werden.«

»Möge dieser Ort den Göttern geweiht sein. Wir haben uns hier zu einem Ritual der Liebe eingefunden.«

»Wesen der Luft, seid um uns und knüpft mit geschickten Fingern die Bande zwischen uns.« Glenna blickte Hoyt in die Augen, als sie die Worte sprach.

»Wesen des Feuers, seid um uns …«

Sie sprachen die Wesen des Wassers und der Erde, die gesegnete Göttin und den lachenden Gott an. Glennas Gesicht leuchtete, als sie den Weihrauch und dann eine rote Kerze entzündeten. Sie tranken jeder einen Schluck Wein, verstreuten Salz.

Dann hoben sie und Hoyt den Stab mit den Ringen. Das Licht wurde wärmer und heller, und die Ringe funkelten.

»Es ist mein Wunsch, mit diesem Mann eins zu werden.« Sie zog den Ring von dem Stab und steckte ihn Hoyt auf den Finger.

»Es ist mein Wunsch, mit dieser Frau eins zu werden.« Er schob ihr den Ring über den Finger.

Anschließend nahmen sie die Schnur vom Altar und legten sie über ihre Hände.

»Und so ist die Bindung vollzogen«, sagten sie gemeinsam. »So wie die Göttin und der Gott ...«

In diesem Moment zerriss ein Schrei vor dem Haus die Dunkelheit.

Blair sprang ans Fenster und zerrte den Vorhang zurück. Selbst sie zuckte zusammen, als sie dicht hinter der Scheibe das Gesicht eines Vampirs erblickte. Aber nicht dieser Anblick ließ ihr das Blut gefrieren, sondern das, was sie dahinter sah. Sie drehte sich zu den anderen um und sagte: »Oh, Scheiße.«

Es waren mindestens fünfzig, wahrscheinlich sogar noch mehr, die sich versteckt hatten. Auf dem Rasen standen drei Käfige mit blutüberströmten, gefesselten Insassen, die jetzt laut zu schreien anfingen, als sie herausgeschleppt wurden.

Glenna warf einen Blick auf die Szene, dann griff sie nach Hoyts Hand. »Die Blonde – sie war an der Tür, als King ...«

»Lora«, sagte Cian. »Eine von Liliths Lieblingen. Ich hatte einmal einen ... Zusammenstoß mit ihr.« Er lachte, als Lora eine weiße Fahne schwenkte.

»Sie haben Leute da draußen«, sagte Moira. »Sie sind verletzt.«

»Waffen«, begann Blair.

»Wartet erst mal ab, welche ihr am besten einsetzt.« Cian trat an die Eingangstür. Wind und Regen drangen herein, als er sie öffnete. »Lora«, rief er fast im Plauderton, »du bist ja ganz durchnässt. Ich würde dich und deine Freunde ja hereinbitten, aber ich habe gewisse Standards und bin nicht verrückt.«

»Cian, wir haben uns lange nicht gesehen. Hat dir übrigens mein Geschenk gefallen? Ich hatte leider keine Zeit, es einzupacken.«

»Ach, schreibst du dir Liliths Werk zu? Das ist ja traurig. Du kannst ihr ausrichten, das wird sie mir teuer bezahlen.«

»Sag es ihr selbst. Du und deine Menschen, ihr habt zehn Minuten Zeit, um euch zu ergeben.«

»Oh, volle zehn Minuten?«

»In zehn Minuten töten wir unsere erste Geisel.« Sie packte eine der Gefangenen an den Haaren.

»Ist sie nicht hübsch? Erst sechzehn. Eigentlich hätte sie wissen müssen, dass man im Dunkeln nicht allein herumspaziert.«

»Bitte.« Das Mädchen weinte. Das Blut an ihrem Hals deutete darauf hin, dass schon jemand an ihr gesaugt hatte. »Bitte, Gott.«

»Sie rufen immer nach Gott.« Lachend schleuderte Lora das junge Mädchen mit dem Gesicht nach unten aufs nasse Gras. »Aber er kommt nie. Zehn Minuten.«

»Mach die Tür zu«, sagte Blair leise hinter ihm. »Mach sie zu. Lass mich mal kurz nachdenken.«

»Sie werden sie so oder so töten«, erklärte Cian. »Sie sind nur der Köder.«

»Darum geht es nicht«, fuhr Glenna ihn an. »Wir müssen etwas tun.«

»Wir kämpfen.« Larkin zog eines der Schwerter, die im Schirmständer neben der Tür steckten. »Halt den Mund«, befahl Blair ihm. »Wir werden uns ihnen doch nicht ergeben?«

»Wir kämpfen«, stimmte Hoyt ihm zu. »Aber nicht nach ihren Bedingungen. Glenna, die Fesseln.«

»Ja, da kann ich bestimmt etwas tun.«

»Wir brauchen mehr Waffen von oben«, begann Hoyt.

»Ich sagte, haltet mal den Mund.« Blair packte ihn am Arm. »Ihr habt ein paar Zusammenstöße mit Vampiren gehabt, aber deshalb seid ihr keineswegs vorbereitet. Wir werden nicht einfach nach draußen stürmen und uns abschlachten lassen. Kommst du mit den Fesseln klar?«

Glenna holte tief Luft. »Ja.«

»Gut. Moira, du schießt von oben mit dem Bogen. Cian, wahrscheinlich haben sie Wachen rund ums Haus postiert. Erledige sie, so leise du kannst. Hoyt geht mit dir.«

»Warte.«

»Ich weiß, wie wir am besten vorgehen«, sagte sie zu Glenna. »Kannst du die Streitaxt benutzen?«

»Wir werden es herausfinden.«

»Hol sie. Du bist mit Moira oben. Sie haben auch Bogenschützen, und sie können im Dunkeln wesentlich besser sehen als wir. Larkin, wir beide lenken sie ein bisschen ab. Moira, du schießt erst, wenn ich dir ein Zeichen gebe.«

»Was für ein Zeichen?«

»Du wirst es wissen. Noch eins. Die drei da draußen sind bereits verloren. Ihr müsst akzeptieren, dass die Chancen, einen von ihnen zu retten, minimal sind.«

»Aber wir müssen es versuchen«, erwiderte Moira.

»Ja, sicher, deshalb sind wir ja hier. Los.«

»Ist das eins deiner Trickschwerter?«, fragte Cian Hoyt, als sie an die östliche Tür traten.

»Ja.«

»Dann pass auf, dass du mir damit nicht zu nahe kommst.« Er legte den Finger an die Lippen und zog die Tür auf. Einen Moment lang war kein Laut zu hören, und es bewegte sich nichts. Dann huschte Cian in die Dunkelheit.

Hoyt sah, wie er zweien das Genick brach und einen dritten enthauptete. »Links von dir«, sagte Cian leise zu Hoyt.

Hoyt wirbelte herum und schlug mit seinem Feuerschwert zu.

Oben kniete Glenna in dem Kreis, den sie gezogen hatte, und sprach eine Beschwörungsformel. Ihr silberner Ring und ihr Halsschmuck funkelten mit jedem Herzschlag mehr. Moira hockte sich an die Tür, den Köcher auf dem Rücken und den Bogen in der Hand.

»Die Fesseln?«, fragte sie Glenna.

»Nein, das war für etwas anderes. Mit den Fesseln fange ich jetzt an.«

»Was war es denn ... Oh.« Moira blickte hinaus in die Dunkelheit und stellte fest, dass sie auf einmal so gut sehen konnte wie eine Katze. »Oh, danke, das ist ja hervorragend. Sie haben Bogenschützen in den Bäumen. Ich sehe nur sechs. Die kann ich erledigen.«

»Geh nicht hinaus. Nicht, bevor ich hier fertig bin.« Glenna klärte ihren Kopf, beruhigte ihr Herz und rief die Magie.

Aus dem Dunkel sprang wie ein Racheengel ein goldenes Pferd. Und die Reiterin auf seinem Rücken brachte den Tod.

Auf dem galoppierenden Larkin schwang Blair eine brennende Fackel und ließ drei in Flammen aufgehen, die noch zwei Weitere mit sich in den Tod rissen. Dann schleuderte sie die Fackel weg und zog ein Schwert.

»Jetzt, Glenna!« Moira ließ den ersten Pfeil fliegen. »Jetzt!«

»Ja, ich habe es gesehen. Ich weiß.« Schon im Laufen ergriff sie die Streitaxt und einen Dolch.

Moiras Pfeile sausten durch die Luft, als sie beide durch den Regen rannten. Die Vampire griffen an.

Glenna dachte nicht. Sie handelte und fühlte nur. Ihr Körper bewegte sich im Tanz von Leben und Tod, und Feuer rann über die Klingen, als sie die Streitaxt schwang.

Sie hörte Schreie, entsetzliche Schreie. Von Menschen, Vampiren, wer wusste das schon? Sie roch und schmeckte Blut, auch ihr eigenes. Ihr Herz schlug wie eine Kriegstrommel, und sie merkte kaum, wie die Pfeile an ihr vorbeischwirrten, während sie mit der Feueraxt um sich schlug.

»Sie haben Larkin getroffen. Sie haben ihn getroffen.«

Als Moira schrie, sah Glenna den Pfeil im Vorderlauf des Pferdes. Trotzdem galoppierte es immer noch wie der Teufel durch die Scharen der Angreifer, mit der todbringenden Blair auf seinem Rücken.

Sie sah, wie Hoyt mit dem Schwert gegen einen Vampir kämpfte, um zu den Gefangenen durchzukommen.

»Ich muss ihm zu Hilfe kommen. Moira, es sind zu viele für ihn allein.«

»Ja, klar. Ich habe hier alles im Griff.«

Schreiend stürzte Glenna zu Hoyt und Cian, um die Aufmerksamkeit der Angreifer auf sich zu lenken.

Sie sah alles ganz klar, jedes Detail. Die Gesichter, die Geräusche, die Gerüche, das warme Blut und den kalten Regen. Die roten Augen, die blutrünstig funkelten. Und den schrecklichen Blitz und die Schreie, wenn das Feuer sie verzehrte.

Sie sah, wie Cian das Ende eines Pfeils abbrach, der in seinem Oberschenkel steckte, und ihn einem Feind ins Herz stieß. Sie sah, wie der Ring, den sie Hoyt an den Finger gesteckt hatte, funkelte, als stünde er in Flammen.

»Schaff sie hinein!«, rief er ihr zu. »Versuch sie ins Haus zu bringen.«

Sie rollte über das nasse Gras auf das Mädchen zu, das Lora gequält hatte. Halb erwartete sie, sie tot zu finden, aber sie grinste sie mit gefletschten Reißzähnen an.

»O Gott.«

»Hast du sie nicht gehört? Er kommt nicht.«

Sie sprang Glenna an, die unter der Wucht des Aufpralls hintenüberfiel, und warf in freudiger Erwartung den Kopf zurück. Blair schlug ihn mit ihrem Schwert ab.

»Hinein!«, schrie Blair. »Zurück ins Haus. Das reicht jetzt für eine Demonstration.« Sie ergriff Glennas Hand und zog sie hinter sich aufs Pferd.

Sie hinterließen ein Schlachtfeld voller Flammen und Staub.

»Wie viele haben wir getötet?«, fragte Larkin, als er auf dem Fußboden zusammenbrach. Blut lief an seinem Bein herunter und sammelte sich zu einer Pfütze auf den Holzdielen.

»Mindestens dreißig – ziemlich guter Schnitt. Du legst ja vielleicht ein Tempo vor, Goldjunge.« Blair blickte ihm tief in die Augen. »Ich habe dich wohl beflügelt.«

»Die Verletzung ist nicht so schlimm. Es …« Er schrie nicht, als sie ihm den Pfeil herauszog. Es verschlug ihm nur den Atem, und als er wieder Luft holte, fluchte er mit zittriger Stimme.

»Du bist als Nächster dran«, sagte Blair zu Cian.

Aber er griff selber nach dem abgebrochenen Pfeil in seinem Oberschenkel und riss ihn heraus. »Trotzdem danke.«

»Ich hole Verbandsmull. Dein Bein blutet«, sagte Glenna zu Blair.

»Wir sind alle ein bisschen angeschlagen. Aber wir sind

nicht tot. Jedenfalls die meisten von uns nicht.« Sie lächelte Cian kokett an.

»Du wirst nie müde, was?«, meinte Cian und holte die Flasche mit dem Brandy.

»In den Käfigen waren keine Menschen.« Moira hielt sich die Schulter, wo ein Pfeil sie gestreift hatte.

»Nein. Aber von hier konnte ich das nicht riechen. Wenn zu viele da sind, kann ich die Gerüche nicht auseinanderhalten. Ganz schön clever.« Blair nickte grimmig. »Eine gute Strategie, um uns auf Trab zu bringen, aber keine Nahrungsmittel zu verschwenden. Die Schlampe hat Köpfchen.«

»Wir haben Lora nicht bekommen.« Hoyt atmete immer noch keuchend. Er hatte eine Schnittwunde an der Seite und eine weitere am Arm. »Ich habe sie gesehen, als wir uns zum Haus durchgekämpft haben. Wir haben sie nicht erwischt.«

»Sie gehört sowieso mir. Meine ganz spezielle Freundin.« Blair schürzte die Lippen, als Cian ihr einen Brandy anbot. »Danke.«

Glenna stand in der Mitte und sah sich die Verletzungen an. »Blair, zieh Larkin den Umhang aus. Ich muss die Wunde sehen. Moira, wie schlimm ist deine Schulter?«

»Nur ein Kratzer.«

»Dann hol ein paar Decken und Handtücher von oben. Hoyt.« Glenna kniete sich vor ihn, ergriff seine Hände und barg ihr Gesicht darin. Am liebsten wäre sie in Tränen ausgebrochen, aber das war jetzt nicht der richtige Zeitpunkt. Noch nicht. »Ich habe dich in jedem einzelnen Moment bei mir gespürt.«

»Ich weiß. Und du warst bei mir. *A ghrá.*« Er hob ihren Kopf an und küsste sie.

»Während des Kampfes hatte ich keine Angst. Ich hatte keine Zeit, darüber nachzudenken. Dann kam ich zu dem jungen Mädchen und sah, was sie wirklich war. Ich konnte mich nicht mal mehr rühren.«

»Wir haben es geschafft. Für heute Abend haben wir es geschafft. Wir haben uns tapfer geschlagen.« Wieder küsste er sie, lange und leidenschaftlich. »Du warst großartig.«

Sie legte eine Hand über die Wunde an seiner Seite. »Ich würde sagen, das waren wir alle. Und wir haben bewiesen, dass wir mehr können, als nur für uns zu stehen. Wir sind jetzt eine Einheit.«

»Der Kreis ist geschlossen.«

Glenna stieß einen langen Seufzer aus. »Nun, auf so eine Handfasting-Zeremonie war ich eigentlich nicht vorbereitet.« Sie rang sich ein Lächeln ab. »Aber wenigstens … nein, nein, verdammt noch mal. Wir waren noch nicht fertig.« Sie fuhr sich durch die tropfnassen Haare. »Ich lasse mir das von diesen Monstern nicht ruinieren.«

Als Moira mit Handtüchern und Decken ins Zimmer trat, ergriff sie Hoyts Hand. »Hört ihr alle zu? Ihr seid immer noch Zeugen.«

»Ja, klar«, sagte Blair und säuberte Larkins Wunde.

»Du blutest am Kopf.« Cian reichte Moira ein feuchtes Tuch. »Sprich ruhig weiter«, sagte er zu Glenna.

»Aber Glenna, dein Kleid.«

Sie lächelte Moira an. »Das ist doch egal. Wichtig ist nur das.« Sie ergriff Hoyts Hand und blickte ihm in die Augen. »Göttin, Gott und die Altehrwürdigen …«

Hoyt fiel ein: »Sind Zeugen dieses Ritus'. Hiermit erklären wir uns zu Mann und Frau.«

Er umfasste ihr Gesicht mit beiden Händen. »Ich will dich lieben bis ans Ende aller Tage.«

Und jetzt, dachte sie, war der Kreis wirklich geschlossen, stark und hell.

Und das Licht glühte wärmer mit goldenem Schein, als

ihre Lippen sich voller Hoffnung und Verheißung in Liebe trafen.

»Und da nun das Handfasting abgeschlossen war«, sagte der alte Mann, »Versorgten sie ihre Wunden, und die Heilung setzte ein. Sie tranken auf die Liebe, auf wahre Magie, die Dunkelheit und Tod überwand.

Und während draußen der Regen fiel, saßen die Tapferen im Haus und bereiteten sich auf die nächste Schlacht vor.«

Er lehnte sich zurück und ergriff die frische Tasse Tee, die ihm der Diener gebracht hatte. »Für heute habe ich genug erzählt.«

Die Kinder protestierten leidenschaftlich, aber der alte Mann schmunzelte nur und schüttelte den Kopf.

»Morgen erfahrt ihr mehr, das verspreche ich euch, denn die Geschichte ist noch nicht zu Ende. Für heute jedoch ist die Sonne schon schlafen gegangen, und das solltet ihr auch. Habt ihr denn aus dem Anfang der Geschichte nicht gelernt, wie wertvoll das Licht ist? Geht jetzt. Wenn ich meinen Tee getrunken habe, komme ich und passe auf euch auf.«

Alleine saß er da, trank seinen Tee und blickte ins Feuer. Und er dachte an die Geschichte, die er morgen weitererzählen wollte.

Glossar irischer Wörter, Personen und Orte

A chroi (ah-rie) Gälischer Kosename, der »mein Herz«, »mein geliebtes Herz«, »mein Liebling« bedeutet

A ghrá (ah-ghra) Gälischer Kosename, der »meine Liebe«, »Lieber« bedeutet

A stór (ah-stor) Gälischer Kosename, der »mein Liebling« bedeutet

Aideen (Ae-dien) Moiras junge Kusine

Alice McKenna, Nachfahrin von Cian und Hoyt Mac Cionaoith

An Clar (Ahn-klar) Das heutige County Clare

Ballycloon (ba-lu-klun)

Blair Nola Bridgit Murphy Eine vom Kreis der sechs, »die Kriegerin«; eine Dämonenjägerin, die von Nola Mac Cionaoith, Cians und Hoyts jüngerer Schwester, abstammt

Bridgets Brunnen Friedhof im County Clare, der nach der heiligen Bridget benannt ist

The Burren Eine Karst-Kalkstein-Landschaft im County Clare mit Höhlen und unterirdischen Flüssen

Cara (karu) Gälisch für »Freund«, »Verwandter«

Ceara Eine der Frauen aus dem Dorf

Cian (Key-an) *Mac Cionaoith/McKenna* Hoyts Zwillingsbruder, ein Vampir, Lord of Oiche, einer vom Kreis der sechs, »der, der verloren ist«

Cirio Liliths menschlicher Liebhaber

Ciunas (siunas) Gälisch für »Schweigen«; die Schlacht findet statt im Valley of Ciunas – dem Tal des Schweigens

Claddaugh Das keltische Symbol für Liebe, Freundschaft und Treue

Cliffs of Mohr (oder auch Moher) Die Festungsruine im Süden Irlands, auf einer Klippe namens »Moher O 'Ruan« nahe dem Hag's Head

Conn Larkins Hund in der Kindheit

Davey Der Sohn von Lilith, der Vampirkönigin, ein Kind-Vampir

Deirdre (Dier-dre) *Riddock,* Larkins Mutter

Dervil (Dar-vel) Eine der Frauen aus dem Dorf

Eire Gälisch für Irland

Eogan (O-en) Cearas Mann

Eoin (O-an) Hoyts Schwager

Eternity (Ewigkeit) Der Name von Cians Nachtclub in New York City

Faerie Falls Die Feen-Wasserfälle, ein imaginärer Ort in Geall

Fàilte à Geall (Fallche ah Gi-all) Gälisch für »Willkommen in Geall«

Fearghus (Fergus) Hoyts Schwager

Gaillimh (Gall-yuv) Das heutige Galway, die Hauptstadt von West-Irland

Geall (Gi-all) Bedeutet auf Gälisch »Versprechen«; die Stadt, aus der Moira und Larkin kommen und die Moira eines Tages regieren wird

Glenna Ward Eine aus dem Kreis der sechs, »die Hexe«; lebt in New York City unserer Zeit

Hoyt Mac Cionaoith/McKenna (Khi-nie) Einer aus dem Kreis der sechs, »der Zauberer«

Isleen Eine Dienerin auf Schloss Geall

Jarl (Yarl) Liliths Erzeuger, der Vampir, der sie in einen Vampir verwandelt hat

Jeremy Hilton Blair Murphys Ex-Verlobter

King Der Name von Cians bestem Freund, den Cian als Kind aufgenommen hat. Der Manager des Eternity-Clubs

Larkin Riddock Einer aus dem Kreis der sechs, »der Gestaltwandler«, ein Vetter von Moira, der Königin von Geall

Lilith Die Vampirkönigin oder auch Königin der Dämonen. Sie führt den Krieg gegen die Menschheit an; Cians Erzeugerin, die ihn in einen Vampir verwandelt hat

Lora Ein Vampir. Liliths Liebhaberin

Lucius Loras Vampir-Liebhaber

Malvin Dorfbewohner, Soldat in der Armee von Geall

Manhattan Stadtteil von New York, wo sowohl Cian McKenna als auch Glenna Ward leben

Mathair (maahir) Gälisches Wort für Mutter

Michael Thomas McKenna Nachfahre von Cian und Hoyt Mac Cionaoith

Mick Murphy Blair Murphys jüngerer Bruder

Midir Vampirzauberer von Lilith

Miurnin (auch *miurneach* [mornakh]) Gälisch für »Süße«, »Geliebte«

Moira Eine aus dem Kreis der sechs, »die Gelehrte«; eine Prinzessin, zukünftige Königin von Geall

Morrigan Göttin des Kampfes

Niall (Neil) Krieger in der Armee von Geall

Nola Mac Cionaoith Hoyts und Cians jüngste Schwester

Ogham (ä-gem) Das irische Alphabet aus dem fünften/sechsten Jahrhundert

Oiche (Ii-hih) Gälisch für »Nacht«

Oran (Oren) Riddocks jüngster Sohn, Larkins jüngerer Bruder

Phelan (Fe-len) Larkins Schwager

Prinz Riddock Larkins Vater, regierender König von Geall, Moiras Onkel mütterlicherseits

Region von Chiarrai (Ki-ju-rie) Das heutige Kerry, im äußersten Südwesten Irlands gelegen und manchmal auch als »das Königreich« bezeichnet

Samhain (Sam-en) Keltisches Fest am Ende des Sommers; die Schlacht findet an diesem Feiertag statt

Sean Murphy Blair Murphys Vater, ein Vampirjäger

Shop Street Das kulturelle Zentrum von Galway

Sinann (Schi-non) Larkins Schwester

Sláinte (Slon-che) Gälischer Ausdruck für »Prost!«

Slán agat (schlan a-gat) Gälisch für »Auf Wiedersehen«; es wird zu der Person gesagt, die da bleibt

Slán leat (schlan li-aht) Gälisch für »Auf Wiedersehen«; es wird zu der Person gesagt, die geht

Tuatha de Danaan (Tu-aha dai Don-nan) Walisische Götter

Tynan (Ti-nin) Wache auf Schloss Geall

Vlad Cians Hengst

Liste lieferbarer Titel

Mitten in der Nacht (36007) · Das Leuchten des Himmels (36465) · Ein Haus zum Träumen (37533)

Die Irland-Trilogie: Töchter des Feuers (35405) · Töchter des Windes (35013) · Töchter der See (35053)

Die Templeton-Trilogie: So hoch wie der Himmel (37595) · So hell wie der Mond (37596) · So fern wie ein Traum (37597)

Die Sturm-Trilogie: Insel des Sturms (37829) · Nächte des Sturms (37838) · Kinder des Sturms (37841)

Die Insel-Trilogie: Im Licht der Sterne (37729) · Im Licht der Sonne (37730) · Im Licht des Mondes (37731)

Die Zeit-Trilogie: Zeit der Träume (35858) · Zeit der Hoffnung (35859) · Zeit des Glücks (35860)

Die Ring-Trilogie: Grün wie die Hoffnung (36532) · Blau wie das Glück (36533) · Rot wie die Liebe (36534)

Die Nacht-Trilogie: Abendstern (36939) · Nachtflamme (36940) · Morgenlied (36941)

Entdecken Sie auch J. D. Robb, die andere Seite der Nora Roberts:

Rendezvous mit einem Mörder (35450) · Tödliche Küsse (35451) · Eine mörderische Hochzeit (35452) · Bis in den Tod (35632) · Der Kuss des Killers (35633) · Mord ist ihre Leidenschaft (35634) · Liebesnacht mit einem Mörder (36026) · Der Tod ist mein (36027) · Ein feuriger Verehrer (36028) · Spiel mit dem Mörder (36321) · Sündige Rache (36332) · Symphonie des Todes (36333) · Das Lächeln des Killers (36334) · Einladung zum Mord (36595) · Tödliche Unschuld (36599) · Der Hauch des Bösen (36693) · Das Herz des Mörders (36715) · Im Tod vereint (36722) · Tanz mit dem Tod (36723) · In den Armen der Nacht (36966) · Mörderspiele. Drei Fälle für Eve Dallas (36753)

Nora Roberts ist J. D. Robb:
Ein gefährliches Geschenk (36384)

Entdecken Sie auch J. D. Robb, die andere Seite der Nora Roberts:

Rendezvous mit einem Mörder (1; 35450) · Tödliche Küsse (2; 35451) · Eine mörderische Hochzeit (3; 35452) · Bis in den Tod (4; 35632) · Der Kuss des Killers (5; 35633) · Mord ist ihre Leidenschaft (6; 35634) · Liebesnacht mit einem Mörder (7; 36026) · Der Tod ist mein (8; 36027) · Ein feuriger Verehrer (9; 36028) · Spiel mit dem Mörder (10; 36321) · Sündige Rache (11; 36332) · Symphonie des Todes (12; 36333) · Das Lächeln des Killers (13; 36334) · Einladung zum Mord (14; 36595) · Tödliche Unschuld (15; 36599) · Der Hauch des Bösen (16; 36693) · Das Herz des Mörders (17; 36715) · Im Tod vereint (18; 36722) · Tanz mit dem Tod (19; 36723) · In den Armen der Nacht (20; 36966) · Stich ins Herz (21; 37045) · Stirb, Schätzchen, stirb (22; 37046) · In Liebe und Tod (23; 37047) · Sanft kommt der Tod (24; 37048) ·Mörderische Sehnsucht (25; 37678) Mörderspiele. Drei Fälle für Eve Dallas (36753)

Nora Roberts ist J. D. Robb
Ein gefährliches Geschenk (36384)